两漢流貶制度與文學研究

中国古代流贬文学研究丛书

尚永亮 主编

凌云 著

武汉大学出版社

图书在版编目(CIP)数据

两汉流贬制度与文学研究 / 凌云著 . -- 武汉：武汉大学出版社，2025.6. -- 中国古代流贬文学研究丛书 / 尚永亮主编 . -- ISBN 978-7-307-24507-5

Ⅰ . I206.34

中国国家版本馆 CIP 数据核字第 20247UU834 号

责任编辑：黄　殊　　责任校对：鄢春梅　　版式设计：马　佳

出版发行：武汉大学出版社　（430072　武昌　珞珈山）

（电子邮箱：cbs22@whu.edu.cn　网址：www.wdp.com.cn）

印刷：湖北金港彩印有限公司

开本：720×1000　1/16　印张：21.75　字数：358 千字　插页：2

版次：2025 年 6 月第 1 版　　2025 年 6 月第 1 次印刷

ISBN 978-7-307-24507-5　　定价：138.00 元

版权所有，不得翻印；凡购我社的图书，如有质量问题，请与当地图书销售部门联系调换。

作者简介

凌云,湖南岳阳人。武汉大学文学博士,台湾大学访问学者,南昌大学人文学院讲师。主要研究方向为汉魏六朝文学与文化。参与国家社科基金项目2项,主持江西省社科基金项目1项。在《中国文学研究》《哈尔滨工业大学学报》等核心期刊发表学术文章多篇。

总　　序

　　从法律角度来看，流放和贬谪是对负罪人员的一种惩罚，但政治史意义上的流贬，早在唐、宋之前，就超越了其法律内涵而成为帝制社会打击异己的一种手段；至于文化史意义上的流贬，内涵更为丰富，它以官僚阶层权力争斗或政治纷争为主要动因，以失败一方的空间远徙和恶地囚居为主要惩罚方式，以对失败、挫折、苦难的承受、消解或超越为流贬主体的心理表现，形成了一种环绕个体或群体之生命沉沦，并旁涉地理、宗教、思想、文学等多个领域的特殊文化现象。

　　严格来说，流放与贬谪并不相同，二者存在发生时间、个体身份、量刑程度等方面的差别。从时间上看，前者出现更早，上古三代，就有了"流宥五刑"的记载，后者到了中古时代才出现，并形成"减秩居官，前代通则；贬职左迁，往朝继轨"①的相关制度；从身份上看，前者包括官员和一般罪犯，而官员一经流放，即被免职，与普通罪犯无异，后者则主要针对官员，虽然被贬，却仍有官做，只是职位、品级下降而已；从量刑上看，前者于北齐被列为五刑之一，除流徙远恶之地外，往往还要附加笞、杖等刑，颇为严厉，后者并未入刑，多为降职和外放，而外放者则视其政绩和年资，允准量移善地。所谓"流贬量移，轻重相悬……流为减死，贬乃降资"②，指的就是这种情况。然而，从实质上看，有些外放的贬谪几与流刑混同，甚至惩罚程度更为严苛，以致二者在"徙之远方，放使生活"一点上，并无明显差异。所以孔颖达说："据状合刑，而情差可恕；全

---

① （南朝·梁）沈约著，陈庆元校笺：《沈约集校笺》卷二《立左降诏》，浙江古籍出版社1995年版，第47页。

② （宋）王溥：《唐会要》卷四一《左降官及流人》，中华书局1955年版，第738页。

赦则太轻，致刑即太重。不忍依例刑杀，故完全其体，宥之远方，应刑不刑，是宽纵之也。"①进一步说，无论流还是贬，流贬主体都经受了来自政治强权施予的打击(尽管其中有正向、负向之别)，都在逆境中体验了生与死、放与归、自我拯救和他者救助的多重矛盾，都产生出或执着或超越的意识倾向以及远超常人的悲剧性情感，因而，我们广义地将流与贬作一整体看待；而在流贬者中，重点关注的则是那些被外放、流徙远方且有文学创作的文人士大夫。

这些文人士大夫多是历代士人中的翘楚，他们或因"信而见疑，忠而被谤"②，落得个"行吟泽畔，颜色憔悴，形容枯槁"③的结局；或因"一封朝奏九重天"④"许国不复为身谋"⑤，而被贬窜荒远，过着"食无肉，病无药，居无室，出无友，冬无炭……大率皆无"⑥的生活，半生沉沦，甚或殒身异域。明人王世贞《艺苑卮言》"文章九命"条列举历代"流徙""贬窜"者有云：

> 流徙则屈原、吕不韦、马融、蔡邕、虞翻、顾谭、薛荣、卞铄、诸葛玄、张温、王诞、谢灵运、谢超宗、刘祥、李义府、郑世翼、沈佺期、宋之问、元万顷、阎朝隐、郭元振、崔液、李善、李白、吴武陵，明则宋濂、瞿佑、唐肃、丰熙、王元正、杨慎；贬窜则贾谊、杜审言、杜易简、韦元旦、杜甫、刘允济、李邕、张说、张九龄、李峤、王勃、苏味道、崔日用、武平一、王翰、郑虔、萧颖士、李华、王昌龄、刘长卿、钱起、韩愈、柳宗元、李绅、白居易、刘禹锡、吕温、陆贽、李德裕、牛僧孺、杨虞卿、李商隐、

---

① (唐)孔颖达等疏：《尚书正义》卷三《舜典》，(清)阮元校刻《十三经注疏》，中华书局2009年版，第271页。

② (汉)司马迁著，顾颉刚等点校，赵生群等修订：《史记》(修订本)卷八四《屈原贾生列传》，中华书局2014年版，第3010页。

③ (战国)屈原著，(宋)洪兴祖补注，白化文等点校：《楚辞补注》卷七《渔父》，中华书局，1983年，第179页。

④ (唐)韩愈著，钱仲联集释：《韩昌黎诗系年集释》卷一一《左迁至蓝关示侄孙湘》，上海古籍出版社1984年版，第1097页。

⑤ (唐)柳宗元著，尹占华、韩文奇校注：《柳宗元集校注》卷四三《冉溪》，中华书局2013年版，第2997页。

⑥ (宋)苏轼著，(明)茅维编，孔凡礼点校：《苏轼文集》卷五五《与程秀才三首》，中华书局1986年版，第1628页。

温庭筠、贾岛、韩偓、韩熙载、徐铉、王禹偁、尹洙、欧阳修、苏轼、苏辙、黄庭坚、秦观、王安中、陆游,明则解缙、王九思、王廷相、顾璘、常伦、王慎中辈,俱所不免。①

这里所列83位"流徙"者、"贬窜"者,即我们所说的流贬文人。尽管就人数言,上述流贬者仅是若干朝代流贬群体中的很小一部分代表,但已足以反映出他们在中国文学史中所占地位和分量。这些流贬者在人生逆境中展示出各不相同的生活样态,其中不少人或将视线转向自我情感的宣泄,或转向对政治、社会、人生的反思,或转向对自然山水的歌咏,由此生成大量体裁、题材不尽相同的文学作品,这些作品,可视为流贬文学的主体;至于流贬者在流贬前后以及非流贬者在送别赠答、追忆述怀时创作的有关流贬的作品,则可视为流贬文学的侧翼。②它们共同组成了贯穿中国历史数千年的流贬文学的洋洋大观。

对流贬及流贬文学的关注,中国历史上代不乏人。南朝江淹《恨赋》有云:"孤臣危涕,孽子坠心,迁客海上,流戍陇阴。此人但闻悲风汩起,泣下沾襟;亦复含酸茹叹,销落湮沉!"③宋人周煇《清波杂志》卷四"逐客"条亦谓:"放臣逐客,一旦弃置远外,其忧悲憔悴之叹,发于诗什,特为酸楚,极有不能自遣者。"④至如宋初王溥所纂《唐会要》一书,其卷四一即有"左降官及流人"⑤一节,宋元之际的方回在《瀛奎律髓》中,更将唐宋"迁客流人之作"⑥专设一类,对流贬文学有了专门的分类意识。

时至今日,流贬文学更引起学界的广泛关注。20世纪八九十年代,已有学

---

① (明)王世贞著,罗仲鼎校注:《艺苑卮言校注》卷八,齐鲁书社1992年版,第403~404页。
② 尚永亮:《贬谪文化与贬谪诗路:以中唐元和五大诗人之贬及其创作为中心》,中华书局2023年版,第431页。
③ (南朝·宋)江淹著,丁福林、杨胜朋校注:《江文通集校注》卷一《恨赋》,上海古籍出版社2017年版,第3页。
④ (宋)周煇著,刘永翔校注:《清波杂志校注》卷四,中华书局1994年版,第138页。
⑤ (宋)王溥:《唐会要》卷四一《左降官及流人》,中华书局1960年版,第734页。
⑥ 方回选评,李庆甲集评校点:《瀛奎律髓汇评》(下),上海古籍出版社2005年版,第1537页。

者开始了对流贬现象和流贬文学的专力考察,① 其后随着多次全国性的迁谪、流寓文学研讨会的召开,相关研究更是风生水起,涌现出大批研究者和数量可观的研究论著。据粗略统计,30年来研究流贬与流贬文学的著作约23部,其中唐代9部,宋代5部,明清各1部,其他7部;论文近1600篇,其中仅学位论文即有300余篇,博士论文至少16篇,而且从时段来看,从20世纪90年代至今,研究成果逐年递增,呈稳步上升的态势。②

毫无疑问,前述各类成果已展现出流贬文学研究多方面的开拓和喜人的发展态势,某种意义上,一门颇具规模且不乏理论和实践支撑的"流贬学"正呼之欲出。然而,这些研究中的部分成果也呈现出若干不可忽视的问题。整体而言,这些问题主要表现在以下几点:一是时段分布多寡不均,约70%的成果集中在唐宋两代及清代,而其他朝代光顾者少,至于先秦、汉魏、六朝、金、元、明诸代则问津乏人。二是人物研究冷热不均,多数研究者将目光集中在了先秦的屈原、唐代的柳宗元、刘禹锡、韩愈和宋代的苏轼、秦观、欧阳修等人身上,而对其他流贬文人则关注不够,甚至全未顾及,由此形成热者极热、冷者甚冷的局面。三是对流贬地域的考察缺少广度和深度,引起研究者关注较多的,除唐宋时期的岭南、两湖地区以及清代的西北、东北地区外,其他地区不仅涉及者寡,而且即便涉及,也多是纯地理层面的知识罗列,而缺乏文化层面的深层剖析,缺乏对流贬者行走路线、路程、路况、行期、行速及贬地生活等方面的细密考索。四是制度研究多静态而少动态,多律法规定而少操作环节,多客观描述而少实施主体考析,由此导致相关论述与实际流程一间有隔。五是缺乏整体性观照、学理性洞见和理论性提升,不少研究多流于一般性叙述、碎片化考察,而少了些全视域把握、规律性概括,并因研究者缺乏对生命感悟的融入,也少了些真正打动人心的力量。

正是有鉴于此,我们将目光投射到那些在选题的新颖度、论述的细密度、观照的整体性上更具特色的论著,以期为此后的流贬文学研究提供若干导引和镜

---

① 参见李兴盛《东北流人史》(黑龙江人民出版社1990年版)、《中国流人史》(黑龙江人民出版社1995年版)、尚永亮《元和五大诗人与贬谪文学考论》(台北文津出版社1993年版)等。

② 参见本丛书所收凌云、罗昌繁、孙雅洁、朱春洁诸书绪论。

鉴。在这些论著中，我们特别重视的是一些硕士、博士学位论文，尤其是博士生的学位论文。盖因此种论文之选题是经过学生和导师多次切磋、商讨才确定的，其中蕴涵着对学术发展状况较为深透的理解，对选题开展前景较为全面的把握；而在具体开展过程中，又经过反复思考、修订和打磨，再经过预答辩、外审等审阅及问难环节，历时三四年或更长的时间而完成，故其最终成果多具较高的扎实度和学理性，在其研究对象所涉及的领域中，往往占据较前沿的学术位置。仅就管见所及，21世纪以来，海峡两岸有关流贬文学研究的博士论文即有如下多种：

高良荃：《宋初四朝官员贬谪研究》（山东大学博士学位论文，2003年）

张英：《唐宋贬谪词研究》（苏州大学博士学位论文，2009年）

张玮仪：《元祐迁谪诗作与生命安顿》（台湾成功大学博士学位论文，2009年）

吴增辉：《北宋中后期贬谪与文学》（复旦大学博士学位论文，2011年）

严宇乐：《苏轼、苏辙、苏过贬谪岭南时期心态与作品研究》（复旦大学博士学位论文，2012年）

赵忠敏：《宋代谪官与文学》（浙江大学博士学位论文，2013年）

罗昌繁：《三国两晋贬谪文化与文学》（武汉大学博士学位论文，2014年）

石莲勃：《苏门诗人贬谪诗歌研究》（河北大学博士学位论文，2014年）

赵文焕：《黄庭坚贬谪文学研究》（南京师范大学博士学位论文，2016年）

赵雅娟：《北宋前期贬谪文化与文学》（武汉大学博士学位论文，2018年）

蔡龙威：《南宋高宗朝贬谪诗研究》（吉林大学博士学位论文，2018年）

周乔木：《方拱乾父子流贬文学研究》（黑龙江大学博士学位论文，2018年）

段亚青：《唐代贬谪制度与相关文体研究》（武汉大学博士学位论文，2019年）

朱春洁：《清代流人文学研究》（武汉大学博士学位论文，2020年）

凌云：《两汉流贬制度与文学研究》(武汉大学博士学位论文，2021年)

孙雅洁：《南朝贬谪制度与文学研究》(武汉大学博士学位论文，2022年)

徐嘉乐：《元代贬谪制度与文学的多元考察》(武汉大学博士学位论文，2025年)

以上论文，有个体研究，也有群体研究，有诗歌、词作研究，也有制度、文体研究，有某一时段研究，也有一代文学研究，在观察视角、学术观点、研究方法等方面均多有创获，取得了不俗的成绩；而其中特别值得关注的，是关乎某些前人较少涉足的断代流贬文学的整体研究。这些研究，视野相对阔大，领域较为新颖，因而更具学术上的开拓性。兹仅依时代序，就前列武汉大学凌云、罗昌繁、孙雅洁、段亚青、赵雅娟、朱春洁诸博士之学位论文，稍做介绍如下。

《两汉流贬制度与文学研究》：共五章十八节，重点考察两汉流贬的构成要素、主要类型以及法律性质和地位，其中对流贬的主要程序和相关操作，流贬者在流贬前后遭遇的处置措施，在时间、空间、身份类型诸方面的分布规律，以及导致流贬的不同原因和各朝流贬情形的论述，用力尤多。在此基础上，展开对两汉流贬文人之拟骚现象与流贬文学书写的重点讨论。

《三国两晋贬谪文化与文学》：共七章二十节，以朝代为经，以各朝典型贬谪案例为纬，对三国两晋五朝的贬谪事件予以宏观把握和微观考察。其中首章与尾章重在考察三国两晋时期的选官、职官、爵位、流徙刑制度，通过计量分析，揭示贬谪人次与对象、贬谪地域、贬谪缘由等概况，并对此期贬谪事件的特点与规律予以归纳总结。其他诸章分别以曹魏、蜀汉、东吴、西晋、东晋五朝为中心，考述各朝的贬谪案例及其与文化、文学、政治等诸多层面的关系。

《南朝贬谪制度与文学研究》：共五章十五节，前三章分别着眼于南朝贬谪制度、贬谪类型和事件以及贬谪的家族性特征等，特别是着眼贬官数量较多、较具特点的陈郡谢氏、顺阳范氏和彭城刘氏三个家族，以及宗室及其周边之文学集团，进行制度、家族、个案等方面的考察。最后两章聚焦于南朝贬谪文学之发展，重点观照谢灵运、颜延之、江淹等代表性作家之创作，以及南朝贬谪文人与时代文化精神之间的关系，对其特点和规律展开研探。

《唐代贬谪制度与相关文体研究》：共六章十九节，前三章以制度研究为切入点，结合"礼""法""权"三大因素，考察唐代贬谪制度的全貌及其运作过程，尤其注意将制度研究中静态的条文章程与动态的具体操作相结合，分析制度与人的互动，在运作过程中了解贬谪制度的特点及弥漫其周围的政治生态环境。后两章主要分析与贬谪制度相关的两种文体：一为贬谪制诏，一为贬谪官员谢上表，两种文体一自上而下，一自下而上，分别代表着贬谪的实施与完成，交织出一幅士人与皇权互动、逐步树立自我人格的生动图景。

《北宋前期贬谪文化与文学》：共六章十八节，将贬谪制度与贬谪文学的研究相结合，注重考察北宋前期贬谪制度之制定、实施的文化背景和特点，以及受此影响所形成的贬谪文学内容和艺术特色。由此两方面之关联沟通，揭示北宋前期贬谪制度、文化与贬谪文人主体精神之重塑、政治节操之作成间的关系，并对此期呈现的"道"与"位"、"进身"与"行己"诸问题展开新的思考。

《清代流人文学研究》：共五章十五节，以清代近三百年历史发展为轴线，重点择取初期从南到北的遗民流人、前期自江南到东北的科场案流人、前中期由江南至东北与西北的文字狱流人、中后期因中西冲突而遣发各地的流人为典型对象，论述了遣戍空间之"南/北""东/西"（江南/塞北、西域）的转换，以及流人在政治、身份、时空交错中所形成的故国依恋、异域抗拒、戍地恐惧、服膺皇权、时代觉醒等复杂心理。

以上所述不过是这些论文极为简略的一个概貌。进一步说，这些论文除因各自研究对象不同而形成的独特性外，还在以下几个方面展现出若干共通性特点：

其一，以不同时代为切入点，在选题上进行新领域的开拓。这些选题，除唐、宋两代外，汉、三国、两晋、南朝（宋齐梁陈）诸代之流贬文学，前人均很少留意，更无纵贯一代或数代的研究论著；即就已成为研究热点的唐、宋两代和准热点的清代来说，关乎流贬制度与特定时段、特殊文体的研究，以及关乎东北、西北两大地域和四种流人类型的综合研究也不多见。就此而言，说这些论著在选题上具有开拓性，是符合实际的。

其二，聚焦于流贬制度的考察，为流贬文学研究奠定基础。流贬制度是政治制度的分支，既与不同时期之政治、文化精神相关，又与各代执政者之自身素质相关，从而展现出代有变化、宽严不同的多种样态。同时，这些制度有明文记载者,如《晋律》《唐律疏议》《唐六典》《宋刑统》《大清律例》及历代正史之《刑法志》等,也有无法律条文而在具体操作中不断变化者;至于流贬之认定、实施,如罪行上奏、法律推鞫、个案分析、贬诏下达等,既有有规可依者,亦有因人情好恶而灵活变动者,甚至有抛开法律,仅凭最高统治者之一时喜怒即施行者。它们大大丰富了流贬制度的内涵,并使之充满变易性和复杂性。凡此,均在以上各文中有程度不同的考索和呈现。

其三,注重事、地、人、文间的关联性,对流贬文人之心理、流贬文学之特点展开多层面探析。首先是在全面掌握文献资料的前提下,对事件发生的真实形态、原因、类型等做出客观认知和性质评判;其次从人文地理的角度切入,考察影响流贬者的贬途、贬地等空间环境;最后在此基础上,或由文而人,聚焦流贬者的生存状态和心路历程,或由人而文,把握流贬文学的风格、艺术特点。

其四,在研究方法上兼容并蓄,重在解决实际问题。除历史-文化研究、心理分析、比较研究等方法外,还主要采用两种方法:一是以考据为主的实证研究方法,在对该期所有流贬者之材料作穷尽式收罗的基础上,进行细密考订,由此编成由汉至唐各代之"流贬官考"或"流贬文人纪年";一是以数据为主的定量分析方法,既对某一时代之流贬者的数量作出翔实统计(有名可考的流贬事件,涉及汉代1413人次,三国两晋369人次,南朝619人次,唐代2828人次,清代1822人次),又从时间、空间两个维度,考察流贬者的发展变化和分布情形,由此形成对该时期流贬态势之全面了解和准确把握,并为此后研究者提供较为翔实的数据借鉴。

大概正是这样一些特点,使上述研究具有了某种整体的一致性。需要说明的是,这些论文作者都是我近三十年所指导的数十位博士生中较优秀的几位,在选题和写作过程中,我们切磋往还颇多,相互论难不少,而他们也常以其深细的探索和独到的看法,屡补我之未逮,由此共同深化了对流贬现象和流贬文学相关问题的理解,最终成就了这些虽仍有不小提升空间,但就其所研究对象而言已大抵完备的阶段性成果。所以我们将之汇聚一起,组成这套《中国古代流贬文学研究丛书》。因这套丛书有幸入选2023年度湖北省公益学术著作出版专项资金项目,为强化其系统性,遂依出版社要求,又增列了十多年前由我和我的几位硕士生冯丽霞、张娟、邹运月、程建虎诸君共同撰著的《唐五代逐臣与贬谪文学研究》一书(该书重点涉及初唐神龙逐臣、盛唐荆湘逐臣、中唐元和逐臣、晚唐乱离逐臣及唐五代逐臣离别诗等,由武汉大学出版社于2007年出版),以使相关内容尽可能全面、丰富一些。

"道屈才方振,身闲业始专。天教声烜赫,理合命迍遭。"①白居易的话,道出了流贬与人生、命运、文学创作间的内在关联,也侧面揭示出流贬文学的价值所在。早在20年前,我在拙著《贬谪文化与贬谪文学》的后记中,曾深有感触地说过这样几句话:"要对'贬谪文化与贬谪文学'这样一个涉及面极广而又与政治、文化、人生紧密相关的课题获得更深入的解会,仅凭一己之力是远远不够的,它需要对数千年历史资料的细密爬梳和阐释,需要具有理论深度的回应和挑战,需要一批志同道合者的切磋琢磨和商榷交流。"现在看来,这一目标虽远未实现,但通过持续的努力,正在逐步接近。朱熹有言:"旧学商量加邃密,新知培养转深沉。"②我们真切希望,通过这套丛书的出版,既能商量旧学,又能培养新知;既能为方兴未艾的流贬文学研究增添一些助力,也能由此引起学界同道的回应与挑战、商榷与交流,以期共同推进这一跨朝代、跨地域、跨学科课题的深化和细化,为实践层面和理论层面之"流贬学"的建立做些添砖加瓦的工作。

尚永亮
甲辰岁初匆草于古都长安寓所

---

① (唐)白居易著,谢思炜校注:《白居易诗集校注》卷十七《江楼夜吟元九律诗成三十韵》,中华书局2006年版,第1339页。

② (宋)朱熹:《鹅湖寺和陆子寿》,(清)吴之振等编选:《宋诗钞·文公集钞》,中华书局1986年版,第1676页。

目 录

绪论 ··· 1
  一、概念界定 ··· 1
  二、学术回顾 ··· 9
  三、本书的主要内容 ··· 25

第一章 两汉流贬的类型与性质 ······································ 28
第一节 两汉流贬的构成要素与历史渊源 ························ 28
  一、流贬的构成要素 ·· 28
  二、流贬的历史渊源 ·· 31
第二节 两汉流贬的主要类型 ···································· 35
  一、汉代官爵制度简述 ·· 35
  二、流放的主要类型 ·· 41
  三、贬官的主要类型 ·· 48
  四、贬爵的主要类型 ·· 53
  五、暂不纳入考察的几种情形 ··································· 57
  六、两汉流贬类型的联系与区别 ································· 59
第三节 两汉流贬的法律性质 ···································· 61
  一、流放的法律性质 ·· 61
  二、贬官与贬爵的法律性质 ····································· 68

第二章 两汉流贬的主要程序 ······································· 77
第一节 流贬命令的产生 ··· 77

目录

  一、由监察和司法系统产生 …………………………………………… 77
  二、由其他途径产生 …………………………………………………… 101
 第二节 流贬命令的下达 ………………………………………………… 102
  一、命令下达的形式 …………………………………………………… 102
  二、命令下达的程序 …………………………………………………… 110
 第三节 流贬命令的执行 ………………………………………………… 112
  一、流放命令的执行 …………………………………………………… 112
  二、贬官、贬爵命令的执行 …………………………………………… 116

第三章 两汉流贬的处置措施 …………………………………………… 119
 第一节 流放者的处置措施 ……………………………………………… 119
  一、徙边者的处置措施 ………………………………………………… 119
  二、谪戍者的处置措施 ………………………………………………… 125
 第二节 贬官、贬爵者的处置措施 ……………………………………… 134
  一、贬官者的处置措施 ………………………………………………… 134
  二、贬爵者的处置措施 ………………………………………………… 146
 第三节 流贬者的回归 …………………………………………………… 175
  一、流放者的回归 ……………………………………………………… 175
  二、贬官者的回归 ……………………………………………………… 181
  三、贬爵者的回归 ……………………………………………………… 181

第四章 两汉流贬者的分布规律 ………………………………………… 185
 第一节 两汉流贬者的时间分布 ………………………………………… 185
  一、流贬人次的时间分布 ……………………………………………… 185
  二、流贬类型的时间分布 ……………………………………………… 188
 第二节 两汉流贬者的空间分布 ………………………………………… 193
  一、整体空间分布 ……………………………………………………… 193
  二、流贬类型的空间分布 ……………………………………………… 196
 第三节 两汉流贬者的身份类型 ………………………………………… 202

一、身份类型数量统计 …………………………………………… 202
　　二、不同身份类型的流贬措施 …………………………………… 205
　第四节　两汉流贬者的流贬原因 …………………………………… 206
　　一、流贬原因分类说明 …………………………………………… 206
　　二、流贬原因分布情况 …………………………………………… 214
　第五节　两汉文人流贬情况定量分析 ……………………………… 216
　　一、流贬文人的时间分布 ………………………………………… 216
　　二、流贬文人的空间分布 ………………………………………… 220
　　三、流贬文人的身份类型与流贬原因构成 ……………………… 220
　第六节　两汉各朝流贬情况 ………………………………………… 223
　　一、西汉各朝流贬情况 …………………………………………… 223
　　二、东汉各朝流贬情况 …………………………………………… 229

第五章　骚体与两汉流贬文人的文学书写 ………………………… 236
　第一节　以"骚"为体：两汉流贬文人的文体选择 ……………… 236
　　一、宣寄情志：两汉流贬文人的创作意图 ……………………… 237
　　二、长于抒情：两汉骚体的文体功能 …………………………… 241
　　三、失志之怨：骚体的文体意味 ………………………………… 245
　第二节　以屈为镜：两汉流贬文人的形象塑造 …………………… 251
　　一、屈原的原型形象特征 ………………………………………… 251
　　二、拟骚文本中的主体形象塑造 ………………………………… 258
　第三节　两汉流贬文人的个体意识与自我表达 …………………… 263
　　一、专制政权下两汉流贬文人的现实处境 ……………………… 264
　　二、两汉流贬文人个体意识的发展与呈现 ……………………… 266
　　三、"怨而且怒"与隐微的表达空间 …………………………… 269

附录：两汉流贬文人纪年 …………………………………………… 274

参考文献 ……………………………………………………………… 319

绪　　论

在漫长的中国古代历史中，流贬是一种源远流长、对中国文学产生深远影响的文化现象。与之相关的学术研究兴起于20世纪80年代，21世纪之后走向繁荣，到目前为止依然呈现上升趋势。既有的研究主要关注唐、宋、清三个朝代，其中又以唐宋时期的研究成果最可观，研究程度也最深入。相较而言，其他朝代则存在不同程度的缺憾，其中又以汉代尤显薄弱。此外，前人关于流贬现象的研究多停留在文学创作和贬谪心态层面，对更为前端、深层的制度原因却着墨不多。汉代既然处于流贬文化的发轫阶段，那么由此从历史与文学的双重视角来综合考察流贬文化的早期面貌，为中国古代流贬文化的整体研究提供参照便显得尤为重要。因此，本书将尝试从历史和文学的双重视角切入，对两汉时期的流贬制度、流贬规律以及流贬文学书写进行详细的考察。

一、概念界定

（一）"两汉"

关于两汉的时间断限，史学界通常认为是从公元前202年至公元220年。公元前202年，刘邦建立汉朝，史称西汉。延康元年（220）冬十月，汉献帝刘协逊位，魏王曹丕代汉称帝，建立曹魏，汉王朝统治正式结束。① 在这422年中，还包括由王莽统治、国祚十五年的新朝和刘玄统治、为期两年的更始政权。初始元年（8）十二月，王莽篡位称帝，改国号为"新"，以公元9年为始建国元年。地皇四年（23），王莽被杀，新朝灭亡。同年，汉淮阳王刘玄被拥立为帝，以"更始"

---

① 按：建安二十五年春正月，魏王曹操病卒，世子曹丕继位为魏王，三月改元延康。

为年号，自称汉玄王朝。更始三年（25），刘玄投降赤眉军，更始政权灭亡。同年，刘秀称帝，建立东汉。

王莽建立的新朝在古代帝制时期并未得到承认，正史常将之划归西汉末年。事实上，新朝具备独立的国号、年号，完整的国家机构，实际的政治权力以及外交关系等一系列要素，因此应当被视为一个独立的朝代。至于刘玄建立的更始政权，由于刘玄本为西汉皇裔，称帝后又主动恢复汉朝国号，因此当视作西汉余绪。由此，本书所说的"两汉"，乃是指公元前202年至公元8年、公元23年至公元220年之间的历史阶段。

(二)"文人"

两汉时期，文史哲的区分尚不明晰，因此，哪些作者应被视为文人并纳入本书的研究范畴，也需先就其选定标准进行说明。

"文人"这个概念在汉代主要有两种解释。第一种为"文德之人"，如《尚书·周书·文侯之命》曰："汝肇刑文武，用会绍乃辟，追孝于前文人。"①郑玄笺云："言汝今始法文武之道矣。当用是道合会继汝君以善，使追孝于前文德之人。"②又《诗经·大雅·江汉》曰："厘尔圭瓒，秬鬯一卣。告于文人，锡山土田。"③郑玄笺云："文人，文德之人也。……王赐召虎以鬯酒一罇，使以祭其宗庙，告其先祖诸有德美见记者。"④这两则材料中，郑玄均将"文人"释为"文德之人"。何谓"文德"？"文德"与"武功"相对⑤，指符合礼乐教化的美好之德行，"文德之人"即德行美好之人，郑玄所谓"德美"者也。《周易·小畜》曰："《象》曰：风行天上，小畜。君子以懿文德。"⑥孔颖达疏曰："'君子以懿文德'者，懿，美也。

---

① 《尚书正义》卷二〇《周书·文侯之命》，(清)阮元校刻《十三经注疏》，中华书局1980年影印本，第254页。
② 《尚书正义》卷二〇《周书·文侯之命》，(清)阮元校刻《十三经注疏》，第254页。
③ 《毛诗正义》卷一八—四《大雅·江汉》，(清)阮元校刻《十三经注疏》，第574页。
④ 《毛诗正义》卷一八—四《大雅·江汉》，(清)阮元校刻《十三经注疏》，第574页。
⑤ 《左传·襄公八年》曰："小国无文德而有武功，祸莫大焉。"见《春秋左传正义》卷三〇《襄五年尽九年》，(清)阮元校刻《十三经注疏》，第1939页。
⑥ 《周易正义》卷二《小畜》，(清)阮元校刻《十三经注疏》，第27页。

以于其时施未得行，喻君子之人但修美文德，待时而发。"①《论语·季氏》曰："丘也闻有国有家者，不患寡而患不均，不患贫而患不安。盖均无贫，和无寡，安无倾。夫如是，故远人不服，则修文德以来之。"②朱熹释曰："内治修，然后远人服。有不服，则修德以来之，亦不当勤兵于远。"③《大戴礼记·卫将军文子第六十》云："吾闻夫子之施教也，先以诗，世道者孝悌，说之以义而观诸体，成之以文德。"④清代王聘珍释曰："文谓道艺，德谓德行。"⑤均为此意。

"文人"的第二种主要释义为"采掇传书以上书奏记者"⑥，即摘取传书并创作奏记文书的人。这种解释由东汉王充提出，其《论衡·超奇》曰：

> 通书千篇以上，万卷以下，弘畅雅闲，审定文读，而以教授为人师者，通人也。杼其义旨，损益其文句，而以上书奏记，或兴论立说，结连篇章者，文人、鸿儒也。好学勤力，博闻强识，世间多有；著书表文，论说古今，万不耐一。……故夫能说一经者为儒生，博览古今者为通人，采掇传书以上书奏记者为文人，能精思著文连结篇章者为鸿儒。故儒生过俗人，通人胜儒生，文人逾通人，鸿儒超文人。故夫鸿儒，所谓超而又超者也。⑦

王充将儒者由低到高分为儒生、通人、文人、鸿儒四个等级。其中，能讲解某一部经典者为儒生；博览群书、古今贯通、能为人师者为通人；能够择其要旨、损益文句、上书奏记者为文人；能够精思著文、结连篇章、兴论立说者则为鸿儒。从王充的观点来看，"文人"是指具备较广的学识且有文字传世之人，其

---

① 《周易正义》卷二《小畜》，(清)阮元校刻《十三经注疏》，第27页。
② 《论语注疏》卷一六《季氏》，(清)阮元校刻《十三经注疏》，2520页。
③ (宋)朱熹撰：《四书章句集注》卷八《论语集注·季氏第十六》，中华书局1983年版，第170页。
④ (清)王聘珍撰，王文锦点校：《大戴礼记解诂》卷六《卫将军文子第六十》，中华书局1983年版，第107页。
⑤ (清)王聘珍撰，王文锦点校：《大戴礼记解诂》卷六《卫将军文子第六十》，第107页。
⑥ (汉)王充著，黄晖撰，《论衡校释》卷一三《超奇第三十九》，中华书局1990年版，第607页。
⑦ (汉)王充著，黄晖撰：《论衡校释》卷一三《超奇第三十九》，第606~607页。

地位低于不仅能著书，而且能成一家之言的鸿儒，但指涉范围更广。王充对"文人"的界定可以在应劭的《风俗通义》中得到印证，《风俗通义·怪神·世间多有狗作变怪》曰："小人愚而善畏，欲信其说，类复裨增；文人亦不证察，与俱悼慑、邪气承虚，故速咎证。"①这里的"文人"便是指以文字记录怪神之说者。

在上述两种解释中，"文德之人"与创作行为的联系不够紧密，王充所言"采掇传书以上书奏记者"则更符合本书视野下、汉代语境中的"文人"概念。

除历史语境中的解释之外，今人的观点也值得参考。在《中古文学系年》一书中，陆侃如先生通过四个条件来判定某位作者可否被称为"文人"：第一，其作品是否被《汉书·艺文志·诗赋略》或《隋书·经籍志》集部收录；第二，正史是否将作者列入《文苑传》，或在本传中提到他的文学作品；第三，《文心雕龙》或《诗品》是否提到他的作品；第四，《文选》或《玉台新咏》是否选录他的作品。陆先生说："这些人，未必每个都在文学史上有地位。但是这几部早期的选本、文评、史传和目录，可以证明他们在当时的文坛上确曾活跃过。事实上，几位一流的文人差不多全合于这四条件，也有只合于三条件或二条件的。为免取材过滥，只合于一条件的都略去不算。在此三百年中(1~300)，共得一百五十二人。"②其后，由曹道衡、沈玉成两位学者编撰的《中国文学家大辞典·先秦汉魏晋南北朝卷》出版。在出版说明中，中华书局编辑部认为，由于宋以前存世文献有限，因此对"文学家"的定义可较为宽泛，凡有作品存世并有事迹可考者，一概归入"文学家"之列。故此卷辞典收录范围从宽，对符合下列情况的作者均予收录：第一，有诗作或辞赋等文学作品存世者；第二，有文学批评著作存世者；第三，无作品传世而据传文或史志记其能文而生平可考者；第四，传统记载中以之为诗人者。③ 又《现代汉语词典》中"文人"的释义为："读书人，多指会做诗文的读书人。"④

---

① （汉）应劭撰，王利器校注：《风俗通义校注》卷九《怪神·世间多有狗作变怪》，中华书局1981年版，第418页。
② 陆侃如：《中古文学系年》，人民文学出版社1985年版，第2页。
③ 曹道衡、沈玉成编撰：《中国文学家大辞典·先秦汉魏晋南北朝卷》，中华书局1996年版。
④ 中国社会科学院语言研究所词典编辑室：《现代汉语词典》第6版，商务印书馆2012年版，第1364页。

与王充界定的"文人"概念相比，上述解释均略去了学识广博这一要求。此外，在作品的范围方面，陆侃如先生与《现代汉语词典》的观点都倾向于文学领域，《中国文学家大辞典》编辑部没有这一限制，但要求作者有事迹可考。

总的来说，由于汉代属于中国文学史的早期发轫阶段，典籍散佚、书缺有间等现象较为严重，因此，为便于后续研究能够在较广阔的视野中开展，本书宜综合古今前贤的观点，采用较为广义的"文人"概念，即在两汉的时间断限之内，凡有作品传世者，不论其是否学识广博、是否能作诗文、是否有迹可循，均可纳入考察范围。

(三)"流贬文学"

"流贬文学"多数时候被称为"贬谪文学"，有时又称为"迁谪文学"或"逐臣文学"。"贬谪"旧指降低官职并被指派到边远地区。① "谪"在古时亦指官吏被贬，降职或往边远地区流放。② 不论是"贬谪"还是"迁谪"，都是针对官吏的降职与远放而言的。其中，"贬谪"为降职与远放并存，"迁谪"更强调远放，而"逐臣"一词，则仅指官吏的放逐。"流放"也是古时的一种刑罚，指将犯人押送到边远地区，不过对犯人被罚之前是否担任官职并无限制。③ 所以，从称谓上来看，若以汉语的语义范围为判断标准，则"流贬文学"优于"贬谪文学"，这两者又优于"迁谪文学"和"逐臣文学"。

首先，从刑罚的种类来看，"流贬"可包括流放和贬谪两类，不论是流刑尚未正式确立的先唐时期，还是贬谪现象非常突出的唐、宋两朝，还是流刑已经独立于贬谪的清代，文人的流放或贬谪都可归入流贬的框架之下。从流贬者的身份来看，"贬谪""迁谪""逐臣"都是指对官吏的惩罚，相比之下，"流贬"之"流"则可将无官职却遭遇流放的文人囊括在内，他们流传下来的反映流贬经历的作品，也可以被名正言顺地纳入研究范围。作为一个在时间跨度上需涵盖整个古代中国的上位概念，"流贬文学"之称谓比"贬谪文学""迁谪文学""逐臣文学"包容性更

---

① 《新华汉语词典》编委会：《新华汉语词典》第 2 版，商务印书馆 2014 年版，第 56 页。
② 《新华汉语词典》编委会：《新华汉语词典》第 2 版，第 1238 页。
③ 《新华汉语词典》编委会：《新华汉语词典》第 2 版，第 629 页。

强,这也是本书取"流贬"为题的一个主要原因。

确定称谓之后,我们再来看"流贬文学"的概念内涵与外延。到目前为止,学界对这个问题并未形成统一的看法,学者们使用的称谓也有所不同,但讨论的问题实质上是一致的。

贬谪文学的概念最早由尚永亮先生提出。1993年,尚先生在《元和五大诗人与贬谪文学考论》一书中指出,贬谪是对负罪官吏的一种惩罚,贬谪者按其性质可分为坏人被贬、罪有应得的正向贬谪和好人被贬、不应贬而实贬的负向贬谪。贬谪文学主要指负向贬谪者中富于文学素养之士在被贬之后的文学创作。因站错队或品行不佳而被贬者,则视其文学创作的具体情形来酌情处理。[①] 在尚先生的定义中,流贬文学的创作主体主要是负向流贬的官吏,创作行为发生在被贬之后,作品内容侧重于文人的思想意识和生命体验。

学者陶涛的观点在尚永亮先生的基础上有所扩展。他认为逐臣文学是中国特有的一种重要的文学现象,"狭义的逐臣文学,是指我国古代步入仕途,以修齐治平为己任的士人们,由于昏君佞臣作梗,在互相倾轧的宦海官场的权力角逐中跌落下来,于被疏、被逐、被贬之后,用形象的笔墨、浓郁的情感和不同的形式抒写内心激愤不平之气的文字。广义的逐臣文学则应包括虽未步入仕途,却一直怀抱修齐治平的政治理想而始终被社会所放逐的士人为自身遭际或与自身遭际相类似的人们鸣不平的文学。"[②]与尚先生相比,陶涛将非官吏的被逐文人之作也纳入逐臣文学的范围,但依然采用"逐臣"的概念,虽有广义与狭义之说,但仍略显牵强。

1998年和1999年,学界先后在湖南怀化、衡阳举行了两届全国性的贬谪文学讨论会,与会学者就流贬文学的定义交流了许多意见。其中,胡迎建认为迁谪诗词应具有三个特征:一是在迁谪诗人笔下的山水经过主观情性的观照,被赋予强烈的感情色彩;二是迁谪诗人的唱和诗往往情感真挚,不容易堕入空洞化和模

[①] 尚永亮:《贬谪文化与贬谪文学——以中唐元和五大诗人之贬及其创作为中心》,兰州大学出版社2003年版,导论部分。

[②] 陶涛:《论发端于屈原的逐臣文学》,《南京大学学报》(哲学·人文·社会科学)1999年第2期。

式化的窠臼；三是迁谪诗人常于沦落下层的他者形象中寄寓自己的身世飘零之感。①张利玲认为，"迁谪文学是身受迁谪之苦的创作者写迁谪心理情绪感受的文学作品。"②杨仲义认为，"它们(贬谪诗)作为一个诗歌门类，并不是指贬谪者所写的所有诗歌，更不包括那些虽遭贬谪但心无不满、言不及怨的诗歌，而是遭贬谪者述遭贬之事，抒贬谪之情的不平之鸣。"③在这种定义中，创作主体不区分是否为官吏，其性质不区分正向流贬与负向流贬，创作行为的发生亦在被贬之后，而作品内容则强调被贬者的情感体验。

进入21世纪之后，学者张铁军、刘铁峰、刘庆华进一步扩大了流贬文学的概念内涵。张铁军指出："迁谪文学，顾名思义，是指被迁谪者创作的文学样式，其内容主要是写迁谪者的活动、抒发迁谪者的心理情绪感受及其对迁谪地域文化的种种表现与认同。"④刘铁峰认为，"贬谪文学在其主体范畴及其表现领域上具有较明显的确定性和方向性，即贬谪文学应该是指被贬谪者创作的，以表现其对贬谪遭遇的感受、谪居生活中所面临的生存压力及在此压迫下生成的思想感情，被贬谪者对因贬谪而导致的肉体与精神痛苦所促生的超越消解欲求等一系列情感与行为方式为主体内容的文学创作活动。"⑤刘庆华进一步细化了刘铁峰的观点，她认为"只要是表现了贬谪文人的遭遇、思想、情感、心理并具有审美性和艺术性的作品，也无论它们是在贬途、贬所、回朝或回家后痛定思痛的回忆，都应该算是贬谪文学。"⑥在这种定义中，对创作主体与创作行为发生时间的判断与第二类相同，即不区分被贬者是否为官吏，不区分正向流贬与负向流贬，只强调创作行为发生在被贬之后。与之不同的是，在这三位学者看来，流贬文学所反映的内

---

① 胡迎建：《迁谪文学之我见》，蒋长栋等著《贬谪文学论集》，中国文联出版社1999年版，第16~23页。
② 张利玲：《屈赋与迁谪文学漫议》，蒋长栋等著《贬谪文学论集》，中国文联出版社1999年版，第59页。
③ 杨仲义：《试论屈原的狂人精神与伟大人格》，蒋长栋等著《贬谪文学论集》，中国文联出版社1999年版，第135页。
④ 张铁军：《论湖湘巫鬼民祀对湖湘迁谪文学的影响》，《中国文学研究》2003年第3期。
⑤ 刘铁峰：《关于"贬谪文学"的语词考量》，《湖南人文科技学院学报》2006年第4期。
⑥ 刘庆华：《三十年贬谪文学研究的繁荣与落寞》，《湖北社会科学》2011年第5期。

容可囊括流贬文人的遭遇、思想、情感以及心理等多方面的内容，这又与尚永亮先生提出的第一种定义比较接近。

上述学者的讨论主要集中于四点：第一，流贬者的身份是否为官吏？第二，创作主体的流贬遭遇是否需要区分正向和负向？第三，作品创作时间是否需要限定在遭受流贬之后？第四，作品应该反映哪些内容？在笔者看来，流贬文学的创作主体无须区分是否为官吏，如汉代梁竦被徙九真时并无官职，但他在赴贬所途中所写的《悼骚赋》却不能不说是流贬文学。我们也无须区分流贬的性质属于正向还是负向。如果将正向流贬的文人排除在外，那么如唐代宋之问之类因自身过错而遭贬者便不能算是流贬文人，他们在被贬期间所创作的大量文学作品也不能算是流贬文学。不过，为了便于界定研究对象的边界，我们需要区分文人是否具有事实上的流贬经历。例如，汉代严忌、王褒等文人虽不曾遭遇流贬，但他们哀悼、感怀屈原，留下了有名的《哀时命》和《九怀》，这些作品反映了他们对屈原的评价，能够体现一代文人的流贬观，我们在研究流贬文人的相关作品时，可以将《哀时命》和《九怀》结合起来进行考察，但并不将其当作流贬文学作品。正因如此，流贬文学创作应该发生在文人遭受流贬之后。至于流贬文学应该涉及哪些方面的内容，笔者认为不必局限于反映文人流贬之后的一己的情绪、思想和生命状态，但凡是文人在遭遇流贬之后创作的、与文人流贬相关的作品，都可看作流贬文学。

这里需要特别指出的是，以上我们讨论的流贬文学的概念，都是以狭义的文学概念为基础的。在现代汉语语义范畴内，狭义的文学专指"用语言塑造形象以表现社会生活，表达作者思想感情的艺术"①，包括诗歌、散文、小说、戏剧等体裁。事实上，汉语中文学的概念还有一个更为广阔的内涵，即"泛指一切用文字书写的书籍文献"②，这种广义的概念主要应用于中国古代，尤其是魏晋南北朝之前的历史时期。考虑到汉代文史哲的区分尚不明晰的实际情况，本书拟采用广义的文学概念，所考察的文本既包括诗、赋等文学性的作品，也包括奏疏等应用性的作品。因此，综合以上概念辨析，本书所说的两汉"流贬文学"乃是指两

---

① 夏征农、陈至立主编：《辞海》第6版，上海辞书出版社2009年版，第2384页。
② 夏征农、陈至立主编：《辞海》第6版，第2384页。

汉流贬文人在遭遇流贬之后所创作的与流贬事件相关的文章。

二、学术回顾

(一)流贬制度研究成果概览

1. 研究总况

20世纪80年代以来,研究者们从不同视角对流贬现象进行了诸多讨论。在流贬制度方面,以唐代流贬制度和清代流放制度所受关注较多,探讨的问题主要集中于制度的历史渊源、流贬的主要类型、流贬原因或适用罪名、流贬地点、安置和管理措施、流贬迁转与复归途径、制度特点、流贬目的等方面。其他朝代虽偶有学者涉足,但研究热度整体较低。

(1)清代[①]

由于东北黑龙江地区是清代流人的主要聚集地,所以自20世纪80年代初李兴盛先生着手研究东北流人史开始,清代的流放制度研究便率先引起了部分学者的关注,但贬官制度研究较为冷清。

关于清代流放的类型、适用罪名,流放者的复归,流放制度的特点与变化等,张铁纲《清代流放制度初探》一文均进行了简要的阐释。该文指出,清代流放制度包括流、迁徙、充军、外遣四种刑罚。在适用罪名方面,清律中适用四种流放刑罚的罪名共有740项,占总数的近四分之一,大致可分为谋乱等危及清朝政权统治的政治犯罪、贼盗犯罪、违反封建礼教和伦理纲常的犯罪以及触犯政府具体规制的犯罪等类型。文中还指出,清代流放制度具有身份等级森严、种族存在差异的特点,官员、宗室、旗人、平民、奴婢和雇工因政治经济地位、社会阶层的不同,在定罪和执行流放的过程中所受到的待遇也有差异。至1910年清廷颁布《大清现行刑律》,清朝的流放制度发生了显著的变化,取消了杖刑、刺面等附加刑,引入法律面前人人平等的民主思想,形式也更加简明,总体体现出明显的进

[①] 清代流贬制度研究成果主要有:张铁纲:《清代流放制度初探》,《历史档案》1989年第3期;王云红:《清代流放政策之变迁:以流放地的选择为例的考察》,"社会转型与法律变革国际学术研讨会"会议论文,北京,2008年10月,第388~418页;刘欣:《清代宁古塔流人的流放制度及悲惨处境》,《黑龙江史志》2015年第8期。

步性。

在流放地点的选择与流放的目的这两个问题上,张铁纲《清代流放制度初探》一文认为黑龙江地区的齐齐哈尔、宁古塔以及新疆的哈密、昌吉、乌鲁木齐、伊犁等地区是清代主要的流放地。王云红《清代流放政策之变迁:以流放地的选择为例的考察》一文通观清代流放地点的时空变化,认为清代流放从初期的流徙东北逐渐发展为内陆行省和边疆地区通发,形成了清代边疆之间以及边疆与内陆之间相互协调的流放体系。同时,两位学者都认可清代流放的主要功能是通过将犯人押解到荒僻或远离乡土的地方来惩治犯人,以维护封建统治与社会秩序,这突破了以往就偏就远的原则,从而将流放的实用性和惩治的合理性结合起来。

关于流放者所承受的安置和管理措施,张铁纲《清代流放制度初探》一文认为,流放者须押解至配所;承受流刑的同时,有的还需承受杖笞、刺字等附加刑罚,也存在恩赦、停刑、免刑、赎刑的特殊情况;到达配所后,流放犯享有一定的生活待遇,部分犯人则须承担劳役。李兴盛先生《中国流人史》第五编第一章"中国流人的悲惨处境"与刘欣《清代宁古塔流人的流放制度及悲惨处境》一文则较为详细地论述了清代流人在流贬地当差、为奴的黑暗命运。

此外,张铁纲还在《漫评清代的流放制度》一文中简要指出,清代官员流放返还后大多可重新被任用,甚至成为高官显爵、位至极品,不受流放经历的限制。

(2)唐代①

与清代相比,唐代流贬制度研究兴起大约要晚 10 年,但因以尚永亮先生为

---

① 唐代流贬制度研究成果主要有:丁之方:《唐代的贬官制度》,《史林》1990 年第 2 期;刘启贵:《我国唐朝流放制度初探》,《青海社会科学》1998 年第 1 期;尹富:《唐代量移制度与贬谪士人心态考论》,《中华文史论丛》2003 年第 73 期;彭炳金:《唐代贬官制度研究》,《人文杂志》2006 年第 2 期;尚永亮、邹运月、冯丽霞、张娟、程建虎撰:《唐五代逐臣与贬谪文学研究》,武汉大学出版社 2007 年版;张茵茵:《唐代流刑制度研究》,河北师范大学硕士学位论文,2007 年;梁瑞:《试论唐代政府贬官的迁转途径》,《求实》2011 年第 S1 期;姜立刚:《唐代流贬官员分布研究》,西南大学博士学位论文,2013 年;宋菁:《唐代江南地区贬官研究》,上海师范大学硕士学位论文,2013 年;范璇:《唐代山南道贬官研究》,陕西师范大学硕士学位论文,2016 年;王承文:《唐代流放制度和左降官制度与北方家族移民岭南》,《中山大学学报》(社会科学版)2018 年第 2 期;段亚青:《唐代贬谪制度与相关文体研究》,武汉大学博士学位论文,2019 年;吴李诚:《唐代岭南贬官研究》,福建师范大学硕士学位论文,2020 年。

主的多位学者长期坚守、耕耘于这一领域,故唐代流贬制度研究的广度、深度与持久度均更为突出,不论是对流放制度还是贬官制度,讨论均较为充分。

关于唐代流贬的主要类型和流贬制度的特点,尚永亮先生《唐五代逐臣与贬谪文学研究》一书的研究较为系统和全面。在该书第一编"唐五代贬谪制度与逐臣类型的总体考察"中,尚先生从历史文化的角度深入探寻唐五代贬谪制度,详细考察了唐五代贬谪的基本范围与构成要素、主要类型与相关处置以及数种应当纳入贬谪范围的外任情形。据文中分析,贬谪的主要情形应包括既降品秩又远迁异地者、降秩而不出京者、不出京(或出京)品秩不降而投闲置散者、被贬出外而品秩不降反升者,由此归纳出降级、改置闲官、出外这三个要素,可独立形成贬谪,也可复合构成贬谪;贬谪的主要外任官员类型则包括左降官、责授正员官、量移官、流人(限官员)、节度和观察、刺史、东都分司官等;而宽严交替、株连面广、贬杀结合、久不量移、文士多逐臣是唐五代贬谪的显著特点。另外,刘启贵在《我国唐朝流放制度初探》一文中指出,唐代的流放制度本质上是封建地主阶级暴力统治的组成部分,具有封建专制主义的鲜明特征。它一方面集中体现了皇帝作为最高统治者和最高司法长官的历史地位,另一方面显示出封建等级特权原则,有官爵者所受惩罚较轻。

在流贬原因或适用罪名方面,尚永亮先生《唐五代逐臣与贬谪文学研究》第一编第三章"唐五代贬谪的规律与特点"指出,贬谪事件背后,朝代更迭、权奸擅政、朋党之争、宦者作祟、武人为祸乃是导致唐五代流贬者大量产生的政治文化因素。段亚青《唐代贬谪制度与相关文体研究》一文在此基础上详细分析了唐代贬谪现象产生的政治、经济、军事及礼法原因。其中,因政治斗争而遭遇流贬最为常见,具体包括储位争夺、王朝异代、后宫干政、权臣专权、朋党之争以及上书切谏、官员因性格原因而导致政敌攻击等;经济方面主要是因贪赃而获罪;军事方面多为武将因战败而减死流放;礼法方面则主要是违反了律法中的相关规定、触犯了皇帝颁布的相关制敕或者不符合特定文化环境中的礼俗等。

关于唐代流贬地点的探讨,较有代表性的成果是尚永亮先生《唐五代逐臣与贬谪文学研究》第一编第二章"唐五代各朝贬官及文人逐臣考述"。这一章主要运用定量分析法来考察唐五代贬谪官员的时空分布情况,并得出结论:"中唐是贬官最盛的时期,而南方则是唐王朝流贬官员的主要地区。在南方诸道中,岭南道,江南西、东道和山南东道因其荒远偏僻,更成了处置贬官的首选之地。相比之下,北方的流贬之地就少了许多,其中人次最多的河南道,也比南方的岭南道和江南西道少了一半以上。至如陇右道、河北道,因有少数民族的不时侵扰和藩镇的割据,流贬至此的贬官就尤其稀少了。"①至于具体的流贬地研究,尚永亮《唐五代逐臣与贬谪文学研究》第三编"盛唐荆湘逐臣研究"、王承文《唐代流放制度和左降官制度与北方家族移民岭南》、范璇《唐代山南道贬官研究》以及吴李诚《唐代岭南贬官研究》等文分别从国家政策(含政治、军事、经济、文化诸方面)、地理文化环境及交通状况等角度,分析了唐代大量贬谪士人被发往荆湘地区、山南道与岭南的主要原因。另外,日本学者冨谷至在《汉唐法制史研究》一书中详细辨析了唐代流刑的地理起点问题,指出流放的起点不是受刑者的家乡,而是都城。②

关于流贬者所承受的安置和管理措施,以尚永亮先生《唐五代逐臣与贬谪文学研究》第一编第一章"唐五代贬谪制度与贬官类型"、刘启贵《我国唐朝流放制度初探》、段亚青《唐代贬谪制度与相关文体研究》诸文讨论较多。这些安置和管理措施包括流贬者的遣送、家属的处置、在流贬地的劳作与生活管理、流贬期限等多个方面。此外,段亚青还对唐代贬官罪行确认过程中的罪行上奏、法律推鞫、贬诏书写与下达等环节进行了详细的梳理。

关于流贬后的迁转与复归情况,丁之方所撰《唐代的贬官制度》初步论述了唐代考满量移、遇赦量移、因功升迁、朝廷征召四种迁转方式;尹富《唐代量移制度与贬谪士人心态考论》与段亚青《唐代贬谪制度与相关文体研究》在介绍唐代流贬官主要迁转方式的同时,还在不同程度上考察了唐代量移的执行程序、具体情形以及实施的原因。

关于流贬制度实施的目的,刘启贵《我国唐朝流放制度初探》一文指出,唐代流放的实边目的渐趋消失,代之以预防与惩戒,是流放走向成熟的标志。丁之方《唐代的贬官制度》一文则认为,唐代贬官制度除了惩戒官员的作用以外,还可以通过官员的流动来加强中央对地方的控制,具有实用性的功能。

---

① 尚永亮主撰:《唐五代逐臣与贬谪文学研究》,武汉大学出版社2007年版,第50页。
② [日]冨谷至著,周东平、薛夷风译:《汉唐法制史研究》,中华书局2023年版。

(3) 其他朝代

除清、唐两代之外,魏晋南北朝、北宋、辽金元以及明代的流贬制度研究也略有学者涉及。其中值得注意的成果主要有陈俊强《三国两晋南朝的流徙刑——流刑前史》①、罗昌繁《三国两晋贬谪文化与文学》②、孙雅洁《南朝贬谪制度与文学研究》③、赵雅娟《北宋前期贬谪文化与文学》④、刘明《明代贬官研究》⑤以及李兴盛先生《中国流人史》第五编第一章"中国流人的悲惨处境"。

在上述成果中,陈俊强对三国两晋南朝时期流徙刑的原因、地域、年限、流徙者的生存境遇、流徙刑的性质与目的展开了较为详细的论述。他认为,三国两晋南朝时期,犯有谋反罪而遭减死远徙、受谋反罪牵连者是流徙的主要群体。流徙犯最常被流徙到交州、广州、越州等岭南地区,其次是长江下游的扬州(包括东扬州)和江州;流徙地的选择与犯行的严重性具有很强的关联,通常重罪远徙、轻罪近徙,遭流徙岭南者多半犯行严重。犯人一经流徙,通常终生不得还乡,但也存在帝王下诏恩准返乡的情况。犯人远徙荒蛮,生活潦倒,但并未规定家属应强制同行。在法律性质上,六朝流徙刑主要是代刑,是皇帝给予死刑犯、受严重罪行牵连者的恩宥。发展到刘宋明帝时期,流徙刑一度成为正刑,此后还经历了废止—复用—再废止的历史过程。至于流徙的目的,六朝的流徙刑主要是将人逐出建康的权力中心,只有法律和政治层面的作用。

在陈俊强的研究基础上,罗昌繁《三国两晋贬谪文化与文学》一书对三国两晋时期的流贬地域、缘由以及特点进行了补充。书中运用定量分析法,考察出今山东省是曹魏首选的贬谪地域,其次是河北与河南;蜀汉的贬谪地域较为均衡,一般就近选择离成都不远的地方作为贬所;东吴则把两广地区作为首选的贬谪地域,其次为浙江、湖南、江西三省,再次为稍远的福建建瓯地区,其中以岭南与浙江绍兴最为突出;西晋的贬谪地域在五朝之中最多,贬所选择较为分散,离都

---

① 陈俊强:《三国两晋南朝的流徙刑——流刑前史》,《政治大学历史学报》第20期(2003年5月)。
② 罗昌繁:《三国两晋贬谪文化与文学》,新北花木兰文化出版社2018年版。
③ 孙雅洁:《南朝贬谪制度与文学研究》,武汉大学博士学位论文,2022年。
④ 赵雅娟:《北宋前期贬谪文化与文学》,武汉大学博士学位论文,2018年。
⑤ 刘明:《明代贬官研究》,武汉大学硕士学位论文,2020年。

城较近的河南、河北依然是最常见贬所,其次是陕西、湖北等相对偏远的地区,东北绝域带方郡、甘肃武威、云南弥勒也接收过罪犯;东晋的首选贬谪地仍是岭南地区,离建康较近的南昌、九江等地也成了朝廷处罚罪犯的常用地域,湖南与浙江、江苏也常作为罪官被贬之地。从贬谪缘由来看,三国两晋的贬谪事件主要由党争政争、直谏犯颜、议政乱群、宗室内乱、权臣废主贬宗、君主压迫同宗、政变谋反、不事上司、武将士人犯罪、宗室犯罪、战败、易代等原因引起。这一时期的贬谪特点有:无罪遭贬谪者多为废主或宗室、相当数量的被贬者在性质上无关好坏、权臣自贬僚属、实施贬谪时注重行政区域的控制力、对于牵涉谋反重罪的流贬力度较大、对于非议君主合法统治权的贬谪力度较大、被废的外谪官员往往终生未还。

孙雅洁《南朝贬谪制度与文学研究》一文就南朝的贬谪制度进行了细致的考察。她发现,在前代贬谪的基础上,南朝的贬谪制度一方面以《晋律》为底本并予以更加严格具体的规定,另一方面则通过"赦免"与"赎论"为遭贬谪者留下转圜的空间。从类型上来看,受官爵、官号、官职共同组成的制度影响,南朝的贬谪类型既可单独使用,也常出现复合型的惩罚,其中免官最为常见,另有流徙一类,总体来看并不健全。从贬谪的地域来看,南朝贬官主要集中在东南沿海一带,但从梁武帝一朝开始缩紧。此外,南朝贬官具有贵族化的特征,体现为士族、皇族所占比例十分突出。

赵雅娟《北宋前期贬谪文化与文学》一文梳理了北宋前期的贬谪制度。她指出,北宋前期的贬谪制度既严密,又十分人性化。在贬谪实施过程中,罪臣多"止于罢黜",且可受到"抚之以仁,制之以义"的政策恩惠。大部分官员在被贬谪之后很快得到量移,且可以出任官职,甚至受到重用。从贬谪地域来看,受优礼文士政策的影响,北宋四朝的被贬官员大部分集中在京西路、淮南路、江南路等地理位置和经济条件均较好的地区,很少有官员被贬往岭南,总体呈现出宽容态势。并且,宋代还形成了撰写贬诏和谢表、将贬谪事件形于文字的重要规定,通过贬谪制诏的下行与贬官谢表的上达,最高统治者与被贬官员在程序和思想上完成了惩戒与接受的互动。

刘明在其硕士学位论文《明代贬官研究》一文中论述了明代贬官的主要缘由、原则以及贬官的迁转途径。文中指出,明代官员遭受贬谪,有皇位争夺、权力斗争、权臣擅政、宦官势大等政治原因和官员本身失职、渎职、失德以及贪赃等非政治原因。总体来看，明代贬官制度呈现出依法贬官、贬至地方、贬官品级相近、重罪重贬等特征。官员在遭受贬谪之后仍可再次任职并升迁，其迁转途径主要有考核升职、帝王征召、敌方失势、功绩突出、官员推荐等。

(4) 通论

在上述断代研究之外，还有少数学者对中国古代流贬制度进行了通论性质的研究，其中以李兴盛先生的《中国流人史》为典型代表。在该书中，李先生不仅全面梳理了中国古代自先秦夏代至清末各个阶段的流人史概况，分析了各个朝代重要的流放案例与流人的悲惨处境、反抗斗争及历史作用，而且详细阐释了我国刑法史上流放制度从无到有、从简单到完备逐渐深化的过程。他指出，在先秦时代，流放虽然客观存在，但只是刑罚的辅助手段或措施。至秦，与"流"含义相近的"谪""迁""徙"等刑罚首次正式写入《秦律》，标志着流放制度的首次出现与初步形成。到北朝的北魏与北周时，"流"正式与笞、杖、徒、死一起列入五刑，流放制度至此正式确立与完全形成。隋唐以后，《开皇律》《唐律》等有关流放制度的规定日趋完备。此后，相关刑律一方面沿袭唐代流放制度，另一方面也有所调整，先后补充了充军、发遣等流放手段。至清宣统二年(1910)颁布《大清新刑律》，流放制度正式从法律上被废止。此外，马新《论中国历史上的流放》一文也对流放的起源与形成、种类与执行、废止与作用等问题进行了简要的论述。

2. 两汉流贬制度研究

关于两汉流贬制度的研究，多是从法制史的角度探讨两汉的流放现象，但因两汉时期流刑尚未正式形成，故研究者讨论的焦点主要是流刑的前身——迁徙刑。围绕两汉的迁徙刑，诸多学者就其性质与地位、适用罪名、实施目的、管理措施、刑期、迁徙地等问题展开了全面的讨论，其中代表性的成果主要有：日本学者大庭脩于1982年首次出版的《秦汉法制史研究》[①]，其中第四章重点讨论汉代的迁徙刑；中国台湾学者邢义田于1986年发表的论文《从安土重迁论秦汉时代的徙民与迁徙刑》；李兴盛先生于1996年出版的《中国流人史》中有梳理两汉流人相关情况的章节，书中虽未采用"迁徙刑"或与之相近的名称，但事实上研究

---

① [日]大庭脩著，徐世虹等译：《秦汉法制史研究》，中西书局2017年版。

的对象正是两汉迁徙刑；日本学者富谷至于2016年出版的《汉唐法制史研究》，其中第二部"刑罚"之第二章"从迁刑到流刑"重点考察了秦汉时期的迁徙刑。此外，连宏所撰博士学位论文《汉唐刑罚比较研究》之第二章"汉唐流放刑之比较"与刘淑颖所撰博士学位论文《秦汉迁徙刑与迁徙地》亦有值得留意之处。①

两汉迁徙刑的法律性质和地位是诸位学者研究的重点。大庭脩认为，汉代迁徙刑既是替代刑，也存在等同于正刑的情况。在元帝、成帝宽缓刑罚时期，它曾作为死刑的替代刑，成帝之后相当于正刑，载于科条。邢义田指出，凡因罪遭迁徙者，秦曰迁，为正刑，多用于惩罚轻罪。汉则多名之曰徙，但从未成为正式刑名中的一类。汉文帝之后，汉代迁徙刑主要用于将罪不及死者、减死一等者徙于边，起到取代"惩中罪"的肉刑的作用，其性质是替代刑，具有天子施加恩典的意味，象征着天子轻刑罚、重人命，若为正刑，则会失去恩典和象征的意味。因其如此，迁徙刑在汉代应为仅次于死刑的重刑，而思乡恋土、安土重迁的情结则是迁徙刑可以成为"甚于伏法"之严重惩罚的文化根源。在《从安土重迁论秦汉时代的徙民与迁徙刑》附录"论汉代迁徙刑的运用与不复肉刑"中，邢义田还论述了另一种减死一等的严重处罚——下蚕室。他认为减死下蚕室始于西汉初、东汉以降，以死罪因下蚕室成为通例，但到和帝永元八年(96)以后，徙边戍便替代下蚕室成为减死一等的最主要的刑罚方式。富谷至的观点是，迁刑不仅在秦代为正刑、轻刑，而且这种状态一直持续到西汉中期，而非前期汉文帝时。西汉后半叶至东汉，强制罪人移居边境并终生服军役、轻于死刑一等的刑罚出现，富谷至称之为"徙边刑"。因徙边之刑罚不具有确定的刑名，且在史料中均以赦诏的形式出现，故富谷至认为它不属于汉律中成文规定的刑罚，而是一种特别措施。换言之，西汉后半叶以迄东汉，徙边刑并非正刑，而是死刑的替代刑，且是一种终生刑。此外，对照宫刑在汉代律法体系中出现和消失的时间，富谷至认为汉律中首先承担死刑之替代刑作用的是宫刑，至东汉和帝、安帝期间，这种减死一等的作用才由徙边刑替代。其与邢义田的看法的不同之处在于——刑氏认为下蚕室与徙边戍同时存在，只是前者在和帝时消失了；富谷至则认为宫刑的死刑替代作用消失之后，徙边刑才开始发挥替代死罪的功能。

---

① 连宏：《汉唐刑罚比较研究》，东北师范大学博士学位论文，2012年；刘淑颖：《秦汉迁徙刑与迁徙地》，武汉大学博士学位论文，2014年。

关于两汉迁徙刑的适用罪名，大庭脩指出，汉代被处以迁徙刑者多犯有重罪，主要为威胁政权统一的不道罪、大逆不道罪以及影响皇权尊严的大不敬之罪，因其罪重，故为放远，地理位置和罪行轻重之间具有密切的联系。李兴盛先生认为，西汉时期的流放已有一定的量刑标准，诸侯王犯有谋反罪及大逆不道犯、不道与不敬者，均被处以流放。书中归纳的流人类型也有一部分可以体现两汉迁徙刑的适用罪名，其中，因在统治阶级内部斗争中失势而被流者、因与朝廷有矛盾而被流徙之诸侯王、因外戚与宦官之争而被流者、因得罪外戚或宦官被流者，都显示出汉代迁徙刑与政治斗争、权臣擅政之间的密切关联。刘淑颖的归纳较为具体，她认为，迁徙刑是迁刑和徙刑的合称，汉文帝之前为迁刑，适用于较轻的罪名，如免老诈伪、军官失职、群盗及害盗、求盗盗窃、啬夫交游、行于驰道、田舍卖酒、男女奸乱、市场诈骗等；汉文帝之后为徙刑，适用于重罪，如犯大不敬、执左道、情节稍轻的诽谤、杀人、情节较重的臧罪、诈上贼降等罪行者，正犯与家属同徙；如犯大逆不道、恶逆、大不道、谄附侯幸、奸猾不道等罪行者，正犯判处死刑，家属徙远方。

关于两汉迁徙刑的实施目的，大庭脩认为其主要有二：强制移居不便之地以惩罚罪人、将对抗者驱逐出京。前者是刑罚结果，后者是政治目的。连宏认为西汉迁徙刑的重点在于将犯人发配至边远之地，以示惩戒，但从东汉初期开始，迁徙刑一方面仍是皇帝减死罪囚、广布恩赦的一种手段，但更重要的目的是让犯人流至边关，以服劳役或充实边地。冨谷至对驱逐惩罪、皇恩护佑或实边等观点均持否定态度，而是格外强调服役之于徙边刑的重要性，认为自西汉后半叶至东汉，徙边刑的最终目的是迫使犯人在边境承担无期限的军役，以补充有期徒刑之不足。他指出，"西汉后半期才活跃起来的徙边刑，并非以驱逐为第一要义，而是为了复活无期（不定期）劳役刑并以此作为死刑的替代刑。驱逐只不过是必然附随于劳役（即戍边这种军役）的迁移而已，不能以此就定义为驱逐刑、强制迁移刑。"①

关于两汉时期的迁徙地，大庭脩指出，汉代的不道犯、大不敬犯多徙往北方边郡，至于迁徙地，西汉多为敦煌，东汉多为朔方；大逆不道罪之从犯多徙往南方远郡，至于迁徙地，西汉多为合浦，东汉多为日南、九真。导致两汉迁徙地变

---

① ［日］冨谷至著，周东平、薛夷风译：《汉唐法制史研究》，第261~262页。

化的原因有二：东南方距离都城较远，适合惩罚重犯；北方民族关系复杂，迁徙重犯不利于国家安全。总体而言，罪行的轻重与徙迁地点的远近相关，与后世较为完备的流刑相类似。李兴盛先生的考察较为详细，他指出西汉的流人主要集中于西北与西南地区，具体来讲，首先是合浦、敦煌及房陵，其次是西海郡，再次为酒泉、上党、上庸、云阳、严道等地。另外，云南与贵州的西南夷地区也有流放地点。到了东汉，由于戍边、征战、实边的需要，流放地点主要集中于边患严重、用兵较多的北方与西北地区和局势安定、统治较稳的南方地区。具体来说，北方与西北地区主要有朔方郡、度辽营（度辽将军屯五原郡之曼柏县）、五原郡、敦煌郡、金城郡、北地郡、冯翊郡、扶风郡、陇西郡、上郡、安定郡、武威郡等地，南方主要有合浦、日南郡、九真郡、云南之曲靖以及丹阳、桂阳、新城、临羌、涿郡、雁门等地。其中，又以朔方、五原、金城、合浦、九真、日南最为重要。刘淑颖对迁徙地的分析格外细致，除了主要的流放地之外，她还考察了不同主体之间迁徙地的区别，指出封闭的地理环境、隔绝的交通是选择诸侯王迁徙地时最重要的地理因素，而决定平民迁徙地的最重要的地理因素则是偏远的地理位置、恶劣的自然环境以及迥异于中原的人文景观。

关于两汉迁徙刑的管理措施，大庭脩认为，除了强制性的地域改迁之外，汉代有时还会剥夺王位并没收财产，二者可同时附加于迁徙刑。邢义田认为，除了废徙的诸侯王，徙边者无论官民，都要担任戍边、筑城、耕作等强制性的劳役；徙边者到达边地后即编入户籍，纳入当地人口管理。李兴盛先生的阐释相对更为全面，他指出西汉已形成一些迁徙刑的管理制度，包括入当地名籍、行动自由被约束等；东汉对流放者的管理措施更加完备和严密，主要体现为吏员押送、必须服役且对流犯亲属加以人性化的区别对待。

关于两汉迁徙刑的刑期，研究者们普遍认为两汉迁徙刑无具体的回归期限，通常遇赦才能返回。

除了流放之外，贬官和贬爵也是两汉流贬的重要组成部分，但目前学界关于两汉贬官、贬爵制度的研究成果较少，较有说服力的主要是廖伯源先生的《汉代爵位制度试释》，其中第八章"列侯之免废"详细考察了汉代列侯免废的主要原因和背后的政治根源：危及或意图危及皇朝及天子之安全者，非礼、不敬、不孝者,刑事犯罪者,横行不法者,以任官失职者,其他。他指出,汉代一人专政之政治形态才是列侯免废的根本原因。"汉天子或为政治之理由,或为炫耀其无上之权威和对亲近之赏赐,封拜列侯。但却不想列侯以其特权及财富成为地方势力,故以种种限制以束缚之,欲使其成为淳谨之食租地主,不会也不能对汉政府作丝毫反抗。"①

(二)流贬文学研究成果概览

1. 研究总况

对于中国古代流贬文学整体的研究状况,前人已做过不少总结,其中,刘庆华《三十年贬谪文学研究的繁荣与落寞》与朱春洁《数字人文视角下中国古代流贬研究文献可视化分析》二文以定量分析为基本方法,以较为宏观的视野勾勒了流贬文学研究既有的轨迹②。

刘庆华以中国知网收录的论文与已出版的学术专著为数据来源,对20世纪80年代至21世纪初30年间的贬谪文学研究进行回顾以及展望。她指出,在研究对象方面,学界对唐宋贬谪文人与文学的讨论占比99%,其中重点又集中于元和、元祐年间刘禹锡、柳宗元、韩愈、白居易、元稹、苏轼、秦观、黄庭坚等文学大家。其存在的问题是过于偏重唐宋,尤其是元和、元祐两个时期,过于集中在文学名家,重个案研究,且缺少对正向贬谪文人及其创作的关注。在研究地域方面,对岭南、湖湘、荆楚等地的贬谪文人及贬谪文学的研究开展得较多,其次是赣闽地区,而东北、西北地区则明显冷清得多。从研究视角来看,学界对贬谪文人的情感、创作主体的心态以及贬谪文学的艺术特征、美学内涵探讨较多,但较少从个体心理的角度切入。在研究方法方面,30年间贬谪文学的研究基本采用了三种相同的方法:经验实证法、理论逻辑法和文化阐释法,其中,尚永亮先生的《贬谪文化与贬谪文学——以中唐元和五大诗人之贬及其创作为中心》一书

---

① 廖伯源:《汉代爵位制度试释》上册,《新亚学报》第十卷第一期(下)1973年抽印本,第176页。

② 注:刘庆华文载《湖北社会科学》2011年第5期,朱春洁文载《图书馆》2020年第1期。

是将三者综合运用的扛鼎之作。在文献整理方面，贬谪文人作品集与创作编年的整理成果逐渐丰厚，诸如李兴盛先生所著的《东北流人史》《中国流人史》等史学研究著作也为贬谪文学研究的开展提供了很好的参考。不过，除一流的贬谪文人之外，与二、三流贬谪文人相关的文献依然缺乏足够的关注、整理与研究。再从研究者的身份来看，目前从事贬谪文学研究的学者95%以上为古典文学研究的从业者，他们擅长对作品中蕴含的情感、心理驿动、人生态度及审美体验进行把握和解读，但理论的提升尚有不足，缺乏思辨的严密性和体系性。

朱春洁基于知网、万方、维普、读秀等数据库收录的流贬研究期刊论文、学位论文、专著，对中国古代的流贬研究成果进行定量统计与分析。根据该文的考察结果，目前中国古代流贬研究可分为三个时期，其中2001年以前为平缓起始期，2001年至2011年为快速增长期，2012年至今为曲折发展期。从研究对象的朝代分布来看，研究成果的数量以唐、清、宋三代最多，占到总数的75%以上。相比之下，先秦、秦汉、魏晋南北朝、元代、明代则一直呈低缓态势，甚至多次出现年成果数量为零的情况。在研究的程度上，也是唐宋时期的流贬文学研究比较成熟，其他朝代则显得薄弱。在从事流贬文学研究的学者中，以尚永亮、周轩、李兴盛、杨旸等12位学者最为活跃，他们关注的领域也主要集中在唐宋时期，其次是清代、先秦和明代，其他朝代鲜有问津。因此，中国古代流贬研究存在明显的时段差异，朝代之间的分布是不平衡的。作者认为，这种研究现状是由以下原因造成的：其一，影响流贬研究最关键的因素是流贬人员及其作品的知名度，流贬人数并不发挥决定性作用。其二，流贬文学研究的推进与各时段文献整理的进展状况密不可分。最后，这也与主要学者的引领作用密切相关。由于在唐、宋、清三个时段中都活跃着一批长期坚守该领域的学者，并吸纳后学，逐渐形成了以这些学者为中心的研究圈，所以这些领域的流贬文学研究日益繁盛。而对于秦汉、魏晋南北朝、元、明这几个时段，学者和研究圈的长期缺乏则使得研究成果的数量和深度都远不及唐、宋、清三代。总的来说，作者认为一种研究现象的形成既依靠作家和作品本身，同时也和研究者关系密切。

除上述定量考察之外，若要深入了解既有流贬文学研究所处的阶段和层次，则不可绕过尚永亮先生的三部流贬文学研究专著。

其一为《贬谪文化与贬谪文学——以中唐元和五大诗人之贬及其创作为中心》①，在该书中，尚先生首次提出了较为完整的贬谪文学论纲。第一，尚先生界定了"贬谪"的定义，并将贬谪文学研究的对象归纳为四种类型：志大才高，因小人毁谮而被贬者；革除弊政，因斗争失败而被贬者；直言进谏，因触怒龙颜而被贬者；党争激烈，因本派失利而被贬者。第二，尚先生认为封建专制制度、广大士人强烈的参政意识以及对品节的持守是中国古代流贬事件发生的共同的深层原因。第三，尚先生概括了贬谪文学的主要内涵：贬谪不仅是对士人人格的蹂躏和对自由的扼杀，还会给其带来沉重的忧患意识，而谪居的岁月也会赋予贬谪士人独特的生命体验。更为突出的是，贬谪士人在与命运执着抗争的过程中显示出伟大的人格和悲剧的力量，超越忧患的努力也使其精神世界达到一种无所挂碍的境界，因此，执着意识和超越意识构成了贬谪文学最富光彩、最耐人涵咏的深层内涵。第四，尚永亮先生将贾谊与屈原的贬谪心态、意识倾向和文化意义进行了深刻的对比性研究，提炼出中国古代贬谪士人的两种基本模式——以屈原为代表的执着模式与以贾谊为代表的超越模式。在总体的贬谪文学论纲之外，尚先生还以中唐元和时期的韩愈、柳宗元、刘禹锡、元稹、白居易五大贬谪诗人及其贬谪文学为研究对象，从时代文化精神与诗人之贬、生命沉沦和心理苦闷、执着意识和超越意识、悲剧特征和风格主调等方面对其贬谪文学论纲进行了具体的研究实践。总体而言，在中国贬谪文学研究史上，该书是第一部对贬谪文学作出整体、宏观而又卓有成效之观照的研究专著。

其二为《唐五代逐臣与贬谪文学研究》，该书除了从历史文化的角度探寻唐五代贬谪制度之外，以尚永亮先生为主的诸位撰稿人还尝试构建一个贬谪文学研究的基本范式，并以神龙、盛唐、中唐、晚唐时期的贬谪文学研究来构建具体的范式。这一范式包括以下主要组成部分：第一，编览经、史、子、集相关文献，发现、梳理、总结各个时期的流贬制度；第二，在穷尽式地搜集各个时期贬官文献的基础上，运用定量分析法统计相关数据，考察各朝贬官人次、时期、地域分布等情况，再结合定性分析来总结各朝贬谪的规律与特点；第三，挖掘贬谪事件

---

① 尚永亮：《贬谪文化与贬谪文学——以中唐元和五大诗人之贬及其创作为中心》，兰州大学出版社2003年版。

发生的时代政治文化背景,综合分析贬谪士人的前后心态和文学创作;第四,结合文学与政治、地理的关系,探讨政治浮沉与生活地域的改变对贬谪士人之心态和文学创作的影响;等等。

其三为《弃逐与回归:上古弃逐文学的文化学考察》①,该书从神话学、人类学、文艺学、社会政治学等多重文化视角,系统考察中国早期历史中广泛存在的弃子、弃妇、逐臣现象,指出其背后反映的父子、夫妇、君臣三种基本关系,揭示其家国一体、异体同构的文化内涵与从弃逐到回归的具有原型意义的文学母题。其中,第四章"弃逐诗的内在关联及其发展演进"笔力尤深。在此章中,尚先生深细解读《诗经》《离骚》文本,考察《诗经》中的弃妇诗对《离骚》的影响及二者之间的承接转换。他指出,对春秋时代的弃妇诗解读中已存在以夫妻喻君臣等多元阐释,之后渐形成男女君臣之喻的传统,并在骚体逐臣诗《离骚》中由隐微转向明朗、由浮泛转向真切、由局部转向整体、由随意转向自觉,具有典型的范式意义。与前两部专著相比,该书追根溯源、抽丝剥茧,拨开了笼罩于上古弃逐文学之上的重重迷雾,并由点及面、由浅至深、由现象到规律,提出了诸多精辟之论,鲜明地体现出一位勤勉学者矢志推进贬谪文学研究、提升贬谪文学理论高度的自觉追求。

2. 两汉流贬文学研究

具体到两汉时期的流贬文学研究,从宏观角度着眼且值得关注的研究成果主要有二:中国台湾学者郑毓瑜的《性别与家国——汉晋辞赋的楚骚论述》与尚永亮先生《弃逐与回归:上古弃逐文学的文化学考察》之第五章"楚汉弃逐文学之特点与主题嬗变"。②

郑毓瑜先生《性别与家国——汉晋辞赋的楚骚论述》一书对汉代贬谪士人的文学创作进行了卓有见识的整体观照。她指出,西汉哀帝年间刘歆所作的《遂初赋》一方面模仿屈原的《涉江》《哀郢》,以征途为线索构建全文,另一方面又首创了因地及史的写作手法。伴随着客观的地理空间上放逐之旅的逐步推进,贬谪士人主观的历史文化记忆和对原乡眷顾怀往的心绪也逐步被激发,从而形成一种

---

① 尚永亮:《弃逐与回归:上古弃逐文学的文化学考察》,上海古籍出版社2017年版。
② 郑毓瑜:《性别与家国——汉晋辞赋的楚骚论述》,上海三联书店2006年版。

"放逐"与"反放逐"的心理对抗，寄寓着对于文化家国的认同、痛惜或反思。这种"地理—历史"的论述方式，在东汉以来的班彪、蔡邕等人的行旅赋中成为主流。郑教授还讨论了有关"盛世不遇"的问题，她认为汉代贬谪文人的拟骚创作使整个时代的"直谏"进入了一种内在与外在相交融的观察地位，即通过对外在的屈原的遭遇的叙述来表现内化于己的理解和体验。而汉人之所以拟骚、之所以透过骚体来建构直谏的理解环境，是因为屈原的"不遇"是一种自主的选择，反映了对势利和不义的抗拒。对于盛世不遇的汉代贬谪文人而言，"直谏"的意义便超越了劝谏君王，并扩展成为抒发不遇之悲与构建时代共识的一种方式，也是知识分子独立人格趋向自我和内在的体现。

尚永亮先生在《弃逐与回归：上古弃逐文学的文化学考察》之第五章"楚汉弃逐文学之特点与主题嬗变"进一步修订其在《贬谪文化与贬谪文学——以中唐元和五大诗人之贬及其创作为中心》一书中提出的两种贬谪模式。他指出，作为中国历史早期最重要的弃逐诗人，屈原身处逆境却不屈不挠，坚持内心信念，高扬峻洁人格，抨击黑暗现实，深切眷怀故国，最终以死殉志。屈原的政治悲剧是忠奸之争的必然结果，而其表现出的对人生悲剧最顽强的抵抗和对自我志节最坚定的持守则构成了一种深沉博大的执着意识。由此，屈原也确立了"忠奸之争—执着意识"的贬谪模式。中国文学史上第二大贬谪诗人贾谊的贬谪是新旧之争的产物，其忧伤哀叹的主题乃为文人心性下的感怀不遇，在继承屈原执着意识的同时，又具有浓郁但不完全、有限度的超越意识。贾谊将人生关怀的主要目标由社会政治转向了自我生命，将外向的社会批判转向了内向的悲情聚敛，将忠奸斗争的悲壮主题转向了一己的怀才不遇，从而形成中国贬谪史上的第二种典型模式，为后代众多贬谪文人所广泛接受，表现出新的价值和意义。由此，"屈原—忠奸之争—执着"与"贾谊—感怀不遇—超越"两种模式共同深刻地影响着后代贬谪文人的心态、性格以及思想倾向，弃逐文化从先秦至汉代游移演进的轨迹也已明晰。

与整体研究相比，有关两汉流贬文学的个案研究更为普遍。在已有的个案研究中，研究者们切入的视角较为丰富，从作品内容、表现方式、艺术风格、思想特色到流贬心态、意识倾向、文化意义等方面均有涉及。其中，西汉初期的贾谊是最热门的研究对象，研究者们热衷于讨论贾谊的政治命运与流贬期间的文学创作情况。

关于贾谊的政治命运，刘向、荀悦、李商隐、欧阳修、何孟春等中国古代文士与龚克昌、李大明、杨邦国、顾文栋以及尚永亮等现当代学者认为，汉文帝听信周勃、灌婴、张相如、冯敬等大臣的谗言，疏远贾谊，不用其议，且将贾谊出为长沙王太傅，贾谊高才博学却仕途不顺、宏图未展，实为不遇之典型。① 与之相反，班固、王安石、卢文弨等古代评论家却认为，贾谊之谋略多为汉文帝所采用，虽不至公卿，却并非不遇。② 21世纪初，牟宗三先生给出了另一种看法。他在《论贾谊》一文中说："高祖集团是材质上的开国，而贾生则是精神或理想上的开国。故吾谓其为'开国之盛音，创建之灵魂，汉代精神之源泉也'。他是汉代的心灵之开辟者……如此，则彼之使命已尽，任公卿与否无关也。于个人尊荣为不遇，而于时代精神上则已遇矣。"③牟先生的眼光超越了贾谊个人的悲喜，他将贾谊置于两汉时代精神的洪流中，为其找到了应有的位置。

不论贾谊遇或是不遇，他在少年得志时被汉文帝疏远并贬谪是既定的事实。贾谊为何被疏远？汉代刘向、清代王耕心以及现当代的龚克昌、李大明、王兴国等学者认为，贾谊之不遇，缘于他受到了以汉文帝为首的最高统治者的排挤。贾谊不仅得罪了朝中元老重臣，也得罪了佞臣邓通，从而为庸臣所害。④ 宋代文豪苏轼、当代学者陈作林认为，贾谊虽有王佐之才，却志大而量小，才有余而识不足，不加简选、不分轻重、不论缓急地包议一切，且不善处穷，这是他以顺转

---

① 详情可见：(汉)班固撰《汉书·贾谊列传》、(汉)荀悦撰《前汉纪·孝文皇帝纪》、(唐)李商隐著《贾生》、(宋)欧阳修著《欧阳修集·居士外集》卷一〇、(明)何孟春撰《贾太傅书序》；龚克昌：《贾谊赋论》，《中州学刊》1985年第4期；陈作林：《贾谊及其〈服赋〉》，《绥化师专学报》(社会科学版)1986年第2期；李大明：《论贾谊不遇》，《四川师范大学学报》1987年第2期；杨邦国：《"贾谊之不遇，罪在汉文帝"辨——兼与龚克昌、李大明同志商榷》，《江西大学学报》(哲学社会科学版)1988年第2期；顾文栋：《汉文帝为何不用贾谊》，《贵州文史丛刊》1988年2月；尚永亮：《贬谪文化与贬谪文学——以中唐元和五大诗人之贬及其创作为中心》，兰州大学出版社2003年版，第235页。

② 详情可见：《汉书·贾谊列传》、(宋)王安石著《贾生》、(清)卢文弨撰《重刻贾谊〈新书〉序》。

③ 牟宗三：《牟宗三先生全集》第9册，台北联经出版社2003年版，第276~284页。

④ 详情可见：《汉书·贾谊传》、(清)王耕心撰《贾子次诂》卷一六(光绪二十九年春审定本，《泰州文献》第四辑第33册，凤凰出版社2015年版，第349页)、龚克昌《贾谊赋论》、李大明《论贾谊不遇》、王兴国《贾谊评传》(南京大学出版社1992年版，第21页)。

逆、由达至穷的重要的内在原因。① 汉代班固、南宋王应麟、明代李贽以及当代学者顾文栋、杨邦国认为,贾谊之所以铩羽政坛,主要是因为他的政见不符合汉文帝"无为而治"的主张,汉文帝对贾谊的疏远,是汉文帝在特定历史条件下采用的一种政治策略。② 牟宗三先生的观点略有不同,他认为贾谊能审时势、察事变、识大体,拥有具体的智慧,不可动辄以不识时务之迂儒视之。"文帝议以谊任公卿之位,即表示其未尝不知贾谊也。然材质人物之元老重臣,亦何时能顿时即去?此贾谊之所以受挫。"③意即贾谊之不见用,实乃因其不合于时又不合于势矣。

关于贾谊在流贬期间的文学创作,研究者们的讨论较集中于《吊屈原赋》《鵩鸟赋》《旱云赋》以及《惜誓》这四篇赋作。人们分析这四篇赋作的写作目的、主要内容、思想倾向、表现手法、作品风格以及作者辨疑等问题,并积极探索贾谊于贬谪期间的文学创作在文学史上的价值和地位。④ 其中,跃进、张强分析了贬谪长沙对贾谊文章风格的影响:其一是贾谊开始以楚辞为底色创作辞赋,以抒写内心因贬谪而带来的伤痛;其二是贾谊在贬谪期间的政论文也表现出自觉接受楚文化的思想倾向。⑤

总体来看,上述论著对中国历代的流贬制度和流贬文学进行了多方位的观照,为推进中国古代流贬文化与文学研究奠定了良好的基础。但具体到两汉流贬制度与流贬文学,已有的研究成果仍然有欠全面与深入,这也为本书的写作提供了必要的探索空间。

三、本书的主要内容

本书以两汉流贬制度与流贬文学为研究对象,从历史与文学的双重视角切

---

① 详情可见:(宋)苏轼《贾谊论》、陈作林《贾谊及其〈服赋〉》。
② 详情可见:《汉书·贾谊列传》、(宋)王应麟撰《困学纪闻》卷八、(明)李贽著《藏书·德业儒臣后论》、顾文栋《汉文帝为何不用贾谊》、杨邦国《"贾谊之不遇,罪在汉文帝"辨——兼与龚克昌、李大明同志商榷》。
③ 详情可见:牟宗三《论贾谊》。
④ 如前述龚克昌《贾谊赋论》、陈作林《贾谊及其〈服赋〉》、李大明《论贾谊不遇》等文。
⑤ 跃进:《贾谊的学术背景及其文章风格的形成》,《文史哲》2006年第2期;张强:《贾谊赋考论四题》,《文学遗产》2006年第4期。

绪　论

入，综合考察两汉时期的流贬制度、流贬者(含流贬文人)的整体分布状况以及流贬文人的文学书写与流贬经历。

第一章考察两汉流贬的构成要素、主要类型以及法律性质与地位。根据"流"与"贬"的定义以及汉代官爵并行的实际情况，提出汉代流贬事件的三个构成要素，并分为流放、贬官、贬爵三大类型。在性质和地位上，汉代流贬既可作为本刑、替代刑及"比"等法律条例发挥刑事处罚的功能，也可作为行政法规或打击异己的政治策略，具备不同层级的法律地位。

第二章考察两汉流贬的主要程序。在两汉时期，流贬命令通常由监察和司法系统产生，包含起诉、劾察与审理及预判、终审与决断这三个主要环节。其后，通常由御史大夫以诏书、制书、策书或戒(敕)书等诸种不同的形式向下传达，有时也可由丞相与御史大夫同时传达。在执行层面，与贬官、贬爵相比，流放的规定更加繁多且严厉。

第三章考察两汉流贬者在流贬前后遭遇的处置措施。不论是流放、贬官还是贬爵，被流贬者通常都会遭受经济、政治、法律等多方面的损失，严重者甚至需要承担不同程度的劳役或刑罚。流贬发生之后，流放者通过诏赦等途径返还、贬官者再任官均较为常见，但贬爵者复归其位的具体事例并不多。

第四章考察两汉流贬在时间、空间、身份类型及流贬原因诸方面的分布规律与各朝流贬具体情况。两汉流贬人数在汉武帝时达到顶峰，并在西汉末、东汉末形成了两个小型的波峰。分开来看，从西汉到东汉，流放人数缓慢上升，贬官人数快速上升，而贬爵人数则快速下降，贬官类型在数量上占据优势地位。在空间分布上，两汉流贬整体上形成了从东部、东南部地区经中原地区向东北、正北、西北、西南、正南边郡地区，流贬人员数量逐级增多的扇形分布格局。两汉之间，流贬者整体呈现出向东部、东南部地区内移的趋势。在身份类型方面，官僚群体在两汉流贬人员中占比最重，其次为列侯。在流贬原因方面，西汉因政治罪名而导致的流贬人数最多，而东汉各种流贬原因之间的差别相对较小。

第五章考察两汉流贬文人的拟骚现象与流贬文学书写。骚体是两汉流贬文人共同选择的文体形态。其中，以宣寄情志为主的创作意图是其内在基础，骚体适宜于抒情言志的文体功能是其语言基础，而骚体文学注重怨情之表达的文体意味，则是两汉流贬文人拟骚创作的情感旨归。在两汉时期一人专制的政治压力和个体意识自觉的推动下,骚体为流贬文人提供了一种新的情感范式、开辟了一个隐微的表达空间,使其得以宣泄个体内心的失落和苦闷,同时于曲折中寄寓对知识分子独立精神的认可、向往与追慕。

附录对两汉流贬文人的流贬经历进行了首次编年式的考察。

第一章　两汉流贬的类型与性质

第一节　两汉流贬的构成要素与历史渊源

一、流贬的构成要素

本书所说的"流贬",是指统治者施与本政权统辖范围内被统治者的强制性处罚。其中,"流"意为流放。"流放"一词最早出现于春秋战国时期的文献中,《晏子集语》有言:"人君曾不是察,随其所甚恶而甘心焉,于是有流放戮辱之事。"①这里的"流放"是指统治者将犯人强制迁徙到边远地区。这个含义在汉代同样适用,如《汉书·天文志》曰:"八月丁巳,悉复蠲除之,贺良及党与皆伏诛流放。"②"贬"意为"降低、降职"或"损减、减少"。班固《白虎通义·考黜》曰:"二王后不贬黜者何?尊宾客,重先王也,以其尚公也,罪恶足以绝之即绝,更立其次。"③这里的"贬"是指被统治阶级降低王爵。《史记·司马相如列传》曰:"皇皇哉斯事!天下之壮观,王者之丕业,不可贬也。"④这里的"贬"是指损减帝王的基业。因此,汉代之"贬"既可指爵位、官职的降低,又可指禄秩、土地等实际利益的减损,并且这些处罚措施都是针对已有爵位、官职或特定收入者而

---

① (汉)刘向整理,吴则虞编著:《晏子春秋集释》(附录二),中华书局1962年版,第570页。
② (唐)颜师古注:《汉书》卷二六《天文志》,中华书局1962年版,第5册第1312页。
③ (汉)班固撰,(清)陈立撰,吴则虞点校:《白虎通疏证》卷五《考黜》,中华书局1994年版,第314页。
④ (宋)裴骃集解,(唐)司马贞索隐,(唐)张守节正义:《史记》卷一一七《司马相如列传》,中华书局2014年版,第9册第3716页。

言的。

目前，学界探讨流贬问题时，针对的对象主要是各朝官吏，不涉及各朝有爵之人。但是，由于两汉社会在划分社会等级、明确社会秩序时，爵位与官职均为重要的依据，因此，根据汉代的具体情况，本书也将有爵者的流贬情况纳入考察范围。

我国早在春秋时期已出现因功赐爵制。《管子·小问》曰："田宅爵禄，尊也。"①是言齐国国君赏赐的田宅、爵位是尊荣的象征。《史记·晋世家》曰："文公修政，施惠百姓。赏从亡者及功臣，大者封邑，小者尊爵。"②是言晋国对有大功者封以食邑、有小功者赐以爵位。春秋时期，因功赐爵制曾对新兴地主阶级的成长和壮大起到了重要的作用，同时，它也是秦汉军功爵制的前身。战国时期，因功赐爵制进一步发展成熟。《史记·赵世家》记载："敝国使者臣胜，敝国君使胜致命，以万户都三封太守，千户都三封县令，皆世世为侯，吏民皆益爵三级。"③可知赵国已有食封邑的侯爵，且爵位的层级已超过三级。

战国时，秦国建立了完备的二十等军功赐爵制。据《史记·商君列传》记载：

> 有军功者，各以率受上爵……宗室非有军功论，不得为属籍。明尊卑爵秩等级，各以差次名田宅，臣妾衣服以家次。有功者显荣，无功者虽富无所芬华。④

这则材料有三层含义：第一，二十等爵最初是对有军功者的赏赐，即使贵为宗室，无军功者亦不得拜爵；第二，二十等爵内部有明确的尊卑等级，并辅之以相应的田宅和服饰方面的规定；第三，爵位象征着崇高的社会荣誉与社会地位，非物质财富可与之比肩。由于二十等爵制得到了较为广泛和彻底的实施，所以这

---

① （汉）刘向编，黎翔凤撰，梁运华整理：《管子校注》卷一六《小问第五十一》，中华书局2004年版，第956页。
② 《史记》卷三九《晋世家》，第5册第2006页。
③ 《史记》卷四三《赵世家》，第6册第2198页。
④ 《史记》卷六八《商君列传》，第7册第2710页。

一制度深刻影响了秦国乃至秦朝的社会政治与生活。

两汉社会基本继承了秦朝的军功赐爵制,"汉承秦爵二十等,以赐天下"①。爵位在标志汉代人物的身份等级、社会地位方面发挥着与官职同等重要的功能,并对汉代的社会关系、政治经济等方面都产生了深远的影响。② 正如历史学家阎步克先生所说,在秦汉的各种等级安排中,爵位所对应的"爵"和官职所对应的"秩"是两个并行的支柱。"'爵'即封爵和二十等爵,它们主要用以安排身份,而且是用一种富有传统色彩的方式安排身份的;'秩'即'若干石'秩级构成的禄秩,它用以保障行政,而且是用一种'以事为中心'的、具有浓厚'职位分等'色彩的方式来保障行政的。"③因此,在考察两汉流贬现象时,我们应当将与爵位有关的流贬事件也考虑在内。

由此,本书所考察的流贬事件主要包括以下几种情形:

第一,远迁边地不可随意返还者。这种情形主要是指流放,其处置是流放者被本政权统治者强制迁徙至边远地区,也包括从较中心区域迁往地理位置更偏远或者综合条件更恶劣的地带,且无朝廷之令不可私自返还。

第二,降低官爵、禄秩且被出者。这种情形的处置是有官爵者被本政权统治者降低爵位、官职,或减损禄秩、土地等经济利益,并伴有强制迁徙行为,通常是从较中心区域迁往较边缘区域。

第三,降低官爵、禄秩但不出者。这种情形的处置是有官爵者被本政权统治者降低爵位、官职,或减损禄秩、土地等经济利益,但不伴随强制迁徙行为。降低官爵、禄秩等处罚既可单独行使,也可兼而有之,有时亦可与国除、免官等处罚合并,操作起来十分灵活。

---

① (汉)卫宏撰,(清)孙星衍等辑,周天游点校:《汉官六种·汉官旧仪》卷下,中华书局1990年版,第51页。

② 如《九章算术·衰分》曰:"今有大夫、不更、簪袅、上造、公士,凡五人,共猎得五鹿。欲以爵次分之,问各得几何?答曰:大夫得一鹿三分鹿之二。不更得一鹿三分鹿之一。簪袅得一鹿。上造得三分鹿之二。公士得三分鹿之一。"以爵位的高低来决定所应分得鹿肉的多寡,爵位等级对汉代社会生活的影响之深可见一斑。(张苍等辑撰,曾海龙译解:《九章算术》,江苏人民出版社2011年版,第58页。)

③ 阎步克:《从爵本位到官本位——秦汉官僚品位结构研究》,生活·读书·新知三联书店2009年版,序言。

第四，官爵、禄秩持平甚至上升而出外者。这种情形的处置是有官爵者被本政权统治者强制迁徙，表面上其官爵、禄秩不降甚至高于原有水平，但事实上却是为了将其调离关键人物或权力中心等，明为平调、升迁，实乃贬谪也。

第五，罢免官职或废除爵位者。这种情形的处置是被贬者的官职和爵位被统治者直接取消，完全丧失原有的政治权力和地位。官职和爵位的免废既可单独存在，也可同时实施，有时亦伴随强制迁徙行为。相较前面五种情形而言，此类处置无疑更为严厉。

总而言之，两汉流贬事件应符合以下三个要素：首先，流贬对象处于本政权统辖范围内；其次，处罚实施后，流贬对象应发生事实上的权力下降、经济利益受损或地域改迁，亦可兼而有之；再次，处罚带有强制性，不以流贬对象的个人意志为转移。

二、流贬的历史渊源

流贬作为对罪犯的惩罚手段由来已久。《尚书·舜典》曰："流共工于幽州，放讙兜于崇山，窜三苗于三危，殛鲧于羽山，四罪而天下咸服。"① 即古史传说中关于将有罪之人驱逐原籍、流放异地的记录。

商周时期，已有姓名具体、可与真实历史人物相对应的流放事件出现。比如，商汤灭夏，暴君夏桀战败被俘，与宠妃末喜一起被放逐南巢，后死于此地。② 帝太甲不贤，"既立三年，不明，暴虐，不遵汤法，乱德，于是伊尹放之于桐宫"③。周

---

① 《尚书正义》卷三《舜典》，（清）阮元校刻《十三经注疏》，第128页。
② 刘安《淮南子·本经训》："于是汤乃以革车三百乘，伐桀于南巢，放之夏台；武王甲卒三千，破纣牧野，杀之于宣室。天下宁定，百姓和集，是以称汤、武之贤。"（何宁：《淮南子集释》，中华书局1998年版，第580页。）刘向《列女传·孽嬖传》："于是汤受命而伐之，战于鸣条。桀师不战，汤遂放桀，与末喜、嬖妾同舟，流于海，死于南巢之山。"（张涛译：《列女传译注》，山东大学出版社1990年版，第254页。）班固《汉书·外戚传》："夏之兴也以涂山，而桀之放也用末喜。"颜师古注曰："末喜，桀之妃，有施氏女也，美于色，薄于德，女子行，丈夫心。桀常置末喜于膝上，听用其言，昏乱失道。于是汤伐之，遂放桀，与末喜死于南巢。"（《汉书》卷九七《外戚传》，第12册2897页。）
③ 载《史记·殷本纪》，亦可见班固《汉书·王莽传上》、范晔《后汉书·朱冯虞郑周列传》。

成王时，周公摄政，蔡叔因叛乱而为周公所放，后因迁而死。①

战国时期，流放逐渐成为统治者常用的治理手段，如商鞅变法十年后，"秦民大说，道不拾遗，山无盗贼，家给人足。民勇于公战，怯于私斗，乡邑大治。秦民初言令不便者有来言令便者，卫鞅曰'此皆乱化之民也'，尽迁之于边城。其后民莫敢议令。"②

战国晚期至秦朝，流放作为一种惩罚罪人的手段逐渐稳定下来，古时习称的"流"或"放"改而称为"迁"或"谪"，主要包含迁刑与谪戍两种形式。比如，秦昭襄王四十九年（前258），秦名将武安君白起被免为士伍，"迁之阴密"③；秦王嬴政九年（前238），长信侯嫪毐叛乱，事败，"夷嫪毐三族……诸嫪毐舍人皆没其家而迁之蜀"。④ 秦王嬴政十二年（前235），"文信侯不韦死，窃葬。其舍人临者，晋人也逐出之；秦人六百石以上夺爵，迁；五百石以下不临，迁，勿夺爵"⑤。秦王嬴政三十三年（前214），"发诸尝逋亡人、赘婿、贾人略取陆梁地，为桂林、象郡、南海，以适遣戍。西北斥逐匈奴……徙谪，实之初县。"⑥

睡虎地11号秦墓、云梦龙岗6号秦墓出土的简牍文献中有不少关于迁刑和谪戍的记录：

> 1. 从军当以劳论及赐，未拜而死，有罪灋（法）耐䙴（迁）其后；及法耐䙴（迁）者，皆不得受其爵及赐。其已拜，赐未受而死及法耐䙴（迁）者，鼠

---

① 《淮南子·齐俗训》："武王既没，殷民叛之，周公践东宫，履乘石，摄天子之位，负扆而朝诸侯，放蔡叔，诛管叔，克殷残商，祀文王于明堂，七年而致政成王。"（何宁：《淮南子集释》，中华书局1998年版，第815~816页。）《史记·卫康叔世家》："武王既崩，成王少。周公旦代成王治，当国。管叔、蔡叔疑周公，乃与武庚禄父作乱，欲攻成周。周公旦以成王命兴师伐殷，杀武庚禄父、管叔，放蔡叔，以武庚殷余民封康叔为卫君，居河、淇间故商墟。"《史记·管蔡世家》："武王既崩，成王少，周公旦专王室。管叔、蔡叔疑周公旦之为不利于成王，乃挟武庚以作乱。周公旦承成王命伐诛武庚，杀管叔，而放蔡叔，迁之，与车十乘，徒七十人从。……蔡叔度既迁而死。"
② 《史记》卷六八《商君列传》，第7册第2712页。
③ 《史记》卷七三《白起王翦列传》，第7册第2837页。
④ 《史记》卷八五《吕不韦列传》，第8册第3049页。
⑤ 《史记》卷六《秦始皇本纪》，第1册第298页。
⑥ 《史记》卷六《秦始皇本纪》，第1册第323页。

(予)赐。①(《秦律十八种·军爵律》)

2. 故大夫斩首者,罢(迁)。②(《秦律杂抄》)

3. 吏自佐、史以上负从马,守书私卒令市取钱焉,皆迁。③(《秦律杂抄》)

4. (盗)不盈二百廿以下到一钱,迁之。④(《法律问答》)

5. 啬夫不以官为事,以奸为事,论可(何)殹(也)? 当罢(迁)。⑤

6. 外大母同里丁坐有宁毒言,以卅余岁时罢(迁)。⑥(《封诊式·毒言》)

7. 敢行驰道中者,皆迁之。⑦(《云梦龙岗秦简》)

8. 不当稟军中而稟者,皆赀二甲,法(废);非吏殹(也),戍二岁;徒食、敦(屯)长、仆射弗告,赀戍一岁;令、尉、士吏弗得,赀一甲。军人买(卖)稟稟所及过县,赀戍二岁;同车食、敦(屯)长、仆射弗告,戍一岁……⑧(《秦律杂抄》)

由上可知,大夫未尽职责而死、官吏利用公物谋取私利、百姓瞒报谎报家庭人

---

① 陈伟主编,彭浩、刘乐贤等撰著:《秦简牍合集:释文注释修订本》第1~2辑《睡虎地秦墓简牍》,武汉大学出版社2016年版,第123页。
② 陈伟主编,彭浩、刘乐贤等撰著:《秦简牍合集:释文注释修订本》第1~2辑《睡虎地秦墓简牍》,第155页。
③ 陈伟主编,彭浩、刘乐贤等撰著:《秦简牍合集:释文注释修订本》第1~2辑《睡虎地秦墓简牍》,第162页。律文意为:佐、史以上的官吏利用驮运行李的马和看守文书的私卒,进行贸易并牟利,均流放。
④ 陈伟主编,彭浩、刘乐贤等撰著:《秦简牍合集:释文注释修订本》第1~2辑《睡虎地秦墓简牍》,第181页。
⑤ 陈伟主编,彭浩、刘乐贤等撰著:《秦简牍合集:释文注释修订本》第1~2辑《睡虎地秦墓简牍》,第205页。律文意为:啬夫不以官职为事,而专干徇私舞弊的勾当,应加以流放。
⑥ 陈伟主编,彭浩、刘乐贤等撰著:《秦简牍合集:释文注释修订本》第1~2辑《睡虎地秦墓简牍》,第295页。
⑦ 刘信芳、梁柱编著:《云梦龙岗秦简》,科学出版社1997年版,第23页。
⑧ 陈伟主编,彭浩、刘乐贤等撰著:《秦简牍合集:释文注释修订本》第1~2辑《睡虎地秦墓简牍》,第162~163页。

口状况、小额偷盗、玩忽职守等违法行为即可判处迁刑。冒领或贩卖军粮者撤职或罚戍边一至两年不等,有监督职责而未上报冒领或贩卖军粮行为者,亦罚戍边一年。可见,在秦朝的法律体系中,迁刑、谪戍已是有章可循的正式刑罚。

贬官现象最早出现在战国时期。据《史记》记载,约在楚怀王十五年(前314),屈原因上官大夫进谗而被贬谪至汉北一带(今湖北省内)。① 秦昭襄王十年(前306),孟尝君薛文被免除相位。② 秦王嬴政三十五年(前212),公子扶苏直言劝谏,反对坑杀"犯禁者四百六十余人"于咸阳,因而触怒始皇,被外放至上郡与大将蒙恬共筑长城。③ 等等。从数量上来看,在汉代以前的贬官现象中,免官出现的次数要比其他类型来得多些。

秦制中还存在少量关于贬爵的记录。《商君书·境内第十九》云:"爵自二级以上,有刑罪则贬。爵自一级以下,有刑罪则已。"④《汉官旧仪》记载秦二十等爵云:"男子赐爵一级以上,有罪以减,年五十六免。无爵为士伍,年六十乃免者,有罪,各尽其刑。"⑤由此可知,在秦国乃至后来的秦朝,爵位的贬免是一种用以抵消刑事处罚的措施。

总的来看,汉代之前,流放已是一种出现频率较高,并逐渐成为正式刑罚的措施。它既可能是政治斗争的结果,也可能是军事斗争的延续,或是对统治者认为有罪之人的惩罚。相较之下,从战国至秦朝,贬官、贬爵事件发生的次数远少于流放,且带有较大的随意性,除贬爵稍有规定之外,其他贬官情形尚未形成固定的制度。这或许与秦国以及后来的秦朝严刑峻法,多实施墨刑、劓刑、刖刑、宫刑以及大辟等人身刑罚的治国策略有关。

---

① 《史记》卷八四《屈原贾生列传》,第8册第3014页。
② 《史记》卷五《秦本纪》:"十年,楚怀王入朝秦,秦留之。薛文以金受免。"(第1册第265页)
③ 《史记》卷六《秦始皇本纪》,第1册第329页。
④ (战国)商鞅等著,石磊译注:《商君书》,中华书局2009年版,第166页。
⑤ (汉)卫宏撰,(清)孙星衍等辑,周天游点校:《汉官六种·汉官旧仪》卷下,第53页。

第二节 两汉流贬的主要类型

一、汉代官爵制度简述

已知的汉代法律文献中并未发现有关流刑的正式记录。清末法学家沈家本曰："秦、汉以降，未有流刑。梁武天监三年，因任提女之子景慈证成母罪，流于交州。自此复有流刑，盖亦不在正刑之类。"①事实上，两汉时期的流放现象广泛存在，贬官、贬爵现象也颇为频繁，并且形成了初步的制度。

在考察汉代主要的流贬类型之前，我们有必要先对汉代的职官和爵位制度进行简要的了解，以期对流贬的类型形成更清晰的认识。

(一) 汉代职官制度

为满足国家统治的需要，汉代建立了一个庞大的官僚机构，可分为中央官职和地方官职两级。在中央，太师、太傅、太保皆为古官，在汉代官僚体系中位列上公。其下为丞相、御史大夫及太尉。西汉成帝、哀帝之间，汉初设置的丞相、御史大夫、太尉变为司徒、司空、司马，或称大司徒、大司空、大司马，此所谓"三公"。汉代公以下的高级官员为卿，常见的说法是汉代有九卿，秩皆中二千石。②根据安作璋、熊铁基《秦汉官制史》考察，汉代九卿具体是指太常与宗正、光禄勋与卫尉、太仆、廷尉、大鸿胪(附典属国)、大司农、少府(附水衡都尉)、执金吾、将作大匠。西汉武帝时，为加强皇权，朝廷逐渐形成了一个与三公对立的"中朝"，主要包括大将军及其属官、尚书台及侍中、给事中等官员。此后，三公权力日渐没落，到东汉时实权已由尚书台掌握，故《后汉书·陈宠传》记载："汉典旧事，丞相所请，靡有不听。今之三公，虽当其名而无其实，选举诛赏，一由尚书，尚书见任，重于三公，陵迟以来，其渐久矣。"③此外，汉代还设有太

---

① (清)沈家本著：《历代刑法考》，商务印书馆2011年版，第243页。
② 《汉书·百官公卿表上》："自太常至执金吾，秩皆中二千石，丞皆千石。"(《汉书》卷一九上《百官公卿表上》，第3册第733页。)
③ (唐)李贤等注：《后汉书》卷四六《陈宠传》，中华书局1965年版，第6册第1565页。

子宫和皇后宫，皇后宫又分为皇太后宫和皇后宫。在太子宫和皇后宫常设的官职中，以太子太傅、少傅的政治地位较高，与朝廷的关系也较为密切。

在地方，汉初沿袭秦制，在地方设立郡、县两个行政等级，同时又存在封国，为郡县封国并行制。汉武帝以后，朝廷在郡国之上又设置了州部，并因此产生了司隶校尉和十三州刺史，州部以下为郡。西汉初期，朝廷以内史掌治京师。据《汉书·百官公卿表》记载，汉景帝前元二年（前155），内史被分置为左内史和右内史。汉武帝太初元年（前104），右内史更名为京兆尹，左内史更名为左冯翊，同时将执掌列侯的都尉官更名为右扶风，治内史右地，并与左冯翊、京兆尹共同构成"三辅"。河南尹为东汉时设立的官职，"中兴都洛阳，更以河南郡为尹，以三辅陵朝所在，不改其号，但减其秩"①。也就是说，东汉迁都洛阳之后，朝廷以河南尹治京师。西汉时设立的三辅官职依然按原名保留，但减损其禄秩。除内史、河南尹及三辅之外，其他郡的最高行政长官均为郡守，又称太守。汉朝中央政府在少数民族地区设置的属国都尉、使匈奴中郎将、护乌桓校尉、护羌校尉、西域都护等官职，在职权和地位上也约等同于内地的郡守。郡以下的地方行政组织为县，一县的最高官吏为县令或县长，万户以上的大县称县令，万户以下则称县长。②

此外，汉代的诸侯王国、侯国也存在小规模的官僚体系。其中，王国主要包括太傅（也称"傅"）、丞相（也称"相国"或"相"）、中尉、御史大夫、内史、郎中令、卫尉、大行、廷尉、少府、宗正、博士、太仆（也称"仆"）、将军等官职。侯国官吏极少，主要由中央置相一人，西汉侯国尚有行人、洗马、门大夫等五名官吏，光武中兴以后则仅允许千户以上的列侯自行配置家臣。

（二）汉代爵位制度

有汉一代，爵位制度始终存在，并可分为王爵、公爵、二十等爵、武功爵、

---

① 《后汉书》志第二十七《百官志四》，第5册第3614~3615页。
② 《汉书·百官公卿表上》曰："县令、长，皆秦官，掌治其县。万户以上为令，秩千石至六百石。减万户为长，秩五百石至三百石。"（《汉书》卷一九上《百官公卿表上》，第3册第742页。）

女爵等多种类型。西汉前期，爵位制度发挥了较大的作用。汉武帝以后，爵位日益泛滥，到东汉末年已基本失去了原有的价值和地位。

王爵始设于西周时期，秦始皇废分封，以郡县制为国家的地方行政管理制度，王爵于是不存。西汉时，汉高祖刘邦吸取秦亡的教训，实行郡国并行制，设诸侯王、列侯二等之爵，王爵也因封国的恢复而重新启用，故《汉书·诸侯王表》曰："汉兴之初，海内新定，同姓寡少，惩戒亡秦孤立之败，于是剖裂疆土，立二等之爵。"①据唐代杜佑《通典·职官》记载，汉代的"二等之爵"为王侯二等爵制："汉兴，设爵二等，曰王，曰侯。皇子而封王者，其实古诸侯也，故谓之诸侯王。王子封为侯者，谓之诸侯。群臣异姓以功封者，谓之彻侯。"②其中所谓"诸侯王"者，其爵位乃为王爵。《汉书·高帝纪下》亦曰："其有功者上致之王，次为列侯，下乃食邑。"③可知西汉初期的王爵已被正式纳入汉代军功爵的体系。

公爵也诞生于西周时期，属于"公侯伯子男"五等爵体系中的首位。秦朝无公爵，至两汉时期，公爵通常也只在改朝换代时少量出现，象征着当朝统治者对先贤后嗣的一种尊重和礼遇，并非常设爵制。比如，《后汉书·光武帝纪下》记载，建武十三年(37)，光武帝刘秀"降赵王良为赵公，太原王章为齐公，鲁王兴为鲁公。庚午，以殷绍嘉公孔安为宋公，周承休公姬武为卫公"④。

二十等爵制由因功赐爵制发展而来，秦朝即已形成体系完备、等级严明的身份系统。汉代的二十等爵制基本承袭秦朝，根据《汉书·百官公卿表上》记载，汉代的二十等爵制如表1-1所示。

汉代的二十等爵从高到低大体可分为侯级爵、卿级爵、大夫爵以及士级爵四等，其中，列侯与关内侯为侯级爵，十八级大庶长至十级左庶长为卿级爵，九级五大夫至五级大夫为大夫爵；四级不更及以下爵级为士级爵。这种分级亦源于秦

---

① 《汉书》卷一四《诸侯王表》，第2册第393页。
② (唐)杜佑撰，王文锦、王永兴、刘俊文、徐庭云、谢方点校：《通典》卷一九《职官十三》，中华书局1988年版，第855页。
③ 《汉书》卷一下《高帝纪下》，第1册第78页。
④ 《后汉书》卷一下《光武帝纪下》，第1册第61页。

表 1-1　汉代的二十等爵制表

爵级	爵名	（隋唐）颜师古注①	爵级	爵名	（隋唐）颜师古注
1	公士	言有爵命，异于士卒，故称公士也。	11	右庶长	庶长，言为众列之长也。
2	上造	造，成也，言有成命于上也。	12	左更	言皆主上造之士也。
3	簪袅	以组带马曰袅。簪袅者，言饰此马也。	13	中更	言皆主上造之士也。
4	不更	言不豫更卒之事也。	14	右更	言皆主上造之士也。
5	大夫	列位从大夫。	15	少上造	言皆主上造之士也。
6	官大夫	加官、公者，示稍尊也。	16	大上造	言皆主上造之士也。
7	公大夫	加官、公者，示稍尊也。	17	驷车庶长	言乘驷马之车而为众长也。
8	公乘	言其得乘公家之车也。	18	大庶长	又更尊也。
9	五大夫	大夫之尊也。	19	关内侯	言有侯号而居京畿，无国邑。
10	左庶长	庶长，言为众列之长也。	20	列侯（彻侯/通侯）	言其爵位上通于天子。

制，三国时期的曹魏政治家刘劭在《爵制》中首次将秦朝的二十等爵分为四等：

> 秦依古制，其在军赐爵为等级，其帅人皆更卒也，有功赐爵，则在军吏之例。自一爵以上至不更四等，皆士也。大夫以上至五大夫五等，比大夫也。九等，依九命之义也。自左庶长以上至大庶长，九卿之义也。关内侯者，依古圻内子男之义也。秦都山西，以关内为王畿，故曰关内侯也。列侯者，依古列国诸侯之义也。然则卿大夫士下之品，皆放古，比朝之制而异其

---

① 注：转引自《汉书·百官公卿表上》注释。（《汉书》卷一九上《百官公卿表上》，第3册第740页。）

名,亦所以殊军国也。①

此外,汉代二十等爵还有高爵和低爵之分,汉高祖五年(前202)时,高爵以七级爵公大夫为起点。《汉书·高帝纪下》曰:"故大夫以上赐爵各一级,其七大夫以上,皆令食邑,非七大夫以下,皆复其身及户,勿事。"②臣瓒注曰:"秦制,列侯乃得食邑,今七大夫以上皆食邑,所以宠之也。"③又颜师古注曰:"七大夫,公大夫也,爵第七,故谓之七大夫。"④汉高祖八年(前199),高爵与低爵的分界上升一级,为八级爵公乘:"爵非公乘以上毋得冠刘氏冠。"⑤到汉惠帝时,九级爵五大夫成为高爵与低爵的界限,故《汉书·惠帝纪》曰:"爵五大夫、吏六百石以上及宦皇帝而知名者有罪当盗械者,皆颂系。"⑥此后,九级爵五大夫及以上为高爵成为定制,为汉代历朝统治者所采用。

汉武帝时,国库亏空,"赋税既竭,不足以奉战士"⑦。为增加国家财政收入,汉武帝创设了一种可供买卖的新爵制——武功爵。武功爵一共分为十一级:

> 《茂陵中书》有武功爵,一级曰造士,二级曰闲舆卫,三级曰良士,四级曰元戎士,五级曰官首,六级曰秉铎,七级曰千夫,八级曰乐卿,九级曰执戎,十级曰政戾庶长,十一级曰军卫。此武帝所制,以宠军功。⑧

据《汉书·食货志》记载,武功爵"级十七万,凡直三十余万金","千夫如五大夫",可知武功爵价值不菲,其中第七级千夫大约与二十等爵制中的第九级五

---

① 转引自《后汉书·百官五》"关内侯"条注语。见《后汉书》卷一一八《百官五》,第12册第3631页。
② 《汉书》卷一下《高帝纪下》,第1册第54~55页。
③ 《汉书》卷一下《高帝纪下》,第1册第54~55页。
④ 《汉书》卷一下《高帝纪下》,第1册第54~55页。
⑤ 《汉书》卷一下《高帝纪下》,第1册第65页。
⑥ 《汉书》卷二《惠帝纪》,第1册第85页。
⑦ 《汉书》卷二四下《食货志下》,第4册第1159页。
⑧ 转引自《汉书·食货志下》臣瓒注。见《汉书》卷二四下《食货志下》,第4册第1160页。

大夫地位相当。不过，由于爵位在五大夫、千夫以上者方享有免役权，故汉人买爵者多买至五大夫及千夫以上，因而导致国家兵源更显不足，朝廷于是被迫变相取消五大夫、千夫爵位的免役权，使得武功爵绝大部分爵级附带的实际利益名存实亡。汉武帝之后，武功爵制很快退出了历史舞台。

西汉初期，后宫嫔妃亦可拥有爵位。据《汉书·外戚传》记载，西汉后宫共发展出女爵十四等，如表1-2所示。

表1-2 西汉的女爵十四等表

序号	称号	官位	爵位	颜师古《汉书》注	备注
1	太皇太后	/	/	/	
2	皇太后	/	/	/	
3	皇后	/	/	/	
4	昭仪	视丞相	比诸侯王	/	汉元帝加
5	婕妤	视上卿	比列侯	/	
6	娙娥	视中二千石	比关内侯	中二千石，实得二千石也。中之言满也。月得百八十斛，是为一岁凡得二千一百六十石。	
7	傛华	视真二千石	比大上造	真二千石，月得百五十斛，一岁凡得千八百石耳。大上造，第十六爵。	
8	美人	视二千石	比少上造	二千石，月得百二十斛，一岁凡得一千四百四十石耳。少上造，第十五爵。	
9	八子	视千石	比中更	中更，第十三爵也。	
10	充依	视千石	比左更	左更，第十二爵。	
11	七子	视八百石	比右庶长	右庶长，第十一爵。	
12	良人	视八百石	比左庶长	左庶长，第十爵。	
13	长使	视六百石	比五大夫	五大夫，第九爵。	
14	少使	视四百石	比公乘	公乘，第八爵。	

上述十四等女爵虽然爵比诸侯王、列侯，但并无封国，只被赐予汤沐邑，享有获取汤沐邑之赋税的特权，故《汉书·百官公卿表上》曰："列侯所食县曰国，皇太后、皇后、公主所食曰邑。"①颜师古释"汤沐邑"云："凡言汤沐邑者，谓以其赋税供汤沐之具也。"②

东汉初期，女爵授予情况发生了较大的变化。光武帝刘秀不仅取消了后宫嫔妃的爵位，而且也不再赐予其汤沐邑。皇后、贵人的经济待遇以月俸"粟数十斛"来体现，美人、宫人、采女则连较为固定的禄秩都无法拥有，仅凭岁时赏赐来获得经济收入。《后汉书·皇后纪》曰："及光武中兴，斫雕为朴，六宫称号，唯皇后、贵人。贵人金印紫绶，奉不过粟数十斛。又置美人、宫人、采女三等，并无爵秩，岁时赏赐充给而已。"③

二、流放的主要类型

两汉时期，流放者可以是官员、有爵者、庶人或者罪犯，对身份没有限制。流放的方式主要有两种：迁徙刑和谪戍。史书中有实名可查的流放者通常遭受的是迁徙刑，并且流放规模较小；谪戍者则往往因国家战事等方面的需要而被强制性地发配边疆，且发配的规模变化较大，可能只有零星数人，也有可能数以万计，总体规模大于迁徙刑。

（一）迁徙刑

迁徙刑本为秦制，汉代继之。据沈家本《历代刑法考》所载，迁徙刑在秦朝多称之为"迁"，汉代主要称之为"徙"或"迁"，偶有称之为"流徙"者"乃文法偶然用之耳"。④ 据程树德《九朝律考》之"刑名考"，汉代自汉武帝时便有名为"徙边"的刑罚，"永平十六年、章帝建初七年、和帝永元八年、安帝元初二年及冲帝桓帝时，俱有徙边之令。"⑤根据史料，汉代迁徙刑可分为有罪见徙、连坐从徙

---

① 《汉书》卷一九上《百官公卿表上》，第3册第742页。
② 《汉书》卷一下《高帝纪下》，第1册第75页。
③ 《后汉书》卷一〇上《皇后纪》，第2册第400页。
④ （清）沈家本：《历代刑法考》，第17页、第223页。
⑤ （清）程树德著：《九朝律考》，商务印书馆2011年版，第63~64页。

第一章 两汉流贬的类型与性质

以及减死徙边三种类型。

1. 有罪见徙

有罪见徙是指徙边者本身犯有某一种或多种罪行，因而被强制性地直接判处徙边。因有罪而直接徙边的惩罚措施源自秦朝，在汉代也十分常见。王侯吏民若犯下谋逆、杀人、乱伦等较为严重的罪行，或因诬告、直谏等原因触犯了当权者，都极有可能被直接远迁异地。比如，汉高祖十一年（前196），梁王彭越被其太仆诬告谋反，高祖捕之，赦以为庶人，徙蜀郡青衣县（今芦山、宝兴、名山三县及雅安市青衣江以北之地）；汉武帝元鼎年间（前116—前111），常山王刘勃因于服丧期间行男女之事，武帝不忍致诛，将其废徙房陵（今湖北省房县）；汉桓帝延熹二年（159），梁冀被诛，黄琼复拜为太尉，举奏州郡素行贪污至死徙者十余人；等等。

2. 连坐从徙

连坐从徙是统治者对有罪者之外的第三者实施的株连性刑罚，被连坐者本身虽并无过错，但由于其与犯罪者具有某种特殊的关系，因而往往也被视为有罪的或具有潜在威胁的对象。

连坐从徙亦承秦制而来。睡虎地11号秦墓竹简《秦律杂抄》记载：

> 匿敖童，及占（癃）不审，典、老赎耐。百姓不当老，至老时不用请，敢为酢（诈）伪者，赀二甲；典、老弗告，赀各一甲；伍人，户一盾，皆罨（迁）之。傅律。①

秦代"令民为什伍，而相牧司连坐"②，"一家有罪而九家连举发，若不纠举，则十家连坐。"③这则材料记录的是秦代什伍制度中，百姓若瞒报谎报户籍、同伍邻居须连坐流放的规定。

---

① 陈伟主编，彭浩、刘乐贤等撰著：《秦简牍合集：释文注释修订本》第1~2辑《睡虎地秦墓简牍》，第171页。
② 《史记》卷六八《商君列传》，第7册第2711页。
③ 转引自《史记》卷六八《商君列传》司马贞索隐，第7册第2712页。

又《法律问答》曰：

> 廷行事有罪当罨(迁)，已断已令，未行而死若亡，其所包当诣罨(迁)所。当罨(迁)，其妻先自告，当包。①

这里的"包"应为"保"之意。《汉书·元帝纪》云："除光禄大夫以下至郎中保父母同产之令。"②应劭注曰："旧时相保，一人有过，皆当坐之。"③从上引两条材料可以看出，秦代犯罪者被流放时，其家属也应随往被迁的地点，即使犯罪者在判决后、未行前死亡，或者妻子在事发前自首，也不能免去家属随迁的刑罚。

汉代以亲缘关系为连坐徙边的主要判断依据之一。比如，汉成帝永始、元延年间(前16—前9)，北地浩商兄弟伪称司隶掾、长安县尉，杀义渠长妻子六人，后被捕伏诛，家属俱徙合浦郡；汉明帝永平四年(61)，陵乡侯梁松因心存怨望、飞书诽谤朝廷而下狱死，其妻子以及梁竦、梁恭二弟均被徙往九真郡(今越南中部)；汉章帝建初八年(83)，外戚梁竦为窦氏所陷，冤死狱中，家属复徙九真郡。此类案例中，徙边者均因与犯罪者存在密切的亲缘关系而被连坐，即使有罪者在定刑后死亡，家属仍须依令徙往边郡。不过，有时候有罪者若在流放之前自杀，那么家属则有可能免受迁刑，如汉和帝永元元年(89)，尚书仆射郅寿被大将军窦宪诬以诽谤罪，下吏当诛。侍御史何敞上疏争之，寿遂减死而徙合浦，"未行，自杀，家属得归乡里。"④

东汉以后，判定连坐徙边者的另一个主要依据是政治关系。当犯罪者因谋反、霸权等严重的罪名而伏诛或受到其他处罚时，其党与常以连带责任而被判处徙边。比如，光武帝建武十八年(42)，蜀郡守将史歆反，宕渠杨伟、胊䏰徐容等起兵应之，光武平乱后，徙其党与数百家于南郡(位于今湖北荆州)、长沙郡(今湖南东部、南部和广西全州、广东连县、阳山等地)；汉安帝延光四年

---

① 陈伟主编，彭浩、刘乐贤等撰著：《秦简牍合集：释文注释修订本》第1~2辑《睡虎地秦墓简牍》，第205~206页。
② 《汉书》卷九《元帝纪》，第1册第286页。
③ 《汉书》卷九《元帝纪》，第1册第286页。
④ 《后汉书》卷二九《郅恽传》，第4册第1034页。

(125),大鸿胪阎显等专朝争权,奏诛中常侍樊丰,废大将军耿宝、帝乳母王圣,樊、耿及王氏党与乃皆见死徙。

3. 减死徙边

减死徙边在秦朝并无先例,但在西汉末期至东汉却时有发生。这种情况通常是犯人本应因某些严重的罪名而被判处死刑,但统治者出于人道考虑或国家政治和军事方面的需要,赦免其死罪,改判徙边。比如,汉成帝绥和二年(前7),右曹侍郎薛况因博士申咸毁议其父,故意使人伤咸面目,"断鼻唇,身八创",后减罪一等,徙敦煌(今敦煌西部)。汉和帝永元元年,尚书仆射郅寿为大将军窦宪所陷,下狱当诛,侍御史何敞上疏争之,寿方得减死,徙合浦郡(约今北部湾城市群部位);汉灵帝光和元年(178),议郎蔡邕为将作大匠阳球、中常侍程璜所中伤,下洛阳狱,几弃市,中常侍吕强救之,有诏减死一等,髡钳徙朔方,不得以赦令除;等等。

(二)谪戍

谪戍也是两汉流放的一种主要形式。《历代刑法考》中录有"充军"一则,实为谪戍之刑;又有"谪戍""屯戍"二则,其中有罪而迁者,亦为代刑者也。谪戍者被统治者发配到边远地区后,常被强制从事军事远征、边境防备等役务。从类型上来说,在两汉时期,七科谪、有罪民以及恶少年属于直接谪戍的群体,此外还有减死谪戍的情况。

1. 七科谪

七科谪制度起源于秦,统治者将有罪的七类人员徙往边县谪戍,以达到处罚和利用的双重目的。《史记·秦始皇本纪》云:"三十三年,发诸尝逋亡人、赘婿、贾人略取陆梁地,为桂林、象郡、南海,以适遣戍。……三十四年,適治狱吏不直者,筑长城及南越地。"①《汉书·晁错传》云:"秦之戍卒不能其水土,戍者死于边,输者偾于道。秦民见行,如往弃市,因以谪发之,名曰'谪戍'。先发吏有谪及赘婿、贾人,后以尝有市籍者,又后以大父母、父母尝有市籍者,后

---

① 《史记》卷六《秦始皇本纪》,第1册第323页。

入闾，取其左。"①可知秦之谪戍者包括有罪吏、尝逋亡人、赘婿、贾人、有市籍者或大父母、父母尝有市籍者、闾左等人员。对秦民而言，谪戍或"死于边"，或"偾于道"，是与死刑同等严重的刑罚。

汉代七科谪与秦代基本相同，"吏有罪一，亡命二，赘婿三，贾人四，故有市籍五，父母有市籍六，大父母有市籍七，凡七科也。"②其中，有罪吏是指触犯了法律但不足以判处死刑的官吏。在张家山汉简中，我们可以看见较多关于汉初有罪吏谪戍的规定：

> 盗出黄金边关徼，吏、卒徒部主者智（知）而出及弗索，与同罪；弗智（知），索弗得，戍边二岁。③（《二年律令·盗律》）
>
> 吏将徒，追走（走）盗贼，必伍之，盗贼以短兵伤其将及伍人，而弗能得捕，皆戍边二岁。……与盗贼遇而去北，及力足以追逮捕之而官□□□□□逗留畏耎弗敢就，夺其将爵一级，免之，毋爵者戍边二岁；而罚其所将吏徒以卒戍边各一岁。④（《二年律令·捕律》）
>
> 盗贼发，士吏、求盗部者，及令、丞、尉弗觉智（知），士吏、求盗皆以卒戍边二岁，令、丞、尉罚金各四两。⑤（《二年律令·捕律》）

上述材料中，若黄金被盗，吏卒在不知情且未向盗贼索要黄金的情况下，将被罚戍边二岁；盗贼杀伤人，吏使人追捕之，因负伤而未能将盗贼捕获，吏与卒皆罚戍边二岁；吏与盗贼相遇而败北且不敢尽力追捕者，有爵位的将领贬爵一级，无爵位者罚戍边二岁，将领所率的士卒罚戍边一岁；盗贼暴乱，负责巡行边塞和追捕盗贼的吏员未察觉，皆罚以士卒的身份戍边两岁。这里的"士吏"为吏

---

① 《汉书》卷四九《晁错传》，第8册第2284页。
② 转引自《汉书》卷六《武帝纪》张晏注，第1册第205页。
③ 张家山二四七号汉墓竹简整理小组编著：《张家山汉墓竹简〔二四七号墓〕：释文修订本》，文物出版社2006年版，第19页。
④ 张家山二四七号汉墓竹简整理小组编著：《张家山汉墓竹简〔二四七号墓〕：释文修订本》，第27~28页。
⑤ 张家山二四七号汉墓竹简整理小组编著：《张家山汉墓竹简〔二四七号墓〕：释文修订本》，第28页。

员名,汉代边郡部都尉所属候望系统的候官(候的官署)与部(候长的官署)两级属吏均有士吏,候的属官塞尉所属亦有士吏,掌巡行边塞。"求盗"为亭卒名,汉置,掌逐捕盗贼。《汉书·高帝纪上》注引应劭曰:"旧时亭有两卒,一为亭父,掌开闭扫除,一为求盗,掌逐捕盗贼。"①由此可以推测,汉代官吏因罪谪戍的条目是较为繁多而琐碎的。"亡命"是指因惧怕惩罚而在被捕前逃亡的有罪者。比如,《汉书·酷吏传》曰:"延年后复劾大司农田延年持兵干属车,大司农自讼不干属车。事下御史中丞,谴责延年何以不移书宫殿门禁止大司农,而令得出入宫。于是覆劾延年阑内罪人,法至死。延年亡命。"②《后汉书·马援传》曰:"后为郡督邮,送囚至司命府,囚有重罪,援哀而纵之,遂亡命北地。遇赦,因留牧畜,宾客多归附者,遂役属数百家。"③"赘婿"乃言家贫无聘财,以身为质入妻家之男子。贾谊《上疏陈政事》曰:"商君遗礼义,弃仁恩,并心于进取,行之二岁,秦俗日败。故秦人家富子壮则出分,家贫子壮则出赘。"④"贾人""故有市籍""父母有市籍""大父母有市籍",则是指以经商为业者、曾以经商为业者、父母及祖父母以经商为业者。

汉代七科谪主要实施于西汉初期。据《汉书·武帝纪》记载,天汉四年(前97),汉武帝曾"发天下七科谪及勇敢士,遣贰师将军李广利将六万骑、步兵七万人出朔方";元封六年(前105),益州、昆明反,武帝"赦京师亡命令从军,遣拔胡将军郭昌将以击之"。⑤除了加强边防、强化内地治安之外,两汉七科谪还具有鼓励农耕、抑制商业发展的目的。值得注意的是,汉代七科谪中,除有罪吏和亡命者之外,其他几类谪戍人员并非真的犯下某种罪行,而是统治者出于伦理秩序、重农抑商等方面的考虑而刻意对其进行打压的结果。

2. 有罪民、恶少年

"有罪民"是指触犯了法律的平民百姓。《汉书》记载了两次有罪民谪戍事件,

---

① 转引自《汉书》卷一上《高帝纪上》应劭注,第1册第5页。
② 《汉书》卷九〇《酷吏传》,第11册第3667页。
③ 《后汉书》卷二四《马援传》,第3册第828页。
④ 《汉书》卷四八《贾谊传》,第8册第2244页。
⑤ 《汉书》卷六《武帝纪》,第1册第198页。

一次是元狩五年(前118),汉武帝"徙天下奸猾吏民于边"①;另一次是元始四年(4)冬,汉平帝"置西海郡,徙天下犯禁者处之"。②"奸猾吏民"与"犯禁者"之中,都包含罪民的部分。

何谓"恶少年"?《荀子·修身》曰:"偷儒惮事,无廉耻而嗜乎饮食,则可谓恶少者矣;加惕悍而不顺,险贼而不弟焉,则可谓不详少者矣,虽陷刑戮可也。"③颜师古曰:"恶少年,谓无行义者。"④"谓无赖子弟也。"⑤可见,恶少年在行为上是缺乏道义的。"恶少年"又有"少年""闾巷少年""闾里少年""邑中少年""城中少年"等称谓,王子今先生概括说:"其身分,大致是职业卑贱或基本无业的城镇居民中的青少年。"⑥在秦汉社会中,恶少年是一个特殊的群体。一方面,他们纵逸狂放,蔑视法律条令,"攻剽椎埋,劫人作奸,掘冢铸币"⑦,对社会治安造成了恶劣的影响;另一方面,他们又"任侠并兼,借交报仇,篡逐幽隐,不避法禁,走死地如骛"⑧,表现出好勇斗狠、视死如归的性格特征,从而被统治者利用,派遣谪戍边地,成为国家防御力量的一部分。比如,太初元年,汉武帝以李广利为贰师将军,发属国六千骑及郡国恶少年数万人西征大宛获取善马;同年夏,发恶少年及边骑戍敦煌郡,岁余而出六万人;汉昭帝元凤五年(前76)六月,发三辅及郡国恶少年吏有告劾亡者,屯辽东。总体来说,两汉恶少年谪发次数不多,但总量较大,且主要发生在西汉。

3. 减死谪戍

减死谪戍亦非秦制,汉代尤其是东汉却屡次实施。通常,谪戍者先前已背负某些应处死刑的严重罪名,但统治者出于人道考虑或国家政治、军事需要,将之减死戍边。比如,汉明帝曾于永平八年(65)、永平九年(66)、永平十六年(73)

---

① 《汉书》卷六《武帝纪》,第1册第179页。
② 《汉书》卷一二《平帝纪》,第1册第357页。
③ (战国)荀子等著,(清)王先谦撰,沈啸寰、王星贤点校:《荀子集解》,中华书局1988年版,第34页。
④ 《汉书》卷三一《李广利传》,第7册第2699页。
⑤ 《汉书》卷七《昭帝纪》,第1册第231页。
⑥ 王子今:《说秦汉"少年"与"恶少年"》,《中国史研究》1991年第4期。
⑦ 《史记》卷一二九《货殖列传》,第10册第3969页。
⑧ 《史记》卷一二九《货殖列传》,第10册第3969页。

先后三次将郡国、中都官死罪系囚皆减死罪一等，诣度辽军营，屯朔方郡（今黄河河套西北部）、五原郡（今内蒙古自治区后套以东、阴山以南、包头市以西和达拉特旗、准格尔旗北部地）或敦煌郡；汉章帝曾于元和元年（84）、元和三年（86）、章和元年（87）先后五次将郡国、中都官系囚或天下死罪者减死一等，诣金城郡（今甘肃兰州以西、青海部分地区）；等等。

这里要注意的是，谪戍应与戍役区别开来。戍役是两汉时期每一个成年男子必须履行的义务，又称为"徭戍"。《汉书·昭帝纪》如淳注曰：

> 天下人皆直戍边三日，亦名为更，律所谓繇戍也。虽丞相子亦在戍边之调。不可人人自行三日戍，又行者当自戍三日，不可往便还，因便住一岁一更。诸不行者，出钱三百入官，官以给戍者，是为过更也。律说，卒践更者，居也，居更县中五月乃更也。后从尉律，卒践更一月，休十一月也。《食货志》曰："月为更卒，已复为正，一岁屯戍，一岁力役，三十倍于古。"此汉初因秦法而行之也。后遂改易，有谪乃戍边一岁耳。①

按规定，两汉的戍役主要分为三种：更卒、正卒和戍卒。其中，更卒是指成年男子每年须在户籍所在的郡县服役一个月，本人亲自服役为"践更"，本人不愿服役而出钱请人代之为"过更"。汉武帝以后，"过更"逐渐形成了一种制度，称为"更赋"。正卒是指每位成年男子一生中须服兵役一年，且退役后仍须听从官府调遣。戍卒是指每一位成年男子一生中须服戍役一年。与正卒不同的是，中央郡县管辖下的戍卒虽然也属于兵役，但服役者须到边地执行戍守任务，或者至京师屯戍。王国管辖下的戍卒则主要在本王国范围内戍守。因此，戍役乃为汉代每位成年男子应尽的义务，而并非针对有罪者的惩罚。此外，谪戍者的刑期通常为一年至数年，而戍役基本为期一年，这也是两者不同的地方。

三、贬官的主要类型

两汉贬官的对象均担任某一种或数种官职，并享有与其官职相对应的禄秩和

---

① 《汉书》卷七《昭帝纪》，第1册第230页。

权益。贬官的类型主要可分为贬谪、贬职、降秩、出官、免官。其中,免官的惩罚最为严厉。

(一) 贬谪

贬谪是两汉贬官现象中较为典型、处置也较严厉的一种类型,同时包含降低官职级别、强制性出外两层含义,贬谪之地的环境通常比原任职地更为偏远恶劣。比如,汉元帝在位期间(前48—前33),孔光因与天子意见不合,由谏大夫左迁虹长。西汉时,"武帝元狩五年初置谏大夫,秩比八百石"①。谏大夫在宫内任职,既有较多向皇帝进言的机会,又具有较高的社会声望,故虽无常员,但"皆名儒宿德为之"。② 虹长为沛郡虹县(今安徽省五河县西)县长,依汉制,"万户以上为令,秩千石至六百石。减万户为长,秩五百石至三百石。皆有丞、尉,秩四百石至二百石,是为长吏。"③故由谏大夫左迁为虹长不仅官职降低、禄秩减少,而且远离君侧,极大地削弱了其实现政治抱负的可能性,社会地位亦直线下降,孔光因此"自免归教授"。④ 汉成帝建始元年(前32),权宦石显失势,少府五鹿充宗因党附于显,被贬为玄菟太守。少府为九卿之一,"掌山海池泽之税,以给共养,有六丞"⑤,秩中二千石,是供养天子的重要职位。⑥ 太守为一郡的最高官吏,掌管一郡之政治、经济、风俗、民情等各项事务,为联结中央和郡县的中枢,秩二千石。⑦《汉官解诂》记曰:"太守专郡,信理庶绩,劝农赈贫,决

---

① 《汉书》卷一九上《百官公卿表上》,第3册第727页。
② 转引自《后汉书集解》惠栋注:"汉初不置,至武帝始因秦置之,无常员,皆名儒宿德为之。光武增'议'字为'谏议大夫',置三十人。"(清)王先谦撰:《后汉书集解》卷二五《百官志二》"谏议大夫六百石"条,中华书局1984年影印本,第1315页。
③ 《汉书》卷一九上《百官公卿表上》,第3册第742页。
④ 《汉书》卷八一《孔光传》,第10册第3353页。
⑤ 《汉书》卷一九上《百官公卿表上》,第3册第731~732页。
⑥ 《汉书·外戚传下》:"后又更号帝太太后为皇太太后,称永信宫,帝太后称中安宫,而成帝母太皇太后本称长信宫,成帝赵后为皇太后,并四太后,各置少府、太仆,秩皆中二千石。"(《汉书》卷九七下《外戚传》,第12册第4001页。)
⑦ 《汉书·百官公卿表上》:"郡守,秦官,掌治其郡,秩二千石。有丞,边郡又有长史,掌兵马,秩皆六百石。景帝中二年更名太守。"(《汉书》卷一九上《百官公卿表上》,第3册第742页。)

讼断辟，兴利除害，检察郡奸，举善黜恶，诛讨暴残。"①五鹿充宗由少府贬为玄菟太守，官秩下降虽不多，但玄菟郡的辖境约在今辽宁省东部以东至朝鲜咸镜道一带，出任该郡太守实与发配边疆无异。

此外，两汉贬谪还存在官职与禄秩不匹配的特殊情况。比如，汉宣帝元康三年(前63)，京兆尹黄霸因违反军律而遭接连降秩，后奉诏出为颍川太守，"以八百石居治如其前"②。汉武帝太初元年以后，京兆尹为三辅之一，与左冯翊、右扶风共辖京师，秩中二千石，与九卿相同，并可参与朝议。③ 黄霸出为郡守之后不仅失去了议政的资格，且禄秩亦非与太守一职对应的二千石，而是任京兆尹期间屡遭降秩后的八百石，其所承受的处罚是在旧制和惯例的基础上额外增加的。

(二) 贬职

贬职为降低官职级别但不强制出外的贬官类型。汉代禄秩的级别与官职直接对应，通常贬职的同时还伴随着降秩。比如，汉武帝元封元年(前110)，武帝以御史大夫卜式不习文章为由，将其贬为太子太傅。武帝时，御史大夫位上卿，掌副丞相，秩中二千石。太子太傅为太子之师，秩二千石。④ 卜式被贬后，其官职和禄秩同时下降。又如汉章帝建初五年(前80)，太常楼望坐事左转为太中大夫。东汉时，太常掌礼仪祭祀，置一人，为中二千石官，而太中大夫掌议论，置二十

---

① （汉）王隆撰，（汉）胡广注，（清）孙星衍辑：《汉官六种·汉官解诂》，第20页。
② 《汉书》卷八九《循吏传》，第11册第3631页。
③ 注：据《汉书·百官公卿表上》，西汉三辅皆秩二千石，与太守相同。然《后汉书·百官志四》曰："其京兆尹、左冯翊、右扶风三人，汉初都长安，皆秩中二千石，谓之三辅。"（《后汉书》卷一一七《百官志四》，第3614页。）又，安作璋、熊铁基认为，三辅长官备位九卿，《后汉书》所载更为准确。（安作璋、熊铁基：《秦汉官制史稿》，齐鲁书社1984年版，第41页。）
④ 《汉书·百官公卿表上》："御史大夫，秦官，位上卿，银印青绶，掌副丞相。有两丞，秩千石。"臣瓒注曰："《茂陵书》御史大夫秩中二千石。"（《汉书》卷一九上《百官公卿表上》，第3册第725～726页。）又，"自太子太傅至右扶风，皆秩二千石，丞六百石。"（《汉书》卷一九上《百官公卿表上》，第3册第737页。）又，《后汉书·百官志二》："本注曰：掌礼仪祭祀。每祭祀，先奏其礼仪；及行事，常赞天子。"（《后汉书》卷一一五《百官志二》，第11册第3571页。）

人，秩仅千石。楼望从太常贬为太中大夫，其官职和禄秩的下降也很明显。① 不过也有例外，如汉成帝即位时，大鸿胪冯野王因身份为王舅，有司奏其不宜备九卿，后以大鸿胪秩出为上郡太守，加赐黄金百斤，意即冯氏虽官职被贬且出外，但其禄秩不降，这显然是一种额外的恩赐。

也有一些官吏表面上升迁到一个禄秩更高的职位，但事实上其拥有的重要职权却极大地减少，这种明升实贬的情况实质上等于贬职。比如，汉高后元年(前187)，吕后称制，欲立诸吕为王，右丞相王陵以为不可，遂忤太后，乃拜为帝太傅。汉高后时，左、右丞相皆为千石官，其职责为助天子理万机。太傅位在三公之上，掌天子教育，名崇位尊，但并无实际职权。② 吕后以王陵为帝太傅，实则夺其相权。又如汉桓帝元嘉元年(151)，尚书杨秉上疏劝谏桓帝勿私幸河南尹梁胤府舍，以此忤大将军梁冀，后左迁为光禄大夫。③ 东汉时，尚书台为总理国家政务的中枢，尚书为六百石官，禄秩虽少，然职权极重，不仅掌握着官吏的任免，还掌握着刑狱诛赏的大权，在朝威望与日俱增。光禄大夫禄秩比二千石，掌顾问应对，无常事。④ 因此，杨秉从尚书转为光禄大夫，事实上拉开了其与权力中心的距离，可谓明升实贬。

(三) 降秩

降秩为仅降低被贬者的禄秩，但不损害其官职级别且不强制出外的贬官类

---

① 《后汉书·百官志二》："太常，卿一人，中二千石。""太中大夫，千石。本注曰：无员。"(《后汉书》卷一一五《百官志二》，第 11 册第 3571、3577 页。)

② 《汉书·百官公卿表上》："相国、丞相，皆秦官，金印紫绶，掌丞天子助理万机。秦有左右，高帝即位，置一丞相，十一年更名相国，绿绶。孝惠、高后置左右丞相，文帝二年复置一丞相。有两长史，秩千石。哀帝元寿二年更名大司徒。武帝元狩五年初置司直，秩比二千石，掌佐丞相举不法。""太傅，古官，高后元年初置，金印紫绶。后省，八年复置。后省，哀帝元寿二年复置。位在三公上。"(《汉书》卷一九上《百官公卿表上》，第 3 册第 724~726 页。)

③ 《后汉书》卷五四《杨震传》，第 7 册第 1769~1770 页。

④ 《后汉书·百官志二》："光禄大夫，比二千石。本注曰：无员。凡大夫、议郎皆掌顾问应对，无常事，唯诏令所使。凡诸国嗣之丧，则光禄大夫掌吊。"(《后汉书》卷一一五《百官志二》，第 11 册第 3577 页。)又，《后汉书·百官志三》："尚书六人，六百石。"(《后汉书》卷一一六《百官志三》，第 11 册第 3597 页。)

型。降秩既可作为贬官的结果之一，也可脱离贬官而单独存在。比如，汉宣帝元康元年(前65)，市民苏贤之父上书讼罪，告京兆尹赵广汉私自售酒于长安，事下有司，会赦，广汉因此贬秩一等①；神爵元年(前61)前后，河南太守严延年因选举不实而贬秩②；又如，汉哀帝建平元年(前6)，博士给事中申咸、炔钦上书请勿贬黜大司空师丹，被劾不敬，上贬咸、钦秩各二等，秩比四百石，但二人的官职并无变化。③ 通常，只降秩而不贬职者所犯的过错均较为轻微。

(四) 出官

出官是指官爵、禄秩平调甚至升迁但被强制性出外任官的贬官类型，既包括从京师出往地方，也包括从地方出往更为偏远之地者。出官者在官爵、禄秩上虽未遭受明显的损失，但其实际拥有的政治、军事等权力却在不同程度上被削弱。比如，汉文帝前元三年(前177)，太中大夫贾谊被疏，文帝将其出为长沙王太傅。④ 西汉初年，太中大夫为光禄勋的属官，秩比千石，"掌顾问应对，无常事，唯诏令所使"，实际上是皇帝的高级参谋，具有很高的社会地位和声望。⑤ 王国太傅秩二千石，"职在辅王，不豫国政。遇有诸侯王不法，得谏诤或举奏于朝。"⑥贾谊由太中大夫出为长沙王太傅，虽同样身份高贵、责任重大，并且禄秩

---

① 《汉书》卷七六《赵广汉传》，第10册第3205页。
② 《汉书·严延年传》："延年坐选举不实贬秩，笑曰：'后敢复有举人者矣！'"(《汉书》卷九〇《严延年传》，第11册第3670页。)
③ 注：在两汉史书中，"贬秩"可表示贬官，如汉武帝元光三年(前132)，右内史郑当时以魏其侯窦婴及武安侯田蚡之争，贬秩为詹事。"贬秩"也可表示降秩，《资治通鉴》卷三三孝哀皇帝上建平元年条胡三省注曰："博士秩比六百石，贬二等，则比四百石。"此处取降秩意。见(宋)司马光编著，(元)胡三省音注：《资治通鉴》，中华书局1956年版，第3册第1079页。
④ 注：长沙国辖境相当今湖南东部、南部和广西全州、广东连州、阳山等地。战国秦置，原为长沙郡，西汉高帝五年改为长沙国。东汉复为郡，辖境渐小。
⑤ 《汉书·百官公卿表上》："大夫掌论议，有太中大夫、中大夫、谏大夫，皆无员，多至数十人。武帝元狩五年初置谏大夫，秩比八百石。太初元年更名中大夫为光禄大夫，秩比二千石，太中大夫秩比千石如故。"(《汉书》卷一九上《百官公卿表上》，第3册第727页。) 又，《后汉书·百官志二》："凡大夫、议郎皆掌顾问应对，无常事，唯诏令所使。凡诸国嗣之丧，则光禄大夫掌吊。"(《后汉书》卷一一五《百官志二》，第11册第3577页。)
⑥ 安作璋、熊铁基著：《秦汉官制史稿》，齐鲁书社2007年版，第244页。

更高，但其远离朝廷，不可干政，事实上已经边缘化。这对少有才名、满腔壮志的贾谊而言，实在是一个不小的打击。又如汉武帝建元四年（前137），中大夫汲黯以数切谏被出为东海太守。武帝太初元年以前，中大夫秩比千石，政治地位和职能均仅次于太中大夫。汲黯从中大夫出为东海太守，其禄秩虽升至二千石，但事实上如贾谊般被驱逐出了权力中心。

汉代还有不少官职级别不变，仅发生强制性地域改迁的情况，可称之为"徙官"。被徙者通常被出往对己方不利，但对加强皇权有利的地区。比如，汉景帝初年，上谷太守李广与匈奴连日合战，典属国公孙昆邪上奏曰："李广才气，天下无双，自负其能，数与虏敌战，恐亡之。"①景帝于是徙李广为上郡太守；约在汉哀帝建平元年时，时任河内太守的刘歆因宗室身份而不宜主管河内、河南、河东三郡，故徙守五原郡，后复转在涿郡，历三郡守；等等。

（五）免官

免官是指统治者直接取消被贬者的官职，免官后，被贬者通常会同时失去固定数额的禄秩。比如，汉景帝中元二年（前148），中尉郅都忤窦太后，免归家；汉武帝元朔五年（前124），太常孔臧坐南陵桥坏，衣冠道绝，免；光武帝建武六年（30），大司空宋弘弹劾上党太守，然无据可依，遂免归第②；汉明帝永平十六年（73），太仆祭肜、度辽将军吴棠伐北匈奴，罢软不胜任，下狱免官③；等等。

四、贬爵的主要类型

前文提到，在两汉社会，爵位与官职同为划分社会等级、明确社会秩序的重要依据。西汉初期，爵位带给个人和家族的荣华威望甚至远超过同等地位的官职。因此，当有爵者犯有过错或遭受诬陷、牵连时，贬爵也成为一种行之有效的惩罚措施。两汉时期，贬爵的主要类型有贬谪、降爵、削户、徙封以及夺爵。其中，夺爵为最严厉。

---

① 《史记》卷一〇九《李将军列传》，第9册第3468页。
② 《后汉书》卷二六《宋弘传》，第4册第905页。
③ 《后汉书》卷二〇《祭遵传》，第3册第746页。

第一章 两汉流贬的类型与性质

(一) 贬谪

爵位的贬谪同时包含降低爵级与强制性出外这两重意义,与原来的封地相比,贬谪之地往往更为偏远、狭小或者贫瘠。东汉有爵者的贬谪现象发生较多。比如,光武帝建武十五年(39),修侯、雁门太守郭凉因截断军队兵马给养、使军吏杀人而免官、削户邑,同时贬爵参蘧乡侯①;汉和帝永元二年(90),大将军窦宪谋反被诛,颍阳侯、光禄勋马防因与宪厚善,被贬为丹阳翟乡侯②;汉桓帝延熹二年,大将军梁冀跋扈日盛,帝与中常侍单超、具瑗、唐衡、左悺、徐璜五人成谋诛冀,使光禄勋袁盱持节收冀大将军印绶,徙封比景都乡侯③;等等。东汉列侯分县侯、都乡侯、乡侯、都亭侯、亭侯五等。其中,乡侯与亭侯并不"特划所封乡亭别立为国",仅向所在县之令长领取其应得的租税而已。④ 上述被贬者郭凉、马防、梁冀均是从县侯降级为乡侯,并且其被贬之乡皆在距离京师更远的区域,他们不仅多项权益受损,同时还需面临强制性的地域改迁。

(二) 降爵

降爵是指爵位降低、利益受损但无强制性地域改迁的类型。史书记载的汉代降爵事件大多是从列侯降为关内侯。比如,汉宣帝甘露年间(前53—前50),扶阳侯韦玄成因未驾驷马车而骑至惠帝庙,有诏夺爵一级,被贬为关内侯⑤;汉章帝建初中(76—84),芜湖侯傅昌以国贫不愿就,帝怒,贬为关内侯。⑥ 在以上两例中,扶阳侯、芜湖侯为汉代二十等爵之最高等——彻侯(即列侯),同时享有爵位和封邑,社会地位和经济条件都十分优越。⑦ 而关内侯仅有爵位,若无皇帝

---

① 《后汉书》卷二二《杜茂传》,第3册第777页。
② 《后汉书》卷二四《马援传》,第3册第858页。
③ 《后汉书》卷三四《梁统传》,第5册第796页。
④ 严耕望著:《秦汉地方行政制度》,《中国地方行政制度史·甲部》,台北学生书局1997年版,第54页。
⑤ 《汉书》卷七三《韦贤传》,第10册第3107页。
⑥ 《后汉书》卷二二《傅俊传》,第3册第782页。
⑦ (汉)王隆《汉官六种·汉官解诂》:"列侯金印紫绶,以赏其有功,功大者食县邑,小者食乡亭,得臣其所食吏民。本为彻侯,避武帝讳曰通侯。旧时文书,或爵通侯也,后更曰列侯。"(《汉官六种·汉官解诂》,第21~22页。)

特赐，则无法享有封邑。① 韦玄成、傅昌分别由扶阳侯、芜湖侯贬为关内侯，必须同时承受爵位降低和权益下降的双重损失。

汉代法律文献中有少量关于贬爵制度的规定。如：

> 与盗贼遇而去北，及力足以追逮捕之而官□□□□□逗留畏耎弗敢就，夺其将爵一级，免之，毋爵者戍边二岁；而罚其所将吏徒以卒戍边各一岁。②（《二年律令·捕律》）

> 博戏相夺钱财，若为平者，夺爵各一级，戍二岁。③（《二年律令·杂律》）

这两则材料说明，汉代有官爵者如果平叛盗贼之乱不力，将会面临贬爵一级并免去官职的处罚；有爵位者在参与赌博而爵位相同的情况下，各罚贬爵一级，并戍边二岁。

（三）削户

削户即削减被贬者原有的部分土地或人口，收归中央，但保留被贬者原有爵位及其他权益且不强制出外的类型。此种类型仅损害被贬者的经济利益，可脱离贬爵而单独存在。比如，汉宣帝在位期间（前74—前49），高昌侯董忠因乘马车祭祀宗庙，被劾不敬，夺百户④；汉元帝初元二年（前47），富平侯张勃举荐陈汤为茂才，汤待迁之际，父死不奔丧，勃因选举不实而削户二百，汤下狱⑤；又

---

① 《汉书·百官公卿表上》："爵：一级曰公士，二上造，三簪袅，四不更，五大夫，六官大夫，七公大夫，八公乘，九五大夫，十左庶长，十一右庶长，十二左更，十三中更，十四右更，十五少上造，十六大上造，十七驷车庶长，十八大庶长，十九关内侯，二十彻侯。皆秦制，以赏功劳。彻侯金印紫绶，避武帝讳，曰通侯，或曰列侯……"颜师古注关内侯曰："言有侯号而居京畿，无国邑。"（《汉书》卷一九上《百官公卿表上》，第3册第739~740页。）
② 张家山二四七号汉墓竹简整理小组编著：《张家山汉墓竹简〔二四七号墓〕：释文修订本》，第28页。
③ 张家山二四七号汉墓竹简整理小组编著：《张家山汉墓竹简〔二四七号墓〕：释文修订本》，第33页。
④ 《史记》卷二〇《建元以来侯者年表》，第3册第1265页。
⑤ 《汉书》卷七〇《陈汤传》，第9册第3007页。

如汉章帝章和元年,利侯刘刚诬告,有司奏请免刚为庶人,徙丹阳郡,帝不忍,但削刚户三千①;等等。与仅降秩而不贬职者类似,仅削户而未贬爵者通常并未犯下大的过错。

(四)徙封

徙封即被徙者爵位的级别并未改变,但发生了强制性的地域改迁。诸侯王被徙之后,新的封国在政治、经济等方面的综合条件通常都不如原封国。比如,汉惠帝元年,淮阳王刘友被吕后徙为赵王,后于幽禁中绝食而亡。②西汉时,淮阳国地处河南,户数约十四万,人口约一百万;赵国地处河北,户数约八万,人口约三十五万。所以,不论是距离京城的远近程度,还是封国的富裕程度,赵国都比淮阳国逊色很多。③还有一点必须考虑,汉高祖刘邦逝世后,吕后对其宠爱的戚夫人进行了惨无人道的迫害,而戚夫人之子刘如意一度被封为赵王,后被吕后毒杀。因此,除了地域和人口方面的原因外,赵国附带的政治色彩也足以令诸侯王望而却步。又如汉明帝永平元年(58),西羌反,山阳王刘荆不得志,希冀天下因羌惊动有变,遂私为占卜。帝闻之,乃徙封荆为广陵王,遣之国。④东汉时,山阳国属兖州,约地处今山东省,靠近洛阳,户数约十一万,人口约六十一万;广陵国属徐州,约地处今江苏省,户数约八万,人口约四十一万。因此,从地理位置和人口多寡来看,山阳国也优于广陵国。

此外,东汉时,除了诸侯王之外,列侯也存在诸多徙封的现象。比如,光武帝建武六年,阳都侯伏湛徙封不其侯,邑三千六百户,遣就国⑤;汉和帝永元五年(93),夏阳侯窦瑰因向贫人借贷粮食而徙封罗侯⑥;汉安帝建光元年(121),邓太后崩,上蔡侯邓骘亦徙封罗侯,后不食而死。⑦上述案例中,诸列侯徙封后

---

① 《后汉书》卷一四《齐武王縯传》,第 2 册第 553~554 页。
② 《汉书》卷三八《赵幽王友传》,第 7 册第 1989 页。
③ 按:本书户数和人口数据摘自《中国历代户口、田地、田赋统计》,梁方仲编著,中华书局 2008 年版,第 20~21 页。
④ 《后汉书》卷四二《广陵思王荆传》,第 5 册第 1448 页。
⑤ 《后汉书》卷二六《伏湛传》,第 4 册第 896 页。
⑥ 《后汉书》卷二三《窦融传》,第 3 册第 820 页。
⑦ 《后汉书》卷一六《邓禹传》,第 3 册第 616~617 页。

仍在县侯一级。按照东汉的制度，列侯所食封邑的户数是固定的，但是由于各地环境与物产多有不同，又缺乏足够的历史文献，因此我们难以明确获悉上述列侯徙封后具体待遇的变化。

(五) 夺爵

与免官类似，被贬者的爵位被废除后，其原本享有的政治、经济、法律等方面的诸多权益通常一并失去。比如，汉成帝鸿嘉三年（前18），蒲侯苏夷吾因奴婢自赎后仍掠以为婢，免爵①；汉明帝永平十三年（70），白牛侯刘嵩、汝阴侯刘信等人因受楚王刘英谋反一事牵连，俱夺爵，国除；等等。有汉一代，被夺爵者大有人在。

五、暂不纳入考察的几种情形

以上我们梳理了汉代贬官和贬爵的主要分类情况，根据本书对"流贬"概念的界定，两汉时期有如下几种情形暂不纳入考察，仅根据研究需要而适时讨论。

其一，与敌对政权交战时被扣留或俘虏的汉人。李兴盛先生《中国流人史》一书认为："流人是由于以惩罚、实边、戍边、开边或掠夺财富为指导思想的统治者认为有罪而被强制迁徙（流放或贬逐）边远之地为奴或当差的一种客籍之人，在阶级社会中又是阶级斗争、阶级专政的产物。"②在李先生的观点中，除了来自本政权中反抗或不利于其统治的各种所谓"犯罪"人员（又分为政治犯和刑事犯两类）之外，因战争而被掳掠至匈奴的汉民、被扣留在匈奴的汉政府派出的使者都被视为战争产物的流人，其中以苏武为典型代表。显然，这和本书所定义的流放对象有所区别。笔者认为，两汉流贬作为处罚的措施，其实施的主体应为汉朝政府，而不是俘虏汉民或汉使的敌对政权。苏武等人被扣留，体现的也是敌对政权的规章制度与行事作风，而非汉朝政府制定的政策，不符合本书界定的"流贬对象处于本政权统辖范围内"这一要素。因此，诸如苏武等被其他政权俘虏或扣押之人，暂不归入本书界定的流放行列。不过，被汉朝政府俘虏后发配

---

① 《汉书》卷一七《景武昭宣元成功臣表》，第3册第665页。
② 李兴盛：《中国流人史》，黑龙江人民出版社2012年版，第4页。

至边郡者，由于其能反映汉朝统治者对待战俘的态度和做法，所以本书将其纳入考察。

其二，主动申请徙边、免官、徙封以及故意病免者。这几种情况不符合流贬的强制性，即"处罚带有强制性，不以流贬对象的个人意志为转移。"

自请徙边者在汉代人数不多，如《后汉书·马援传》曰："明德皇后既立，(马)严乃闭门自守，犹复虑致讥嫌，遂更徙北地，断绝宾客。"①马严为避他人口舌而徙往北地郡，乃主动为之，并未受到本政权统治者的强迫。

病免在汉代是一种重要的免官形式。《史记·高祖本纪》引三国学者孟康注曰：

> 汉律，吏二千石有予告、赐告。予告者，在官有功最，法所当得者也。赐告者，病满三月当免，天子优赐，复其告，使得带印绶，将官属，归家治疾也。②

终两汉之世，病满三月当免皆为成制。不过，这种制度有时为官吏所利用，成为一种变相的主动离职的方法，如前文中我们提到，吕后为暗中夺走王陵的相权，将其拜为帝太傅。王陵深知其意，"遂病免归"。此种病免，表面上看是依据汉律被动免官，实则是主动利用制度来应对政治倾轧。

当然也有不通过任何借口，直接自请贬官或免官的，如汉文帝前元元年(前179)，右丞相以太尉周勃军功高于自身而"愿以右丞相让勃"，"于是孝文帝乃以绛侯勃为右丞相，位次第一；平徙为左丞相，位次第二。赐平金千斤，益封三千户。"③又如《汉书·魏相传》曰："后迁河南太守，禁止奸邪，豪强畏服。会丞相车千秋死，先是千秋子为雒阳武库令，自见失父，而相治郡严，恐久获罪，乃自免去。"④这两种类型当然也不具备强制性。

此外，前文中我们提到富平侯张延寿"数上书让减户邑……天子以为有让，

---

① 《后汉书》卷二四《马援传》，第 3 册第 859 页。
② 《史记》卷八《高祖本纪》，第 2 册第 441 页。
③ 《史记》卷五六《陈丞相世家》，第 6 册第 2504 页。
④ 《汉书》卷七四《魏相传》，第 10 册第 3133 页。

乃徙封平原，并一国，户口如故，而租税减半"①。张延寿徙封平原国后虽然租税减半，但这是其主动申请所致，而非来自汉天子的强制性惩罚，因此这种情况也不宜纳入贬爵的考察范围。

六、两汉流贬类型的联系与区别

(一) 联系

汉代的流贬类型并不总是孤立存在的，有时，不同的类型可以作用于同一个流贬者，共同形成一种复合型的处罚。

流放类型中的迁徙刑可与贬官类型中的免官、夺爵同时存在。两汉时期，尤其是西汉，对于有官爵者而言，徙边还意味着失去官职和爵位，在制诏下达的同时沦为庶人。比如，汉武帝建元三年（前138），济川王刘明因故意杀人罪而被废为庶人，徙房陵县（今湖北省房县），国除；汉宣帝地节四年（前66），清河王刘年以淫乱而被废为庶人，亦徙房陵，国除；汉哀帝建平元年，侍中骑都尉新成侯赵钦、成阳侯赵䜣等因女弟赵合德毒害皇嗣，"哀帝于是免新成侯赵钦、钦兄子成阳侯䜣，皆为庶人，将家属徙辽西郡"。② 当徙边与免官、夺爵同时发生时，有罪者所犯的罪行通常都较为严重。以赵合德毒害皇嗣为例，在汉代，断绝皇嗣危及皇朝安危，为大逆不道之罪，故而犯罪者承担的惩罚也十分严重。

在贬官类型中，免官还有可能与削户、贬爵或夺爵同时存在。在这些情况下，有罪者所犯的过错通常较轻，因而只需承担行政处罚。比如，汉宣帝元康元年，丞相魏相劾奏建平侯、太仆杜延年所任官吏多不法，延年坐免官，并削户二千；汉明帝永平四年，司空冯鲂考核陇西太守邓融，听任奸吏，遂策免，削爵土；汉武帝元封四年（前107），楼船将军、将梁侯杨朴与左将军荀彘俱击朝鲜，因伤亡较多而被责以畏懦不胜任，被同时免去官职和爵位，沦为庶人，后病死；等等。

---

① 《汉书》卷五九《张汤传》，第9册第2653~2654页。
② 《汉书》卷九七下《外戚传下》，第12册第3996页。

(二) 区别

1. 流放与贬谪

两汉流放与贬谪的区别主要体现在处罚的性质、流贬者身份以及流贬结果三个方面。从处罚的性质来看，流放属于刑事处罚，对应的罪行较重；贬谪不局限于刑事处罚，功能范围更广，对应的罪行也有轻有重或者并无过错。从流贬者的身份来看，贬谪的对象必须是有官爵者，而流放的对象则无身份要求，适用范围更广。从流贬的结果来看，流放者若原有官职、爵位，则官职、爵位均被废黜；贬谪者只是降低官职或爵位，其身份依然为官吏或有爵者。

2. 迁徙刑与谪戍

两汉迁徙刑与谪戍主要有四点不同：第一，徙边者均为有罪之人，包括连坐徙边者，也是因为其家属犯有某种严重的罪行而被认为有罪；谪戍者中除有罪吏、亡命者、减死谪戍者之外，恶少年、赘婿、贾人、故有市籍者、父母有市籍者、大父母有市籍者并无事实上的罪行。第二，迁徙刑无确切刑期，依靠皇帝赦令或诏令才能返乡；谪戍通常有明确的返乡日期。第三，徙边者到达边郡后只需服刑或像庶民一样正常生活，而谪戍者却需承担多种强制性任务。第四，徙边者可随时流放，一人、数人、一家或者数家人徙边均可，通常人数较少；谪戍者往往因战争或大赦等国家大事而集中遣发，通常规模较大，有时甚至以万计。

总的来说，两汉时期，流放是一种仅次于死刑的严厉的处罚。在贬官现象中，贬谪最具代表性，但不论是官爵受损程度，还是被贬地域远近，贬谪都比流放来得更为温和。贬职、贬爵、降秩以及削户既可单独实施，也可与多种贬官类型兼而有之，操作起来十分灵活。出官是掌权者对失势者实施柔性惩处的一种策略，掌权者在处理方式上具有较高的相似性。相较而言，完全失去官职或爵位的免官、夺爵，无疑是两汉时期最为严厉的贬官、贬爵类型。

需要注意的是，在上述流贬群体中，如郅寿、蔡邕、孔光、贾谊等流贬者并非真正触犯了国家法律和规定，而是因为遭他人陷害、诽谤或直言进谏等原因而被统治者认为有罪，这些受冤屈的流贬者所遭受的心理创伤，常常要比那些罪有应得者大得多。

第三节 两汉流贬的法律性质

两汉流贬类型较为繁多，处置的对象、行为也各有不同。那么，在两汉的流贬事件中，流与贬分别具有怎样的法律性质？这是本书接下来要探讨的问题。

一、流放的法律性质

(一) 迁徙刑作为替代刑

关于汉代迁徙刑的法律性质和地位，日本学者大庭脩在其著作《秦汉法制史研究》之第四章"汉代的迁徙刑"、中国台湾学者邢义田在其论文《从安土重迁论秦汉时代的徙民与迁徙刑》一文中均有过精彩的论述。

大庭脩认为迁徙刑在西汉元帝、成帝宽缓刑罚时曾作为死刑的替代刑，其对象主要是被迁徙到边郡的有罪之人。[①] "移居边境可视为因执行国家政策而身受不自由的侵害，而刑罚减免则是对这种不自由的代偿，因此迁徙刑也可看作是一种替代刑。"[②] 依照大庭脩的观点，西汉元帝、成帝在位期间，迁徙刑主要用以替代谪戍者原本的死刑。

除作为替代刑之外，大庭脩还认为两汉迁徙刑"作为一个既行制度，它几乎等同于正刑"[③]。他首先举《后汉书·孝顺帝纪》为例："永建元年春正月甲寅，诏曰：'……其大赦天下。……坐法当徙，勿徙；亡徒当传，勿传。宗室以罪绝，皆复属籍。其与阎显、江京等交通者，悉勿考。勉修厥职，以康我民。'"[④] 对于这则史料，大庭脩分析曰："所谓'坐法当徙，勿徙'一句，不正是指徙不是死刑的替代刑，而是作为本刑的迁徙刑吗？"[⑤] 此外，大庭脩还列举了两例：汉明帝永

---

① [日] 大庭脩著，徐世虹等译：《秦汉法制史研究》，第 113~135 页。
② [日] 大庭脩著，徐世虹等译：《秦汉法制史研究》，第 115 页。
③ [日] 大庭脩著，徐世虹等译：《秦汉法制史研究》，第 135 页。
④ 《后汉书》卷六《孝顺帝纪》，第 2 册第 251~252 页。
⑤ [日] 大庭脩著，徐世虹等译：《秦汉法制史研究》，第 117 页。

第一章　两汉流贬的类型与性质

平十三年，"十一月，楚王英谋反，废，国除，迁于泾县，所连及死徙者数千人。"①"楚狱遂至累年，其辞语相连，自京师亲戚诸侯州郡豪杰及考案吏，阿附相陷，坐死徙者以千数。"②永平十六年（73），"有上书告延与姬兄谢弇及姊馆陶主婿驸马都尉韩光招奸猾，作图谶，祠祭祝诅。事下案验，光、弇被杀，辞所连及，死徙者甚众。有司奏请诛延，显宗以延罪薄于楚王英，故特加恩，徙为阜陵王，食二县。"③大庭脩认为："楚王英与阜陵王延案属于谋反大逆无道的性质，不适用前述诏中的赦令，因此这里所说的'徙'者，令人怀疑不是代刑而是作为本刑迁徙。"④最后，大庭脩总结道："该刑在元、成宽缓刑罚时期曾用为死刑的替代刑，其后与本刑同样处理，载于科条。因此，它与西汉时期诸侯王的迁蜀刑、东汉时期因特赦而将死罪囚徒徙往边郡的临时性措施有所不同。"⑤

邢义田对迁徙刑的替代刑性质进行了更为细致的论述。他认为："徙在汉代基本上是天子的恩典，多用于死罪降减。不论用于遭废黜的诸侯王、一般官员或每年数以万数的死罪囚，由于减死徙边的恩典十分频繁，尤其在东汉以后，徙边实际上几已成为死刑与徒刑之间重要的一级处罚。"⑥"秦代有肉刑，黥劓加劳役，在罚则等级上较迁为重。汉文帝废肉刑，迁徙加劳役在轻重的等级上就相对地提高了。"⑦换言之，迁徙刑既可以替代诸侯王、官员、死罪囚的死刑，也可以在附加劳役刑的基础上，替代汉文帝之后的肉刑。在汉代的刑律体系中，迁徙可以被视为"甚于伏法"的严重惩罚，起到惩中罪乃至重罪的作用。⑧与大庭脩相比，邢义田不仅将流放在汉代作为替代刑的时间上限延伸至西汉初期，而且拓展了其替代的主要对象和刑种范围，并确定了流放在汉代的法律地位，这无疑是更为全面

---

① 《后汉书》卷二《显宗孝明帝纪》，第1册第117页。
② 《后汉书》卷四二《楚王英传》，第5册第1430页。
③ 《后汉书》卷四二《阜陵质王延传》，第5册第1444页。
④ 《后汉书》卷四二《阜陵质王延传》，第5册第1444页。
⑤ ［日］大庭脩著，徐世虹等译：《秦汉法制史研究》，第135页。
⑥ 邢义田：《秦汉史论稿》，台北东大图书股份有限公司1987年版，第423页。
⑦ 邢义田：《秦汉史论稿》，第425～426页。
⑧ 邢义田：《秦汉史论稿》，第411～448页。

且准确的。在前文列举的诸多案例中，邢义田的观点亦可得到验证。①

需要补充的是，除邢义田所举的三类人员之外，徙边应当还可使部分主犯的家属免于夷族之刑。譬如西汉成帝永始、元延年间(前16—前9)，北地浩商兄弟伪造身份并杀害义渠长妻子，被捕伏诛后，其家属均流放合浦郡；汉哀帝驾崩后，高安侯董贤以罪自杀，其父恭、弟宽信与家属皆徙合浦郡；汉桓帝延熹二年，大将军梁冀欲杀邓后母宣，事觉，冀及其妻孙寿皆自杀，诸梁及孙氏宗族伏诛或徙边；等等。上述案例中，主犯伏诛，而其部分家属却得以保留性命，发配边郡。

汉朝初年本有"夷三族"之令(有时扩及七族、九族、十族)，沈家本《历代刑法考》之"刑法分考"与程树德《九朝律考》之"刑名考"亦皆录有"夷三族"之刑，可知此刑在汉朝曾为定制。然《汉书·刑法志》曰：

> 汉兴之初，虽有约法三章，网漏吞舟之鱼，然其大辟，尚有夷三族之令。令曰："当三族者，皆先黥，劓，斩左右止，笞杀之，枭其首，菹其骨肉于市。其诽谤詈诅者，又先断舌。"故谓之具五刑。彭越、韩信之属皆受此诛。至高后元年，乃除三族罪、妖言令。孝文二年，又诏丞相、太尉、御史："法者，治之正，所以禁暴而卫善人也。今犯法者已论，而使无罪之父母妻子同产坐之及收，朕甚弗取。其议。"左右丞相周勃、陈平奏言："父母妻子同产相坐及收，所以累其心，使重犯法也。收之之道，所由来久矣。臣之愚计，以为如其故便。"文帝复曰："朕闻之，法正则民悫，罪当则民从。且夫牧民而道之以善者，吏也；既不能道，又以不正之法罪之，是法反害于民，为暴者也。朕未见其便，宜孰计之。"平、勃乃曰："陛下幸加大惠于天

---

① 如：汉高祖十一年，梁王彭越被其太仆诬告谋反，高祖捕之，赦以为庶人，徙蜀郡青衣县；汉武帝元鼎年间，常山王刘勃因服丧期间行男女之事，武帝不忍致诛，将其废徙房陵(今湖北省房县)；此两例为西汉初以迁徙刑替代诸侯王的死刑。又如汉成帝永始二年，从事中郎陈汤与将作大匠解万年因进谏徙民昌陵，为成都侯王商所劾，俱徙敦煌郡；汉和帝永元元年，尚书仆射郅寿为大将军窦宪所陷，下狱当诛，侍御史何敞上疏争之，寿方得减死，徙合浦郡；此两例为西汉中后期、东汉中期用迁徙刑替代上层官吏的死刑。又如东汉明帝、章帝在位期间，多次将郡国、中都官或天下死罪系囚减死罪一等，徙边戍，此皆为以流放代替死罪囚的死刑。

下，使有罪不收，无罪不相坐，甚盛德，臣等所不及也。臣等谨奉诏，尽除收律、相坐法。"其后，新垣平谋为逆，复行三族之诛。①

又《晋书·刑法志》曰：

及魏国建……傍采汉律，定为魏法……改汉旧律不行于魏者皆除之，更依古义制为五刑。……又改《贼律》，但以言语及犯宗庙园陵，谓之大逆无道，要斩，家属从坐，不及祖父母、孙。至于谋反大逆，临时捕之，或污潴，或枭菹，夷其三族，不在律令，所以严绝恶迹也。②

根据上述材料，西汉初期，汉高后曾废除夷三族之刑，至汉文帝时又"尽除收律、相坐法"。换言之，自西汉高后元年或文帝二年以后，夷三族之罪极可能已从汉代刑律体系中正式剔除，直至方士新垣平谋逆时才特事特办，"复行三族之诛"。但是，据宋代洪迈《容斋随笔》卷二记载：

"汉族诛之法，每轻用之。袁盎陷晁错，但云方今计独有斩错耳，景帝使丞相以下劾奏，遂至父母妻子同产无少长皆弃市。主父偃陷齐王于死，武帝欲勿诛，公孙弘丞相争之，遂族偃。郭解客杀人，吏奏解无罪，公孙大夫议欲族解。且偃解二人本不死，因议者之言，杀之足矣，何遽至族乎？用刑之滥如此！"③

可知汉文帝之后，汉人仍有遭族诛者，对此，沈家本认为："已除而复用者，盖即《晋志》所谓不在律令而临时捕之者也。"④至于未"临时捕之"的家属，则可免遭肉刑或死刑，而以徙边代为惩罚的方式。

对于大庭脩以迁徙刑为汉代本刑的观点，邢义田提出了明确的反对意见：

---

① 《汉书》卷二三《刑法志》，第4册第1104~1105页。
② （唐）房玄龄等：《晋书》卷三〇《刑法志》，中华书局2000年版，第3册第602页。
③ （宋）洪迈：《容斋随笔》卷二，上海古籍出版社1978年版，第21页。
④ （清）沈家本：《历代刑法考》，第64页。

第三节 两汉流贬的法律性质

他的怀疑不无道理,然而也有困难。第一,《汉书·刘屈氂传》提到武帝末,戾太子起兵失败后,"诸太子宾客尝出入宫门,皆坐诛;其随太子发兵,以反法族;吏士劫略者,皆徙敦煌郡。"所谓"吏士劫略者"据颜师古注是指非有本心,但遭太子裹挟而从的人。但也可能是指乘乱打劫的兵士。不论何者为是,这和随太子出入或发兵谋反的罪行不同,故处罚亦异。谋反者非诛即族,劫略者只是"徙"。照大庭氏的说法,这里的"徙"似乎应是"本刑",而非死刑的"代刑"。如此,迁徙刑之成为本刑,可早在元、成以前。由于大庭氏未引这项资料,不知他如何解释?第二,如确如他所说,元、成以后,迁徙刑成为本刑或正刑,这将不易解释为什么东汉诸帝在"听亡命得赎"的诏令中,当提到刑罚的种类和等级时,只及"死""徒",而从不提"徙"?又为何东汉人论刑(包括班固《刑法志》),也从不将"徙"视为与"死""徒"等列之另一类?①

邢义田所提的反对理由是很有说服力的。除此之外,笔者认为大庭脩所列举的楚王刘英与阜陵王刘延之例也站不住脚。据《后汉书·光武十王列传》记载:

十三年,男子燕广告英与渔阳王平、颜忠等造作图书,有逆谋,事下案验。有司奏英招聚奸猾,造作图谶,擅相官秩,置诸侯王公将军二千石,大逆不道,请诛之。帝以亲亲不忍,乃废英,徙丹阳泾县,赐汤沐邑五百户。遣大鸿胪持节护送,使伎人奴婢妓士工鼓吹悉从,得乘辎軿,持兵弩,行道射猎,极意自娱。男女为侯主者,食邑如故。楚太后勿上玺绶,留住楚宫。②

也就是说,楚王刘英罪至谋逆,本应处以死刑,但皇帝以"亲亲"之故,不忍加诛,乃将其徙往丹阳郡。在此,楚王刘英所受的迁徙刑仍然是死刑的替代,而非

---

① 邢义田:《秦汉史论稿》,第434页。
② 《后汉书》卷四二《楚王英传》,第5册第1429页。

本刑。这样的案例在汉代还有不少。比如，汉武帝元鼎元年（前116），济东王刘彭离"骄悍，无人君礼，昏暮私与其奴、亡命少年数十人行剽杀人，取财物以为好。所杀发觉者百余人，国皆知之，莫敢夜行。所杀者子上书告言。汉有司请诛，上不忍，废以为庶人，迁上庸，地入于汉，为大河郡。"①其后，常山王刘勃因服丧期间"私奸、饮酒、博戏、击筑，与女子载驰，环城过市，入狱视囚"而为吏所捕，"有司请诛勃及宪王后脩。上曰：'脩素无行，使棁陷之罪。勃无良师傅，不忍致诛。'有司请废勿王，徙王勃以家属处房陵，上许之。"②汉宣帝时，广川王刘去"使奴杀师父子，不发觉"，"数置酒，令倡俳裸戏坐中以为乐"，后为国相与内史所劾，"辞服。有司复请诛王。制曰：'与列侯、中二千石、二千石、博士议。'议者皆以为去悖虐，听后昭信谗言，燔烧亨煮，生割剥人，距师之谏，杀其父子。凡杀无辜十六人，至一家母子三人，逆节绝理。其十五人在赦前，大恶仍重，当伏显戮以示众。制曰：'朕不忍致王于法，议其罚。'有司请废勿王，与妻子徙上庸。奏可。与汤沐邑百户。"③楚王刘英、济东王刘彭离、广川王刘去所犯罪行原本皆可致诛，然因其贵为诸侯王，与皇帝为骨肉至亲，故皇帝均以"不忍"为由赦免其死罪，而代之以迁徙刑。由此可见，大庭脩认为上述迁徙刑可视为本刑的观点，确实经不起检验。

（二）谪戍作为替代刑与本刑

汉代流放还有另一种形式——谪戍。前文中提到，汉代谪戍者既包括七科谪、有罪民以及恶少年这些直接谪戍的群体，也存在减死谪戍的死刑犯。类比上文中有关迁徙刑为替代刑的分析，我们很容易得知以"减死"为名的谪戍同样具有替代刑的性质，东汉明帝永平八年、永平九年、永平十六年以及章帝元和元年、元和三年、章和元年等年份发往朔方、五原、敦煌、金城等边郡的谪戍者，大多是因"减死一等"而得以延长生命的死罪囚。有罪民之谪戍，应当也具有以谪戍代偿原有罪名的意义，但因其原有罪名不得而知，故难以判断此类谪戍的法

---

① 《史记》卷五八《梁孝王世家》，第6册第2539页。
② 《汉书》卷五三《常山宪王舜传》，第8册第2434~2435页。
③ 《汉书》卷五三《广川惠王越传》，第8册第2431~2432页。

第三节 两汉流贬的法律性质

律地位。

七科谪、恶少年等群体不同于减死一等者，他们遭遇的谪戍或具有本刑的性质。据《史记·秦始皇本纪》载：

> 三十三年，发诸尝逋亡人、赘婿、贾人略取陆梁地，为桂林、象郡、南海，以適遣戍。西北斥逐匈奴。自榆中并河以东，属之阴山，以为三十四县，城河上为塞。又使蒙恬渡河取高阙、陶山、北假中，筑亭障以逐戎人。徙谪，实之初县。①

司马贞索隐曰："徙有罪而谪之，以实初县，即上'自榆中属阴山，以为三十四县'是也，故汉七科谪亦因于秦。"② 又《汉书·晁错传》载：

> 夫胡貉之地，积阴之处也，木皮三寸，冰厚六尺，食肉而饮酪，其人密理，鸟兽毳毛，其性能寒。杨粤之地少阴多阳，其人疏理，鸟兽希毛，其性能暑。秦之戍卒不能其水土，戍者死于边，输者偾于道。秦民见行。如往弃市，因以谪发之，名曰"谪戍"。先发吏有谪及赘婿、贾人，后以尝有市籍者，又后以大父母、父母尝有市籍者，后入闾，取其左。③

根据材料分析，七科谪在秦代已是成制，汉代因之，亦作为成制。并且，汉高后二年的《二年律令》中的《盗律》和《捕律》皆有关于有罪官吏、士卒被罚戍边数岁的记载，可知谪戍在西汉初期是可以直接应用的成规。所以，以七科谪为名而谪戍边郡者，并非为其他刑罚的替代。此外，按照颜师古的解释，汉代的恶少年不过是"无赖子弟""无行义者"，并未犯下某种罪行，因此，他们也无需用谪戍来替代某种刑罚。谪戍之于恶少年，同样不具备替代刑的性质。

综上可知，在汉代的流放类型中，迁徙刑与有罪民谪戍、减死谪戍均属于替

---

① 《史记》卷六《秦始皇本纪》，第1册第323页。
② 《史记》卷六《秦始皇本纪》引司马贞索隐，第1册第324页。
③ 《汉书》卷四九《晁错传》，第8册第2284页。

第一章 两汉流贬的类型与性质

代刑。其中，迁徙刑与减死谪戍的法律地位仅次于死刑，皆为严重的刑事处罚。七科谪、恶少年等群体的谪戍应当是一种本刑，但其法律地位难以确定。

二、贬官与贬爵的法律性质

与流放相比，两汉贬官与贬爵的法律性质要复杂很多。贬官与贬爵的诸多类型，有时具有刑事处罚的功能，可分为本刑、替代刑及其他；有时具有行政处罚的功能，其法律地位低于刑法；还有时是一种政治策略，甚至由掌权者随意而为之。

(一) 作为刑事处罚

1. 作为本刑

两汉贬官、贬爵类型中可称之为本刑的仅降爵、夺爵两类。

前文所引《二年律令》之《捕律》曰："与盗贼遇而去北，及力足以追逮捕之而官□□□□□逗留畏愞弗敢就，夺其将爵一级，免之，毋爵者戍边二岁。"①《杂律》曰："博戏相夺钱财，若为平者，夺爵各一级，戍二岁。"②沈家本《历代刑法考》中"刑法分考十七"也有"削爵一级"的条文，并有按语："今时降级之法本此。"③由此可知，汉初律法已对应当降爵的犯罪类型有了正式而具体的规定。换言之，降爵在西汉初期已属于本刑。

据《汉书·景帝纪》记载，前元元年秋七月，景帝诏曰："吏迁徙免罢，受其故官属所将监治送财物，夺爵为士伍，免之。无爵，罚金二斤，令没入所受。有能捕告，畀其所受臧。"④这里需要注意的是，皇帝诏令是汉代律法的有效补充。西汉桓宽《盐铁论·诏圣》曰："春夏生长，圣人象而为令。秋冬杀藏，圣人则而为法。故令者教也，所以导民人；法者刑罚也，所以禁强暴也。二者，治乱之

---

① 张家山二四七号汉墓竹简整理小组编著：《张家山汉墓竹简〔二四七号墓〕：释文修订本》，第28页。
② 张家山二四七号汉墓竹简整理小组编著：《张家山汉墓竹简〔二四七号墓〕：释文修订本》，第33页。
③ （清）沈家本：《历代刑法考》，第439页。
④ 《汉书》卷五《景帝纪》，第1册第140页。

具,存亡之效也,在上所任。"①又《汉书·宣帝纪》引三国文颖注曰:"萧何承秦法所作为律令,律经是也。天子诏所增损,不在律上者为令。"②可知汉代律法体系包含多种律名,"令"为其中之一。因此,景帝此诏事实上是将夺爵作为一种本刑,用以惩罚官吏收受官属贿赂的行为。

东汉王粲《爵论》曰:"依律有夺爵之法,此谓古者爵行之时。民赐爵则喜,夺爵则惧,故可以夺赐而法也。"③《爵论》的记载不仅证明汉代的律法体系中确有夺爵之法,而且还解释了夺爵之所以能入法,是因为民众对爵位的重视已经达到得之则喜、失之则惧的程度,即爵位的予夺足以对民众形成强烈的震慑。

汉代史书中,以降爵或夺爵惩处有罪者的案例多不胜数。以下列举几例:

(韦)玄成时佯狂,不肯立,竟立之,有让国之名。后坐骑至庙,不敬,有诏夺爵一级,为关内侯,失列侯,得食其故国邑。④

(祚阳侯刘仁)初元五年,坐擅兴徭赋,削爵一级,为关内侯,九百一十户。⑤

列侯以百数,皆莫求从军。至饮酎,少府省金,而列侯坐酎失侯者百余人。⑥

高后六年,侯亭嗣,二十一年,孝文后三年,坐事国人过律,免。⑦

征和三年十月,仁与母坐祝诅,大逆无道,国除。⑧

2. 作为替代刑

贬官中的降秩、免官与贬爵中的贬谪、夺爵诸种类型都具有替代刑的性质。

---

① (汉)桓宽撰,王利器校注:《盐铁论校注》卷一〇《诏圣》,中华书局1992年版,第595页。
② 《汉书》卷八《宣帝纪》,第1册第253页。
③ (清)严可均辑,许振生审订:《全后汉文》,商务印书馆1999年版,第919页。
④ 《史记》卷九六《张丞相列传》,第8册第3255页。
⑤ 《汉书》卷一五下《王子侯表下》,第2册第496页。
⑥ 《汉书》卷二四下《食货志下》,第4册第1173页。
⑦ 《汉书》卷一六《高惠高后文功臣表》,第2册第533页。
⑧ 《史记》卷一八《高祖功臣侯者年表》,第3册第1102~1103页。

据《后汉书·孝明帝纪》记载，建武中元二年(57)夏四月，明帝诏曰：

> 其弛刑及郡国徒，在中元元年四月己卯赦前所犯而后捕系者，悉免其刑。又边人遭乱为内郡人妻，在己卯赦前，一切遣还边，恣其所乐。中二千石下至黄绶，贬秩赎论者，悉皆复秩还赎。①

这则诏令规定，禄秩、印绶在中二千石与黄绶之间的官吏，可以通过贬秩的方式来赎免罪行②。

事实上，汉代法律体系中早有赎刑。《尚书正义·舜典》之"金作赎刑"注疏云："古之赎罪者皆用铜，汉始改用黄金，但少其斤两，令与铜相敌。"③程树德释之曰：

> 按《舜典》金作赎刑，《吕刑》罚锾，《国语》管仲制重罪赎以犀甲，轻罪赎以鞼盾，是赎刑其来已久。汉初承秦苛法之余，未有赎罪之制。《惠帝纪》民有爵，得买爵三十级以免死罪，应劭注、一级直钱二千，凡为六万，是为汉用赎罪之始。《贡禹传》，孝文皇帝时，亡赎罪之法，故令行禁止，武帝始临天下，使犯法者赎罪。《武帝纪》太始二年，募死罪人赎钱五十万减死。然是皆偶一行之，不为永制。《萧望之传》京兆尹张敞上书，愿令诸有罪非盗受财杀人及犯法不得赦者，皆得差入谷□此八郡赎罪。事下有司，望之以为如此则富者得生，贫者独死，是贫富异刑而法不一也。闻天汉四年，常使死罪入五十万钱，减死罪一等，豪强吏民，请托假贷，至为盗贼以赎罪，此使死罪赎之败也，遂不施敞议。是武帝之制，至宣帝时已不行也。赎罪之行，盖盛于东汉。明帝即位，诏天下亡命殊死以下听得赎论，死罪入缣二十匹，右趾至髡钳城旦舂十匹，完城旦舂至司寇作三匹。永平十五年，改赎死罪缣四十匹，完城旦至司冠五匹。十八年，又改赎死罪缣三十匹。章

---

① 《后汉书》卷二《显宗孝明帝纪》，第1册第96页。
② 《汉书·百官公卿表上》："比二百石以上，皆铜印黄绶。"(《汉书》卷一九上《百官公卿表上》，第3册第743页。)
③ 《尚书正义》卷三《舜典》，(清)阮元校注《十三经注疏》，第129页。

帝建初七年，诏亡命赎死罪缣二十匹，与明帝即位时诏同。和帝安帝顺帝桓帝灵帝，俱有赎罪之令，自是遂为定制。①

结合以上两则材料可知，"中二千石下至黄绶"所贬之禄秩，事实上起到了铜或者黄金的作用，皆是以金钱赎免罪行。由此，降秩便成为赎刑的替代。

免官也时常被用以替代有罪官吏应受的刑罚。比如，汉元帝永光元年（前43），城门校尉诸葛丰"上书告光禄勋周堪、光禄大夫张猛"，皇帝不以为意，乃制诏御史"不内省诸已，而反怨堪、猛，以求报举，告案无证之辞，暴扬难验之罪，毁誉恣意，不顾前言，不信之大者也。朕怜丰之耆老，不忍加刑，其免为庶人。"②诸葛丰言周堪、张猛之短，皇帝怒之，却因"不忍加刑"而免其为庶人。换言之，诸葛丰原本应受刑罚，后以免官替代。又如汉桓帝延熹二年，"大将军梁冀诛，广与司徒韩縯、司空孙朗坐不卫宫，皆减死一等，夺爵土，免为庶人。"③胡广、韩縯以及孙朗本应判处死刑，但最终减死一等，夺爵免官。在此，皇帝以免官和夺爵相结合的方式，替代了三人的死刑。

有爵者通过贬谪、削户或夺爵来替代其他刑罚，在汉代，尤其是东汉历史中也频繁出现。比如：

> 晃及弟利侯刚与母太姬宗更相诬告。章和元年，有司奏请免晃、刚爵为庶人，徙丹阳。帝不忍，下诏曰："……晃、刚愆乎至行，浊乎大伦，《甫刑》三千，莫大不孝。朕不忍置之于理，其贬晃爵为芜湖侯，削刚户三千。"④

> 苌到国数月，骄淫不法，愆过累积，冀州刺史与国相举奏苌罪至不道。安帝诏曰："……愆罪莫大，甚可耻也。朕览八辟之议，不忍致之于理。其贬苌爵为临湖侯。"⑤

---

① （清）程树德：《九朝律考》，第60~61页。
② 《汉书》卷七七《诸葛丰传》，第10册第3251页。
③ 《后汉书》卷四四《胡广传》，第6册第1509页。
④ 《后汉书》卷一四《齐武王縯传》，第2册第553~554页。
⑤ 《后汉书》卷五〇《乐成靖王党传》，第6册第1673页。

在以上两则材料中,齐王刘晃、乐成王刘苌本"愆乎至行""愆罪莫大",按理当处以徙边等较严重的刑罚,然皇帝顾念骨肉亲情,"不忍致之于理",故以贬谪、削户代之,以示惩戒。主犯晃、苌均从王爵贬为侯爵,其社会地位、封地面积、地理位置、收入来源、法律特权等都明显受损,惩处力度相当大。爵位之所以能替代其他刑罚,与其在汉代社会中的重要性是分不开的。

需注意的是,这里所说的爵位绝大多数时候仅指关内侯及以上的高等爵位。西汉文帝之后,朝廷赐爵与卖爵现象日益突出,爵位尤其是关内侯以下的爵位日益泛滥,至东汉末时甚至连关内侯之位都可买卖,从而导致爵位日益轻贱,原本附属的利益严重受损,其在百姓心中的重要性与替代其他刑罚的可能性也就大打折扣了。正如王粲《爵论》云:"今爵事废矣,民不知爵者何也。夺之,民亦不惧;赐之,民亦不喜,是空设文书而无用也。"①

3. 其他

除可作为本刑、替代刑之外,两汉时期的贬官与贬爵现象常常通过"比"这种法律形式来实现其刑罚功能。汉代断案主要有律、令、科、比、《春秋》这五种主要的依据。据程树德在《九朝律考》卷一《律名考》中的解释,"科"是指单行的刑事条例。刘熙《释名》曰:"科,课也,课其不如法者罪责之也。"②"课"是考核之意,源自秦。程树德认为,"科"是指事条,"科条,谓法令也"。③ "比"是指比照以往的典型判例来断案。据程树德《九朝律考》,"已行故事曰比","比,以例相比况也,他比,谓引他类以比附之,稍增律条也。"④王充《论衡·程材》曰:"法令比例,吏断决也。"⑤《春秋经》不属于律法,但"春秋决狱"在汉代律法实践中却占有重要的位置,有时甚至凌驾于现行的律法条文之上,故程树德《九朝律考·春秋决狱考》曰:"按汉时大臣,最重经术,武帝且诏太子受《公羊》《春秋》。《盐铁论》谓春秋之治狱,论心定罪,志善而违于法者免,志恶而合于法者

---

① (清)严可均辑,许振生审订:《全后汉文》,第919页。
② (清)程树德:《九朝律考》,第36页。
③ (清)程树德:《九朝律考》,第37页。
④ (清)程树德:《九朝律考》,第38~39页。
⑤ (汉)王充著,黄晖撰:《论衡校释》卷一二《程材第三十四》,第541页。

第三节 两汉流贬的法律性质

诛。故其治狱，时有出于律之外者。"①

其中，"比"在汉代作为一种律法形式被广泛应用。因与有罪者关系紧密而须受刑者，可依照"比"而给予免官的处罚，如《汉书·杜周传》曰：

> 故事，大逆朋友坐免官，无归故郡者，今坐长者归故郡，已深一等；红阳侯立坐子受长货赂故就国耳，非大逆也，而方进复奏立党友后将军朱博、钜鹿太守孙宏、故少府陈咸，皆免官，归咸故郡。②

"故事"是指先例、典故，为上文"比"之一类。罪至大逆者，其党友皆须连坐免官，这种惩罚措施虽未入律法，但已成惯例，在汉史中多有出现。比如，《汉书·韦贤传》曰："数岁，玄成征为未央卫尉，迁太常。坐与故平通侯杨恽厚善，恽诛，党友皆免官。"③《后汉书·马援传》曰："永元二年，光为太仆，康为侍中。及窦宪诛，光坐与厚善，复免就封。"④等等。正如沈家本在《历代刑法考》之"刑法分考十七"中提到：

> 《汉纪》书"免"，始见于此。《礼记·乐记》"人情之所不能免也"，疏："免，犹止退也。"……盖其时之言免者，但以止退为义，尚未定于法律中也。洎至于唐，则免官之法定于律中矣。⑤

> 《汉书·列传》言免官者甚多，不具录。汉之免官，统词也。晋律则有免官、免所居官之别，唐律承之。汉之免官亦但云免，有以罪免者，有以病免者，三公则有以罪策免者（何武）。有以灾异策免者，有策免就第（傅喜）、还第（丁明）、归第（窦宪）者，有免归田里者，有免归故郡者（诸窦），有免徙合浦者（毋将隆等），有免为庶人者（诸葛丰、孙宝、萧由），盖皆出于临

---

① （清）程树德：《九朝律考》，第211页。
② 《汉书》卷六〇《杜周传》，第9册第2679页。
③ 《汉书》卷七三《韦贤传》，第10册第3110页。
④ 《后汉书》卷二四《马援传》，第3册第858页。
⑤ （清）沈家本：《历代刑法考》，第438页。

时之处分，无定例也。①

可见，在汉代律法体系中，免官从未作为正式的刑罚被写入律法，但经常因"以止退为义""出于临时之处分"而被运用，因而成为汉代律法之"故事"。

除免官之外，两汉时期尚有贬谪（官）、削户等类型，既非本刑，也非替代刑，却承担了刑罚的功能。比如，汉成帝建始元年，"元帝崩，成帝初即位，迁显为长信中太仆，秩中二千石。显失倚，离权数月，丞相御史条奏显旧恶，及其党牢梁、陈顺皆免官。显与妻子徙归故郡，忧满不食，道病死。诸所交结，以显为官，皆废罢。少府五鹿充宗左迁玄菟太守，御史中丞伊嘉为雁门都尉。"②汉宣帝在位期间，高昌侯董忠乘马车祭祀宗庙，被劾不敬，夺百户。③ 等等。结党、不敬在两汉时期皆属于刑法管辖的范围，汉代诸多主犯的亲属、门生、故吏等都以连坐为名而被处以迁徙刑，亦有因不敬而被处以徙边、夺爵、为隶臣等刑罚者，且《晋书》也将"不敬"纳入《刑法志》④，因此，贬谪（官）、削户、徙封等类型也可视为刑罚的"故事"。

（二）作为行政处罚

汉代贬官之贬谪、贬职、免官与贬爵之削户，都可作为程度较轻的行政处罚。比如，《汉书·卜式传》："明年当封禅，式又不习文章，贬秩为太子太傅，以兒宽代之。"⑤《汉书·百官公卿表》："蓼侯孔臧为太常，三年坐南陵桥坏衣冠道绝免。"⑥《汉书·朱博传》："（博）迁为大司农。岁余，坐小法，左迁犍为太守。"⑦《后汉书·宋弘传》："弘在位五年，坐考上党太守无所据，免归第。"⑧

---

① （清）沈家本：《历代刑法考》，第 440 页。
② 《汉书》卷九三《石显传》，第 11 册第 3729~3730 页。
③ 《史记》卷二〇《建元以来侯者年表》，第 3 册第 1265 页。
④ 《晋书·刑法志》："亏礼废节谓之不敬。"（《晋书》卷三〇《刑法志》，第 3 册第 604 页。）
⑤ 《汉书》卷五八《卜式传》，第 9 册 1995 页。
⑥ 《汉书》卷一九下《百官公卿表下》，第 3 册第 2628 页。
⑦ 《汉书》卷八三《朱博传》，第 10 册第 3403 页。
⑧ 《后汉书》卷二六《宋弘传》，第 4 册第 905 页。

《汉书·陈汤传》："初元二年，元帝诏列侯举茂材，勃举汤，汤待迁，父死不奔丧，司隶奏汤无循行，勃选举故不以实，坐削户二百，会薨，因赐谥曰缪侯。"①等等。在以上材料中，卜式之不习文章、孔臧之坏衣冠道、宋弘之考无所据、张勃之选举不实均可视为违反"小法"，其性质和地位均与刑事罪名大不相同。

(三) 作为政治策略

汉代被贬官、贬爵者并非都犯有实际的错误，许多被贬者，尤其是贬谪（官）、贬职、出官、免官、降爵、徙封诸种类型，常常是因为触犯了掌权者的利益或忤逆了掌权者的意愿而遭受处罚，并非违反了某些具体的法律规定。而掌权者则以贬官或贬爵为策略，对异己者实施打压或惩戒。比如前文中提到，汉高后元年，右丞相王陵忤太后，后拜为帝太傅，表面升迁，实则削其相权；汉元帝时，谏大夫孔光因不合天子之意，左迁虹长；汉桓帝元嘉元年，尚书杨秉忤大将军梁冀，由此左迁为光禄大夫；汉武帝建元四年，中大夫汲黯因切谏而出为东海太守；光武帝时，尚书令申屠刚以数切谏失旨，出为平阴令；汉景帝中元二年，中尉郅都忤窦太后，后免归家；汉章帝建初年间，芜湖侯傅昌因国贫而不愿前往封地，帝怒，贬之为关内侯；汉惠帝元年（前194），淮阳王刘友被吕后徙为赵王，后自杀；等等。在上述诸例中，被贬者事实上并无过错，而是沦为了强权、专权的牺牲品。

总的来说，两汉期间，贬官与贬爵既具有刑法中的本刑、替代刑及"比"等法律条例的功能，又能发挥行政法规的作用，还可以作为一种打击异己的政治策略，其法律性质比流放更为复杂，也更为丰富。不过，从惩罚的力度来看，贬官与贬爵远不如流放来得严厉和残酷，故而其法律地位也低于流放。

综上所述，本章通过考察"流"与"贬"在汉代历史语境中的具体含义，结合两汉流贬事件的相关史料，归纳了两汉流贬的五种表现情形，提炼出流贬事件必须符合的三大要素，并在此基础上总结了两汉流贬的三大类型：流放、贬官与贬爵。其中，流放分为迁徙刑和谪戍两类，贬官分为贬谪、贬职、降秩、出官、免

---

① 《汉书》卷七〇《陈汤传》，第9册第3007页。

官五类，贬爵分为贬谪、降爵、削户、徙封、夺爵五类。多种流贬类型有时可作用于同一个流贬者，形成一种复合型的处罚，不同的流贬类型之间既有区别又有联系。两汉流贬具有多元的法律性质，其中，流放偏向于作为具有替代刑性质的刑事处罚，迁徙刑与减死谪戍的法律地位仅次于死刑。不过，七科谪与恶少年等群体的谪戍应属于本刑，但具体法律地位难以考明。贬官与贬爵发挥刑法功能时，在不同情况下可表现出本刑、替代刑或"比"等法律性质。此外，贬官和贬爵还可作为行政法规或政治策略来使用。相较绝大多数情况下仅次于死刑的流放，贬官与贬爵的法律地位来得低些。总体而言，两汉流贬在主要类型、法律性质等方面呈现出零散琐碎、复杂多变的面貌，这与其处于流贬制度形成初期的历史阶段是相吻合的。

第二章　两汉流贬的主要程序

两汉时期，流贬命令的产生与下达大体已形成较固定的程序，但也时有不依程序而产生的命令，命令的执行也存在一些零碎而具体的规定。总体上来看，流贬命令的产生和下达比命令的执行更加有章可循。

第一节　流贬命令的产生

一、由监察和司法系统产生

(一)起诉

汉代经过监察和司法系统审理判决之后产生的流贬案例，通常都是从起诉开始的。起诉往往是案件受理的起点，也是审判的重要依据。汉代的流贬案件包含如下几种起诉方式：

1. 受害者上告

在中国古代司法史中，受害者上告是一种古老而常见的方式。汉代流贬案件也常以受害者上告为开端，采用的方式主要有自言和书告。

所谓"自言"，即受害者以口头语言当面向官府提出诉讼。比如，汉哀帝绥和二年，右曹侍郎薛况命人于宫门外以刀斧砍伤博士给事中申咸，后为咸所言告："咸所言皆宣行迹，众人所共见，公家所宜闻。"[①]薛况因此被流放敦煌。

所谓"书告"，即受害者或其亲属通过书面形式向官府提出诉讼。比如，汉

---

① 《汉书》卷八三《薛宣传》，第10册第2526页。

武帝元鼎元年，济东王刘彭离"昏暮私与其奴、亡命少年数十人行剽杀人"，其后，"所杀者子上书言。汉有司请诛，上不忍，废以为庶人，迁上庸，地入于汉，为大河郡"①。又如汉成帝绥和元年（前8），太原太守夏侯藩为大司马骠骑将军王根所用，向匈奴单于提出出让土地的要求："汉三都尉居塞上，士卒数百人寒苦，候望久劳。单于宜上书献此地，直断阏之，省两都尉士卒数百人，以复天子厚恩，其报必大。"于是"单于遣使上书，以藩求地状闻"，夏侯藩遂徙为济南太守，"不令当匈奴"。②

由于书告比自言更为正式，因此，以书面形式起诉的案件性质通常比自言者更加严重。在汉代流贬事件中，被受害人采用书告的次数也多于自言。

2. 第三人上告

第三人上告是指加害人、加害人亲属、被害人以及被害人亲属以外的人，在得知犯罪人与其犯罪事实之后，主动将相关事项告知官府，从而启动案件审理程序。比如，汉明帝永平十六年，淮南王刘延为人所告：

> 延性骄奢而遇下严烈。永平中，有上书告延与姬兄谢弇及姊馆陶主婿驸马都尉韩光招奸猾，作图谶，祠祭祝诅。事下案验，光、弇被杀，辞所连及，死徙者甚众。有司奏请诛延，显宗以延罪薄于楚王英，故特加恩，徙为阜陵王，食二县。③

在这个案例中，上书告者并非刘延"招奸猾，作图谶，祠祭祝诅"的直接受害者，或因刘延"性骄奢""遇下严烈"而作为第三人上告。

有些案件中的第三人因受人指使而上告，这种起诉方式往往带有诬告的成分。比如，汉灵帝光和元年，中常侍程璜奏免议郎蔡邕：

> 初，（蔡）邕与司徒刘郃素不相平，叔父卫尉质又与将作大匠杨球有隙。

---

① 《史记》卷五八《梁孝王世家》，第6册第2539页。
② 《汉书》卷九四下《匈奴传下》，第11册第3810页。
③ 《后汉书》卷四二《阜陵质王传》，第5册第1444页。

球即中常侍程璜女夫也，璜遂使人飞章言邕、质数以私事请托于郃，郃不听，邕含隐切，志欲相中。于是诏下尚书，召邕诘状……于是下邕、质于洛阳狱，劾以仇怨奉公，议害大臣，大不敬，弃市。事奏，中常侍吕强愍邕无罪，请之，帝亦更思其章，有诏减死一等，与家属髡钳徙朔方，不得以赦令除。①

有的第三人同样以诬告为目的，但起诉时并不委托他人。比如，汉高祖十一年，梁王彭越的太仆不得意，逃亡京师，诬告梁王与其将扈辄策划谋反：

梁王怒其太仆，欲斩之。太仆亡走汉，告梁王与扈辄谋反。于是上使使掩梁王，梁王不觉，捕梁王，囚之洛阳。有司治反形已具，请论如法。上赦以为庶人，传处蜀青衣。②

又如汉章帝建初八年，外戚梁竦因得势而为窦氏所陷：

(梁竦)有三男三女，肃宗纳其二女，皆为贵人。小贵人生和帝，窦皇后养以为子，而竦家私相庆。后诸窦闻之，恐梁氏得志，终为己害，建初八年，遂谮杀二贵人，而陷竦等以恶逆。诏使汉阳太守郑据传考竦罪，死狱中，家属复徙九真。③

上述诬告案例中的第三人实为加害人，然因其权势盛于被害者或巧舌如簧等原因，反而站在了"正义"的立场上。

3. 自告

自告是指有罪者主动向官府投案并坦白罪行，主动接受审判，类似于我们今天所说的"自首"。在汉代，自告者有时可以减轻或免除刑罚。如《二年律令·告

---

① 《后汉书》卷六〇下《蔡邕传下》，第 7 册第 2001~2002 页。
② 《史记》卷九〇《魏豹彭越列传》，第 8 册第 3146 页。
③ 《后汉书》卷三四《梁松传》，第 5 册第 1172 页。

第二章 两汉流贬的主要程序

律》曰：

> 诬告人以死罪，黥为城旦舂；它各反其罪。告不审及有罪先自告，各减其罪一等，死罪黥为城旦舂，城旦舂罪完为城旦舂，完为城旦舂罪□□鬼薪白粲及府（腐）罪耐为隶臣妾，耐为隶臣妾罪耐为司寇，司寇、疊（迁）及黥顔（颜）頯罪赎耐，赎耐罪罚金四两，赎死罪赎城旦舂，赎城旦舂罪赎斩，赎斩罪赎黥，赎黥罪赎耐，耐罪□金四两罪罚金二两，罚金二两罪罚金一两。令、丞、令史或偏（徧）先自得之，相除。①

《二年律令·亡律》曰：

> 匿罪人，死罪，黥为城旦舂，它各与同罪。其所匿未去而告之，除。诸舍匿罪人，罪人自出，若先自告，罪减，亦减舍匿者罪。②

从这两则材料可以看出，西汉初期，有罪者如果在被起诉之后、司法机关审理之前自告，或者在尚未被起诉之前自告，都可以减罪一等；藏匿于他人家中的罪犯若在逃亡期间主动投案，那么罪犯本人和藏匿者的罪行都可以减轻。

汉代的流贬事件中同样存在因自告而引发审判的情况。比如，汉武帝建元初年（前140），谒者汲黯持节矫制"发河南仓粟以振贫民"，后自告，出为荥阳令：

> 河内失火，延烧千余家，上使（汲）黯往视之。还报曰："家人失火，屋比延烧，不足忧也。臣过河南，河南贫人伤水旱万余家，或父子相食，臣谨以便宜，持节发河南仓粟以振贫民。臣请归节，伏矫制罪。"上贤而释之，迁为荥阳令。黯耻为令，病归田里。上闻，乃召为中大夫。③

---

① 张家山二四七号汉墓竹简整理小组编著：《张家山汉墓竹简〔二四七号墓〕：释文修订本》，第26页。
② 张家山二四七号汉墓竹简整理小组编著：《张家山汉墓竹简〔二四七号墓〕：释文修订本》，第31页。
③ 《汉书》卷五〇《汲黯传》，第8册第2316页。

又如汉哀帝元寿二年(前1),光禄大夫龚胜自劾与夏侯常相争,后与夏侯常贬秩各一等:

> 先是常又为胜道高陵有子杀母者。胜白之,尚书问:"谁受?"对曰:"受夏侯常。"尚书使胜问常,常连恨胜,即应曰:"闻之白衣,戒君勿言也。奏事不详,妄作触罪。"胜穷,亡以对尚书,即自劾奏与常争言,洿辱朝廷。事下御史中丞,召诘问,劾奏"胜吏二千石,常位大夫,皆幸得给事中,与论议,不崇礼义,而居公门下相非恨,疾言辩讼,媠谩亡状,皆不敬。"制曰:"贬秩各一等。"①

在以上两个案例中,谒者汲黯、光禄大夫龚胜皆是因为主动交代"罪行"而遭贬的。

4. 无起诉

除以上三种情况之外,如果皇帝直接参与了案件,则通常无须有人起诉,皇帝可直接命令司法机关开始审理案件。比如,汉哀帝建平二年(前5),哀帝卧病,黄门待诏贺良等言宜急改元易号,上从之,然疾不愈。贺良等又奏言"大臣皆不知天命,宜退丞相御史,以解光、李寻辅政"②,哀帝以其言不验,诏令光禄勋平当、光禄大夫毛莫如与御史中丞、廷尉共同审理,贺良等遂伏诛,辅政大臣解光、李寻亦减死一等,徙敦煌郡。在这个案例中,汉哀帝其实是贺良等人荒谬之言的受害者和察觉者,但因其身份为皇帝,故无须起诉,而是有权直接命令光禄勋、光禄大夫、御史中丞以及廷尉等监察和司法官员进行审查。又如汉成帝建始元年,中书谒者令石显徙为中太仆,不复显贵。丞相匡衡、御史大夫张谭曾阿附显,后又奏显旧恶,请求罢免显职。司隶校尉王尊遂劾奏石显、匡衡、张谭曰:"衡、谭举奏显,不自陈不忠之罪,而反扬著先帝任用倾覆之徒,妄言百官

---

① 《汉书》卷七二《龚胜传》,第10册第3082页。
② 《汉书》卷七五《李寻传》,第10册第3193页。

畏之,甚于主上。"①成帝不悦,遂以中伤大臣而命御史丞劾奏尊,并将其左迁为高陵令。王尊所遭遇的贬谪,也是由皇帝直接下令考审。再如汉成帝阳朔元年,京兆尹王章上封事,言大将军王凤专权。成帝少时亲倚凤,不忍废,遂使尚书劾奏"知野王前以王舅出补吏,而私荐之,欲令在朝阿附诸侯;又知张美人体御至尊,而妄称引羌胡杀子荡肠,非所宜言"②。王章后被治以大逆罪,死于狱中,妻子皆徙合浦郡。绥和元年,侍中淳于长因罪被遣后,以重金贿赂昔日政敌红阳侯王立,立因此在皇帝面前为长美言,"于是天子疑焉,下有司案验"③,淳于长后下洛阳狱,死狱中,妻子皆徙合浦郡,红阳侯王立亦遣就国;等等。

此外,司法机关的官吏发现犯罪人和犯罪事实后,也有权主动进行调查和审判,可称之为纠问或者纠劾。比如,汉昭帝元凤元年(前80),大将军霍光欲以女嫁宗正刘德为妻,德恐其权势盛满,拒之。侍御史误以为光怨望德不纳其女,故以诽谤罪劾之,德遂"免为庶人,屏居山田"④。在这个案例中,侍御史对刘德的弹劾便是在无起诉、无诏令的情况下主动进行的。

(二)劾察、审理和预判

1. 西汉前中期

两汉流贬案件的劾察、审理和预判通常是由监察机构和司法机构进行的。西汉前中期,中央监察事务主要由丞相府、御史府以及司隶校尉负责,廷尉则职掌司法。在地方上,刺史、州牧、郡守及其属官督邮承担了主要的监察和司法职责。不论是监察官还是司法官,都可以在查清案件事实后向皇帝提供预判建议。

(1)中央

丞相府属于行政监察系统。据《汉书·百官公卿表上》记载,丞相"金印紫绶,掌丞天子助理万机。秦有左右,高帝即位,置一丞相,十一年更名相国,绿绶。孝惠、高后置左右丞相,文帝二年复置一丞相。有两长史,秩千石。哀帝元

---

① 《汉书》卷七六《王尊传》,第10册第3231页。
② 《汉书》卷九八《元后传》,第12册第4023页。
③ 《汉书》卷九三《淳于长传》,第11册第3732页。
④ 《汉书》卷三六《刘向传》,第7册第1927页。

寿二年更名大司徒。武帝元狩五年初置司直，秩比二千石，掌佐丞相举不法。"①又《史记·陈丞相世家》曰："宰相者，上佐天子理阴阳，顺四时，下育万物之宜，外镇抚四夷诸侯，内亲附百姓，使卿大夫各得任其职焉。"②西汉时，丞相以助天子理万机为职责，在协助天子管理天下事务的同时，还有劾案百官、诸侯王、列侯，甚至自行诛伐的权力。

丞相的属官原有两长史，汉武帝元狩五年又置丞相司直，"秩比二千石，掌佐丞相举不法。"③。丞相司直是丞相府中地位最高的属官，其主要职权是监察，尤其要"助督录诸州"，即协助各州处理监察地方事务，故《后汉书·马严传》曰："故事，州郡所举上奏，司直察能否以惩虚实。"④

在御史府系统中，御史大夫为"宰相之副"⑤。《汉书·百官公卿表》曰："御史大夫，秦官，位上卿，银印青绶，掌副丞相。有两丞，秩千石……成帝绥和元年更名大司空，禄比丞相，置长史如中丞，官职如故。哀帝建平二年复为御史大夫，元寿二年复为大司空……"可知御史大夫主要担任丞相的副手，政治地位略低于丞相。《汉书·朱博传》曰："高皇帝以圣德受命，建立鸿业，置御史大夫，位次丞相，典正法度，以职相参，总领百官，上下相监临，历载二百年，天下安宁。"御史大夫同样具有监察和弹劾百官的职权，其主要属官为御史中丞，秩千石。

与丞相类似，御史大夫在工作中更倾向于行政管理，监察只是其职权之一，因此御史府的监察任务实际上主要由御史中丞完成。《汉书·百官公卿表》曰："(中丞)在殿中兰台，掌图籍秘书，外督部刺史，内领侍御史员十五人，受公卿奏事，举劾按章。"⑥御史中丞的禄秩虽然不高，但因其主要职掌举劾按章，所以

---

① 《汉书》卷一九上《百官公卿表上》，第3册第724~725页。
② 《史记》卷五六《陈丞相世家》，第6册第2504页。
③ 《汉书》卷一九上《百官公卿表上》，第3册第725页。
④ 《后汉书》卷二四《马严传》，第3册第860页。
⑤ 《汉书·朱云传》：元帝时，琅邪贡禹为御史大夫，而华阴守丞嘉上封事，言"治道在于得贤，御史之官，宰相之副，九卿之右，不可不选。平陵朱云，兼资文武，忠正有智略，可使以六百石秩试守御史大夫，以尽其能。"(《汉书》卷六七《朱云传》，第9册第2912~2913页。)
⑥ 《汉书》卷一九上《百官公卿表上》，第3册第725页。

具有特殊而重要的地位。此外，侍御史也是御史府中重要的监察官，由御史中丞率领，随皇帝左右，察举非法。《汉旧仪》曰："御史，员四十五人，皆六百石。其十五人衣绛，给事殿中，为侍御史，宿庐在石渠门外。二人尚玺，四人持书给事，二人侍前，中丞一人领。余三十人留寺，理百官事也，皆冠法冠。"①

司隶校尉为汉武帝征和四年（前89）所置。《汉书·百官公卿表》曰：

> 司隶校尉，周官，武帝征和四年初置。持节，从中都官徒千二百人，捕巫蛊，督大奸猾。后罢其兵，察三辅、三河、弘农。元帝初元四年去节，成帝元延四年省。绥和二年，哀帝复置，但为司隶，冠进贤冠，属大司空，比司直。②

可见，司隶校尉一职最初是为了治理"巫蛊之祸"而专门设置的，是一个独立的官职。祸乱结束后，司隶校尉才转变为专门的监察官，以监察三辅（京兆尹、左冯翊、右扶风）、三河（河东、河内、河南）、弘农地区为主要职权，同时也负责监察京畿地区、劾察中央官员，拥有较高的地位。汉元帝初元四年（前45）以后，司隶校尉的监察权力开始衰落。汉哀帝时，司隶校尉归入大司空，地位与司直相当。

廷尉为"九卿"之一，是汉代的最高司法官。《汉书·百官公卿表》曰："廷尉，秦官，掌刑辟，有正、左右监，秩皆千石。景帝中六年更名大理，武帝建元四年复为廷尉。宣帝地节三年初置左右平，秩皆六百石。哀帝元寿二年复为大理。王莽改曰作士。"③可知廷尉的主要职权是执掌刑狱，依法审理案件，其名称亦曾多次变化。在廷尉的属官中，廷尉正地位最高，主要负责判断疑案，既可单独断案，也可作为廷尉的代表杂治案件；左、右监主要负责逮捕罪犯，左、右平则主要掌理由皇帝下诏审理的案件。

在西汉前中期的流贬案件中，中央政府职掌监察的官员既可单独弹劾官吏，

---

① （汉）卫宏撰，（清）孙星衍等辑，周天游点校：《汉官六种·汉旧仪》卷上，第63页。
② 《汉书》卷一九上《百官公卿表上》，第3册第737页。
③ 《汉书》卷一九上《百官公卿表上》，第3册第730页。

第一节 流贬命令的产生

又可共同行使职权，丞相可单独劾奏。比如，汉宣帝元康元年，丞相魏相奏免太仆杜延年：

> 霍光薨后，子禹与宗族谋反，诛。上以延年霍氏旧人，欲退之，而丞相魏相奏延年素贵用事，官职多奸。遣吏考案，但得苑马多死，官奴婢乏衣食，延年坐免官，削户二千。①

又如汉宣帝时，御史大夫萧望之数忤上意，天子不悦。五凤二年（前56），丞相司直繇延寿劾奏望之，宣帝于是使光禄勋杨恽策诏，左迁望之为太子太傅：

> "案望之大臣，通经术，居九卿之右，本朝所仰，至不奉法自修，踞慢不逊攘，受所监臧二百五十以上，请逮捕系治。"上于是策望之曰："有司奏君责使者礼，遇丞相亡礼，廉声不闻，敖慢不逊，亡以扶政，帅先百僚。君不深思，陷于兹秽，朕不忍致君于理，使光禄勋恽策诏，左迁君为太子太傅，授印。"②

又如汉成帝在位期间，司隶校尉涓勋个性倨傲，为丞相司直翟方进所劾，贬为昌陵令：

> 时太中大夫平当给事中，奏言："……后丞相宣以一不道贼，请遣掾督趣司隶校尉，司隶校尉勋自奏暴于朝廷，今方进复举奏勋……。"上以方进所举应科，不得用逆诈废正法，遂贬勋为昌陵令。方进旬岁间免两司隶，朝廷由是惮之。③

在以上案例中，丞相魏相、丞相司直繇延寿、翟方进依法弹劾的分别是中央官员

---

① 《汉书》卷六〇《杜周传》，第9册第2665页。
② 《汉书》卷七八《萧望之传》，第10册第3281页。
③ 《汉书》卷八四《翟方进传》，第10册第3415页。

第二章 两汉流贬的主要程序

太仆、御史大夫以及司隶校尉,但并未提供具体的判决建议。

有时,不同系统的监察官可共同劾察涉案人员。比如汉成帝建始元年,石显迁为长信中太仆,秩中二千石,自此离权失势。后丞相、御史逐条上奏显旧日恶行,显与其党遂皆免官。① 又如汉哀帝建平二年,有日食,丞相、御史奏躬罪过,躬遂免官:

> 是日,日有食之,董贤因此沮躬、晏之策。后数日,收晏卫将军印绶,而丞相御史奏躬罪过。上繇是恶躬等,下诏曰:"南阳太守方阳侯宠,素亡廉声,有酷恶之资,毒流百姓。左曹光禄大夫宜陵侯躬,虚造诈谖之策,欲以诖误朝廷。皆交游贵戚,趋权门,为名。其免躬、宠官,遣就国。"②

监察官弹劾之后,谋反、杀人、祝诅等性质较严重的案件通常将交由廷尉依法进行审理,廷尉审定的罪名将会成为案件判决的重要依据。比如,汉成帝阳朔元年,京兆尹王章奏言大将军王凤专权后,因忤上意而被劾下狱,"廷尉致其大逆罪,以为'比上夷狄,欲绝继嗣之端;背畔天子,私为定陶王。'"③章后死狱中,妻子徙合浦。可以说,王章之死及其家人的流放,与廷尉审理案件后将王章所犯之罪定为大逆不道之罪是密切相关的。又如汉哀帝建平元年:

> 又丹使吏书奏,吏私写其草,丁、傅子弟闻之,使人上书告丹上封事行道人遍持其书。上以问将军中朝臣,皆对曰:"忠臣不显谏,大臣奏事不宜漏泄,令吏民传写流闻四方。'臣不密则失身',宜下廷尉治。"事下廷尉,廷尉劾丹大不敬……遂策免丹曰:"……其上大司空高乐侯印绶,罢归。"④

丁、傅子弟使人上书告师丹漏泄政事,事下廷尉,廷尉劾丹大不敬,丹遂遭免官。这个案例也是由廷尉审理并拟定罪名的。

---

① 《汉书》卷九三《石显传》,第 11 册第 3729~3730 页。
② 《汉书》卷四五《息夫躬传》,第 7 册第 2186 页。
③ 《汉书》卷九八《元后传》,第 10 册第 4020~4023 页。
④ 《汉书》卷八六《师丹传》,第 11 册第 3507~3508 页。

第一节 流贬命令的产生

西汉中期，监察官与司法官虽各有职权，但也时常共同劾察、审理案件。比如，汉成帝建始三年（前30），丞相匡衡专地盗土之事被发觉，时司隶校尉骏、少府行廷尉事忠共同劾奏：

> "衡监临盗所主守直十金以上。《春秋》之义，诸侯不得专地，所以壹统尊法制也。衡位三公，辅国政，领计簿，知郡实，正国界，计簿已定而背法制，专地盗土以自益，及赐、明阿承衡意，猥举郡计，乱减县界，附下罔上，擅以地附益大臣，皆不道。"于是上可其奏，勿治，丞相免为庶人，终于家。①

成帝准其奏，衡遂免为庶人。又如汉成帝绥和二年，右曹侍郎薛况命人故意砍伤博士申咸之后，事下有司，御史中丞等先奏：

> 况首为恶，明手伤，功意俱恶，皆大不敬。明当以重论，及况皆弃市。②

即认为薛况犯大不敬之罪，建议处以弃市之刑。后廷尉又奏：

> 原况以父见谤发忿怒，无它大恶。加诋欺，辑小过成大辟，陷死刑，违明诏，恐非法意，不可施行……况与谋者皆爵减完为城旦。③

意即薛况虽故意伤人，然其为父复仇，情有可原，建议减其爵位并判处"完为城旦"。其后，成帝问以公卿议臣，"况竟减罪一等，徙敦煌。宣坐免为庶人，归故郡，卒于家"。可见，成帝将御史中丞与廷尉的建议折中，形成了最终的判决决议。

---

① 《汉书》卷八一《匡衡传》，第10册第3346页。
② 《汉书》卷八三《薛宣传》，第10册第3395页。
③ 《汉书》卷八三《薛宣传》，第10册第3396页。

（2）地方

汉初沿袭秦制，在地方设立郡县两个行政等级，辖区内的监察和司法事务主要由郡守和县令长负责。其中，郡守主要监察一郡属县的长吏，并可自行辟除属官督邮，以处理辖区内的司法事务。同时，汉代又存在封国，在王国、侯国范围内，由中央政府任命的丞相对诸侯王、列侯进行监察。西汉中期，汉武帝将地方郡县划归十三部（州），并设置了监察官司隶校尉和十三州刺史。

郡守为一郡的最高行政官员，需管理一郡的经济、选举、司法、文化、教育等种种事务，同时也是上传下达、联系中央与地方的纽带，监察为郡守的重要职责之一。郡以下的地方行政组织为县，《汉书·百官公卿表》曰："县令、长，皆秦官，掌治其县。万户以上为令，秩千石至六百石。减万户为长，秩五百石至三百石。"①一县的最高官吏为县令或县长，其主要职责为管理该县的各项事务，其中也包括监察。

汉代王国、侯国的丞相均由天子任免。《汉书·百官公卿表》曰："诸侯王，高帝初置，金玺盭绶，掌治其国。有太傅辅王，内史治国民，中尉掌武职，丞相统众官，群卿大夫都官如汉朝。景帝中五年令诸侯王不得复治国，天子为置吏，改丞相曰相，省御史大夫、廷尉、少府、宗正、博士官，大夫、谒者、郎诸官长丞皆损其员。武帝改汉内史为京兆尹，中尉为执金吾，郎中令为光禄勋，故王国如故。损其郎中令，秩千石；改太仆曰仆，秩亦千石。成帝绥和元年省内史，更令相治民。如郡太守，中尉如郡都尉。"②《后汉书·百官志》记载："每国置相一人，其秩各如本县。本注曰：主治民。如令、长，不臣也。但纳租于侯，以户数为限。"③可知两汉时期，丞相均为王国、侯国最重要的官吏，负有匡辅、监督、劝谏诸侯王和列侯的职权。

汉武帝元封五年（前106），朝廷"初置部刺史，掌奉诏条察州，秩六百石，员十三人"④。刺史由御史中丞统领，隶属于御史府，主要职掌各部（州）辖区内郡国的监察事务，其监察对象包括但不限于诸侯王、列侯以及二千石官。刺史禄

---

① 《汉书》卷一九上《百官公卿表上》，第3册第742页。
② 《汉书》卷一九上《百官公卿表上》，第3册第741页。
③ 《后汉书》卷一一八《百官志五》，第11册第3630~3631页。
④ 《汉书》卷一九上《百官公卿表上》，第3册第741页。

秩不高，仅为六百石，但可依照朝廷规定的六条罪状来监察二千石的高官。根据蔡质《汉官典职仪式选用》记载，刺史察部(州)以"六条"为法律依据："一条，强宗豪右田宅逾制，以强凌弱，以众暴寡。二条，二千石不奉诏书遵承典制，倍(背)公向私，旁诏守利，侵渔百姓，聚敛为奸。三条，二千石不恤疑狱，风厉杀人，怒则任刑，喜则淫赏，烦扰苛暴，剥截黎元，为百姓所疾，山崩石裂，妖祥讹言。四条，二千石选署不平，苟阿所爱，蔽贤宠顽。五条，二千石子弟恃怙荣势，请托所监。六条，二千石违公下比，阿附豪强，通行货赂，割损正令也。"①故而刺史虽然位不及大夫，但其作为朝廷委派的地方监察官，可不受郡国的管辖和控制，独立行使监察权，因此，刺史事实上拥有很大的权力。顾炎武评价此官职曰："汉武帝遣刺史周行郡国，省察治状，黜陟能否，断治冤狱。以六条问事……夫职卑而命之尊，官小而权之重，此小大相制，内外相维之意也。"②汉成帝绥和元年，为了扭转刺史"位卑而权重"的失序状态，成帝将刺史改为州牧，禄秩升为二千石。汉哀帝时，刺史的名称又有反复，但其监察职权基本不变。刺史设立后，其监察范围逐渐扩大，到西汉末时已下及二千石墨绶长吏。比如，《汉书·朱博传》曰："博本武吏，不更文法，及为刺史行部，吏民数百人遮道自言，官寺尽满。从事白请且留此县录见诸自言者，事毕乃发，欲以观试博。博心知之，告外趣驾。既白驾办，博出就车见自言者，使从事明敕告吏民：'欲言县丞尉者，刺史不察黄绶，各自诣郡。欲言二千石墨绶长吏者，使者行部还，诣治所。其民为吏所冤，及言盗贼辞讼事，各使属其部从事。'"③

此外，廷尉作为汉朝的最高司法官，还承担着处理地方疑难杂案、受理地方上诉的职能。《汉书·刑法志》曰：

---

① （汉）蔡质撰，（清）孙星衍校集，周天游点校：《汉官六种·汉官典职仪式选用》，第208～209页。
② （清）顾炎武《日知录》卷九《部刺史》载"六条"："一条，强宗豪右，田宅逾制，以强陵弱，以众暴寡；二条，二千石不奉诏书，倍公向私，旁诏牟利，侵渔百姓，聚敛为奸；三条，二千石不恤疑狱，风厉杀人，怒则任刑，喜则任赏，烦扰刻暴，剥削黎元，为百姓所疾，山崩石裂，妖祥讹言；四条，二千石选署不平，苟阿所爱，蔽贤宠顽；五条，二千石子弟怙倚荣势，请托所监；六条，二千石违公下比，阿附豪强，通行货赂，割损政令。"（顾炎武著，严文儒、戴扬本校点：《日知录》，《顾炎武全集》第18册，上海古籍出版社2011年版，第389～390页。）
③ 《汉书》卷八三《朱博传》，第10册第3399页。

> 高皇帝七年，制诏御史："狱之疑者，吏或不敢决，有罪者久而不论，无罪者久系不决。自今以来，县道官狱疑者，各谳所属二千石官，二千石官以其罪名当报之。所不能决者，皆移廷尉，廷尉亦当报之。廷尉所不能决，谨具为奏，傅所当比律令以闻。"①

也就是说，从汉高祖七年(前200)开始，县级官吏不能决断的案件应交由郡守审定，郡守不能决者应上报廷尉，廷尉尤不能决者则上奏皇帝。在监察方面，汉武帝以后，中央监察官中的丞相司直和司隶校尉也可参与地方监察事务。

在西汉前中期的流贬案件中，具有地方监察职权者可单独劾奏。比如，汉宣帝元康三年前后，海昏侯刘贺与故扬州太守卒史孙万世相往来，为扬州刺史柯所劾奏，"有司案验，请逮捕。制曰：'削户三千'。"②在这个案例中，刺史行使了对列侯、郡故吏的监察权。又如，汉元帝初元二年，朝廷诏令列侯举茂才，富平侯张勃举荐陈汤。"汤待迁，父死不奔丧，司隶奏汤无循行，勃选举故不以实，坐削户二百，会薨，因赐谥曰缪侯。汤下狱论。"③在这个案例中，陈汤虽举茂才，然尚待迁，列侯张勃亦属地方，两者皆由司隶校尉劾奏。

中央和地方监察官有时也可联合行使监察权。据《汉书·翟方进传》记载，汉成帝永始、元延年间(前16—前9)：

> 会北地浩商为义渠长所捕，亡，长取其母，与傲猪连系都亭下。商兄弟会宾客，自称司隶掾、长安县尉，杀义渠长妻子六人，亡。④

事发后，丞相府、御史府均派遣掾史与司隶校尉、部刺史并力逐捕，后浩商被捕伏诛，家属徙合浦。司隶校尉涓勋曾奏言丞相府不应派遣掾史"督察天子奉使命大夫"，而未涉及御史府之掾史与部刺史。这从侧面说明，御史系统中的中央官吏、御史府管辖下的刺史以及司隶校尉共同查案是被当时的制度允许的。

---

① 《汉书》卷二三《刑法志》，第4册第1106页。
② 《汉书》卷六三《昌邑王传》，第9册第2770页。
③ 《汉书》卷七〇《陈汤传》，第9册第3007页。
④ 《汉书》卷八四《翟方进传》，第10册第3413页。

第一节　流贬命令的产生

　　与中央类似,西汉前中期,地方官吏在审理案件的过程中也可提供预判建议。比如,汉武帝元鼎元年,济东王刘彭离骄悍无礼,"昏暮私与其奴、亡命少年数十人行剽杀人,取财物以为好。所杀发觉者百余人,国皆知之,莫敢夜行"。① 后彭离为受害者家属书告,"汉有司请诛",上不忍,废以为庶人,徙上庸郡。在此,我们虽无法得知负责审理案件的"有司"是指地方监察官中的何种官职,但可以明确的是,其在审理结束之后给出了"请诛"的判决建议,不过最终未被皇帝采纳。

2. 西汉后期至东汉末

(1) 中央

　　汉初,丞相职权过重,引发了皇权与相权之间的矛盾,因此,汉武帝在位时,形成了与之相抗的"中朝"(也称为"内朝")和"外朝"。颜师古曰:"中,谓天子之宾客,若严助之辈也。外谓公卿大夫也。"②中朝主要由大将军及所率武官、尚书台以及侍中、给事中等加官组成,起初名曰"天子之宾客",实则是汉天子用以削弱相权的助手和结果。其中,尚书所在的中朝官员更为接近皇帝,而以丞相为主的外朝官员则主要执行日常政务。

　　尚书原本是秦官,为主管文书的官吏,西汉初期亦同。汉武帝时,尚书又称"中书",通常由宦官担任,职权日益加重。西汉成、哀帝时,丞相、御史大夫、太尉变为所谓"三公",由于此时汉政府的重要职权已经归于中朝的尚书、大将军等职。因此,三公虽然地位尊崇,名称亦多变化,事实上并无多少实权。到东汉光武帝时,尚书台已经成为处理国家大事的中枢机构,并持续至东汉末。《后汉书·仲长统传》记载:"光武皇帝愠数世之失权,忿强臣之窃命,矫枉过直,政不任下,虽置三公,事归台阁。自此以来,三公之职,备员而已;然政有不理,犹加谴责。"③可以看出,从光武帝时开始,三公的权力基本已经被尚书台

---

① 《史记》卷五八《梁孝王世家》,第 6 册第 2539 页。
② 《汉书·严助传》引颜师古注。(《汉书》卷六四《严助传》,第 9 册第 2776 页。)
③ 注:西汉成帝、哀帝时,汉初设置的丞相、御史大夫、太尉转变为司徒、司空、司马,或称大司徒、大司空、大司马,乃所谓"三公"也。由于此时汉政府的重要职权已经归于中朝的尚书、大将军等职。因此,西汉成帝、哀帝之后直至东汉末曹操称相之前,三公虽然地位尊崇,名称亦多有变化,事实上却并无多少实权。(《后汉书》卷四九《仲长统传》,第 6 册第 1657 页。)

取代。

从汉武帝时开始，随着中朝官员权力的逐步扩大，丞相和御史大夫的职权被逐渐转移至尚书。据卫宏《汉旧仪》记载，尚书起初置四人，分为四曹："常侍曹尚书，主丞相、御史事；二千石曹尚书，主刺史、二千石事；民曹尚书，主庶民上书事；主客曹尚书，主外国四夷事。"①汉成帝时又增加了"三公曹"，主断狱。可见，到西汉成帝时，尚书不仅可以管理中央监察事务，还掌握了刑狱诛赏的司法权力，其管辖范围亦从朝堂延伸至州郡。东汉以后，尚书台已经成为中央决策机构，其监察权和司法权更为强大而牢固。

东汉时期，御史府改称为御史台，成为专管监察的相对独立的机构。御史大夫更名大司空，主要管理国家水土事务，事实上已经脱离了监察系统，因此其原有的属官御史中丞一跃成为御史台的最高长官。御史中丞之下同样设有侍御史，《后汉书·百官志》曰：

> 御史中丞一人，千石。本注曰：御史大夫之丞也。旧别监御史在殿中，密举非法。及御史大夫转为司空，因别留中，为御史台率，后又属少府。治书侍御史二人，六百石。本注曰：掌选明法律者为之。凡天下诸谳疑事，掌以法律当其是非。侍御史十五人，六百石。本注曰：掌察举非法，受公卿群吏奏事，有违失举劾之。凡郊庙之祠及大朝会、大封拜，则二人监威仪，有违失则劾奏。②

可见，除了监察中央官吏之外，御史台也有责任监察地方，即所谓"天下诸谳疑事"也。其中，治书侍御史重在根据法律条例判断是非，而侍御史则重在举劾。

西汉后期，司隶校尉的职权一度跌落，但东汉时其权力和地位又得以提升。《后汉书·百官志》曰："司隶校尉一人，比二千石。本注曰：孝武帝初置，持节，掌察举百官以下，及京师近郡犯法者。"③可见其监察范围已拓展至京师范围

---

① （汉）卫宏撰，（清）孙星衍等辑，周天游点校：《汉官六种·汉旧仪》卷上，第64页。
② 《后汉书》卷一一六《百官志三》，第11册第3599页。
③ 《后汉书》卷一一七《百官志四》，第11册第3613页。

之内，并在西汉前中期原有职权的基础上，还扩大到对监察外戚、高官以及宦官的监察，并拥有奉诏逮捕、刑杀的权力，故汉卫尉蔡质曰："（司隶校尉）职在典京师，外部诸郡，无所不纠。封侯、外戚、三公以下，无尊卑。入宫，开中道称使者。每会，后到先去。"①

在行政系统内，汉成帝时，丞相改名为大司徒之后，丞相司直也改称司徒司直，其职权与西汉武帝时大致相同，"居司徒府，助司徒督录诸州郡所举上奏，司直考察能否，以徵虚实。"②据《后汉书·光武帝纪》记载，建武十一年（35），"夏四月丁卯，省大司徒司直官。"③又《后汉书·百官志》注引《汉献帝起居注》曰："建安八年十二月，复置司直，不属司徒，掌督中都官，不领诸州。九年十一月，诏司直比司隶校尉，坐同席在上，假传置，从事三人，书佐四人。"④也就是说，在东汉绝大部分时间内，司直一职都不存在。

西汉成、哀帝时期是两汉监察和司法制度的新旧交替期，彼时虽然原有的监察和司法官余威尚存，但新生的力量已不可忽视，这一点在西汉后期及东汉的流贬事件中体现得十分明显。

从汉成帝朝开始，由尚书弹劾有罪者的流贬案件已经为数众多。比如，汉成帝阳朔元年（前24），京兆尹王章被大将军王凤诬告，下狱死，妻子徙合浦。其间，皇帝诏使劾奏王章的官员就是尚书。⑤ 绥和元年（前8），定陶王被立为太子，太傅赵玄建议其上表致谢，结果为尚书所劾，左迁少府。⑥ 汉哀帝建平元

---

① （汉）蔡质撰，（清）孙星衍校集，周天游点校：《汉官六种·汉官典职仪式选用》，第208页。

② （唐）杜佑撰，王文锦、王永兴、刘俊文、徐庭云、谢方点校：《通典》卷一九《职官典》，第542页。

③ 《后汉书》卷一下《光武帝纪下》，第1册第57页。

④ 《后汉书》卷一一四《百官志一》，第11册第3561页。

⑤ 《汉书·元后传》："上使尚书劾奏章'知野王前以王舅出补吏，而私荐之，欲令在朝阿附诸侯'；又知张美人体御至尊，而妄称引羌胡杀子荡肠，非所宜言。'遂下章吏。"（《汉书》卷九八《元后传》，第12册第4023页。）

⑥ 《汉书·外戚传下》："月余，天子立楚孝王孙景为定陶王，奉恭王后。太子议欲谢，少傅阎崇以为：'《春秋》不以父命废王父命，为人后之礼不得顾私亲，不当谢。'太傅赵玄以为当谢，太子从之。诏问所以谢状，尚书劾奏玄，左迁少府，以光禄勋师丹为太傅。"（《汉书》卷九七下《外戚传下》，第12册第4000页。）

第二章　两汉流贬的主要程序

年,廷尉劾大司空师丹大不敬罪,给事中博士申咸、炔钦上书争之,尚书劾曰:"咸、钦初傅经义以为当治,事以暴列,乃复上书妄称誉丹,前后相违,不敬。"①上遂贬咸、钦秩各二等,策免丹。又如汉安帝永宁二年(121),谏议大夫陈禅在元旦朝会群臣时公然离席,尚书陈忠遂劾奏禅"廷讪朝政,请劾禅下狱"②,禅后左转为玄菟候城障尉。汉灵帝光和元年,蔡邕因叔父与将作大匠杨球有隙,为人所诬,此案也是由尚书劾验的。③ 在上述案例中,尚书弹劾的对象既包括位居朝堂的大夫,也包括身处王国的诸侯王太傅,从中央至地方的官员皆有。还有一个较特殊的例子,汉桓帝延熹二年,大将军梁冀被诛,太尉黄琼首居公位,"举奏州郡素行贪污至死徙者十余人,海内由是翕然望之。"④东汉时,太尉原应主管军政事务,此处黄琼兼有劾奏之权,是因东汉太尉可录尚书事,所以劾奏的权力还应归入尚书名下。⑤

御史中丞和侍御史均可单独劾奏。汉哀帝元寿二年(前1),光禄大夫龚胜与夏侯常相争,御史中丞审理劾奏,后胜以"不敬"为罪名贬秩一等。又如光武帝建武九年(33),侍御史举奏太中大夫郑兴私自买卖奴婢,兴因此而左转莲勺令。⑥ 有时,御史丞和侍御史也可共同行使监察权。比如,汉桓帝延熹二年,五官中郎将黄琬、光禄勋陈蕃因主张选拔志士而被权富子弟中伤,后交由御史丞王畅、侍御史刁韪劾察。"韪、畅素重蕃、琬,不举其事,而左右复陷以朋党。畅坐左转议郎而免蕃官,琬、韪俱禁锢。"⑦

---

① 《汉书》卷八六《师丹传》,第11册第3507页。
② 《后汉书》卷五一《陈禅传》,第6册第1685页。
③ 《后汉书·蔡邕传》:"初,(蔡)邕与司徒刘郃素不相平,叔父卫尉质又与将作大匠杨球有隙。球即中常侍程璜女夫也,璜遂使人飞章言邕、质数以私事请托于郃,郃不听,邕含隐切,志欲相中。于是诏下尚书,召邕诘状……于是下邕、质于洛阳狱,劾以仇怨奉公,议害大臣,大不敬,弃市。事奏,中常侍吕强愍邕无罪,请之,帝亦更思其章,有诏减死一等,与家属髡钳徙朔方,不得以赦令除。"(《后汉书》卷六〇下《蔡邕传》,第7册第2001~2002页。)
④ 《后汉书》卷六一《黄琼传》,第7册第2036页。
⑤ (唐)杜佑撰《通典·职官典》:"后汉建武二十七年,复旧名为太尉公。每帝初即位,多与太傅同录尚书事,府门无阙。"(《通典·职官典》,第513页。)
⑥ 《后汉书》卷三六《郑兴传》,第5册第1223页。
⑦ 《后汉书》卷六一《黄琼传》,第7册第2040页。

东汉时，司隶校尉常单独劾奏，如汉桓帝延熹八年(165)，东武侯、沛相具恭犯臧罪，司隶校尉韩演劾奏之，征诣廷尉，其弟东武侯具瑗受累贬为都乡侯，卒于家。① 又如汉灵帝时，中常侍王甫结党弄权多年，光和二年(179)，司隶校尉阳球奏之，甫遂饮鸩死。

东汉时廷尉的属官取消了右监和右平，仅剩正监、左监各一人，左平一人，与西汉略有不同②，但依然为职掌刑狱的中央司法官，可独立审理案件。比如，汉和帝永元五年，梁王刘畅数使卜筮，从官卞忌言其当为天子，"畅心喜，与相应答"，后为豫州刺史梁相举奏，"有司请征畅诣廷尉诏狱，和帝不许。有司重奏除畅国，徙九真，帝不忍，但削成武、单父二县"。③ 又据《后汉书·百官志》记载："本注曰：掌平狱，奏当所应。凡郡国谳疑罪，皆处当以报。"④可知地方郡国难以决断的疑难案件也应报给廷尉进行处理。此外，由于东汉时的尚书也具有司法职权，因此有时也可参与案件审理。

与西汉前中期类似，西汉后期乃至东汉，中央监察和司法官在办案的过程中也可提供预判建议。比如，前文所提的议郎蔡邕流放之案，尚书就提供了预判建议："劾以仇怨奉公，议害大臣，大不敬，弃市。"⑤在梁王刘畅削户的案例中，监察官员也先后建议将梁王征诣廷尉或除国流放，不过皆未获得皇帝的许可。

(2) 地方

东汉地方行政制度分为州、郡、县三级，十三州各设刺史。汉灵帝中平五年(188)，刺史改称"州牧"。在重要的州部，州牧由中央九卿官员担任，直接管理全州的军政、民生等事务。东汉初年，刺史职掌地方的劾奏监察权，并可直接向皇帝上奏。据《后汉书·朱浮传》："旧制，州牧奏二千石长吏不任位者，事皆先下三公，三公遣掾史案验，然后黜退。帝时用明察，不复委任三府，而权归刺举之吏。"⑥其后，刺史的职权不断扩大，至东汉末时已成为地方的最高监察和司法

---

① 《后汉书》卷七八《单超传》，第9册第2521页。
② 《后汉书·百官志二》"廷尉"条注曰："前汉有左右监平，世祖省右而犹曰左。"(《后汉书》卷一一五《百官志二》，第11册第3582页。)
③ 《后汉书》卷五〇《梁节王传》，第6册第1676页。
④ 《后汉书》卷一一五《百官志二》，第11册第3582页。
⑤ 《后汉书》卷六〇下《蔡邕传下》，第7册第2001~2002页。
⑥ 《后汉书》卷三三《朱浮传》，第4册第1143页。

长官。在郡县的范围内，东汉与西汉基本相同，由郡守、督邮继续进行督查。此外，由中央任命的王国、侯国丞相也仍然具有监察诸侯王、列侯的权力。譬如，汉和帝永元七年(95)，乐成王刘党因私通旧禁宫人且缢杀内侍三人以灭口，又娶故中山简王傅婢李羽生为小妻，故为国相举奏，和帝诏削其东光、鄡二县：

> 乐成靖王党，永平九年赐号重熹王，十五年封乐成王。……党急刻不遵法度。旧禁宫人出嫁，不得适诸国。有故掖庭技人哀置，嫁为男子章初妻，党召哀置入宫与通，初欲上书告之，党恐惧，乃密赂哀置姊焦使杀初。事发觉，党乃缢杀内侍三人，以绝口语。又取故中山简王傅婢李羽生为小妻。永元七年，国相举奏之。和帝诏削东光、鄡二县。①

又如汉安帝建光元年(121)，乐成王刘苌"骄淫不法，恣过累积"，冀州刺史遂与国相共同举奏，劾苌以不道罪，后安帝贬苌爵为临湖侯：

> 明年，复立济北惠王子苌为乐成王后。苌到国数月，骄淫不法，恣过累积，冀州刺史与国相举奏苌罪至不道。安帝诏曰："苌有觍其面，而放逸其心。……恣罪莫大，甚可耻也。朕览八辟之议，不忍致之于理。其贬苌爵为临湖侯。朕无'则哲'之明，致简统失序，罔以尉承大姬，增怀永叹。"②

(三) 终审和决断

1. 皇帝的最高司法权

在专制主义中央集权体制下，两汉的最高司法权理论上应由皇帝掌握。皇帝既可直接决定臣民的生死，也有权决定减轻或者赦免犯人的刑罚。汉代的流贬案件在经过监察和司法机关的审理和预判之后，通常都由皇帝做最终判决。臣下提供的预判意见，皇帝若同意即可直接执行，若不同意则驳回另作处罚。前文所举

---

① 《后汉书》卷五〇《乐成王传》，第6册第1672页。
② 《后汉书》卷五〇《乐成王传》，第6册第1673页。

的济东王刘彭离废徙上庸、右曹侍郎薛况减罪徙敦煌、议郎蔡邕免官徙朔方、梁王刘畅削户等诸多案例，都是在皇帝驳回监察官、司法官的预判建议之后重新做出的判决。有时，监察官、司法官只审定犯人的罪名，并不提供预判建议，由皇帝直接进行判决。

不过，若是皇权旁落，那么皇帝的最高司法权便会被剥夺，谁掌握了事实上的最高权力，谁就掌握了案件的最终判决权。两汉四百多年的历史中，皇权曾数度落入女主或王莽、梁冀、董卓等权臣之手，故而有不少案件其实是由女主或权臣最终裁决的。比如，汉哀帝元寿二年，汉哀帝驾崩后，太后以未亲自为哀帝侍疾为罪名，命尚书劾奏高安侯、大司马董贤"未更事理，为大司马不合众心，非所以折冲绥远也。其收大司马印绶，罢归第"。① 又如，汉桓帝时，大将军梁冀权倾一时，光禄勋梁不疑让位归第，闭门自守，冀遂不欲其与宾客交通。南郡太守马融、江夏太守田明初上任，拜谒不疑，"冀讽州郡以它事陷之，皆髡笞徙朔方。融自刺不殊，明遂死于路"②。汉顺帝永和年间(136~141)，荆州刺史李固劾奏南阳太守高赐等犯贪污罪，"赐等惧罪，遂共重赂大将军梁冀，冀为千里移檄，而固持之愈急。冀遂令徙固为太山太守"③。又如，汉献帝永汉元年(189)，并州牧董卓擅权，侍中种劭为卓所恶，卓遂将劭"左转议郎，出为益、凉二州刺史"。④ 等等。从上述案例可以看出，当皇帝缺位或皇权衰落时，其掌握的最高司法权也将名存实亡。

2. 最高司法权的影响因素

西汉初期，丞相位高权重，对皇权的牵制较大，这一点在流贬案件的审理中也有所体现。比如，汉文帝前元六年(前174)，淮南王刘长因谋反而迁之蜀郡，丞相张苍谏言："臣请处蜀郡严道邛邮，遣其子母从居，县为筑盖家室，皆廪食，给薪、菜、盐豉、炊食器、席蓐。"文帝从之，制诏曰："计食长给肉日五斤，酒二斗。令故美人才人得幸者十人从居。他可。"⑤在这个案例中，文帝几乎全部采

---

① 《汉书》卷九三《董贤传》，第 11 册第 3739 页。
② 《后汉书》卷三四《梁统传》，第 5 册第 1185 页。
③ 《后汉书》卷六三《李固传》，第 8 册第 2080 页。
④ 《后汉书》卷五六《种暠传》，第 7 册第 1830 页。
⑤ 《史记》卷一一八《淮南衡山列传》，第 10 册第 3743 页。

纳了丞相的建议。到汉成帝时，随着中央对相权的压制和转移，丞相的职权虽大为衰落，但仍对皇权保持着一定的影响力。譬如，成帝永始二年(前15)，时数有灾异，议者皆归咎于成帝男宠张放，丞相薛宣、御史大夫翟方进共奏："放行轻薄，连犯大恶，有感动阴阳之咎，为臣不忠首，罪名虽显，前蒙恩。骄逸悖理，与背畔无异，臣子之恶，莫大于是，不宜宿卫在位。臣请免放归国，以销众邪之萌，厌海内之心。"①成帝遂不得已而左迁放为北地都尉。

丞相职权衰落的同时伴随着中朝官职权的上升，到成帝、哀帝之间时，中朝官员对皇帝的最高司法权的影响也已经十分明显了。我们来看汉哀帝建平元年，大司空师丹策免一案的审理过程：

> 会有上书言古者以龟贝为货，今以钱易之，民以故贫，宜可改币。上以问丹，丹对言可改。章下有司议，皆以为行钱以来久，难卒变易。丹老人，忘其前语，后从公卿议。又丹使吏书奏，吏私写其草，丁、傅子弟闻之，使人上书告丹上封事行道人遍持其书。上以问将军中朝臣，皆对曰："忠臣不显谏，大臣奏事不宜漏泄，令吏民传写流闻四方。'臣不密则失身'，宜下廷尉治。"事下廷尉，廷尉劾丹大不敬。事未决，给事中博士申咸、炔钦上书，言"丹经行无比，自近世大臣能若丹者少。发愤懑，奏封事，不及深思远虑，使主簿书，漏泄之过不在丹。以此贬黜，恐不厌众心。"尚书劾咸、钦："幸得以儒官选擢备腹心，上所折中定疑，知丹社稷重臣，议罪处罚，国之所慎，咸、钦初傅经义以为当治，事以暴列，乃复上书妄称誉丹，前后相违，不敬。"上贬咸、钦秩各二等，遂策免丹曰：'……以君尝托傅位，未忍考于理，已诏有司赦君勿治。其上大司空高乐侯印绶，罢归。'"②

在这个案例中，面对丁、傅子弟使人对师丹进行的书告，哀帝首先征求并采纳了将军中朝臣的意见，事下廷尉之后对尚书的劾奏也持认可态度，故而咸、钦被免，师丹罢归。又如，汉顺帝永建元年(126)，中常侍张防被徙边的案例：

---

① 《汉书》卷五九《张汤传》，第9册第2655页。
② 《汉书》卷八六《师丹传》，第11册第3506~3508页。

第一节 流贬命令的产生

时中常侍张防特用权势，每请托受取，(虞)诩辄案之，而屡寝不报。诩不胜其愤，乃自系廷尉，奏言曰："……今者张防复弄威柄，国家之祸将重至矣。臣不忍与防同朝，谨自系以闻，无令臣袭杨震之迹。"书奏，防流涕诉帝，诩坐论输左校……宦者孙程、张贤等知诩以忠获罪，乃相率奏乞见。程曰："……司隶校尉虞诩为陛下尽忠，而更被拘系；常侍张防赃罪明正，反构忠良。今客星守羽林，其占宫中有奸臣。宜急收防送狱，以塞天变。下诏出诩，还假印绶。"……帝问诸尚书，尚书贾朗素与防善，证诩之罪。帝疑焉，谓程曰："且出，吾方思之。"于是诩与门生百余人，举幡候中常侍高梵车，叩头流血，诉言枉状。梵乃入言之，防坐徙边，贾朗等六人或死或黜，即日赦出诩。①

尽管皇帝最终并未依照尚书的意见作出判决，但当宦者孙程、张贤等人为司隶校尉论证时，皇帝首先征求的也是中朝官尚书的看法，这一行为已经从侧面反映了西汉后期尚书在司法判决活动中的影响力。

除尚书之外，东汉侍御史等其他监察官也可影响皇帝对流贬案件的最终判决。譬如，汉和帝永元元年，时大将军窦宪权倾天下，尚书仆射郅寿曾"前后上书陈宪骄恣，引王莽以诫国家"②，因此忤宪。后窦宪以诽谤罪诬告郅寿，下吏当诛。侍御史何敞上疏争之：

臣愚以为寿机密近臣，匡救为职。若怀默不言，其罪当诛。今寿违众正议，以安宗庙，岂其私邪？又台阁平事，分争可否，虽唐虞之隆，三代之盛，犹谓谔谔以昌，不以诽谤为罪。请买公田，人情细过，可裁隐忍。寿若被诛，臣恐天下以为国家横罪忠直，贼伤和气，忤逆阴阳。……忠臣尽节，以死为归。臣虽不知寿，度其甘心安之。诚不欲圣朝行诽谤之诛，以伤晏晏

---

① 《后汉书》卷五八《虞诩传》，第 7 册第 1870~1871 页。
② 《后汉书》卷二九《郅恽传》，第 4 册第 1033 页。

第二章 两汉流贬的主要程序

之化，杜塞忠直，垂讥无穷。①

书奏之后，"寿得减死，论徙合浦"，可见侍御史何敞成功改变了皇帝原先做出的判决。

3. 使者与地方官吏的最终判决权

除皇帝之外，汉代出使地方的官员也掌握了一部分流贬案件的最终审判权。《汉书·元后传》记载了这样一次事件：

> 文、景间，安孙遂字伯纪，处东平陵，生贺，字翁孺。为武帝绣衣御史，逐捕魏郡群盗坚卢等党与，及吏畏懦逗遛当坐者，翁孺皆纵不诛。它部御史暴胜之等奏杀二千石，诛千石以下，及通行饮食坐连及者，大部至斩万余人，语见《酷吏传》。②

根据材料，对于二千石及以上官吏，御史暴胜之的做法是先上奏后诛杀，但千石以下的官吏则直接斩杀之。颜师古注曰："二千石者，奏而杀之；其千石以下，则得专诛。"③

此外，地方司法官也拥有最终判决一般刑事案件的权力。《后汉书·张酺传》曰：

> （张）酺视事十五年，和帝初，迁魏郡太守。……顷之，征入为河南尹。窦景家人复击伤市卒，吏捕得之，景怒，遣缇骑侯海等五百人殴伤市丞。酺部吏杨章等穷究，正海罪，徙朔方。④

在这则材料中，缇骑侯海殴打市丞，被河南尹张酺的部吏杨章定罪流放，体现的就是地方司法官直接决定地方违法犯罪事务的权力。这里所说的"部吏"，极有

---

① 《后汉书》卷二九《郅恽传》，第4册第1033~1034页。
② 《汉书》卷九八《元后传》，第12册第4013页。
③ 《汉书》卷九八《元后传》，第12册第4014页。
④ 《后汉书》卷四五《张酺传》，第6册第1531页。

可能是郡守自主任命的督邮。

二、由其他途径产生

两汉时期，并非所有的流贬事件都要通过国家的监察和司法系统产生。有时，皇帝听从臣子的谏议，也可直接下达流贬命令。比如，汉高祖十年（前197），符玺御史赵尧利用高祖爱护赵王刘如意之心理，建议徙御史大夫周昌为赵相，后取代昌为御史大夫：

> 是后戚姬子如意为赵王，年十岁，高祖忧即万岁之后不全也。赵尧年少，为符玺御史……居顷之，赵尧侍高祖……尧曰："陛下独宜为赵王置贵强相，及吕后、太子、群臣素所敬惮乃可。"高祖曰："然。吾念之欲如是，而群臣谁可者？"尧曰："御史大夫周昌，其人坚忍质直，且自吕后、太子及大臣皆素敬惮之。独昌可。"高祖曰："善。"……于是徙御史大夫周昌为赵相。①

又如汉文帝前元三年，太中大夫贾谊遭到绛侯周勃、灌婴、东阳侯张相如、御史大夫冯敬等人的诋毁，后为天子所疏，贬谪长沙：

> 谊以为汉兴二十余年，天下和洽，宜当改正朔，易服色制度，定官名，兴礼乐。乃草具其仪法，色上黄，数用五，为官名悉更，奏之。文帝谦让未皇也。然诸法令所更定，及列侯就国，其说皆谊发之。于是天子议以谊任公卿之位。绛、灌、东阳侯、冯敬之属尽害之，乃毁谊曰："洛阳之人年少初学，专欲擅权，纷乱诸事。"于是天子后亦疏之，不用其议，以谊为长沙王太傅。②

在这两个案例中，御史大夫周昌和太中大夫贾谊均无触犯汉朝律令之行为，皇帝

---

① 《史记》卷九六《张丞相列传》，第 8 册第 3246 页。
② 《汉书》卷四八《贾谊传》，第 8 册第 2222 页。

对他们施加的流贬也未经过监察和司法系统，而是在采纳臣子的谏议后直接决定的。

有时，皇帝甚至不需要臣子谏议，便可根据一己之喜怒哀乐而直接下达流贬命令。譬如，汉元帝竟宁元年(前33)，谒者冯逡因触怒天子而被罢官：

> (石)显见左将军冯奉世父子为公卿著名，女又为昭仪在内，显心欲附之，荐言昭仪兄谒者逡修敕宜侍幄帷。天子召见，欲以为侍中，逡请间言事。上闻逡言显颛权，天子大怒，罢逡归郎官。①

在这种情况下，皇帝完全不受国家机关的限制，全凭个人意志来实施对官员的惩罚。

两汉流贬事件中还有一种特殊情况——谪戍。当汉朝天子决定派遣七科谪、有罪民、恶少年以及减死一等者谪戍边郡时，无须经过国家的监察和司法系统，而由皇帝全权决定。

总的来看，两汉时期，在流贬命令产生的过程中，皇权才是最终的决定因素。尽管丞相、中朝官等官员能在不同时期对皇权进行一定程度的制度化约束，但这种约束力十分有限。不论是皇帝还是权臣，谁掌握了事实上的国家最高权力，谁便掌握了流贬案件的最终审判权。正如卜宪群《秦汉官僚制度》所说："官僚制对皇权的制约是有限的，制约的程度如何，除制度上因素外，还要看皇帝的个人品质如何。当皇权被假借、延伸时，这种制约更是微乎其微了。"②

第二节 流贬命令的下达

一、命令下达的形式

依据审判对象的不同，两汉流贬的终审判决会以不同的诏书形式下达。"诏

---

① 《汉书》卷九三《石显传》，第11册第3728页。
② 卜宪群：《秦汉官僚制度》，社会科学文献出版社2002年版，第150页。

书，也叫诏令，是指在中国传统社会中由皇帝或以皇帝名义制发的下行文书的统称，是皇帝对全国的政治、经济、文化、民族、法律等所有方面事务的旨意的具体体现，具有至高无上的权威，全体臣民必须遵守，是以皇帝为首的专制主义中央集权国家有效地进行行政管理、维系统治的重要工具。"①

秦朝时，秦始皇规定皇帝的命令须专门以"诏"和"制"来表示。《史记·秦始皇本纪》记载：

> "今陛下兴义兵，诛残贼，平定天下，海内为郡县，法令由一统，自上古以来未尝有，五帝所不及。臣等谨与博士议曰：'古有天皇，有地皇，有泰皇，泰皇最贵。'臣等昧死上尊号，王为'泰皇'。命为'制'，令为'诏'，天子自称曰'朕'。"王曰："去'泰'，著'皇'，采上古'帝'位号，号曰'皇帝'，他如议。"制曰："可"。②

汉承秦制，皇帝的命令也称"诏"和"制"，并增加了策书和戒（敕）书。据东汉王隆《汉官解诂》记载：

> 帝之下书有四：一曰策书，二曰制书，三曰诏书，四曰诫敕。策书者，编简也，其制长二尺，短者半之，篆书，起年月日，称皇帝，以命诸侯王。三公以罪免，亦赐策（书），而以隶书，用尺一木，两行，唯此为异也。制书者，帝者制度之命，其文曰制诏三公，皆玺封，尚书令印重封，露布州郡也。诏书者，诏，告也，其文曰告某官云如故事。诫敕者，谓敕刺史、太守，其文曰有诏敕某官，他皆仿此。③

从这则材料来看，两汉时期由皇帝下达的文书有四种：策书、制书、诏书和诫敕。这里所说的"诏书"是指狭义的以"告某官云如故事"为固定格式的诏书。事

---

① 叶秋菊：《秦汉诏书与中央集权研究》，中国社会科学出版社2016年版，第1页。
② 《史记》卷六《秦始皇本纪》，第1册第304页。
③ （汉）王隆撰，（汉）胡广注，（清）孙星衍辑：《汉官六种·汉官解诂》，第23页。

实上,"诏书"还有更为广泛的含义,即指皇帝专用文书的所有类型,包括策书、制书、诏书(狭义)、诫敕等不同的文体。

东汉末期,蔡邕根据自己的阅读经历将汉代的诏书(广义)分为策、制、诏(狭义)①、戒(即"诫")四种类型,其《独断》卷上曰:

> 汉天子正号曰"皇帝",自称曰"朕",臣民称之曰"陛下",其言曰"制诏",史官记事曰"上",车马衣服器械百物曰"乘舆",所在曰"行在所",所居曰"禁中",后曰"省中",印曰"玺",所至曰"幸",所进曰"御"。其命令,一曰"策书",二曰"制书",三曰"诏书",四曰"戒书"。
>
> ……
>
> 策书,策者,简也。礼曰:不满百文,不书于策。其制长二尺,短者半之,其次一长一短。两编,下附篆书。起年、月、日,称皇帝曰,以命诸侯王、三公。其诸侯王、三公之薨于位者,亦以策书诔谥其行而赐之,如诸侯之策。三公以罪免,亦赐策,文体如上策而隶书,以一尺木两行,唯此为异者也。
>
> 制书,帝者制度之命也。其文曰"制诏三公",赦令、赎令之属是也。刺史、太守相劾奏,申下土,迁书文,亦如之。其征为九卿,若迁京师近官,则言官,具言姓名,其免若得罪,无姓。凡制书,有印、使符,下远近皆玺封,尚书令印重封。唯赦令、赎令,召三公诣朝堂受制书,司徒印封,露布下州郡。
>
> 诏书者,诏诰也。有三品:其文曰"告某官,官如故事",是为诏书。群臣有所奏请,尚书令奏之,下有"制曰",天子答之曰"可"。若"下某官"云云,亦曰诏书。群臣有所奏请,无"尚书令奏"、"制"之字,则答曰"已奏如书,本官下所当至",亦曰诏。
>
> 戒书,戒敕刺史、太守及三边营官,被敕文曰"有诏敕某官",是为戒敕也。世皆名此为策书,失之远矣。②

---

① 以下"诏书"均取狭义,不再以括号形式出注。
② (汉)蔡邕:《独断》,中华书局1985年版,第3~4页。

蔡邕在《汉官解诂》的基础上，对汉代策书、制书、诏书以及戒书四种文体涉及的发文对象、适用场景、格式形制等方面都做了归纳和总结。其中，策书的颁发对象是诸侯王和三公，主要用于二者的除封、罢免以及谏谥等重大事务；制书的颁发对象是三公、九卿以及京师近臣，下达给三公时主要用于向全国颁布赦令、赎令，下达给九卿或京师近臣时主要用于官员的任免；诏书的颁发对象为群臣，主要在皇帝向天下传达意旨或批复群臣奏请时使用；戒敕的颁发对象主要是地方官中的刺史、太守、三边营官。从形制和格式来看，命诸侯之策书使用二尺（汉制）或一尺（汉制）长的竹简，以篆书书写；命三公之策书使用一尺一寸（汉制）的木牍，以隶书书写，篇幅限两行；凡策书均起首注明年月日，继以固定用语"皇帝曰"。制书有印和使符，制书拟好之后通常先加盖皇帝的印玺，再由尚书令重新封缄，尔后传布远近；制书中关于赦令、赎令的特殊类型，则在拟好之后先下达三公，由司徒印封后颁布至州郡；制书开头不写时间，通常有固定用语"制诏三公"。诏书有三种类型，固定用语分别为：①"告某官"；②"制曰""可"或"下某官"；③"已奏如书"。戒书有固定用语"有诏敕某官"。在以上四种文体中，诏书的应用范围最为广泛，使用次数也最多。

（一）策书

在上述文体中，与两汉流贬案件判决相关的主要有策书和诏书。其中，三公、诸侯王的贬免均用策书。比如：

> （汉宣帝五凤二年）三年，代丙吉为御史大夫……上于是策（萧）望之曰："有司奏君责使者礼，遇丞相亡礼，廉声不闻，敖慢不逊，亡以扶政，帅先百僚。君不深思，陷于兹秽，朕不忍致君于理，使光禄勋恽策诏，左迁君为太子太傅，授印。"①

> （汉哀帝建平三年，前4）建平三年，以河南太守征入为御史大夫数月。是时成帝舅安成恭侯夫人放寡居，共养长信宫，坐祝诅下狱，（王）崇奏封事，为放言。放外家解氏与崇为昏，哀帝以崇为不忠诚，策诏崇曰："朕以

---

① 《汉书》卷七八《萧望之传》，第10册第3279~3281页。

君有累世之美，故逾列次。在位以来，忠诚匡国未闻所獻，反怀诈谖之辞，欲以攀救旧姻之家，大逆之辜，举错专恣，不遵法度，亡以示百僚。"左迁为大司农，后徙卫尉左将军。①

（汉哀帝建平元年）月余，徙为大司空。……上贬咸、钦秩各二等，遂策免（师）丹曰："……以君尝托傅位，未忍考于理，已诏有司赦君勿治。其上大司空高乐侯印绶，罢归。"②

（汉哀帝建平二年）丁、傅骄奢，皆嫉（傅）喜之恭俭。又傅太后欲求称尊号，与成帝母齐尊，喜与丞相孔光、大司空师丹共执正议。傅太后大怒，上不得已，先免师丹以感动喜，喜终不顺。后数月，遂策免喜曰："君辅政出入三年，未有昭然匡朕不逮，而本朝大臣遂其奸心，咎由君焉。其上大司马印绶，就第。"③

（汉哀帝建平二年）（孔）光自先帝时议继嗣有持异之隙矣，又重忤傅太后指，由是傅氏在位者与朱博为表里，共毁谮光。后数月遂策免光曰："丞相者，朕之股肱，所与共承宗庙，统理海内，辅朕之不逮以治天下也。……君其上丞相博山侯印绶，罢归。"④

（汉哀帝元寿二年）后数月，哀帝崩。……莽使谒者以太后诏即阙下册（董）贤曰："间者以来，阴阳不调，菑害并臻，元元蒙辜。夫三公，鼎足之辅也，高安侯贤未更事理，为大司马不合众心，非所以折冲绥远也。其收大司马印绶，罢归第。"⑤

（汉桓帝永兴元年，153）（袁）彭弟汤，……累迁司徒、太尉，以灾异策免。⑥

（汉桓帝延熹八年）六年，（周景）代刘宠为司空。……视事二年，以地震策免。⑦

---

① 《汉书》卷七二《王吉传》，第10册第3067~3068页。
② 《汉书》卷八六《师丹传》，第11册第3503~3508页。
③ 《汉书》卷八二《傅喜传》，第10册第3381页。
④ 《汉书》卷八一《孔光传》，第10册第3357~3358页。
⑤ 《汉书》卷九三《董贤传》，第11册第3739页。
⑥ 《后汉书》卷四五《袁安传》，第6册第1523页。
⑦ 《后汉书》卷四五《周荣传》，第6册第1538页。

第二节　流贬命令的下达

> （汉灵帝建宁二年）建宁元年，（刘宠）代王畅为司空，频迁司徒、太尉。二年，以日食策免，归乡里。①
>
> （汉灵帝光和二年）明年，为永乐少府，乃潜与司徒河间刘郃谋诛宦官。……帝大怒，策免郃，郃与球及刘纳、阳球皆下狱死。②

在上述诸例中，西汉时御史大夫萧望之左迁为太子太傅，御史大夫王崇左迁为大司农，大司空师丹、大司马傅喜、丞相孔光以及大司马董贤罢免皆以策书下诏（董贤所受之"册"即策书）；东汉时太尉袁汤、司空周景、司空刘宠以及司徒刘郃亦皆策罢。

除诸侯王、三公之外，策免还会用于其他情况，如汉武帝废陈皇后、汉宣帝废霍皇后时均用策书：

> （汉武帝元光五年）初，武帝得立为太子，长主有力，取主女为妃。……元光五年，上遂穷治之，女子楚服等坐为皇后巫蛊祠祭祝诅，大逆无道，相连及诛者三百余人。楚服枭首于市。使有司赐皇后策曰："皇后失序，惑于巫祝，不可以承天命。其上玺绶，罢退居长门宫。"③
>
> （汉宣帝地节四年）后杀许后事颇泄，显遂与诸婿昆弟谋反，发觉，皆诛灭。使有司赐皇后策曰："皇后荧惑失道，怀不德，挟毒与母博陆宣成侯夫人显谋欲危太子，无人母之恩，不宜奉宗庙衣服，不可以承天命。乌呼伤哉！其退避宫，上玺绶有司。"霍后立五年，废处昭台宫。后十二岁，徙云林馆，乃自杀，葬昆吾亭东。④

又如汉和帝永元四年（92）左右，执金吾窦景被策免：

> 宪既平匈奴，威名大盛……由是朝臣震慑，望风承旨。而笃进位特进，

---

① 《后汉书》卷七六《刘宠传》，第9册第2579页。
② 《后汉书》卷五六《陈球传》，第7册第1834页。
③ 《汉书》卷九七上《外戚传上》，第12册第3948页。
④ 《汉书》卷九七上《外戚传上》，第12册第3968~3969页。

得举吏，见礼依三公。景为执金吾，瑰光禄勋，权贵显赫，倾动京都。虽俱骄纵，而景为尤甚，奴客缇骑依倚形势，侵陵小人，强夺财货，篡取罪人，妻略妇女。商贾闭塞，如避寇仇。有司畏懦，莫敢举奏。太后闻之，使谒者策免景官，以特进就朝位。①

再如汉安帝延光四年（125），大将军耿宝被策免：

> 帝以（耿）宝元舅之重，使监羽林左骑，位至大将军。……安帝崩，阎太后以宝等阿附嬖幸，共为不道，策免宝及承，皆贬爵为亭侯，遣就国。宝于道自杀，国除。②

在上述案例中，陈皇后、霍皇后贵如君主，执金吾窦景所在的窦氏家族满门皆为显赫权贵，大将军耿宝实际拥有的权势远在东汉时期的三公之上，此四者以策书免废，应与其极高的政治地位密切相关。

(二) 诏书

汉代官爵之贬废，也多以诏书的形式下达判决，如：

> （汉元帝永光元年）丰以春夏系治人，在位多言其短。上徙丰为城门校尉，丰上书告光禄勋周堪、光禄大夫张猛。上不直丰，乃制诏御史："城门校尉丰……不内省诸己，而反怨堪、猛，以求报举，告案无证之辞，暴扬难验之罪，毁誉恣意，不顾前言，不信之大者也。朕怜丰之耆老，不忍加刑，其免为庶人。"③
>
> （汉成帝永始二年）时成都侯（王）商新为大司马卫将军辅政，素不善（陈）汤。……后东莱郡黑龙冬出，人以问汤，汤曰："是所谓玄门开。微行

---

① 《后汉书》卷二三《窦融传》，第 3 册第 819 页。
② 《后汉书》卷一九《耿弇传》，第 3 册第 714 页。
③ 《汉书》卷七七《诸葛丰传》，第 10 册第 3251 页。

数出，出入不时，故龙以非时出也。"又言当复发徙，传相语者十余人。丞相御史奏："汤惑众不道，妄称诈归异于上，非所宜言，大不敬。"廷尉增寿议，以为："……汤妄以意相谓且复发徙，虽颇惊动，所流行者少，百姓不为变，不可谓惑众。汤称诈，虚设不然之事，非所宜言，大不敬也。"制曰："廷尉增寿当是。汤前有讨郅支单于功，其免汤为庶人，徙边。"……久之，敦煌太守奏"汤前亲诛郅支单于，威行外国，不宜近边塞。"诏徙安定。①

（汉哀帝建平四年，前3）顷之，傅太后使谒者买诸官婢，贱取之，复取执金吾官婢八人。（毋将）隆奏言贾贱，请更平直。上于是制诏丞相、御史大夫："交让之礼兴，则虞芮之讼息。隆位九卿，既无以匡朝廷之逮，而反奏请与永信宫争贵贱之贾，程奏显言，众莫不闻。举错不由谊理，争求之名自此始，无以示百僚，伤化失俗。"以隆前有安国之言，左迁为沛郡都尉，迁南郡太守。②

（汉哀帝建平元年）（朱）博迁为丞相，复与御史大夫赵玄奏言："前高昌侯宏首建尊号之议，而为丹所劾奏，免为庶人。时天下衰粗，委政于丹。丹不深惟褒广尊亲之义而妄称说，抑贬尊号，亏损孝道，不忠莫大焉。陛下圣仁，昭然定尊号，宏以忠孝复封高昌侯。丹恶逆暴著，虽蒙赦令，不宜有爵邑，请免为庶人。"奏可。丹于是废归乡里者数年。③

在上述案例中，城门校尉诸葛丰免官归家、从事中郎陈汤免官废爵徙边、位居九卿的毋将隆左迁为沛郡都尉、关内侯师丹被废均以诏书的形式下达判决。

有时，诸侯王的废徙也通过诏书来传达，如汉文帝前元六年，淮南王刘长因谋反而迁之蜀郡，丞相张苍等谏言：

"臣仓、臣敬、臣逸、臣福、臣贺昧死言：臣谨与列侯吏二千石臣婴等四十三人议，皆曰'长不奉法度，不听天子诏，乃阴聚徒党及谋反者，厚养

---

① 《汉书》卷七〇《陈汤传》，第9册第3025~3027页。
② 《汉书》卷七七《毋将隆传》，第10册第3265页。
③ 《汉书》卷八六《师丹传》，第11册第3509页。

亡命，欲以有为'。臣等议论如法。"

制曰："朕不忍致法于王，其赦长死罪，废勿王。"

"臣仓等昧死言：长有大死罪，陛下不忍致法，幸赦，废勿王。臣请处蜀郡严道邛邮，县为筑盖家室，皆廪食给薪菜盐豉炊食器席蓐。臣等昧死请，请布告天下。"

制曰："计食长给肉日五斤，酒二斗。令故美人才人得幸者十人从居。他可。"尽诛所与谋者。①

从此材料可以看出，汉文帝一一采纳丞相等的谏言，并以诏书的方式下达对刘长的处置命令。又如汉章帝章和元年，齐王刘晃、利侯刘刚与其母太姬相互诬告，有司奏请免晃、刚爵为庶人，徙丹阳：

帝不忍，下诏曰："……晃、刚愆乎至行，浊乎大伦，《甫刑》三千，莫大不孝。朕不忍置之于理，其贬晃爵为芜湖侯，削刚户三千……"晃立十七年而降爵。晃卒，子无忌嗣。②

在这个案例中，汉章帝也是通过诏书的形式下达了他对刘晃、刘刚一案的最终审判意见，直接表现了他的独立意志。

二、命令下达的程序

对于汉代诏书颁布的具体程序，研究者尚无定论。学者汪桂海《汉代官文书制度》一书认为，汉代诏令文书的下达有三种程序："一是自宫中直接下给丞相府。……二是先下给御史大夫，再经御史大夫下给丞相，然后由丞相下达百官执行。……三是先下其他官署，最后仍要经丞相府下给百官执行。"③学者叶秋菊认为，汉代诏书的颁发，就其程序而言，一般可分为两段，前一段在中央，后一

---

① 《史记》卷一一八《淮南衡山列传》，第10册第3743页。
② 《后汉书》卷一四《齐武王縯传》，第2册第553~554页。
③ 汪桂海：《汉代官文书制度》，广西教育出版社1999年版，第153页。

第二节　流贬命令的下达

段在地方。"在中央的颁发，目前见到的较多的颁发程序是皇帝—御史大夫—丞相—郡守（包括诸侯、车骑将军、将军、中二千石、二千石）……诏书被颁发到郡守后，郡守再把诏书转发给县，县则转发给所属的乡亭……诏书到了乡亭、亭隧，官吏要向百姓宣读。"①此外，中央颁发诏书还有其他几种比较少见的程序。

两汉流贬诏书颁布的实际程序和以上两位学者的研究皆有所不同。根据史料来看，流贬诏书拟好之后，汉朝的皇帝通常先下达给丞相或御史大夫，或者同时下达给丞相和御史大夫。比如：

> （汉元帝永光元年）（诸葛）丰以春夏系治人，在位多言其短。上徙丰为城门校尉，丰上书告光禄勋周堪、光禄大夫张猛。上不直丰，乃制诏御史："……不内省诸己，而反怨堪、猛，以求报举，告案无证之辞，暴扬难验之罪，毁誉恣意，不顾前言，不信之大者也。朕怜丰之耆老，不忍加刑，其免为庶人。"②

> （汉哀帝建平四年）顷之，傅太后使谒者买诸官婢，贱取之，复取执金吾官婢八人。（毋将）隆奏言贾贱，请更平直。上于是制诏丞相、御史大夫："……隆位九卿，既无以匡朝廷之不逮，而反奏请与永信宫争贵贱之贾，程奏显言，众莫不闻。举错不由谊理，争求之名自此始，无以示百僚，伤化失俗。"以隆前有安国之言，左迁为沛郡都尉，迁南郡太守。③

> （汉哀帝建平四年）书奏，天子不说，以（孙）宝名臣不忍诛，乃制诏丞相大司空："司隶宝奏故尚书仆射崇冤，请狱治尚书令昌。案崇近臣，罪恶暴著，而宝怀邪，附下罔上，以春月作诋欺，遂其奸心，盖国之贼也。传不云乎？'恶利口之覆国家。'其免宝为庶人。"④

---

① 叶秋菊：《秦汉诏书与中央集权研究》，第57~60页。
② 《汉书》卷七七《诸葛丰传》，第10册第3251页。
③ 《汉书》卷七七《毋将隆传》，第10册第3265页。
④ 《汉书》卷七七《孙宝传》，第10册第3262页。按：汉成帝绥和元年，改御史大夫为大司空。

从此三则材料来看，至少在西汉时期，丞相或御史大夫都可位于皇帝下达流贬诏书的第一个环节。学者安作璋、熊铁基在《秦汉官制史稿》中指出："御史大夫既然是天子左右亲信发展起来的，所以他虽然是'贰于丞相'，是副职，但是他和皇帝的关系更亲密些。另一方面，丞相位高、权重，皇帝不便随时差使，有时候有些事甚或是不愿差使。……另外，因为御史本是皇帝左右掌管文书记事之臣，所以皇帝的制书和诏书，在下达各官时，也多由御史大夫承转，然后才下达丞相。……从这种制诏的转承关系，也可想见御史大夫地位的重要。……并且由于御史大夫主管图籍秘书、四方文书，熟知法度律令，因此握有考课、监察和弹劾百官之权，这种权力有时甚至超越丞相。"①这种推断，在两汉流贬案例中并非总是成立的。

也有例外的情况，如汉哀帝元寿二年，哀帝驾崩后，太皇太后欲废黜高安侯、大司马董贤，指使尚书劾奏贤未亲身为哀帝侍疾，王莽遂"使谒者以太后诏即阙下册贤"，收其大司马印绶，罢归第。在这个案例中，策免董贤的诏书并未经过御史大夫或丞相，而是由谒者直接在庭前宣读。西汉时，谒者为九卿光禄勋的属官，《汉书·百官公卿表》曰："谒者掌宾赞受事，员七十人，秩比六百石，有仆射，秩比千石。"②由此可知，谒者应当是职掌"宾赞"的司仪，此处为何能于庭前宣读策免诏令？这或许与谒者隶属于光禄勋，具有顾问应对与监督决策之责有关。

第三节　流贬命令的执行

一、流放命令的执行

命令下达之后便进入执行阶段，根据现有史料，我们可以总结出以下几条有关汉代流放命令执行的规定：

---

① 安作璋、熊铁基：《秦汉官制史稿》，第49~51页。
② 《汉书》卷一九上《百官公卿表上》，第3册第727页。

(一)流放途中

1. 徙边者

(1)吏员押送、县以次传

两汉时,徙边者应是由官吏押送至边地的。据《后汉书·第五种传》记载,兖州刺史第五种为中常侍单超所诬,坐徙朔方郡。徙边途中,种昔日门下掾孙斌贤救之,"于是斌将侠客晨夜追种,及之于太原,遮险格杀送吏,因下马与种,斌自步从。一日一夜行四百余里,遂得脱归。"①材料中被格杀的"送吏",所承担的应是押送第五种至朔方郡的任务。

在去往边地的过程中,出京师之后,看押和传送流放者的任务由沿途县一级的行政单位来完成。据《史记·淮南衡山列传》记载,淮南王刘长谋反定罪后,文帝"乃遣淮南王,载以辎车,令县以次传"。②即由沿途各县依次接力将刘长押送至蜀郡。后淮南王不食而死,文帝"即令丞相、御史遂考诸县传送淮南王不发封馈侍者,皆弃市。"③可见,对淮南王之死负责的也是各县的传送者。

徙边者在京城范围之内的押送当由廷尉的属官完成。廷尉是汉代职掌刑狱的最高司法官,"有正、左右监,秩皆千石。景帝中六年更名大理,武帝建元四年复为廷尉。宣帝地节三年初置左右平,秩皆六百石。哀帝元寿二年复为大理"④。廷尉的属官廷尉正(改名后称"大理正")、左右监均可负责逮捕或押送犯人。《汉书·息夫躬传》曰:"上遣侍御史、廷尉监逮躬,系洛阳诏狱。"⑤《汉书·何武传》曰:"武在见诬中,大理正槛车征武,武自杀。"⑥在此,廷尉监、大理正(即"廷尉正")皆负责逮捕犯罪嫌疑人归案。由此推之,两汉时期的徙边者在"县以次传"之前,其在京师的押送任务当由廷尉正或廷尉监来执行。

需要注意的是,在押送赴边的过程中,有些诸侯王仍能享受极好的待遇,如

---

① 《后汉书》卷四一《第五种传》,第5册第1404页。
② 《史记》卷一一八《淮南衡山列传》,第10册第3744页。
③ 《史记》卷一一八《淮南衡山列传》,第10册第3744页。
④ 《汉书》卷一九上《百官公卿表上》,第3册第730页。
⑤ 《汉书》卷四五《息夫躬传》,第7册第1287页。
⑥ 《汉书》卷八六《何武传》,第11册第3488页。

汉明帝将楚王刘英废徙丹阳泾县,"遣大鸿胪持节护送,使伎人奴婢妓士鼓吹悉从,得乘辎軿,持兵弩,行道射猎,极意自娱。"①

(2)"不听吏下亲近"

被徙边的犯人在押送途中不许与昔日的部下相亲近,如《后汉书·公孙瓚传》曰:

> 公孙瓚字伯圭,辽西令支人也。家世二千石。瓚以母贱,遂为郡小吏。为人美姿貌,大音声,言事辩慧。太守奇其才,以女妻之。后从涿郡卢植学于缑氏山中,略见书传。举上计吏。太守刘君坐事槛车征,官法不听吏下亲近,瓚乃改容服,诈称侍卒,身执徒养,御车到洛阳。②

材料中的涿郡太守名为刘其(一说"刘基"),汉灵帝统治期间(168~189),刘其以事犯法,槛车征,当徙日南郡(约相当今越南中部)。刘其的女婿、部下公孙瓚因身份问题,欲相送一程而不得,只能乔装打扮,伪造身份,方得驱使槛车至洛阳。

(3)槛车征

诸侯王与两千石以上的高官发配边疆时通常以槛车封闭遣送,上文中的涿郡太守刘其即是如此。又如汉文帝前元六年,淮南王刘长因谋反而徙蜀郡严道县(位于今四川省雅安市),"槛车传送"。③非诸侯王与二千石以下者,似乎没有"槛车征"这样牢固的制约措施,犯人可享有一定的人身自由,如梁竦在徙往九真郡的途中还可作《悼骚赋》④,又如前文所述第五种者甚至存在中途逃跑的可能。

2. 谪戍者

---

① 《后汉书》卷四二《楚王英传》,第5册第1429页。
② 《后汉书》卷七三《公孙瓚传》,第8册第2357~2358页。
③ 《汉书》卷四九《爰盎传》,第8册第2268页。
④ 《后汉书·梁统传》:"竦字叔敬,少习《孟氏易》,弱冠能教授。后坐兄松事,与弟恭俱徙九真。既徂南土,历江、湖、济沅、湘,感悼子胥、屈原以非辜沈身,乃作《悼骚赋》,系玄石而沈之。"(《后汉书》卷三四《梁统传》,第5册第1170页。)

第三节 流贬命令的执行

谪戍者在到达戍地的过程中通常由将领统率，并常与军队同行。比如，汉武帝元封六年，益州、昆明反，武帝"赦京师亡命令从军，遣拔胡将军郭昌将以击之。"①光武帝建武二十四年(48)，"武威将军刘尚击武陵五溪蛮夷，深入，军没，援因复请行。……帝笑曰：'矍铄哉是翁也！'遂遣援率中郎将马武、耿舒、刘匡、孙永等，将十二郡募士及弛刑四万余人征五溪。"②显宗初，"西羌寇陇右，覆军杀将，朝廷患之，复拜武捕虏将军，以中郎将王丰副，与监军使者窦固、右辅都尉陈䜣，将乌桓、黎阳营、三辅募士、凉州诸郡羌胡兵及弛刑，合四万人击之。"③在上述材料中，亡命为七科谪中的一类，弛刑则是指解去钳钛赭衣但需罚作劳役的谪戍者。李奇注《汉书·宣帝纪》所录"弛刑"曰："弛，废也。谓若今徒解钳钛赭衣，置任输作也。"④颜师古曰："弛刑，李说是也。若今徒囚但不枷锁而责保散役之耳。"⑤在前往边地征战的路途中，他们均由皇帝指派的将领所率，弛刑徒们还与募士、胡兵等人员共同组成浩浩汉军。

(二)在流放地

汉代徙边者到达边郡后，由地方郡守或令长负责监管。比如，汉成帝永始二年，陈汤为成都侯王商所劾，下狱治，后与解万年俱徙敦煌郡。久之，敦煌太守奏曰："汤前亲诛郅支单于，威行外国，不宜近边塞。"⑥陈汤于是被诏徙安定郡。可见，陈汤应处于敦煌太守的管辖之下，才会因郡守上奏而改徙。

此种管辖权的归属，可能令有些徙边者面临地方长官的刁难和迫害。比如，汉桓帝延熹二年，兖州刺史第五种为中常侍单超所陷，徙朔方郡：

> 超外孙董援为朔方太守，蓄怒以待之。初，种为卫相，以门下掾孙斌

---

① 《汉书》卷六《武帝纪》，第1册第198页。
② 《后汉书》卷二四《马援传》，第3册第842~843页。
③ 《后汉书》卷二二《马武传》，第3册第786页。
④ 《汉书·宣帝纪》："西羌反，发三辅、中都官徒弛刑，及应募佽飞射士、羽林孤儿，胡、越骑，三河、颍川、沛郡、淮阳、汝南材官，金城、陇西、天水、安定、北地、上郡骑士、羌骑，诣金城。"(《汉书》卷八《宣帝纪》，第1册第260页。)
⑤ 《汉书》卷八《宣帝纪》，第1册第260页。
⑥ 《汉书》卷七〇《陈汤传》，第9册第3027页。

贤，善遇之。及当徙斥，斌具闻超谋，乃谓其友人同县闾子直及高密甄子然曰："盖盗憎其主，从来旧矣。第五使君当投窜土，而单超外属为彼郡守。夫危者易仆，可为寒心。吾今方追使君，庶免其难。若奉使君以还，将以付子。"二人曰："子其行矣，是吾心也。"于是斌将侠客晨夜追种，及之于太原，遮险格杀送吏，因下马与种，斌自步从。一日一夜行四百余里，遂得脱归。①

在上述材料中，被徙者第五种在得知朔方太守为政敌的外孙，且正蓄怒以待之后，迫于地方长官的权威，不得不选择在孙斌的协助下连夜逃亡。

二、贬官、贬爵命令的执行

两汉时期，贬官和贬爵若不与流放同时发生，那么命令下达之后并没有强制性的执行规定。从这一点来看，贬官和贬爵的惩罚力度要比流放轻得多。

两汉被免官或夺爵者有时须归故郡或就封国。与徙边者类似，这些人员归故郡、就封国之后的监管任务也由地方郡县承担。比如，汉安帝建光元年：

及太后崩，宫人先有受罚者，怀怨恚，因诬告悝、弘、闾先从尚书邓访取废帝故事，谋立平原王得。帝闻，追怒，令有司奏悝等大逆无道，遂废西平侯广德、叶侯广宗、西华侯忠、阳安侯珍、都乡侯甫德皆为庶人。骘以不与谋，但免特进，遣就国。宗族皆免官归故郡，没入骘等赀财田宅，徙邓访及家属于远郡。郡县逼迫，广宗及忠皆自杀。②

被免就国之后，西平侯邓广宗、西华侯邓忠的身份地位与庶人无异，若无特殊规定，自然应属郡县管辖。如此一来，郡县官吏便有了逼迫其自杀的权力和机会。

经过对史料记载的流贬事件与有关法律条令、规章制度的分析，本章总结出

---

① 《后汉书》卷四一《第五种传》，第5册第1404页。
② 《后汉书》卷一六《邓禹传》，第3册第616~617页。

第三节 流贬命令的执行

了两汉流贬的主要程序。两汉时期，流贬命令一般是经由监察和司法系统产生的，通常包括起诉，劾察、审理及预判，终审和决断这三个主要环节。在这个过程中，起诉可由受害者、第三人或施害者自身来完成，特殊情况下也可无起诉。西汉前中期，流贬案件的劾察、审理及预判在中央主要由丞相府、御史府、司隶校尉以及廷尉来负责，在地方主要由刺史、州牧、郡守及其属官督邮来负责。中央政府有关官员既可单独弹劾有罪者，又可共同行使职权，不同系统的监察官也可以共同劾察、审理案件。在地方上，丞相负有匡辅、监督、劝谏诸侯王和列侯的职权，廷尉承担着处理地方的疑难杂案、受理地方上诉的职能，具有地方监察职权者也可单独劾奏。此外，中央和地方监察官有时也可联合行使监察权。西汉后期至东汉末，三公的权力逐渐被尚书台取代，汉朝中央监察和司法权也逐渐向尚书台转移。西汉成帝、哀帝时，由尚书台负责的流贬案件已经为数众多。东汉以后，御史台成为独立的机构，专管国家的监察事务。司隶校尉的监察范围亦有所扩大，并被赋予了超出监察的逮捕、刑杀之权力。廷尉的属官虽有变化，但主要职能变化不大，依然为职掌刑狱的中央司法官。在地方上，刺史掌握了主要的劾奏监察权，至东汉末时已成为地方的最高监察和司法长官。同时，王国、侯国的丞相与郡县的郡守、督邮基本上仍保持着原有的监察职权。与西汉前中期不同的是，西汉后期至东汉末，由不同系统、级别的监察、司法官共同劾察、审理的案件大为减少，御史中丞、侍御史、地方刺史均可单独劾奏，廷尉也可单独审理案件，但其联合办案的实例较西汉前中期要少得多。不论是西汉还是东汉，中央监察和司法官在办案的过程中都可以提供预判建议，但最终审判权掌握在皇帝手中。皇权衰微之时，这项权力则通常由事实上的最高掌权者所把握。纵观两汉之间的流贬案件，西汉初期的丞相、成帝及之后的中朝官、东汉的侍御史等官员虽可在不同程度上影响最终的判决，但其最终决定权依然归权力最高者所有。在流贬命令的下达环节，依据流贬者身份的变化，汉朝政府会采用不同的形式来下达贬诏。通常，三公、诸侯王、皇后等政治地位尊隆者的贬诏均用策书，其他官员则用诏书。贬诏拟好之后，一般由丞相或御史大夫负责传达。在流贬命令的执行环节，流放者通常面临着严格的防范，相比之下，贬官与贬爵的命令在执行时，附加的强制性要求明显少得多。

由上可知，西汉初期，汉朝的监察和司法机构分工并不明晰，履职过程中也常出现混杂交错的情况，这种现象既符合制度形成之初的特点，也是后代发展、健全相关法制必不可少的基础。西汉后期至东汉末，汉朝的监察和司法机构日益专门化、精细化，并出现了独立的监察机构，呈现出随着时代逐渐进步的可喜变化。不过，汉代毕竟是中国古代法制的早期形成阶段，整个两汉的流贬制度还不够系统、科学、合理。在西汉前中期就已经十分集中且强大的皇权面前，流贬制度整体的约束力显得非常薄弱。正因如此，皇权或者说事实上的最高掌权者才在两汉流贬命令的产生过程中扮演了最为重要的角色。

第三章　两汉流贬的处置措施

第一节　流放者的处置措施

两汉时期，流放者承受的标志性处置是被强制迁徙至边远地区，也包括从较中心区域迁往地理位置更偏远或者综合条件更恶劣的地带，无朝廷之令不可私自返还。对于汉代流放者来说，除了强制迁徙边地之外，他们还需承受若干附加的处置措施。

一、徙边者的处置措施

（一）徙边前

1. 没入财产

在下令徙边的同时，汉代流放者还可能被附加财产刑，如汉成帝阳朔元年，京兆尹王章因大逆罪下狱死，妻子徙合浦。大将军王凤薨后，其弟成都侯王商复为大将军，辅佐政事，王章妻子因之还故郡：

> 大将军凤薨后，弟成都侯商复为大将军辅政，白还章妻子故郡。其家属皆完具，采珠致产数百万，时萧育为泰山太守，皆令赎还故田宅。①

我们可以推测，王章妻子在被发配合浦的同时，田产应该已被没收，因此归还故

---

① 《汉书》卷七六《王章传》，第 10 册第 3239 页。

郡时才有"赎还故田宅"之说。又如汉哀帝元寿二年，汉哀帝宠臣董贤被劾自杀后，新都侯王莽复讽大司徒奏：

> "贤质性巧佞，翼奸获封侯，父子专朝，兄弟并宠，多受赏赐，治第宅，造冢圹，放效无极，不异王制，费以万万计，国家为空虚。父子骄蹇，至不为使者礼，受赐不拜，罪恶暴著。……臣请收没入财物县官。诸以贤为官者皆免。"①

于是，董贤之父董恭、弟宽信与家属俱徙合浦郡，董氏财产被悉数没收并变卖，"县官斥卖董氏财凡四十三万万"②。再如汉和帝永元十四年（102），阴后弟阴秩、阴辅、阴敞被劾祀祭祝诅、大逆无道，辅死狱中，秩、敞家属皆徙日南比景县。直到汉安帝永初四年（110），"邓太后诏赦阴氏诸徙者悉归故郡，还其资财五百余万"③。汉桓帝延熹八年，邓皇后恃尊骄忌，与帝所幸郭贵人更相谮诉，后诏废，昆阳侯、侍中邓统等因此"亦系暴室，免官爵，归本郡，财物没入县官。"④又如汉灵帝光和二年，司录校尉阳球奏诛中常侍王甫、曹节等奸虐弄权，煽动外内，太尉段颎谄附佞幸，于是甫与颎遂饮鸩死，"尽没入财产，妻子皆徙比景"⑤。由这些材料来看，被附加财产刑的两汉徙边者原本都是位高权重、家世优渥者。

2. 髡钳

《后汉书·仲长统传》曰："肉刑之废，轻重无品，下死则得髡钳，下髡钳则得鞭笞。"⑥髡钳是汉代徒刑中最重的一级，鞭笞仅次于髡钳，有时也作为髡钳刑的附加刑。汉代犯罪性质严重的流放者，有时还被附加髡钳刑或髡笞刑。其中，髡钳为剃去须发，以铁束颈；髡笞则是在剃去须发的基础上再加以鞭笞。比如，

---

① 《汉书》卷九三《董贤传》，第 11 册第 3739~3740 页。
② 《汉书》卷九三《董贤传》，第 11 册第 3740 页。
③ 《后汉书》卷一〇上《和帝阴皇后纪》，第 2 册第 417 页。
④ 《后汉书》卷一〇下《桓帝邓皇后纪》，第 2 册第 445 页。
⑤ 《后汉书》卷七七《酷吏传》，第 9 册第 2500 页。
⑥ 《后汉书》卷四九《仲长统传》，第 6 册第 1652 页。

汉哀帝在位期间(前7—前1),司隶鲍宣因丞相孔光行园陵时没入其车马,被劾不敬,"上遂抵宣罪减死一等,髡钳"①,后徙之上党郡长子县(位于今山西省长治市);汉桓帝元嘉元年,南郡太守马融为梁冀所陷,与江夏太守田明皆髡笞徙朔方郡;汉灵帝光和元年,时为议郎的蔡邕为将作大匠阳球、中常侍程璜所中伤,下洛阳狱,几弃市,后有诏减死一等,与家属俱髡钳徙朔方,不得以赦令除;等等。《孝经·开宗明义》曰:"身体发肤,受之父母,不敢毁伤,孝之始也。立身行道,扬名于后世,以显父母,孝之终也。夫孝,始于事亲,中于事君,终于立身。"②在汉代,普遍尊崇爱护身体等同于孝敬父母的观念,毁伤发肤足以表示对犯人的羞辱。汉初时,髡钳甚至带有奴役色彩。《史记·张耳陈余列传》曰:

汉九年,贯高怨家知其谋,乃上变告之。于是上皆并逮捕赵王、贯高等。十余人皆争自刭,贯高独怒骂曰:"谁令公为之?今王实无谋,而并捕王;公等皆死,谁白王不反者!"乃槛车胶致,与王诣长安,治张敖之罪。上乃诏赵群臣宾客有敢从王皆族。贯高与客孟舒等十余人,皆自髡钳,为王家奴,从来。③

以身为王家奴之前"皆自髡钳",这说明髡钳在当时可以作为人奴的一种外在标志。由此可见,当迁徙刑附加髡刑时,徙边者遭受的是严峻的双重打击。

(二)在边地

1. 贫富悬殊

两汉时期,被流放边地的诸侯王,有时会获得朝廷赐予的房屋、酒肉等生活物资并允许携带部分家眷。比如,汉文帝前元六年,淮南王刘长因谋反而迁之蜀郡。丞相张苍谏言:"臣请处蜀郡严道邛邮,遣其子母从居,县为筑盖家室,皆廪食,给薪、菜、盐豉、炊食器、席蓐。"④文帝制诏曰:"计食长给肉日五斤,

---

① 《汉书》卷七二《鲍宣传》,第10册第3094页。
② 《孝经注疏》卷一《开宗明义章第一》,(清)阮元校注《十三经注疏》,第2545页。
③ 《史记》卷八九《张耳陈余列传》,第8册3135页。
④ 《史记》卷一一八《淮南衡山列传》,第10册第3743页。

第三章 两汉流贬的处置措施

酒二斗。令故美人才人得幸者十人从居。他可。"①"于是乃遣淮南王,载以辎车,令县以次传。"②

除赐予具体的生活物资之外,也有少量诸侯王徙边后会被赐予一定数量的食邑。比如,汉宣帝本始四年(前70),广川王刘吉(一说"刘去")因残害后宫姬、婢十余人,废迁上庸县(今湖北省竹山县东南,西汉时属汉中郡),赐食邑百户。汉宣帝地节四年,清河王刘年因淫乱而废徙房陵,与汤沐邑百户;汉明帝永平十三年,楚王刘英以谋反废于泾县(位于今安徽省宣城市),赐汤沐邑五百户;等等。赐予徙边的诸侯王物资或食邑,说明汉朝基于血缘伦理的考虑,对犯有重罪的诸侯王仍给予诸多宽宥和保护措施,同时也使诸侯王在废迁之后,依然能拥有比普通民众优越得多的经济条件,保障其能继续享有衣食无忧的生活。

有些徙边者虽无食邑,但可在流放地自由从事生产活动,并获得较为可观的合法收入。比如,汉成帝阳朔元年,京兆尹王章为帝舅大将军王凤诬以大逆罪,下狱死,妻子徙合浦。王凤薨后,王章妻子还故郡,"其家属皆完具,采珠致产数百万"。③可以推知,王章妻子在流放地并未遭受非人的待遇,反而通过采珠置产积累了大量的财富。

不过,总体而言,大部分徙边者在流放地的处境都十分落魄。《后汉书·贾复传》曰:

> (贾)宗字武孺,少有操行,多智略。初拜郎中,稍迁,建初中为朔方太守。旧内郡徙人在边者,率多贫弱,为居人所仆役,不得为吏。宗擢用其任职者,与边吏参选,转相监司,以谪发其奸,或以功次补长吏,故各愿尽死。匈奴畏之,不敢入塞。④

"建初"是汉章帝即位后自主采用的第一个年号(76年到84年八月)。由材料可知,从汉初到东汉章帝时期,从内郡流放至边郡的人大多过着既贫且弱、为当地

---

① 《史记》卷一一八《淮南衡山列传》,第10册第3743页。
② 《史记》卷一一八《淮南衡山列传》,第10册第3744页。
③ 《汉书》卷七六《王章传》,第10册第3239页。
④ 《后汉书》卷一七《贾复传》,第3册第667页。

人所奴役的生活。并且，由于不具备当官为吏的资格，流放者在边地几乎没有改变自身地位的机会，只能终生困顿于卑贱的境况之中。

此外，两汉时期还有诸多死刑犯的妻子连坐徙边。由于缺少壮年男性劳动力，这些徙边者的生活极有可能更为艰难。据《汉书·李广传》，汉武帝天汉二年（前99），汉军与匈奴单于战于浚稽山：

> 连战，士卒中矢伤，三创者载辇，两创者将车，一创者持兵战。（李）陵曰："吾士气少衰而鼓不起者，何也？军中岂有女子乎？"始军出时，关东群盗妻子徙边者随军为卒妻妇，大匿车中。陵搜得，皆剑斩之。明日复战，斩首三千余级。①

我们可以推测，正是因为谋生对连坐徙边的女性来说十分困难，所以她们才不得不随军为士卒妻妇。这些随军的妇女被将士任意杀伐，可见其命如草芥，令人生悲。

2. 戍守、服劳役

汉代徙边者到达边地后，可能还需戍守或者服劳役，如汉灵帝光和元年，议郎蔡邕被徙朔方，后写下《戍边上章》，其文曰：

> 臣既到徙所，乘塞守烽，职在候望，忧怖焦灼，无心复能操笔成草，致章阙庭。②

可见蔡邕被流放至朔方郡之后，身份应当是一名士卒，并且承担了一部分防卫要塞、看守烽火的任务。

除戍守边塞之外，一部分遭遇髡刑的徙边者还可能面临劳役刑。髡刑本秦制，应劭《风俗通义》曰：

> 秦始皇遣蒙恬筑长城，徒士犯罪，止依鲜卑山，后遂繁息。今皆髡头衣

---

① 《汉书》卷五四《李广传》，第8册第2453页。
② （清）严可均辑，许振生审订：《全后汉文》，第720页。

赭，亡徒之明效也。①

又《史记·秦始皇本纪》裴骃集解引如淳注曰：

> 《律说》"论决为髡钳，输边筑长城，昼日伺寇虏，夜暮筑长城"。②

可见秦代刑徒皆髡，且总与徒刑相连。汉承秦法，遭髡钳者除剃发并加刑具之外，应该还要承担一定期限的劳役刑，总体而言是较重的刑罚，故台湾学者邢义田认为："盖汉代'髡钳'非仅剃发，无伤于人，或但加钳钛而已。髡钳实与徒刑劳役相连，非可云轻。"③

3. 无固定服刑期限

秦朝因迁刑而徙边的犯人，并没有固定的服刑期限，常有终身服刑的可能，如《封诊式·覆(迁)子》曰：

> 爰书：某里士五(伍)甲告曰："谒鋈亲子同里士五(伍)丙足，覆(迁)蜀边县，令终生毋得去覆(迁)所。敢告。"告法(废)丘主：士五(伍)咸阳才(在)某里曰丙，坐父甲谒鋈其足，覆(迁)蜀边县，令终身毋得去覆(迁)所。论之，覆(迁)丙如甲告，以律包。今鋈丙足，令吏徒将传及恒书一封诣，令史可受代吏徒，以县次传诣成都，成都上恒书太守处，以律食。法(废)丘已传，为报，敢告主。④

在这则材料中，某士伍甲请求将其亲生子同里士伍丙鋈足，迁蜀边县，使他终生不得离开流放地。废丘负责人的处理结果为：依照士伍甲之请求，将丙鋈足，流

---

① （清）严可均辑，许振生审订：《全后汉文》，第 395 页。
② 《史记》卷六《秦始皇本纪》，第 1 册第 322 页。
③ 邢义田：《从安土重迁论秦汉时代的徙民与迁徙刑》，邢义田《秦汉史论稿》，第 342 页。
④ 陈伟主编，彭浩、刘乐贤等撰著：《秦简牍合集：释文注释修订本》第 1~2 辑《睡虎地秦墓简牍》，第 282 页。

放至蜀郡，命其与家属同住，终生不得返还。① 汉初沿袭秦制，从前文我们列举过的诸多徙边案例来看，汉代迁徙刑亦无固定刑期。所以，诸侯王被流放时会被赐予食邑，连坐从徙的家属也予以"占著所在"，目的都是使徙边者能够在流放地长期生活。

二、谪戍者的处置措施

(一) 谪戍之前：没入财产

与迁徙刑相同，汉人谪戍边地时也可能附加财产刑。汉代法律文献中有关于谪戍与财产并罚的明确规定。《二年律令·户律》曰：

> 诸不为户，有田宅，附令人名，及为人名田宅者，皆令以卒戍边二岁，没入田宅县官。为人名田宅，能先告，除其罪，有(又)畀之所名田宅，它如律令。②

这则材料涉及汉代的土地制度——名田制。汉武帝时，董仲舒在《限民名田疏》中提出："古井田法虽难卒行，宜少近古，限民名田，以澹不足，塞并兼之路。"③颜师古注曰："名田，占田也。各为立限，不使富者过制，则贫弱之家可足也。"④现代学者多根据颜师古注将"名田"解释为"以名占田"，即将自身占有的田土报告官府，登记在自己的户籍名下。同理，"名田宅"是通过向官方申报自身占有的田宅而将之合法地纳入本人户籍名下。这则材料的意思是：凡是没有户籍却占有田宅，或者冒用他人的名义占有田宅的，都要罚戍边两年，同时没入

---

① 按：此处"釱足"并非"刖足"之意，而是"钛足"，即在足部环绕铁或木制的刑具。详见刘海年《秦律刑罚考析》(载于《云梦秦简研究》，中华书局编辑部编，中华书局1981年版，第179页)、马非百《秦集史》(中华书局1982年版，第845页)。
② 张家山二四七号汉墓竹简整理小组：《张家山汉墓竹简〔二四七号墓〕：释文修订本》，第202页。
③ 《汉书》卷二四上《食货志上》，第4册第1138页。
④ 《汉书》卷二四上《食货志上》，第4册第1138页。

田宅。冒名占有田宅者，若能主动自首，则可免除其罪行，并将冒名占有的田宅赐给他。对于以土地为主要经济来源的普通老百姓来说，不论是贫农还是富农，没收田宅都是比较严重的惩罚，与此同时，赏赐田宅也是非常具有吸引力的措施。

(二) 在谪戍地

1. 物质生活困窘

从西汉到东汉光武帝时，大部分谪戍者在流放地的处境都十分落魄，如光武帝建武二十二年(46)，九月戊辰，地震裂。制诏曰：

> 日者地震，南阳尤甚。夫地者，任物至重，静而不动者也。而今震裂，咎在君上。鬼神不顺无德，灾殃将及吏人，朕甚惧焉！其令南阳勿输今年田租刍稿。遣谒者案行，其死罪系囚在戊辰以前，减死罪一等；徒皆弛解钳，衣丝絮。①

《后汉书》注引《前书音义》曰："旧法，在徒役者不得衣丝絮，今赦许之"②，清代杜贵墀《汉律辑证》卷一亦有"在徒役者不得衣丝絮"之说③，由此推测，在建武二十二年之前，谪戍于边郡的流放者应当是没有权利穿着丝絮等御寒衣物的。所以当建武年间发生地震灾害时，皇帝才会将赐予谪戍者衣物作为一项仁政爱民的补救措施。

东汉明帝以后，谪戍者的处境有了明显的改善。大量戍边者不仅可免受鞭笞等刑罚，且其妻子可自愿随之徙边，并可"占著所在"，加入谪戍地的名籍。④ 戍边者的直系兄弟欲代为谪戍的，也可满足其意愿。具体事例有：

> (汉明帝永平八年)诏三公募郡国中都官死罪系囚，减罪一等，勿笞，诣度辽将军营，屯朔方、五原之边县；妻子自随，便占著边县；父母同产欲

---

① 《后汉书》卷一下《光武帝纪下》，第1册第74页。
② 《后汉书》卷一下《光武帝纪下》，第1册第74页。
③ (清)杜贵墀撰：《汉律辑证》卷一，清光绪二十五年湘水校经堂刻本，第5页。
④ 相当于今天所说的落户。

相代者，恣听之。①

（永平十六年）诏令郡国中都官，死罪系囚减死罪一等，勿笞，诣军营屯朔方、敦煌；妻子自随，父母同产欲求从者，恣听之；女子嫁为人妻，勿与俱。②

（汉章帝建初七年）诏天下系囚减死一等，勿笞，诣边戍；妻子自随，占著所在；父母同产欲相从者，恣听之。③

（汉章帝元和元年）郡国、中都官系囚减死一等，勿笞，诣边县；妻子自随，占著在所。④

更有甚者，徙边者还可以获得劳动工具、生活物资等赏赐，如前述汉明帝永平八年的谪戍事件中，"凡徙者，赐弓弩衣粮"⑤。死于谪戍地的徙边者，其亲属有时还可获得免除赋役或经济方面的补偿。比如，汉明帝永平九年：

诏郡国死罪囚减罪，与妻子诣五原、朔方占著，所在死者皆赐妻父若男同产一人，复终身；其妻无父兄独有母者，赐其母钱六万，又复其口算。⑥

这则材料的意思是：诏令郡国犯有死罪的囚犯减罪一等，连同妻子儿女一起徙往五原、朔方郡居住落户，徙边后在当地去世的人，赏赐其妻父亲或同胞兄弟中的一人终生免除赋役；其妻没有父亲、兄弟而只有母亲的，赏赐其妻母六万钱，并免除其人口税。由此可见，从汉章帝到汉明帝，谪戍者的待遇逐渐提升，显示出朝廷鼓励谪戍者安居边地的迹象。这或许与东汉中后期国力衰落、边境逐渐荒芜

---

① 《后汉书》卷二《显宗孝明帝纪》，第1册第111页。
② 《后汉书》卷二《显宗孝明帝纪》，第1册第121页。
③ 《后汉书》卷三《肃宗孝章帝纪》，第1册第143页。
④ 《后汉书》卷三《肃宗孝章帝纪》，第1册第147页。
⑤ 《后汉书》卷二《显宗孝明帝纪》，第1册第111页。
⑥ 《后汉书》卷二《显宗孝明帝纪》，第1册第112页。按：口算为汉代赋税的一种，《后汉书·武帝纪》注引《汉仪注》曰："人年十五至五十六出赋钱，人百二十，为一算。又七岁至十四出口钱，人二十，以供天子；至武帝时又口加三钱，以补车骑马。"（《后汉书》卷一下《光武帝纪下》，第1册第74页。）

的大环境有关。

2. 任务繁多且艰巨

(1) 征战

征战是两汉谪戍者的主要任务之一。由于汉代常与匈奴、南越、朝鲜等周边民族发生大规模的战争,需要以雄厚的兵力作为支撑,因此调用大量的谪戍者参与战事,可在一定程度上对汉代的兵源进行补充。比如,汉武帝元封六年,"益州、昆明反,赦京师亡命令从军,遣拔胡将军郭昌将以击之。"①太初元年,"其夏,汉亡浞野之兵二万余于匈奴,公卿议者皆愿罢宛军,专力攻胡。……益发恶少年及边骑,岁余而出敦煌者六万人,负私从者不与。"②同年秋八月,汉武帝遣贰师将军李广利发天下谪民西征大宛。光武帝建武二十四年,武威将军刘尚击武陵五溪蛮夷,兵败,帝"遂遣援率中郎将马武、耿舒、刘匡、孙永等,将十二郡募士及弛刑四万余人征五溪。"③建武二十五年(49),"西羌寇陇右,覆军杀将,朝廷患之,复拜武捕虏将军,以中郎将王丰副,与监军使者窦固、右辅都尉陈䜣,将乌桓、黎阳营、三辅募士、凉州诸郡羌胡兵及弛刑,合四万人击之。"④等等。以谪戍者参军,一方面实现了对"有罪者"的惩罚,另一方面也能有效地缓解朝廷兵源不足的窘境,乃一举两得之措施。

(2) 戍守、屯田、实边

两汉时期,谪戍者在流放地的另一主要任务便是戍守,即武装守卫边地,保境安民,防止敌寇入侵。比如,光武帝建武二十六年(50),南单于遣子入朝侍奉,光武帝厚赏之,"令中郎将置安集掾史将弛刑五十人,持兵弩随单于所处,参辞讼,察动静。"⑤在这则材料中,弛刑徒的作用大致与侍卫相当。又如前文所述,汉明帝、汉章帝统治期间,朝廷多次诏令天下死罪系囚减罪一等,并遣之戍朔方郡、五原郡、金城郡等边地,这种策略在保全死刑犯性命的同时,也极大地增强了边境的防御力量,十分有利于国家安全。

---

① 《汉书》卷六《武帝纪》,第1册第198页。
② 《史记》卷一二三《大宛列传》,第10册第3853页。
③ 《后汉书》卷二四《马援传》,第3册第843页。
④ 《后汉书》卷二二《马武传》,第3册第786页。
⑤ 《后汉书》卷八九《南匈奴传》,第10册第2944页。

屯田原指以戍守的士卒从事垦殖之事,是一种寓兵于农的综合措施。法学家陈顾远曾考察说:

> 汉文帝时,晁错建言徙民塞下,与以田舍,令其耕作,自为战守,已开屯田之始。昭帝时,发习战射士,调故吏将,屯田张掖,其制渐定。宣帝时,赵充国陈屯田十二便,内有亡费之利,外有守御之备,遂成定制。汉代防边戍兵,莫不循用之。①

以谪戍者屯田的情形首先在西汉出现。汉武帝天汉元年(前100),秋,发谪戍屯五原郡;汉昭帝元凤五年,六月,"发三辅及郡国恶少年吏有告劾亡者,屯辽东。"②东汉继续施行屯田制,应劭《汉官仪》曰:"建武二十一年,始遣中郎将马援、谒者,分筑烽候,堡壁稍兴,立郡县十余万户,或空置太守、令、长,招还人民。上笑曰:'今边无人而设长吏治之,难如春秋素王矣。'乃建立三营,屯田殖谷,弛刑谪徒以充实之。"③建武二十六年,光武帝复诏匈奴单于徙居西河美稷,"因使中郎将段郴及副校尉王郁留西河拥护之,为设官府、从事、掾史。令西河长史岁将骑二千,弛刑五百人,助中郎将卫护单于,冬屯夏罢。自后以为常,及悉复缘边八郡。"④又如汉章帝统治年间,护羌校尉邓训打败羌族首领迷唐,诸多部落投降,训"于是绥接归附,威信大行。遂罢屯兵,各令归郡。唯置弛刑徒二千余人,分以屯田,为贫人耕种,修理城郭坞壁而已"⑤。在上述案例中,除了耕种农田之外,谪戍者还承担着戍守屯田地的任务,有时还需完成一些杂役,其作用是多方面的。

此外,两汉时期应当还有一部分谪戍者在边地的功能仅为实边,即谪戍者不承担特定的任务,仅起充实边地的作用。通常,这种情况多发生在汉朝统治者新

---

① 陈顾远:《中国法制史概要》,商务印书馆2011年版,第284页。
② 《汉书》卷七《昭帝纪》,第1册第321页。颜师古注曰:"告劾亡者,谓被告劾而逃亡。"
③ (汉)应劭撰,(清)孙星衍校辑,周天游点校:《汉官六种·汉官仪》,第152页。
④ 《后汉书》卷八九《南匈奴传》,第10册第2945页。
⑤ 《后汉书》卷一六《邓禹传》,第3册第611页。

征服、待开发的地区。汉平帝元始四年，汉廷置西海郡，徙天下犯禁者处之，即为一例。

(3) 承担劳役

汉代谪戍者在边地还需承担大量的劳役，包括建造军队训练场地、修建防御工程、物资运输等。对两汉的统治者而言，使谪戍者承担劳役既能达到惩戒犯人的目的，同时也解决了一部分实际需要。据《汉书·武帝纪》，元狩三年(前120)，武帝"减陇西、北地、上郡戍卒半。发谪吏穿昆池。"①谪吏即有罪吏，为汉代七科谪中的一类。昆池即昆明池，在长安西南，周回四十里。臣瓒注曰："《西南夷传》有越嶲、昆明国，有滇池，方三百里。汉使求身毒国，而为昆明所闭。今欲伐之，故作昆明池象之，以习水战。"②可见汉武帝发遣谪戍者开凿昆明池，是为了使军队拥有练习水战的场所，从而为征伐西南夷做好准备。

为抵御西北部少数民族侵扰，汉代修建了大量的边防工程，这些边防工程也常由戍边者来承担。比如，光武帝建武十三年：

> 卢芳与匈奴、乌桓连兵，寇盗尤数，缘边愁苦。诏霸将弛刑徒六千余人，与杜茂治飞狐道，堆石布土，筑起亭障，自代至平城三百余里。③

在这则材料中，自代至平城三百余里的亭障，便是由六千余名弛刑徒完成建设的。

在戍边过程中，除带有军事性质的任务之外，谪戍者还需承担生活方面的杂务。居延汉简与居延新简等出土文献中有如下记录：

> 第十候史杨平。罢卒在正月四日到部私留一日適(谪)运茭五百束致候官会八月旦。④

---

① 《汉书》卷六《武帝纪》，第1册第177页。
② 《汉书》卷六《武帝纪》，第1册第177页。
③ 《后汉书》卷二〇《王霸传》，第3册第737页。
④ 谢桂华、李均明、朱国炤编著：《居延汉简释文合校》，文物出版社1987年版，第480页。

> 第十候长傅育。坐发省卒部五人,会月十三,失期毋状。今適(谪)载三泉茭二十石,致城北隧给驿马。会月二十五日毕。①
>
> 第十候长秦忠。坐部十二月甲午留蓬適(谪)载纯赤堇三百丈致。②

在上述材料中,谪戍者承担的是运送茭、纯赤堇等生活物资的任务。

需要指出的是,至少在东汉时,跟随家属戍边的女子是不用服劳役的。《后汉书·安帝纪》曰:

> 郡国中都官系囚减死一等,勿笞,诣冯翊、扶风屯,妻子自随,占著所在;女子勿输。③

"女子勿输"即女子不输作也,"输作"乃因犯罪而罚作劳役之意。

此外,需要注意的是不受钳钛赭衣约束的弛刑徒。弛刑一方面体现了对流放者的一种优待和利用,使其在完成任务的过程中得以摆脱沉重的外部负担,从而提升征伐、戍守以及劳动的效率与效果;另一方面,弛刑徒虽解除了钳钛赭衣,但仍属于被流放的范畴,所承受的刑罚在性质上依然十分严重。

3. 服刑期限不明确

秦朝谪戍边地的犯人往往终生服刑,如《史记·南越列传》曰:"秦时已并天下,略定杨越,置桂林、南海、象郡,以谪徙民,与越杂处十三岁。"④徐广注曰:"秦并天下,至二世元年十三年。并天下八岁,乃平越地,至二世元年六年耳。"⑤可见终秦之世,谪往南越之地的罪民并未返还。又据《汉书·严助传》,汉武帝建元六年(前135),闽越兴兵击南越,武帝欲遣两将军率兵诛闽越。淮南王刘安上书谏曰:

---

① 中国简牍集成编辑委员会编:《中国简牍集成》第11册《居延新简》,敦煌文艺出版社2001年版,第3册第125页。
② 谢桂华、李均明、朱国炤编著:《居延汉简释文合校》,第436页。
③ 《后汉书》卷五《安帝纪》,第1册第224页。
④ 《史记》卷一一三《南越列传》,第9册第3593页。
⑤ 《史记》卷一一三《南越列传》,第9册第3594页。

第三章　两汉流贬的处置措施

> 臣闻长老言，秦之时尝使尉屠睢击越，又使监禄凿渠通道。越人逃入深山林丛，不可得攻。留军屯守空地，旷日引久，士卒劳倦，越出击之。秦兵大破，乃发谪戍以备之。当此之时，外内骚动，百姓靡敝，行者不还，往者莫返，皆不聊生，亡逃相从，群为盗贼，于是山东之难始兴。①

所谓"行者不还，往者莫返"，即说秦时谪戍者一旦出发，便再无归来之日。

西汉初期，谪戍者亦无明确的服刑期限。不过，到汉武帝时已出现关于贾人戍边一岁的说法（注意与戍役相区别）：

> 商贾以币之变，多积货逐利。于是公卿言："……异时算轺车贾人缗钱皆有差，请算如故。诸贾人末作贳贷卖买，居邑稽诸物，及商以取利者，虽无市籍，各以其物自占，率缗钱二千而一算。诸作有租及铸，率缗钱四千一算。非吏比者三老、北边骑士，轺车以一算；商贾人轺车二算，船五丈以上一算。匿不自占，占不悉，戍边一岁，没入缗钱。有能告者，以其半畀之。贾人有市籍者，及其家属，皆无得籍名田，以便农。敢犯令，没入田僮。"②

由材料可知，汉武帝在位期间，自卜式建言之后，凡隐匿家财而不悉数上报的商贾，皆可罚戍边一岁。

汉武帝之后，汉代关于谪戍期限的制度逐渐完善。从张家山汉简等出土文献提供的信息来看，汉代对某些情形下谪戍者的刑期有明确的规定：

> 盗出黄金边关徼，吏、卒徒部主者智（知）而出及弗索，与同罪；弗智（知），索弗得，戍边二岁。③（《二年律令·盗律》）
>
> 有任人以为吏，其所任不廉、不胜任以免，亦免任者。其非吏及宦也，

---

① 《汉书》卷六四上《严助传》，第9册第2784页。
② 《史记》卷三〇《平准书》，第4册第1725页。
③ 张家山二四七号汉墓竹简整理小组编著：《张家山汉墓竹简〔二四七号墓〕：释文修订本》，第19页。

罚金四两，戍边二岁。①（《二年律令·置吏律》）

诸不为户，有田宅，附令人名，及为人名田宅者，皆令以卒戍边二岁，没入田宅县官。为人名田宅，能先告，除其罪，有(又)畀之所名田宅，它如律令。②（《二年律令·户律》）

在上述材料中，吏、卒若对盗取黄金出关之事不知情且追缴黄金而不得，将罚以戍边二岁；任人不贤者，若非吏宦，则罚金四两且戍边二岁；前文已提到的有田宅而不申报立户或代他人为田宅立户者，亦罚以戍边二岁。又《后汉书·顺帝纪》曰：(汉安二年)"冬十月辛丑，令郡国中都官系囚殊死以下出缣赎，各有差；其不能入赎者，遣诣临羌县居作二岁。"③可见东汉时犯有死刑以下罪行而不能赎罪者，亦可发遣谪戍边地，并从事劳役两年。

不过，以戍守、实边为主要目的谪戍者极有可能并无固定的服刑期限，如元狩五年(前118)，汉武帝徙天下奸猾吏民于边；汉平帝元始四年，置西海郡，徙天下犯禁者处之；汉顺帝永建元年，冬十月辛巳，诏减死罪以下徙边；永建五年(130)，冬十月丙辰，诏郡国中都官死罪系囚减罪一等，诣北地、上郡、安定戍；汉冲帝建康元年(144)，令郡国中都官系囚减死一等，徙边；等等。这些材料中均未提及谪戍者何时能够还归故郡。

此外，根据秦朝的法律，谪戍者通常在县啬夫、县尉、士吏等长官的率领下赶赴谪戍场所。《秦律杂抄》曰："戍律曰：同居毋并行，县啬夫、尉及士吏行戍不以律，赀二甲。"④可知县啬夫、县尉及士吏需对组织谪戍者前往谪戍地之事负责，有违反行戍之规定者，将上交二甲作为惩罚。汉承秦制，在谪戍者如何到达谪戍地的方式上，汉代也极有可能沿袭秦朝的方式。

---

① 张家山二四七号汉墓竹简整理小组编著：《张家山汉墓竹简〔二四七号墓〕：释文修订本》，第36页。
② 张家山二四七号汉墓竹简整理小组编著：《张家山汉墓竹简〔二四七号墓〕：释文修订本》，第53页。
③ 《后汉书》卷六《顺帝纪》，第2册第273页。
④ 陈伟主编，彭浩、刘乐贤等撰著：《秦简牍合集：释文注释修订本》第1~2辑《睡虎地秦墓简牍》，第177~178页。

第二节　贬官、贬爵者的处置措施

一、贬官者的处置措施

(一)失去部分特权

1. 失去任子权

两汉时期，六百石以上的中上层官员通常拥有任子特权。据《汉旧仪》记载："吏二千石以上，视事满三年，得任同产若子一人为郎。"①也就是说，凡是禄秩在二千石以上的官员，任职满三年之后，其同母兄弟或儿子中的一人可凭借门荫而获得官职，这就是所谓的"任子制"。

汉代的任子制极可能沿袭于秦朝。《秦律十八种》"司空"条记载：

> 葆子以上居赎刑以上到赎死，居于官府，皆勿将司。所弗问而久毄(系)之，大啬夫、丞及官啬夫有辠(罪)。②

这则材料的意思是：葆子以上者可以用劳役刑来冲抵赎刑至死刑之间的罪行，在官府服劳役的葆子可不加监管。如果尚未对葆子进行问询就将其长期关押，那么大啬夫、丞和官啬夫都有罪。又《法律问答》曰：

> 葆子以上，未狱而死若已葬，而誧(甫)告之，亦不当听治，勿收，皆如家罪。③
> 葆子狱未断而诬告人，其辠(罪)当刑为隶臣，勿刑，行其耐，有(又)

---

① （汉）卫宏撰，（清）孙星衍等辑，周天游点校：《汉官六种·汉旧仪补遗》，第90页。
② 陈伟主编，彭浩、刘乐贤等撰著：《秦简牍合集：释文注释修订本》第1～2辑《睡虎地秦墓简牍》，第112页。
③ 陈伟主编，彭浩、刘乐贤等撰著：《秦简牍合集：释文注释修订本》第1～2辑《睡虎地秦墓简牍》，第223页。

毄(系)城旦六岁。①

这两则材料的意思是：葆子以上者有罪，但尚未经历审判便已死亡或埋葬，其后才被人控诉告发，这种情况下应当把葆子以上者所犯的罪行当成家罪看待，不加以拘捕。葆子如果在罪行尚未审判之前诬告他人，则将其罚作隶臣，不加肉刑，而是加以耐刑，并拘禁起来服六年城旦刑。

这里的"葆子"极可能为"任子"之意。《汉书·哀帝纪》中颜师古注"任子令"道："任者，保也。"②"保"和"任"乃"保任""任举"之意。由上述材料可知，葆子触犯法律以后往往被轻判，享有一定的法律特权。

汉代任子现象首先出现于汉文帝朝。《汉书·爰盎传》曰："孝文即位，盎兄哙任盎为郎中。"如淳注："盎为兄所保任，故得为郎中也。"③《汉书·周阳由传》曰："周阳由，其父赵兼以淮南王舅侯周阳，故因氏焉。由以宗家任为郎，事文帝。"④又如，汉景帝时，濮阳人汲黯"以父任，孝景时为太子洗马，以严见惮。"孟康注："大臣任举其子弟为官。"⑤汉武帝时，河东人义纵姊以医幸王太后，纵遂因姊拜为中郎。⑥ 西汉前中期，任子制逐渐形成定制，父子、兄弟、祖孙、族人、姐弟等亲属关系都可以成为官僚子弟任子入仕的依据。

事实上，被保任的子弟虽并非全都昏庸无能，但碌碌无为之辈甚多，对吏治的消极影响日益明显。所以，从西汉中期开始，贤能之士便尝试废除任子制。比如，博士谏大夫王吉曾上书汉宣帝曰："今使俗吏得任子弟，率多骄骜，不通古今，至于积功治人，亡益于民，此《伐檀》所为作也。宜明选求贤，除任子之令。

---

① 陈伟主编，彭浩、刘乐贤等撰著：《秦简牍合集：释文注释修订本》第1~2辑《睡虎地秦墓简牍》，第224页。
② 《汉书》卷一一《哀帝纪》，第1册第337页。
③ 《汉书》卷四九《爰盎传》，第8册第2267页。
④ 《汉书》卷九〇《周阳由传》，第11册第3650页。
⑤ 《汉书》卷五〇《汲黯传》，第8册第2316页。
⑥ 《汉书·义纵传》："义纵，河东人也。少年时尝与张次公俱攻剽，为群盗。纵有姊，以医幸王太后。太后问：'有子兄弟为官者乎？'姊曰：'有弟无行，不可。'太后乃告上，上拜义姁弟纵为中郎，补上党郡中令。"（《汉书》卷九〇《义纵传》，第11册第3652~3653页。）

外家及故人可厚以财，不宜居位。"①然宣帝以其言迂阔，未采纳。到西汉末汉哀帝时，谏大夫鲍宣又上书谏曰："窃见孝成皇帝时，外亲持权，人人牵引所私以充塞朝廷，妨贤人路，浊乱天下，奢泰亡度，穷困百姓，是以日蚀且十，彗星四起。危亡之征，陛下所亲见也，今奈何反覆剧于前乎！朝臣亡有大儒骨鲠、白首耆艾、魁垒之士；论议通古今，喟然动众心，忧国如饥渴者，臣未见也。"②哀帝优容之，但直到绥和二年六月才颁布废除任子令的诏书，然收效并不显著。③

东汉建立后，光武帝吸取西汉的教训，在人才选拔方面实行"四科取士"④，汉明帝时尊奉建武制度，"后宫之家，不得封侯与政。馆陶公主为子求郎，不许，而赐钱千万。谓群臣曰：'郎官上应列宿，出宰百里，有非其人，则民受其殃，是以难之。'"⑤因此，光武帝、明帝时期，任子制暂时偃旗息鼓。但到汉安帝时，任子制故态复萌。《后汉书·孝安帝纪》曰：（建光元年）"二月癸亥，大赦天下。赐诸园贵人、王、主、公、卿以下钱布各有差，以公、卿、校尉、尚书子第一人为郎、舍人。"⑥其后，任子制愈演愈烈，除了以父兄、宗家、姐弟保任之外，还推及祖孙、门从等关系，甚至连外戚、宦官以及已逝的官吏都可享有任子的权力。比如，黄琼为司徒，黄琬以其孙拜童子郎⑦，此为祖孙任子；又如，顺帝即位后，故大将军邓骘兄弟子及门徒十二人悉为郎中⑧，此为兄弟、父子及门从任

---

① 《汉书》卷七二《王吉传》，第10册第3065页。
② 《汉书》卷七二《鲍宣传》，第10册第3087页。
③ 《汉书·哀帝纪》：（绥和二年六月）"除任子令及诽谤诋欺法。"（《汉书》卷一一《哀帝纪》，第1册第336页。）
④ （汉）应劭《汉官六种·汉官仪》载光武帝诏书曰："方今选举，贤佞朱紫错用。丞相故事，四科取士。一曰德行高妙，志节清白；二曰学通行修，经中博士；三曰明达法令，足以决疑，能案章覆问，文中御史；四曰刚毅多略，遭事不惑，明足以决，才任三辅令。皆有孝悌廉公之行。自今以后，审四科辟召，及刺史、二千石察茂才尤异孝廉之吏，务尽实核，选择英俊、贤行、廉洁、平端于县邑，务授试以职。有非其人，临计过署，不便习官事，书疏不端正，不如诏书，有司奏罪名，并正举者。"（《汉官六种·汉官仪》，第125页。）
⑤ 《后汉书》卷二《显宗孝明帝纪》，第1册第124页。
⑥ 《后汉书》卷五《孝安帝纪》，第1册第232页。
⑦ 《后汉书·黄琼传》："后琼为司徒，琬以公孙拜童子郎，辞病不就，知名京师。"（《后汉书》卷六一《黄琼传》，第7册第2040页。）
⑧ 《后汉书·邓禹传》："及顺帝即位，追感太后恩训，愍骘无辜，乃诏宗正复故大将军邓骘宗亲内外，朝见皆如故事。除骘兄弟子及门徒十二人悉为郎中，擢朱宠为太尉，录尚书事。"（《后汉书》卷一六《邓禹传》，第3册第617页。）

子。东汉后期，政治日益腐败，外戚、宦官交替专政，导致大批外戚、宦官子弟以任子制而入仕。汉桓帝在位期间，外戚梁冀"专朝纵横，而犹交结左右宦官，任其子弟、宾客为州郡要职，欲以自固恩宠。"①延熹年间（158—167），"是时宦官方炽，任人及子弟为官，布满天下，竞为贪淫，朝野嗟怨。"②此外，东汉中期以后还出现了"难荫"的情况，即为国捐躯者可得任子，如《后汉书·鲜卑传》曰："延平元年，鲜卑复寇渔阳，太守张显率数百人出塞追之。……因复进兵，遇虏伏发，士卒悉走，唯授力战，身被十创，手杀数人而死。显中流矢，主簿卫福、功曹徐咸皆自投赴显，俱殁于阵。邓太后策书褒叹，赐显钱六十万，以家二人为郎；授、福、咸各钱十万，除一子为郎。"③

据《汉旧仪》记载，有权任子者须为二千石以上的高级官吏，任子的数量也限制为一人，即"得任同产若子一人为郎"。但两汉政府并没有按规范执行，而是在利益驱动下不断向官僚集团倾斜。在任子资格上，从前文所举周阳由、义纵之例可知，西汉无官职之周阳侯、女医皆可任子；东汉时期公、卿、校尉、尚书等官职人员都可任子，其中尚书禄秩仅为六百石。④两汉时期任子数量超过一人的情况也有出现。比如，《汉书·汲黯传》记载："黯姊子司马安亦少与黯为太子洗马。安文深巧善宦，四至九卿，以河南太守卒。昆弟以安故，同时至二千石十人。"⑤又如，《汉书·石奋传》曰："（石）庆方为丞相时，诸子孙为小吏至二千石者十三人。及庆死后，稍以罪去，孝谨衰矣。"⑥在该材料中，因司马安而任子为二千石高官者为十人，因石庆而任子为官者有十三人。东汉时，上述材料中提到汉顺帝时故大将军邓骘兄弟子及门徒十二人悉任子为郎中，其数量也远在一人以上。

所以，大略来讲，两汉时期除光武帝、汉明帝两朝之外，六百石以上的官员若被免职，或者被贬职至六百石以下，除了职位、禄秩降低以外，他们通常还将

---

① 《资治通鉴》卷五三孝桓皇帝上之上和平元年条，第4册第1720页。
② 《后汉书》卷五四《杨震传》，第7册第1773页。
③ 《后汉书》卷九〇《鲜卑传》，第10册第2986页。
④ 《后汉书·百官志三》："尚书六人，六百石。"（《后汉书》卷一一六《百官志三》，第11册第3597页。）
⑤ 《汉书》卷五〇《汲黯传》，第8册第2323页。
⑥ 《汉书》卷四六《石奋传》，第7册第2200页。

失去任子特权。这不得不说是一项重大的政治损失。

2. 失去子弟免试入太学的特权

太学是汉代的最高学府，也是国家官吏后备人员的培养和选拔机构。汉武帝时，出于"守天下"的需要，朝廷不得不重视提高各级官员的职业素养，于是董仲舒建议：

> 夫不素养士而欲求贤，譬犹不琢玉而求文采也。故养士之大者，莫大乎太学；太学者，贤士之所关也，教化之本原也。今以一郡一国之众，对亡应书者，是王道往往而绝也。臣愿陛下兴太学，置明师，以养天下之士，数考问以尽其材，则英俊宜可得矣。①

汉武帝采纳了董仲舒的建议，于建元五年（前136）置立五经博士，又于元朔六年（前123）为五经博士置弟子员，太学因此应运而生。

西汉武帝至东汉顺帝之前，汉代太学的入学条件比较清朗，"太常择民年十八以上仪状端正者，补博士弟子。"②不过，实际上年龄不满十八岁而入太学者也不少，如任延十二岁进太学，杜安十三岁入太学，并均官至太守，等等。③ 因此，贫寒子弟也有通过刻苦读书而发迹的机会。但是，汉顺帝阳嘉二年（133），尚书令左雄"奏征海内名儒为博士，使公卿子弟为诸生"。④ 汉质帝本初元年（146），梁太后下诏曰："大将军下至六百石，悉遣子就学，每岁辄于乡射月一飨会之，以此为常。"⑤自此以后，子弟免试入太学便成为东汉六百石以上官吏的

---

① 《汉书》卷五六《董仲舒传》，第8册第2512页。
② 《汉书》卷八八《儒林传序》，第11册第3594页。
③ 《后汉书·任延传》："任延字长孙，南阳宛人也。年十二，为诸生，学于长安，明《诗》《易》《春秋》，显名太学，学中号为'任圣童'。"（《后汉书》第9册卷七六《任延传》，第2460页。）又，《后汉书·杜根传》："杜根字伯坚，颍川定陵人也。父安，字伯夷，少有志节，年十三入太学，号奇童。"（《后汉书》卷五七，第7册第1839页。）
④ 《后汉书·左雄传》："雄又奏征海内名儒为博士，使公卿子弟为诸生。有志操者，加其俸禄。及汝南谢廉，河南赵建，年始十二，各能通经，雄并奏拜童子郎。于是负书来学，云集京师。"（《后汉书》卷六一，第7册第2020~2021页。）
⑤ 《后汉书》卷七九上《儒林传上》，第9册第2547页。

一项特权，这些子弟无须天资聪颖，亦无须用功读书，仅凭身份便可获得寒门学子梦寐以求的机会。

因此，东汉顺帝以后，六百石以上官员若被贬至六百石以下或直接罢免，他们的子弟还将失去免试进入太学的资格。

3. 失去法律特权

汉代各级官职附带的法律权益并不多，主要包括"刑不上大夫"这一项。秦朝时，出于对个人尊严的维护，文武高官已经拥有较浓厚的"将相不辱"意识。据《史记·秦始皇本纪》，秦二世二年（前209），群盗并起，右丞相去疾、左丞相斯、将军冯劫谏之，胡亥责以他罪，罢三人官。"去疾、劫曰：'将相不辱。'自杀。斯卒囚，就五刑。"①

两汉时期，"刑不上大夫"已经成为通行的准则。《汉书·百官公卿表上》曰：

> 大夫掌论议，有太中大夫、中大夫、谏大夫，皆无员，多至数十人。武帝元狩五年初置谏大夫，秩比八百石。太初元年更名中大夫为光禄大夫，秩比二千石，太中大夫秩比千石如故。②

又东汉班固《白虎通义·五刑》曰：

> 刑不上大夫何？尊大夫。礼不下庶人，欲勉民使至于士。故礼为有知制，刑为无知设也。庶人虽有千金之币，不得服。刑不上大夫者，据礼无大夫刑。或曰：挞笞之刑也。礼不下庶人者，谓酬酢之礼也。③

也就是说，两汉时，秩比八百石以上的官员犯法，可免受残害身体的刑罚，而是或主动或被动地选择自裁，以护其尊严，全其名节。这种思想在丞相身上体现得十分明显，两汉丞相若有罪，为顾全丞相的体面，皇帝通常不会下令将其逮捕、

---

① 《史记》卷六《秦始皇本纪》，第1册第340页。
② 《汉书》卷一九上《百官公卿表上》，第3册第727页。
③ （汉）班固撰，（清）陈立撰，吴则虞点校：《白虎通疏证》卷九《五刑》，第442～443页。

斩杀，而是赐以毒酒等可供自尽使用的物品，赐达之日便是丞相自裁之时。比如，汉成帝绥和二年，丞相翟方进为议曹李寻所劾，成帝召见之，赐册曰："……欲退君位，尚未忍。君其孰念详计，塞绝奸原，忧国如家，务便百姓以辅朕。朕既已改，君其自思，强食慎职。使尚书令赐君上尊酒十石，养牛一，君审处焉。"①翟方进于是自杀。这种现象在今日看来似乎并未减轻处罚，反倒类似于直接处以极刑，但对重视礼教的汉代士大夫而言，这确实是一种维持体面的恩赐。

此外，西汉时，禄秩在六百石以上的官吏还具有受审时不佩戴刑具的特权。据《汉书·孝惠帝纪》曰："爵五大夫、吏六百石以上及宦皇帝而知名者有罪当盗械者，皆颂系。"②"颂系"即不戴刑具之意。

所以，倘若禄秩在八百石以上的官员被贬至八百石以下，或者被免去官职，那么他们将不再享有"刑不上大夫"的特殊法律待遇。若被贬之后，其禄秩在六百石以下，则连"颂系"的特权也失去了。

(二) 限制人身自由

1. 归故郡

《史记·秦本纪》曰："三十四年，秦与魏、韩上庸地为一郡，南阳免臣迁居之。"③秦昭襄王三十四年(前273)，秦国将与魏国、韩国共有的上庸之地合为一郡，并将南阳的免臣统一迁居此地，这应该是历史上第一次由统治者对免官者实施统一的强制性迁居。

汉代部分被免者也会面临强制性的地域改迁，通常为被迫还归故郡。这里的"故郡"是指被免者的籍贯，通常与他们的出生地相对应。比如，汉成帝鸿嘉三年(前18)，许皇后之姊平安刚侯夫人为媚道，"事发觉，太后大怒，下吏考问，谒等诛死，许后坐废处昭台宫，亲属皆归故郡山阳，后弟子平恩侯旦就国"④。

---

① 《汉书》卷八四《翟方进传》，第10册第3423页。
② 《汉书》卷二《惠帝纪》，第1册第85页。
③ 《史记》卷五《秦本纪》，第1册第268页。
④ 《汉书》卷九七下《外戚传下》，第12册第3982页。

孝成许皇后出生于昌邑①，而昌邑为山阳郡郡治，由此可知"故郡山阳"指的是许皇后及其亲属的出生地。

两汉时期，免官后归故郡者甚众。比如，汉武帝元封元年，廷尉赵禹以年老徙为燕相，后因悖乱有罪免归，以寿卒于家；汉章帝建初八年，舞阴公主子梁扈有罪，乌桓校尉邓训坐私与扈通书，征免归闾里；汉成帝元延三年（前10），定陵侯淳于长与龙頟思侯夫人私通且收受许皇后财物，上遂免其卫尉官，遣就国；汉和帝永元四年，大将军窦宪潜图弑逆，事败免官，遣就国，后自杀；等等。

汉代为官者被免归故郡通常有"以销奸党""销奸雄之党"之类的含义。比如，汉成帝元延年间（前12—前9），侍中卫尉、定陵侯淳于长有罪，免官遣就国，后长以金钱贿赂红阳侯王立，得免，后事发：

> 后长阴事发，遂下狱。（翟）方进劾立："怀奸邪，乱朝政，欲倾误主上，狡猾不道，请下狱。"上曰："红阳侯，朕之舅，不忍致法，遣就国。"于是方进复奏立党友曰："……臣幸得备宰相，不敢不尽死。请免博、闳、咸归故郡，以销奸雄之党，绝群邪之望。"奏可。咸知废锢，复徙故郡，以忧发疾而死。②

又如，汉哀帝初即位时，傅太后从弟之子傅迁"在左右尤倾邪"，哀帝免其官职，欲遣归故郡，又因傅太后故复留之。丞相孔光、大司空师丹遂上奏曰：

> "诏书'侍中驸马都尉迁巧佞无义，漏泄不忠，国之贼也，免归故郡。'复有诏止。天下疑惑，无所取信，亏损圣德，诚不小愆。陛下以变异连见，避正殿，见群臣，思求其故，至今未有所改。臣请归迁故郡，以销奸党，应

---

① （清）严可均辑《全汉文·孝成许皇后》："（孝成许皇后）后，昌邑人。宣帝许皇后从弟嘉之女。元帝时选为皇太子妃。成帝即位，立为皇后，专宠无子。鸿嘉三年，坐姊谒等祝诅后宫有身者事发废处昭台宫，寻徙长定宫，后九年，坐姊孊事赐死。"（严可均辑，任雪芳审订：《全汉文》，商务印书馆1999年版，第105页）。
② 《汉书》卷八四《翟方进传》，第10册第3419~3420页。

天戒。"①

从这两则材料来看,不论是汉成帝时的丞相翟方进,还是汉哀帝时的丞相孔光与大司空师丹,都将归故郡等同于一种消除朝堂奸佞的手段。对于被免官归故郡的个体来说,这当然也是一种不光彩的经历。日本汉学家大庭脩说:"即在将危险分子驱逐出京师的同时,强制实施与衣锦还乡完全相反的损害名誉的措施,使之具有刑罚的意义。"②归故郡能否上升到刑罚的高度暂且不论,但这种处置措施对当事人造成的打击是不小的。

2. 遣就国

西汉初期,汉政府常以功臣为丞相,而功臣又可因功获得爵位,因此汉初的丞相往往既是高官,又有爵位,并且通常在拜丞相之前已经获得爵位。到汉武帝元朔年间(前128—前123),汉初功臣几已消失殆尽,先因功获得爵位再拜为丞相的做法已不再适应现实的需要。正如《汉书·外戚恩泽侯表》曰:"至乎孝武,元功宿将略尽。会上亦兴文学,进拔幽隐,公孙弘自海濒而登宰相,于是宠以列侯之爵。又畴咨前代,询问耆老,初得周后,复加爵邑。自是之后,宰相毕侯矣。"③自平津乡侯公孙弘开始,朝臣得以无爵之身先拜丞相,自此之后,丞相封侯乃为西汉定制。④

不过,东汉建立后丞相封侯制度也很快就被废除了。《东汉会要·封建上》曰:

> 汉初,丞相选用列侯。至武帝用公孙弘,起自疏远,未有爵邑,于是封平津侯。丞相封侯自此始。光武中兴,尚仍前制。伏湛代邓禹为大司徒,封

---

① 《汉书》卷八一《张禹传》,第10册第3357页。
② [日]大庭脩著,徐世虹等译:《秦汉法制史研究》,第132页。
③ 《汉书》卷一八《外戚恩泽侯表》,第3册第677页。
④ 《汉书·公孙弘传》:"元朔中,代薛泽为丞相。先是,汉常以列侯为丞相,唯弘无爵,上于是下诏曰'朕嘉先圣之道,开广门路,宣招四方之士,盖古者任贤而序位,量能以授官,劳大者厥禄厚,德盛者获爵尊,故武功以显重,而文德以行褒。其以高成之平津乡户六百五十封丞相弘为平津侯'。其后以为故事,至丞相封,自弘始也。"(《汉书》卷五八《公孙弘传》,第9册第2620~2621页。)

第二节　贬官、贬爵者的处置措施

阳都侯。湛免,以侯霸代之,止封关内侯,凡历九年而薨。帝使下诏曰:"汉家旧制,丞相拜日,封为列侯。朕以军师暴露,功臣未封,缘忠臣之义,不欲相踰,未及爵命,奄然而终。"因追封霸为则乡侯。其比西京之制,虽未镌削,亦淹缓矣。自是之后,位三公者,皆不复有茅土之封。唯灵帝初,陈蕃为太傅,录尚书事,窦太后复优诏封为高乡侯,蕃固辞不受,由是宰相封侯之制遂废。①

事实上,东汉时三公的实权已经被大将军、尚书台架空,政治地位大为下降。除了丞相之外,御史大夫、太尉、将军、尚书等高级官员都有很大的可能性获得关内侯及以上爵位,但均非常制。这种现象可通过以下材料略窥一隅:

《汉书·昭帝纪》:"二年春正月,大将军光、左将军桀皆以前捕斩反虏重合侯马通功封,光为博陆侯,桀为安阳侯。"②

《汉书·宣帝纪》:"封御史大夫广明为昌水侯,后将军充国为营平侯,大司农延年为阳城侯,少府乐成为爰氏侯,光禄大夫迁为平丘侯。"③

《汉书·成帝纪》:"夏四月,以大司马票骑大将军根为大司马,罢将军官。御史大夫为大司空,封为列侯。益大司马、大司空奉如丞相。"④

《后汉书·赵熹传》:"二十七年,(赵熹)拜太尉,赐爵关内侯。"⑤

《后汉书·邓禹传》:"(朱)宠字仲威,京兆人,初辟鹭府,稍迁颖川太守,治理有声。及拜太尉,封安乡侯,甚加优礼。"⑥

《后汉书·刘瑜传》:"延熹中,诛大将军梁冀,帝召勋部分众职,甚有方略,封宜阳乡侯。仆射霍谞,尚书张敬、欧阳参、李伟、虞放、周永,并

---

① (宋)徐天麟撰:《东汉会要》卷一七《封建上》,上海古籍出版社1978年版,第244页。
② 《汉书》卷七《昭帝纪》,第1册第220页。
③ 《汉书》卷八《宣帝纪》,第1册第240页。
④ 《汉书》卷一〇《成帝纪》,第1册第329页。
⑤ 《后汉书》卷二六《赵熹传》,第4册第914页。
⑥ 《后汉书》卷一六《邓禹传》,第3册第618页。

第三章 两汉流贬的处置措施

封亭侯。"①

西汉丞相被免职时,其侯爵不一定同时被废黜。所以,爵位得以保留者被免后通常须回到封地,以列侯的身份归郡县管辖。比如,汉武帝前元三年,丞相、绛侯周勃被免就国②;汉宣帝地节三年(前67),丞相韦贤"不习吏事,免相就第"③;等等。东汉时,丞相封侯制已基本不存,因此,为丞相者即使被免官,也不存在遣就国之惩罚。此外,两汉时期除丞相之外的高级官吏所获爵位若为列侯,那么他们被免后也极可能被遣就国。

对于列侯而言,被免后遣就国具有与衣锦还乡截然相反的羞愧意味,意味着他们失去了建功立业的机会,只能过"衣租食税"的寄生生活。大庭脩认为,列侯离开京师就封国即宣告了政治上的失败,"这是战国以来的传统,所以列侯不会愿意就封国。"④遣就国对列侯的惩罚意义就此产生。

3. 不得妄到京师

汉代地方守令被罢免后,无朝廷征召不可私自朝京。《后汉书·苏章传》载:"谦累迁至金城太守,去郡归乡里。汉法,免罢守令,自非诏征,不得妄到京师。而谦后私至洛阳,时暠为司隶校尉,收谦诘掠,死狱中,暠又因刑其尸,以报昔怨。"⑤东汉金城太守苏谦罢免太守之后,即因私至洛阳而为司隶校尉李暠所劾,死于狱中。

4. 不得与吏人通

有时,为了防范诸侯王结党谋逆,朝廷会下令禁止被贬诸侯王与官吏相交通。比如,汉章帝时,福阜陵王刘延以逆谋罪贬为阜陵侯,食一县,并"使谒者一人监护延国,不得与吏人通"⑥。

---

① 《后汉书》卷五七《刘瑜传》,第7册第1858页。
② 《汉书·贾谊传》:"是时丞相绛侯周勃免就国,人有告勃谋反,逮系长安狱治,卒亡事,复爵邑,故贾谊以此讥上。"(《汉书》卷四八《贾谊传》,第8册第2260页。)
③ 《史记》卷二〇《建元以来侯者年表》,第3册第1260页。
④ [日]大庭脩著,徐世虹等译:《秦汉法制史研究》,第134页。
⑤ 《后汉书》卷三一《苏章传》,第4册第1107页。
⑥ 《后汉书》卷四二《阜陵质王延传》,第5册第1445页。

（三）剥夺政治权利

对汉代的有些被贬者而言，伴随免官而来的还有另一项严厉的惩罚——禁锢。所谓"禁锢"，是指统治者强行禁止被罢免的官吏再次担任官职或参加政治活动。如此，被免者在禁锢期间便不再拥有正常的政治权利，仕途因而被彻底切断。比如，汉元帝初元二年，光禄大夫给事中周堪为外戚许、史及中书宦官弘恭、石显所谮，免官废锢，不得复进用；汉明帝永平五年（62），因从兄窦穆有罪，中郎将窦固受其牵连免官，废于家十余年。特别是东汉桓帝、灵帝在位期间，由于宦官长期把持朝政，为害国家，士大夫与贵族阶层遂联合起来，与宦官集团爆发了两次激烈的冲突。不过，这两次冲突均以宦官集团的胜利而告终，大量文人士大夫因此而被免官禁锢，形成了历史上著名的党锢之祸。

此外，两汉朝廷对经济犯罪的处罚十分严厉。西汉文帝时，"及吏坐受赇枉法，守县官财物而即盗之，已论命复有笞罪者，皆弃市。"①景帝时，"吏及诸有秩受其官属所监、所治、所行、所将，其与饮食计偿费，勿论。它物，若买故贱，卖故贵，皆坐臧为盗，没入臧县官。吏迁徙免罢，受其故官属所将监治送财物，夺爵为士伍，免之。无爵，罚金二斤，令没入所受。有能捕告，畀其所受臧。"②从这两则材料来看，西汉官吏如果贪污受贿，则有可能被处以弃市之极刑，或者夺爵免官，无爵者则罚金二斤并上缴所有赃款。到了东汉，朝廷对臧罪的处分依然很重，因臧罪免官者，二世子孙皆禁锢。《后汉书·刘般传》曰：

> 安帝初，清河相叔孙光坐臧抵罪，遂增锢二世，衅及其子。是时居延都尉范邠复犯臧罪，诏下三公、廷尉议。司徒杨震、司空陈褒、廷尉张皓议依光比。恺独以为："《春秋》之义，'善善及子孙，恶恶止其身，'所以进人于善也。《尚书》曰：'上刑挟轻，下刑挟重。'如今使臧吏禁锢子孙，以轻从重，惧及善人，非先王详刑之意也。"有诏："太尉议是。"③

---

① 《汉书》卷二三《刑法志》，第4册第1099页。
② 《汉书》卷五《景帝纪》，第1册第140页。
③ 《后汉书》卷三九《刘般传》，第5册第1308～1309页。按：清代杜贵墀所辑《汉律辑证》中有"臧吏禁锢"一则，亦引此则材料为例。

第三章　两汉流贬的处置措施

又《后汉书·孝桓帝纪》曰：

> 臧吏子孙，不得察举。杜绝邪伪请托之原，令廉白守道得信其操。各明守所司，将观厥后。①

可见，臧吏子孙禁锢二世在东汉已为成例，因贪污受贿而被免职的官吏，其后二世子孙基本不得为官，偶有不及子孙者，乃为特例。

(四) 刑罚加身

免官之后，有些被免者还将面临轻重不一的刑罚，最重者可被处以死刑，如汉武帝后元二年（前87），缪侯、太常郦终根因祝诅而被免官、夺爵并诛杀。② 其次为免官之后被流放。比如，前文所述从事中郎陈汤于汉成帝永始二年为政敌王商所劾，免官流放敦煌；汉安帝建光元年，邓太后崩，尚书邓访为人所诬告，免官徙远郡；汉桓帝元嘉元年，南郡太守马融忤大将军梁冀，冀讽州郡以它事陷之，融遂髡笞徙朔方。又有免官之后罚为输作者，如汉桓帝延熹二年，宛陵大姓羊元群罢北海郡，臧罪狼藉，膺上表欲揭其罪，"元群行赂宦竖，膺反坐输作左校"。③

二、贬爵者的处置措施

不论西汉还是东汉，不同类型、不同级别的爵位带给有爵者的权益存在着很大的差别，这也导致贬爵后被贬者所承受的惩罚大不相同。

(一) 由王爵贬为公爵、列侯

西汉由王爵贬为列侯者较少，据笔者统计仅有刘仲和张敖。《史记·高祖本

---

① 《后汉书》卷七《孝桓帝纪》，第2册第288页。
② 《汉书·百官公卿表下》："缪侯郦终根为太常，十一年坐祝诅诛。"（《汉书》卷一九下《百官公卿表下》，第3册第790页。）
③ 《后汉书》卷六七《李膺传》，第8册第2192页。作：即作刑，指服劳役；左校：官署名，主管兵器制造；"输作左校"即被输送至左校服作刑。

第二节 贬官、贬爵者的处置措施

纪》记载，汉高祖八年，匈奴攻打代国，代王刘仲弃国奔逃，后自归洛阳，高祖废以为合阳侯（又称"颌阳侯"）；九年（前198），赵相贯高等谋弑高祖之事败露，夷三族，赵王张敖因之废为宣平侯。东汉光武帝以后，由王爵贬为公爵或列侯者较多。比如，光武帝建武十三年，赵王刘良、长沙王刘兴、真定王刘得、河间王刘邵、中山王刘茂、太原王刘章分别被贬为赵公、临湘侯、真定侯、乐成侯、单父侯、齐公；汉安帝建光元年，乐成王刘苌因骄淫不法被贬为临湖侯；等等。

对于由王爵贬为公爵或列侯者来说，贬爵之后他们将面对政治、经济、法律权益等多方面的变化。

1. 封地萎缩并丧失政治自主权

西汉初期，诸侯王不仅拥有面积广大的封国，而且还拥有很高的政治自主权。这种自主权一方面表现在诸侯王在其封国内可称君王，可单独纪年，并可使用各自的印玺①；另一方面，诸侯王国所设的政治机构与汉朝中央政权基本相同。《汉书·诸侯王表》序言曰：

> 汉兴之初，海内新定，同姓寡少，惩戒亡秦孤立之败，于是剖裂疆土，立二等之爵。功臣侯者百有余邑，尊王子弟，大启九国。自雁门以东，尽辽阳，为燕、代。常山以南，太行左转，度河、济，渐于海，为齐、赵。穀、泗以往，奄有龟、蒙，为梁、楚。东带江、湖，薄会稽，为荆吴。北界淮濒，略庐、衡，为淮南。波汉之阳，亘九嶷，为长沙。诸侯比境，周匝三垂，外接胡越。天子自有三河、东郡、颍川、南阳，自江陵以西至巴蜀，北自云中至陇西，与京师内史凡十五郡，公主、列侯颇邑其中。而藩国大者夸州兼郡，连城数十，宫室百官同制京师，可谓挢枉过其正矣。②

又《汉书·百官公卿表》曰：

---

① 陈直在《汉书新证》中提到："诸侯王印，有称玺者。如《封泥考略》卷一、一至三页，有'河间王玺'、'菑川王玺'是也。……玺多为涂金，印多为铜质，称玺为武帝元狩四年以前制度，以后则皆称印，说《武帝纪》及《郊祀志》张晏注文。"（陈直：《汉书新证》，中华书局2008年版，第123~124页。）

② 《汉书》卷一四《诸侯王表序》，第2册第393~394页。

147

> 诸侯王，高帝初置，金玺盭绶，掌治其国。有太傅辅王，内史治国民，中尉掌武职，丞相统众官，群卿大夫都官如汉朝。①

总的来说，西汉初期，虽然中央朝廷对诸侯王采取了一些限制措施，规定诸侯王不得任免藩国的太傅和丞相②、不得私自采用天子仪制③、无天子诏令不可擅自发兵④、不得赐予爵位或赦免死罪⑤、不得私自滞留京师等⑥，但事实上诸侯王仍是各自封国的实际管辖者。

不过，随着诸侯王权势的日渐壮大，汉朝中央与藩国的矛盾日益凸显，汉文帝时已开始限制诸侯王的权势，如汉文帝听从贾谊的建议，"众建诸侯而少其力"。⑦ 汉景帝前元三年（前154），吴楚七国之乱爆发。平定叛乱之后，景帝采取了一系列削弱诸侯王权势的措施，其中除了晁错提供的削藩之计，还包括取消诸侯王的自治权。据《汉书·百官公卿表》记载：

---

① 《汉书》卷一九上《百官公卿表上》，第3册第741页。
② 《汉书·贾谊传》记载：汉文帝"乃拜谊为梁怀王太傅。怀王，上少子，爱，而好书，故令谊傅之，数问以得失。"可知汉初时诸侯王太傅为皇帝任命。（《汉书》卷四八《贾谊传》，第8册第2230页。）又，《史记·五宗世家》曰："高祖时诸侯皆赋，得自除内史以下，汉独为置丞相，黄金印。诸侯自除御史、廷尉正、博士，拟于天子。"可知藩国丞相亦为汉朝中央政权所置。（《史记》卷五九《五宗世家》，第6册第2559页。）
③ 《汉书·淮南厉王长传》记载："当是时，自薄太后及太子、诸大臣皆惮厉王。厉王以此归国益恣，不用汉法，出入警跸，称制，自作法令，数上书不逊顺。文帝重自切责之。"（《汉书》卷四四《淮南厉王长传》，第7册第2136页。）
④ 《汉书·吴王濞传》记载："将军（赖当）曰：'王苟以错为不善，何不以闻？及未有诏虎符，擅发兵击义国。以此观之，意非徒欲诛错也。'"（《汉书》卷三五《吴王濞传》，第7册第1917页。）
⑤ 《汉书·贾谊传》记载："假令悼惠王王齐，元王王楚，中子王赵，幽王王淮阳，共王梁，灵王王燕，厉王王淮南，六七贵人皆亡恙，当是时陛下即位，能为治乎？臣又知陛下之不能也。若此诸王，虽名为臣，实皆有布衣昆弟之心，虑亡不帝制而天子自为者。擅爵人，赦死罪，甚者或戴黄屋，汉法令非行也。"（《汉书》卷四八《贾谊传》，第8册第2234页。）
⑥ 《汉书·梁孝王刘武传》载："三十五年冬，复入朝。上疏欲留，上弗许。归国，意忽忽不乐。"（《汉书》卷四七《梁孝王刘武传》，第8册第2211页。）
⑦ 《汉书·贾谊传》："欲天下之治安，莫若众建诸侯而少其力。力少则易使以义，国小则亡邪心。"（《汉书》卷四八《贾谊传》，第8册第2237页。）

第二节 贬官、贬爵者的处置措施

> 景帝中五年令诸侯王不得复治国，天子为置吏，改丞相曰相，省御史大夫、廷尉、少府、宗正、博士官，大夫、谒者、郎诸官长丞皆损其员。武帝改汉内史为京兆尹，中尉为执金吾，郎中令为光禄勋，故王国如故。损其郎中令，秩千石；改太仆曰仆，秩亦千石。成帝绥和元年省内史，更令相治民。如郡太守，中尉如郡都尉。①

也就是说，汉景帝中元五年（前145）之后，诸侯王封国内的主要官职都由中央政府直接任免，藩国事实上的治理权也收归中央，诸侯王的政治权益由此大为受损。

汉武帝时，汉朝中央政府进一步削弱诸侯王的实力，其中最有效的方法是主父偃向武帝建议的"推恩令"。《汉书·主父偃传》曰：

> 偃说上曰："古者诸侯地不过百里，强弱之形易制。今诸侯或连城数十，地方千里，缓则骄奢易为淫乱，急则阻其强而合从以逆京师。今以法割削，则逆节萌起，前日晁错是也。今诸侯子弟或十数，而适嗣代立，余虽骨肉，无尺地之封，则仁孝之道不宣。愿陛下令诸侯得推恩分子弟，以地侯之。彼人人喜得所愿，上以德施，实分其国，必稍自销弱矣。"于是上从其计。②

主父偃认为，削藩促使诸侯王产生谋反之心，唯有将诸侯王的国土用来分封其子孙后代为列侯，方能披着仁孝之道的外衣逐步分割、瓦解诸封国，从而达到削弱诸侯王的目的。主父偃的计策收到了良好的效果，汉武帝施行推恩令之后，"于是藩国始分，而子弟毕侯矣。"③吉林大学历史学教授柳春藩认为，推恩令的核心是王子之侯国"别属汉郡"，特点是"蚕食"，"'推恩'策众建的是侯国，侯国众多，不仅使王国力量削弱，而且侯国被纳入中央直属的汉郡统辖之下，郡县的范围扩大了。"④这是一种既缓和而又行之有效的削藩之法。

---

① 《汉书》卷一九上《百官公卿表上》，第3册第741页。
② 《汉书》卷六四上《主父偃传》，第9册第2802页。
③ 《汉书》卷六《武帝纪》，第1册第170页。
④ 柳春藩：《秦汉封国食邑赐爵制》，辽宁人民出版社1984年版，第63页。

第三章 两汉流贬的处置措施

除推恩令外，汉武帝还实行了"左官之律"和"附益阿党之法"。汉代以右为尊，所谓"左官"，是指官员舍弃中央朝廷，出仕于诸侯。① 所谓"附益阿党"，是指官吏阿媚诸侯，隐匿诸侯过失而不举奏。② 此两种行为均为汉朝中央政府严厉禁止。自此之后，"诸侯惟得衣食税租，不与政事"。③ 西汉初期诸侯王拥有的政治权益由此几乎消失殆尽，汉朝的专制主义中央集权在汉武帝时得以极大加强，成功实现了中央对地方的高度控制。

汉武帝以后，西汉政府对待诸侯王的政策基本没有发生较大的变化，诸侯王实际拥有的权势仍在不断衰落。"至于哀、平之际，皆继体苗裔，亲属疏远，生于帷墙之中，不为士民所尊，势与富室亡异。"④东汉时期的诸侯王封国面积狭小，也不再拥有封国的自治权，诸侯王在政治方面的权益已经无法与西汉初期时同日而语了。

西汉初，列侯也拥有各自的封国，并可单独纪年，如《史记·高祖功臣侯者年表》所云"以右丞相为平阳侯，万六百户""六年十二月甲申，懿侯曹参元年"等是也。不过，与诸侯王相比，西汉列侯的封土面积较小，通常只食一县，且无政治上的自治权，封国主要由汉天子任免的国相负责治理。

东汉列侯虽然是侯国名义上的君主，但其实际治理权依然掌握在国相的手中。对于县侯来说，若所封县境改称为国，县之令长则改称为相，相的人事任免权收归中央，在治理侯国的同时负责监察列侯。正如《后汉书·百官志》曰："每国置相一人，其秩各如本县。本注曰：主治民。如令、长，不臣也。但纳租于

---

① 《汉书·诸侯王表》服虔注曰："仕于诸侯为左官，绝不得使仕于王侯也。"应劭注曰："人道上右，今舍天子而仕诸侯，故谓之左官也。"颜师古注曰："左官犹言左道也。皆僻左不正，应说是也。汉时依上古法，朝廷之列以右为尊，故谓降秩为左迁，仕诸侯为左官也。"（《汉书》卷一四《诸侯王表》，第2册第396页。）

② 《汉书·诸侯王表》张晏注曰："律郑氏说，封诸侯过限曰附益。或曰阿媚王侯，有重法也。"颜师古注曰："附益者，盖取孔子云'求也为之聚敛而附益之'之义也，皆背正法而厚于私家也。"（《汉书》卷一四《诸侯王表》，第2册第396页。）

③ 《汉书·诸侯王表》序言曰："景遭七国之难，抑损诸侯，减黜其官。武有衡山、淮南之谋，作左官之律，设附益之法，诸侯惟得衣食税租，不与政事。"（《汉书》卷一四《诸侯王表》，第2册第395页。）

④ 《汉书》卷一四《诸侯王表》，第2册第396页。

侯，以户数为限。其家臣，置家丞、庶子各一人。本注曰：主侍侯，使理家事。"①但是，东汉时期绝大部分列侯均拥有"得臣其所食吏民"的权利。②何谓臣吏民也？廖伯源先生在《汉代爵位制度试释》一文中解释道："所谓臣吏人，或有二意思。其一是名义上其所食吏民对之称臣。其二则是得役使其所食之吏民。汉书卷十六高惠后文功臣表，信武侯靳亭'坐事国人过律，免。'列侯得役使其国人，固无疑问，但不得超过限制之员额。"③又《汉书·高惠高后文功臣表》载：汉文帝后元三年（前161），祝阿侯高成"坐事国人过律，免"，东茅侯刘告"坐事国人过员，免"，这两条材料亦可为廖先生之论佐证。意即说，列侯在其封国内享有一定程度的人事任免自主权，并且侯国的官吏和百姓需对其俯首称臣。

通过前文的分析，我们已经知道西汉初期诸侯王比列侯拥有更宽广的封地，政治独立性也远胜于列侯，因此，对于刘仲和张敖来说，他们从王爵被贬为列侯，其封地面积与原有的政治独立性都将遭受巨大的损失。东汉时期，由于王爵的政治权益已经大不如前，所以从王爵贬为列侯者所拥有的封地面积和政治自主权的差异均大为减小；若是从王爵贬为公爵，由于公爵仅享有食邑，而无具体的行政权力，因而被贬者将彻底失去封地和原有的政治权力。

2. 经济利益受损

汉代诸侯王的收入主要来自封国范围内的各项租税。西汉王国赋税的征收标准与中央政府相同，主要有两大来源。其一是地税和人口税，包括田租、算赋、口赋以及更赋。据李剑农先生《先秦两汉经济史稿》记载，汉初的田租税率为十五税一，汉文帝时只收取半租或全免。景帝二年，复令人田租三十而税一。④自此之后，"三十税一之税率，终西汉之世，未尝改变。"⑤东汉光武帝建武六年，下诏"其令郡国收见田租三十税一"⑥，遂复西汉三十税一之旧制。换言之，终汉

---

① 《后汉书》卷一一八《百官志五》，第11册第3630~3631页。
② （汉）王隆《汉官六种·汉官解诂》："列侯金印紫绶，以赏其有功，功大者食县邑，小者食乡亭，得臣其所食吏民。"（《汉官六种·汉官解诂》，第21页。）
③ 廖伯源：《汉代爵位制度试释》上册，第137页。
④ 《汉书·食货志上》："孝景二年，令民半出田租，三十而税一也。"（《汉书》第4册卷二四，第1135页。）
⑤ 李剑农：《先秦两汉经济史稿》，生活·读书·新知三联书店1957年版，第245页。
⑥ 《后汉书》卷一下《光武帝纪下》，第1册第50页。

之世，农民几乎需上缴生产总量的三十分之一作为田租。何为算赋与口赋？《汉旧仪》曰："算民，年七岁以至十四岁出口钱，人二十三。以食天子。武帝加口钱，以补车骑马。又令民男女年十五以上至五十六赋钱，人百二十，为一算，以给车马。"①即十五至五十六周岁的老百姓需缴纳算赋，每人每年一百二十钱；七至十四周岁的孩童需缴纳口赋，原为每人每年二十钱，汉武帝时加至二十三钱。更赋为服劳役，分为卒更、践更和过更。《汉书·昭帝纪》如淳注曰：

> 更有三品，有卒更，有践更，有过更。古者正卒无常人，皆当迭为之，一月一更，是谓卒更。贫者欲得顾更钱者，次直者出钱顾之，月二千，是谓践更也。天下人皆直戍边三日，亦名为更，律所谓繇戍也。虽丞相子亦在戍边之调。不可人人自行三日戍，又行者当自戍三日，不可往便还，因便住一岁一更。诸不行者，出钱三百入官，官以给戍者，是为过更也。②

由材料可知，汉代人皆有戍边的义务，是为徭戍。不欲戍边者，可向官府缴纳三百钱作为过更的费用，由官府另觅他人以代之。

汉代诸侯王的第二项主要经济来源是山川园池和市井的租税收入，又称为"私奉养"。《史记·平准书》曰：

> 天下已平，高祖乃令贾人不得衣丝乘车，重租税以困辱之。孝惠、高后时，为天下初定，复弛商贾之律，然市井之子孙亦不得仕宦为吏。量吏禄，度官用，以赋于民。而山川园池市井租税之入，自天子以至于封君汤沐邑，皆各为私奉养焉，不领于天下之经费。③

材料中所说的"自天子以至于封君汤沐邑"，也包括汉代的诸侯王。出于重农抑商的国策，汉初山川园池和市井的租税颇为繁重，以实现对贾人"重租税以困辱

---

① （汉）卫宏撰，（清）孙星衍等辑，周天游点校：《汉官六种·汉旧仪》卷上，第50页。
② 《汉书》卷七《昭帝纪》，第1册第230页。
③ 《史记》卷三〇《平准书》，第4册第1712~1713页。

之"的目的，诸侯王由此所得的收入也非常可观。据《先秦两汉经济史稿》考察，汉代"山川园池市井租税之入"主要由以下几个部分构成：一是盐铁税，二是渔税。渔税又称"海租"，据《汉书·食货志》，汉宣帝五凤年间（前57—前54），大司农中丞耿寿昌建言"增海租三倍"，均为天子所采纳。①《后汉书·百官志五》曰："有水池及鱼利多者置水官，主平水收渔税。"②三是市租。凡有市区之都会，商人有市籍者均须缴纳市租。市区在诸侯王封国之内者，其市租为其"私奉养"之一种。四是工税。《后汉书·百官志》曰："有工多者置工官，主工税物。"③

在上述经济来源的合力作用下，汉初的诸侯王富有到何种程度呢？据《史记·齐悼惠王世家》记载，"齐临菑十万户，市租千金，人众殷富，巨于长安，非天子亲弟爱子不得王此。"④又如《史记·五宗世家》曰："而赵王擅权，使使即县为贾人榷会，入多于国经租税。"⑤可知西汉初期诸侯王经济实力雄厚，已经达到了足以威胁京师，甚至超越中央财政的地步。

不过，汉武帝之后，随着景帝、武帝两朝对诸侯王势力的限制和削弱，诸侯王的经济来源迅速收缩，经济权益也江河日下。其中最主要的措施有两项：其一为汉武帝实行推恩令之后，王国之中不断分裂出侯国，而侯国由中央政府直接管辖，因此王国能够获取地税、人口税以及"私奉养"的土地面积和人口户数越来越少；其二为汉武帝将盐铁经营权收归中央，使诸侯王的"私奉养"损失巨大。

两汉时期，列侯均有封邑，其主要收入是封邑的租税，即田租、算赋、口赋以及更赋。据《汉书·货殖传》记载："秦汉之制，列侯封君食租税，岁率户二百。千户之君则二十万，朝觐聘享出其中。"⑥根据秦汉时期的制度，列侯可获得

---

① 《汉书·食货志上》："宣帝即位，用吏多选贤良，百姓安土，岁数丰穰，谷至石五钱，农人少利。时大司农中丞耿寿昌以善为算能商功利得幸于上，五凤中奏言：'故事，岁漕关东谷四百万斛以给京师，用卒六万人。宜籴三辅、弘农、河东、上党、太原郡谷，足供京师，可以省关东漕卒过半。'又白增海租三倍，天子皆从其计"。（《汉书》卷二四《食货志上》，第4册第1141页。）
② 《后汉书》卷一一八《百官志五》，第11册第3625页。
③ 《后汉书》卷一一八《百官志五》，第11册第3624页。
④ 《史记》卷五二《齐悼惠王世家》，第6册第2436页。
⑤ 《史记》卷五九《五宗世家》，第6册第2552页。
⑥ 《汉书》卷九一《货殖传》，第11册第3686页。

封邑范围内的租税,每年每户须缴纳二百钱,所以食邑为一千户的列侯每年可获得二十万的租税收入,并用于朝贡、拜谒、聘问以及献纳的支出。又如《汉书·张汤传》曰:"(张)延寿已历位九卿,既嗣侯,国在陈留,别邑在魏郡,租入岁千余万。"①可知列侯张延寿每年可获得千余万钱的租税收入。廖伯源先生曾对汉代列侯的租税收入进行过详细的推断,后得出结论:"每户之田租及口赋算赋每岁为八百零六钱,则列侯食邑千户,只是田租、算赋及口赋岁入约为八十万六千钱。"②列侯每年需向汉天子献酎金,"是千户侯之酎金,大约万钱;而璧只值数千,每年之贡献费大致是二万。此与其收入八十万比较,只是极小之数目,朝贡根本不影响列侯之经济。"③如此看来,即使扣除献酎金的数目,汉代大多数列侯的年收入依然非常可观。不过,若与西汉初期的诸侯王相比,列侯的经济实力还是相去甚远的。

列侯通过封邑获得的收入也有高低之分,如上面提到的列侯张延寿"自以身无功德,何以能久堪先人大国,数上书让减户邑,……天子以为有让,乃徙封平原,并一国,户口如故,而租税减半。"④又如,《后汉书·傅俊传》曰:"子昌嗣,徙封芜湖侯。建初中,遭母忧,因上书,以国贫不愿之封,乞钱五十万,为关内侯。"⑤从这两则材料可以看出,若所封之国为穷山恶水之处,那么列侯也可能无法获得较好的经济收入。

所以,在经济方面,汉初爵位由诸侯王贬为列侯者,其经济收入无疑会断崖式下降。汉武帝以后,随着诸侯王的权势日益衰微,王爵与侯爵之间的收入差异不断缩小,从王爵贬为列侯所造成的经济冲击就小得多了。

(二)贬爵之后仍为列侯

西汉列侯以县侯为主,东汉列侯分为县侯、都乡侯、乡侯、都亭侯、亭侯五个等级。所以,两汉被贬者如果从原本较为富庶的县域徙封至综合条件更差的县

---

① 《汉书》卷五九《张汤传》,第 9 册第 2653 页。
② 廖伯源:《汉代爵位制度试释》上册,第 158~159 页。
③ 廖伯源:《汉代爵位制度试释》上册,第 158~159 页。
④ 《汉书》卷五九《张汤传》,第 9 册第 2653~2654 页。
⑤ 《后汉书》卷二二《傅俊传》,第 3 册第 782 页。

域，那么其实际所能获得的经济收入可能会存在较大的差别。东汉乡侯和亭侯不仅食邑面积比县侯小，而且没有单独的封国，但食租税，因此若是从县侯贬为乡侯或亭侯，那么被贬者的政治和经济利益都将遭受较大的损失；若是从乡侯贬为亭侯，那么经济收入可能进一步下降。除此之外，有些被贬者还可能遭受具有针对性、非为通行措施的惩罚：

1. 不得臣吏民

有时，贬爵者虽依然位居列侯，但其臣吏民之权利却被剥夺，如汉和帝永元五年，夏阳侯窦瑰因向贫人放贷，徙封罗侯，"不得臣吏人"。① 不得臣吏民的列侯，从内在对封国的掌控到外在个人的尊荣都一齐失去了，事实上已与空架子无异。

2. 限租岁

有时，贬爵者还面临着经济收入的限制，如汉和帝永元二年，大将军窦宪被诛，太仆马光因与之厚善而免官，其弟光禄勋、颍阳侯马防受其连累，徙封翟乡侯，"租岁限三百万，不得臣吏民"。② 东汉封侯与西汉不同，西汉列侯分封食邑初以户数为准，但封定之后则以地域为准，不受户数增减的影响；东汉侯国封法以户数为准，封定之后，侯国范围内新增长的户数与侯无关。不过，即使列侯所封的食邑户数不变，但人口总数通常会逐年增加，食邑的收成也会丰简有别。马防被贬后，租岁限三百万，意味着即使是人口兴旺、地产丰收之年，其年收入亦不可超过三百万钱。

(三) 从列侯贬为关内侯

1. 社会地位骤降

从列侯贬爵为关内侯会给被贬者的各方面带来很大的变化，这种变化首先是社会地位骤降。二十等爵制的建立可上溯至秦国商鞅变法："有军功者，各以率受上爵……宗室非有军功论，不得为属籍。明尊卑爵秩等级，各以差次名田宅，

---

① 《后汉书》卷二三《窦融传》，第 3 册第 820 页。
② 《后汉书》卷二四《马援传》，第 3 册第 858 页。

第三章 两汉流贬的处置措施

臣妾衣服以家次。有功者显荣，无功者虽富无所芬华。"①可以看出，二十等爵最初是对有军功者的赏赐，即使贵为宗室，无军功者亦不得拜爵；二十等爵内部有明确的尊卑等级，并辅之以相应的田宅和服饰；爵位象征着崇高的社会荣誉与社会地位，非物质财富可与之比肩。

汉代继承了秦的二十等爵制。《汉书·高帝纪》曰："其有功者上致之王，次为列侯，下乃食邑。而重臣之亲，或为列侯，皆令自致吏，得赋敛，女子公主。为列侯食邑者，皆佩之印，赐大第室。吏二千石，徙之长安，受小第室。"②可知汉代爵位同样需有功者方能获得，列侯之顺序仅次于诸侯王，可配印，并且列侯之宅第大于二千石之高级官吏。又据《汉书·百官公卿表》，西汉时，丞相和太尉作为最高级官吏，可配金印紫绶，列侯与之相同。御史大夫虽位上卿，但仅配银印青绶，其地位在列侯之下。东汉时，列侯的位次也始终在中二千石以上。《后汉书·礼仪志》曰："每岁首正月，为大朝受贺。其仪：夜漏未尽七刻，钟鸣，受贺。及贽，公、侯璧，中二千石、二千石羔，千石、六百石雁，四百石以下雉。"③《后汉书·舆服志》曰："佩双印，长寸二分，方六分，乘舆、诸侯王、公、列侯以白玉，中二千石以下至四百石皆以黑犀，二百石以至私学弟子皆以象牙。"④"公、卿、列侯、中二千石、二千石夫人，绀缯蔮，黄金龙首衔白珠，鱼须擿，长一尺，为簪珥。"⑤更有甚者，列侯薨逝之后还能获得皇帝、皇后亲临送丧的殊荣。比如，光武帝建武十八年，"固始侯李通薨，谥曰恭侯。赐其盛，上及皇后亲吊送葬。"⑥二十五年，南乡侯邓晨薨，"既薨，使谒者招新野主魂，备官属，合葬于北邙山，上与皇后亲临送葬，赏赐甚厚，谥曰惠侯。"⑦东汉时期，诸侯王、列侯去世后，中央朝廷须赐予大量财物，以供其丧事之用，是为"赗赠"。比如，《后汉书·济北惠王寿传》曰："自永初已后，戎狄叛乱，国用不足，

---

① 《史记》卷六八《商君列传》，第7册第2710页。
② 《汉书》卷一下《高帝纪下》，第1册第77页。
③ 《后汉书》卷九五《礼仪志中》，第11册第3130页。
④ 《后汉书》卷一二〇《舆服志下》，第12册第3673页。
⑤ 《后汉书》卷一二〇《舆服志下》，第12册第3677页。
⑥ （东晋）袁宏撰，张烈点校：《后汉纪》卷七《光武皇帝纪》，中华书局2020年版，第108页。
⑦ （东晋）袁宏撰，张烈点校：《后汉纪》卷七《光武皇帝纪》，第121页。

始封王薨，减赙钱为千万，布万匹；嗣王薨，五百万，布五千匹。时唯寿最尊亲，特赐钱三千万，布三万匹。"①《后汉书·中山简王焉列传》曰："自中兴至和帝时，皇子始封薨者，皆赐钱三千万，布三万匹；嗣王薨，赐钱千万、布万匹。"②等等。

由此可见，在汉代社会，列侯作为二十等爵中最高的一级，其社会地位异于常人，属于人所仰望的贵族阶级。列侯之下的十九等爵，高祖以"下乃食邑"一言以蔽之，其重要性与列侯显然不能相提并论。有爵者从列侯贬为关内侯，虽只贬爵一等，但其社会地位无疑会显著下降。

2. 政治前景受挫

汉代列侯个人及其家族都具有非常可观的政治前景。这首先表现为列侯可以优先为官。西汉初期，朝廷高官尤其是丞相多由列侯担任，并具有与官职相应的实权。比如，汉高祖时丞相萧何为酂侯，汉惠帝时丞相曹参为平阳侯、丞相王陵为安国侯，汉高后时丞相陈平为曲逆侯、丞相审食其为辟阳侯，汉文帝时丞相周勃、灌婴、张苍、申屠嘉分别为绛侯、颍阴侯、北平侯、故安侯，汉景帝时丞相周亚夫为条侯、丞相卫绾为建陵侯，等等。

不过，东汉时，虽然有些功臣侯也在朝廷担任高官，但事实上其参与国家大事的可能性已大为降低，如《后汉书·贾复列传》曰："（贾）复以列侯就第，加位特进。复为人刚毅方直，多大节。既还私第，阖门养威重。朱祐等荐复宜为宰相，帝方以吏事责三公，故功臣并不用。是时列侯唯高密、固始、胶东三侯与公卿参议国家大事，恩遇甚厚。"③

其次，列侯是皇室联姻的第一选择。两汉时期，同姓不婚，而异姓者以列侯之身份最为高贵，因此，皇室联姻基本以列侯为对象。④ 这种现象，我们可以从两汉列侯尚公主的诸多事例中窥见一斑：

---

① 《后汉书》卷五五《济北惠王寿传》，第 7 册第 1806~1807 页。
② 《后汉书》卷四二《中山简王焉传》，第 5 册第 1450 页。
③ 《后汉书》卷一七《贾复传》，第 3 册第 667 页。
④ （清）陈立《白虎通疏证·姓名》曰："人所以有姓者何？所以崇恩爱，厚亲亲，远禽兽，别婚姻也。故纪世别类，使生相爱，死相哀，同姓不得相娶，皆为重人伦也。"（《白虎通疏证》卷八《姓名》，第 401 页。）又如，《后汉书·东夷传》曰："同姓不昏。"（《后汉书》卷八五《东夷传》，第 10 册第 1904 页。）

《史记·外戚世家》：是时平阳主寡居，当用列侯尚主。①

《史记·魏其武安侯列传》：时诸外家为列侯，列侯多尚公主，皆不欲就国，以故毁日至窦太后。②

《汉书·楚元王交传》：与何齐谋曰："我与广陵王相结，天下不安，发兵助之，使广陵王立。何齐尚公主，列侯可得也。"③

《汉书·霍光传》：公主内行不修，近幸河间丁外人。桀、安欲为外人求封，幸依国家故事以列侯尚公主者，光不许。④

《汉书·王吉传》：又汉家列侯尚公主，诸侯则国人承翁主，使男事女，夫诎于妇，逆阴阳之位，故多女乱。⑤

另外，据廖伯源先生《西汉公主适列侯百分比表》与《东汉公主适列侯百分比表》二表统计，"可知西汉公主适列侯或列侯嗣子者占西汉公主总数之百分之六十八点五（68.5%）。所适何人无考者占百分之二十六点二（26.2%），而所适身份非列侯或身份无考者只一人，占百分之五点三（5.3%）。至于东汉，其百分比依次是百分之四十二点五（42.5%）、百分之四十六点八（46.8%）、百分之十点七（10.7%）。"⑥从西汉到东汉，虽然有确切史实可依的以列侯尚公主的事例占比从68.5%下降到了42.5%，但仍接近半数，可见其在汉代已成为惯例。不过，廖伯源先生认为，"前述公主适列侯是西汉之惯例，或者在东汉亦是惯例，但恐非明文规定，因此，有特异者亦可以非列侯尚公主。"⑦皇室与列侯联姻还包括列侯之女嫁入皇室。比如，《汉书·外戚传》曰："孝成许皇后，大司马车骑将军平恩侯嘉女也。元帝悼伤母恭哀后居位日浅而遭霍氏之辜，故选嘉女以配皇太子。"⑧又

---

① 《史记》卷四九《外戚世家》，第6册第2404页。
② 《史记》卷一〇七《魏其武安侯列传》，第9册第3439页。
③ 《汉书》卷三六《楚元王交传》，第7册第1925页。
④ 《汉书》卷六八《霍光传》，第9册第2934页。
⑤ 《汉书》卷七二《王吉传》，第10册第3064页。
⑥ 廖伯源：《汉代爵位制度试释》上册，第151页。
⑦ 廖伯源：《汉代爵位制度试释》上册，第152页。
⑧ 《汉书》卷九七下《外戚传下》，第12册第3973页。

如，《后汉书·梁统传》曰:"商字伯夏,雍之子也。少以外戚拜郎中,迁黄门侍郎。永建元年,袭父封乘氏侯。三年,顺帝选商女及妹入掖庭,迁侍中、屯骑校尉。阳嘉元年,女立为皇后,妹为贵人,加商位特进,更增国土,赐安车驷马,其岁拜执金吾。"①等等。

与皇室联姻给列侯个人、家族乃至门客带来的好处是显而易见的。从西汉到东汉,因与皇室联姻而助力个人、家族官运亨通者不在少数。比如,《后汉书·梁统传》曰:"永兴二年,封不疑子马为颍阴侯,胤子桃为城父侯。冀一门前后七封侯,三皇后,六贵人,二大将军,夫人、女食邑称君者七人,尚公主者三人,其余卿、将、尹、校五十七人。"②《后汉书·耿弇传》曰:"耿氏自中兴已后迄建安之末,大将军二人,将军九人,卿十三人,尚公主三人,列侯十九人,中郎将、护羌校尉及刺史、二千石数十百人,遂与汉兴衰云。"③在这两则材料中,梁氏与耿氏家族均有列侯数人甚至十余人,尚公主者甚至贵为皇后、贵人者亦有数人,再加上大将军、将军、二千石等高级官吏,可谓满门显贵。此类家族之所以能实现权势的高度聚集,其中与皇室的姻亲关系功不可没。又如,《汉书·张耳传》曰:"敖已出,尚鲁元公主如故,封为宣平侯。于是上贤张王诸客,皆以为诸侯相、郡守。语在《田叔传》。及孝惠、高后、文、景时,张王客子孙皆为二千石。"④汉高祖九年,张敖因尚鲁元公主封宣平侯,其门客因而均为诸侯相、郡守,其后至汉景帝时,其门客之子孙仍皆为二千石之高官。可以说,正是张敖联姻封侯的际遇直接给其门客及子孙带来了平步青云的机会。

正因为拥有列侯身份便意味着巨大的政治特权和利益,因此,从列侯贬爵为关内侯者,其个人乃至整个家族数代人的前途都会大为受损。若被贬者原为县侯,则被贬者还将失去原有的封国。所以,对于由列侯贬爵为关内侯者而言,贬爵无疑构成了一种巨大的挫折。

3. 经济利益受损

两汉关内侯有爵名而无封土,以所赐食邑为主要经济来源。《汉书·高帝

---

① 《后汉书》卷三四《梁统传》,第 5 册第 1175 页。
② 《后汉书》卷三四《梁统传》,第 5 册第 1185 页。
③ 《后汉书》卷一九《耿弇传》,第 3 册第 724 页。
④ 《汉书》卷三二《张耳传》,第 7 册第 1842 页。

纪》载："诏曰：'吾立为天子，帝有天下，十二年于今矣。与天下之豪士贤大夫共定天下，同安辑之。其有功者上致之王，次为列侯，下乃食邑。'"①颜师古注"食邑"曰："谓非列侯而特赐食邑者。"②又《史记·吕太后本纪》曰："诸中宦者令丞皆为关内侯，食邑五百户。"③如淳注曰："列侯出关就国，关内侯但爵其身，有加异者，与关内之邑，食其租税也。"④这两则材料表明，关内侯但爵其身而无封土、加异者可赐食邑之制度自西汉之初便已存在。东汉给予关内侯的待遇应与西汉大致相同，但东汉时爵为关内侯者通常曰"赐"，而爵为列侯者则谓之"封"。比如，《后汉书·和帝纪》曰："其以彪为太傅，赐爵关内侯，录尚书事，百官总己以听，朕庶几得专心内位。"⑤《后汉书·寇恂传》曰："初所与谋闵业者，恂数为帝言其忠，赐爵关内侯，官至辽西太守。"⑥《后汉书·明帝纪》曰："其封憙为节乡侯，䜣为安乡侯，鲂为杨邑侯。"⑦《后汉书·孝明八王传》曰："永初七年，封敬王孙安国为耕亭侯。"⑧从字义推测，"列侯曰'封'，有食邑封君之意也。关内侯曰'赐爵'，是只赐爵位以崇高其身份耳。"⑨

关内侯想取得食邑也不是无条件的，为关内侯者须有特异之处，方有机会获赐食邑。比如，《汉书·宣帝纪》曰："赐右扶风德、典属国武、廷尉光、宗正德、大鸿胪贤、詹事畸、光禄大夫吉、京辅都尉广汉爵皆关内侯。德、武食邑。"⑩张晏注："旧关内侯无邑也，以苏武守节外国，刘德宗室俊彦，故特令食邑。"⑪苏武被敌方俘获却守节不屈，刘德本身为皇室宗亲，二人因此而获赐食邑，但材料中涉及的其他诸位关内侯却无此殊荣。又《后汉书·百官志五》曰：

---

① 《汉书》卷一下《高帝纪下》，第 1 册第 78 页。
② 《汉书》卷一下《高帝纪下》，第 1 册第 78 页。
③ 《史记》卷九《吕太后本纪》，第 2 册第 514~515 页。
④ 《史记》卷九《吕太后本纪》，第 2 册第 514~515 页。
⑤ 《后汉书》卷四《和帝纪》，第 1 册第 166 页。
⑥ 《后汉书》卷一六《寇恂传》，第 3 册第 626 页。
⑦ 《后汉书》卷二《显宗孝明帝纪》，第 2 册第 96 页。
⑧ 《后汉书》卷五〇《陈敬王羡传》，第 6 册第 1668 页。
⑨ 廖伯源：《汉代爵位制度试释》下册，《新亚学报》第十二卷 1977 年抽印本，第 189 页。
⑩ 《汉书》卷八《宣帝纪》，第 1 册第 240~241 页。
⑪ 《汉书》卷八《宣帝纪》，第 1 册第 240~241 页。

"关内侯,承秦赐爵十九等,为关内侯,无土,寄食在所县,民租多少,各有户数为限。"如淳注:"列侯出关就国,侯但爵身,其有家累者与之关内之邑,食其租税也。"①依如淳的注解,有家累的关内侯便能获赐关内之邑。如此看来,则能获得食邑的关内侯应当不少。关内侯究竟以何为依据而获赐爵位,目前不可得知,但为关内侯者并非人人有食邑,这一点是毋庸置疑的。

关内侯的年收入可能差别很大。汉代关内侯有赐故国邑者,如汉宣帝甘露元年(前53),高平侯魏弘"后坐骑至庙,不敬,有诏夺爵一级,为关内侯,失列侯,得食其故国邑"。②有赐食邑千户者,如汉宣帝五凤四年(前54),义阳侯厉温敦因其子伊细王谋反,削爵,为关内侯,食邑千户。③汉元帝初元五年(前44),祚阳侯刘仁因擅兴繇赋,削爵一级,为关内侯,食邑九百一十户,亦近千户。④通过廖伯源先生的分析,前文已知食邑千户的列侯由田租、算赋及口赋所得的收入每年大约为八十万六千钱,那么,对于受到特别优待而赐予丰厚食邑的关内侯而言,其经济收入依然十分有保障。

不过,整体而言,西汉关内侯的食邑户数多在千户以下。现根据史料整理如表3-1所示:

表3-1 西汉关内侯食邑户数表

姓名	时间	食邑户数	文献来源
鄂秋	汉高祖七年(前200)	2000	《汉书·萧何传》
娄敬	汉高祖七年(前200)	2000	《汉书·娄敬传》
申屠嘉	汉文帝前元元年(前179)	500	《汉书·申屠嘉传》
孟已	汉武帝元朔六年(前123)	200	《汉书·霍去病传》
李敢	汉武帝元狩年间(前122—前117)	200	《汉书·李广传》

---

① 《后汉书》卷一一八《百官志五》,第11册第3631页。
② 《史记》卷九六《张丞相列传》,第8册第3255页。
③ 《汉书》卷一七《景武昭宣元成功臣表》,第3册第673页。
④ 《汉书》卷一五下《王子侯表下》,第2册第496页。

第三章 两汉流贬的处置措施

续表

姓名	时间	食邑户数	文献来源
田广明	汉昭帝始元六年(前81)	300	《汉书·西南夷传》
苏武	汉宣帝本始元年(前73)	300	《汉书·苏建传》
张贺	汉宣帝本始二年(前72)	300	《汉书·张汤传》
厉温敦	汉宣帝五凤四年(前54)	1000	《汉书·景武昭宣元成功臣表》
孔霸	汉元帝初元元年(前48)	800	《汉书·孔光传》
萧望之	汉元帝初元二年(前47)	600	《汉书·元帝纪》
刘仁	汉元帝初元五年(前44)	910	《汉书·王子侯表》
冯奉世	汉元帝永光三年(前41)	500	《汉书·冯奉世传》
陈汤	汉成帝竟宁元年(前33)	300	《汉书·陈汤传》
张禹	汉成帝竟宁元年(前33)	600	《汉书·张禹传》
郑宽中	汉成帝竟宁元年(前33)	800	《汉书·张禹传》
史丹	汉成帝竟宁元年(前33)	300	《汉书·史丹传》
张禹	汉成帝竟宁元年(前33)	600	《汉书·张禹传》
王谭、王商、王音、王根、王逢时	汉成帝建始元年(前32)	3000	《汉书·五行志下》
淳于长	汉成帝永始二年(前15)	1000	《汉书·成帝纪》
王闳	汉成帝永始二年(前15)	500	《汉书·成帝纪》
韦赏	汉哀帝绥和元年(前8)	300	《汉书·韦贤传》
公孙弘后人	汉平帝元始年间(1~5)	300	《汉书·公孙弘传》

史书中关于东汉关内侯赐食邑的记载较少，笔者仅找到一个案例：汉明帝永

平二年（59），桓荣因授明帝《尚书》十有余年，赐爵关内侯，食邑五千户。① 东汉时期，关内侯食邑者通常已无户数规定，只规定食租的斛数。比如，汉桓帝延熹八年，都乡侯赵忠"黜为关内侯，食本县租千斛"②；汉灵帝建宁元年（168），"（曹）节迁长乐卫尉，封育阳侯，增邑三千户；（王）甫迁中常侍，黄门令如故；（朱）瑀封都乡侯，千五百户；（共）普、（张）亮等五人各三百户；余十一人皆为关内侯，岁食租二千斛。"③由此可见，如果关内侯被赐予户数较多的食邑，那么其经济条件应当十分优越；若赐予的食邑过少或者无食邑，那么关内侯在物质生活方面陷入拮据之境也是非常有可能的。

此外，两汉时期，与军功爵制并行的还有名田宅制度，即根据爵位的等级来确定所授田宅的面积和数量。据《二年律令·户律》记载：

> 关内侯九十五顷，大庶长九十顷，驷车庶长八十八顷，大上造八十六顷，少上造八十四顷，右更八十二顷，中更八十顷，左更七十八顷，右庶长七十六顷，左庶长七十四顷，五大夫廿五顷，公乘廿顷，公大夫九顷，官大夫七顷，大夫五顷，不更四顷，簪袅三顷，上造二顷，公士一顷半顷，公卒、士伍、庶人各一顷，司寇、隐官各五十亩。④

> 宅之大方卅步。彻侯受百五宅，关内侯九十五宅，大庶长九十宅，驷车庶长八十八宅，大上造八十六宅，少上造八十四宅，右更八十二宅，中更八十宅，左更七十八宅，右庶长七十六宅，左庶长七十四宅，五大夫廿五宅，公乘廿宅，公大夫九宅，官大夫七宅，大夫五宅，不更四宅，簪袅三宅，上造二宅，公士一宅半宅，公卒、士伍、庶人一宅，司寇、隐官半宅。欲为户

---

① 《后汉书·显宗孝明帝纪》："五更桓荣，授朕《尚书》。《诗》曰：'无德不报，无言不酬。'其赐荣爵关内侯，食邑五千户。"（《后汉书》卷二《显宗明帝纪》，第1册第102页。）
② 《后汉书》卷七八《张让传》，第9册第2534页。
③ 《后汉书》卷七八《曹节传》，第9册第2524页。《资治通鉴》卷五六孝灵皇帝上之上载此事于汉灵帝建宁元年。
④ 张家山二四七号汉墓竹简整理小组编著：《张家山汉墓竹简〔二四七号墓〕：释文修订本》，第52页。

第三章 两汉流贬的处置措施

者，许之。①

这两则材料是关于汉代授予有爵者田宅的记录。在授田面积方面，列侯因有封地，故无需再限制授田数量，而关内侯不得高于九十五顷。从授宅的数值变化来看，列侯的授宅面积比关内侯多出十宅。

总的来说，在经济上，关内侯没有固定的食邑，缺乏稳定的经济来源，即使被赐予食邑，户数也通常比列侯少得多，亦不可享受朝廷的"赙赠"制度，所赐的田宅面积也逊于列侯，因此，由列侯贬爵为关内侯所带来的经济收入下降也分外明显。

正是因为关内侯拥有的权益处处不如列侯，因此，对汉人，尤其是二十等爵制较为盛行的西汉人来说，从列侯贬为关内侯是一种很严厉的惩罚。比如，汉宣帝甘露元年，扶阳侯韦玄成因不驾驷马车而骑至惠帝庙，被劾不敬，有诏夺爵一级，为关内侯，赐食故国邑。② 贬爵为关内侯之后，韦玄成仍享有原来的食邑，这本已属于较大的恩赐，能保证被贬者的经济收入不出现大幅度的下降，但韦玄成依然自伤贬黜，并作《自劾诗》来表达其愧疚懊悔的心情："赫矣我祖，侯于豕韦。……婿彼车服，黜此附庸。赫赫显爵，自我队之；微微附庸，自我招之。谁能忍愧，寄之我颜；谁将遐征，从之夷蛮。"③永光中，韦玄成荣登相位，复封故国，其又作《戒子孙诗》曰："我之此复，惟禄之幸。于戏后人，惟肃惟栗。无忝显祖，以蕃汉室！"④列侯为"赫赫显爵"，关内侯则仅是"微微附庸"，只有恢复列侯之位，方觉不愧对列祖列宗，列侯与关内侯在时人心目中地位的天壤之别可见一斑。

---

① 张家山二四七号汉墓竹简整理小组编著：《张家山汉墓竹简〔二四七号墓〕：释文修订本》，第52页。
② 《史记·张丞相列传》："玄成时佯狂，不肯立，竟立之，有让国之名。后坐骑至庙，不敬，有诏夺爵一级，为关内侯，失列侯，得食其故国邑。"（《史记》卷九六，第8册第3255页。）
③ 《汉书》卷七三《韦贤传》，第10册第3110~3112页。
④ 《汉书》卷七三《韦贤传》，第10册第3114页。

第二节 贬官、贬爵者的处置措施

(四)夺爵

1. 丧失经济、政治、法律等方面的一切权益

除了前文考察的政治、经济权益之外,对于被夺爵者而言,还将失去其原有的法律权益。

(1)免役权

两汉时期,王爵、侯爵都拥有免役特权。汉高祖在位时,免役特权从二十等爵的第七等公大夫开始:"故大夫以上赐爵各一级,其七大夫以上,皆令食邑,非七大夫以下,皆复其身及户,勿事。"①"七大夫、公乘以上,皆高爵也。"②"复其身及户"的意思是:如果有爵者的爵位为高爵,那么就可以免除其本人及所在户的徭役和赋税,使之不被役使。

(2)减刑、赎免权

秦律中规定,爵位具有减罪的功能,所谓"男子赐爵一级以上,有罪以减"③,就是说男子可以用爵位为自身减罪。《睡虎地秦墓竹简·法律问答》载:

> 将上不仁邑里者而纵之,可(何)论?当赀(系)作如其所纵,以须其得;有爵,作官府。④

此材料的意思是:如果押送者将在乡里作恶的人放走,该当何罪?答曰:应该像对待他放走的罪犯一样,将其关押起来,直到重新将放走的罪犯捕获为止;如果他有爵位,则罚其在官府劳作。又《秦律十八种·司空》载:

> 公士以下居赎刑辠(罪)、死辠(罪)者,居于城旦舂,毋赤其衣,勿枸櫝欙杕。鬼薪白粲,群下吏毋耐者,人奴妾居赎赀责(债)于城旦,皆赤其

---

① 《汉书》卷一下《高帝纪下》,第1册第54页。
② 《汉书》卷一下《高帝纪下》,第1册第54页。
③ (汉)卫宏撰,(清)孙星衍等辑,周天游点校:《汉官六种·汉旧仪》卷下,第85页。
④ 陈伟主编,彭浩、刘乐贤等撰著:《秦简牍合集:释文注释修订本》第1~2辑《睡虎地秦墓简牍》,第206页。

165

衣，枸椟欙杕，将司之；其或亡之，有辠(罪)。①

这则材料是说：拥有公士以下爵位的人，可以用服劳役来赎刑、赎死，并且，有爵者服劳役时，不用穿红色囚服，不用戴刑具。鬼薪、白粲、群下吏而不加耐刑的人，以及私家奴隶被用以抵偿赀赎债务而服城旦舂劳役的人，则要穿囚服、戴刑具。从材料来看，在罪行同等的情况下，有爵者所受的处罚比无爵者要轻一些；有时即使有爵者所犯的罪行更重，所受的刑罚依然轻于无爵之人。

除了减刑之外，依照秦律，还可以用爵位赎免一部分刑罚。据《后汉书·南蛮传》载："及秦惠王并巴中，以巴氏为蛮夷君长，世尚秦女，其民爵比不更，有罪得以爵除。"②即秦惠王时，百姓只需要爵位达到第四级不更，就可获得除罪的权力。又《法律问答》曰：

可(何)谓"赎鬼薪鋈足"？可(何)谓"赎宫"？臣邦真戎君长，爵当上造以上，有辠(罪)当赎者，其为群盗，令赎鬼薪鋈足；其有府(腐)辠(罪)，赎宫。其他辠(罪)比群盗者亦如此。③

"鋈足"即刖足，与宫刑同为秦朝的肉刑。材料指出，"臣邦真戎"的首领相当于爵位在上造以上者，有罪本应当赎免，其若为群盗，可令其以爵赎鬼薪、鋈足之罪；其若有腐罪，可令其以爵位赎宫刑。其他类似于群盗的罪行也如此处理。④由材料可知，除了赎免隶臣妾之轻罪外，秦代有爵者还可以爵位为自身赎鬼薪、鋈足乃至宫刑等较为严重的罪行。

汉初沿袭秦朝，有爵者同样可以用爵位来减轻罪行。据《汉书·惠帝纪》载：

---

① 陈伟主编，彭浩、刘乐贤等撰著：《秦简牍合集：释文注释修订本》第1~2辑《睡虎地秦墓简牍》，第112页。
② 《后汉书》卷八六《南蛮传》，第10册第2841页。
③ 陈伟主编，彭浩、刘乐贤等撰著：《秦简牍合集：释文注释修订本》第1~2辑《睡虎地秦墓简牍》，第226页。
④ 《秦简牍合集：释文注释修订本》整理者认为，"真"是指纯少数民族血统，"臣邦真戎"是指血统与华夏无关，且已臣服秦朝的少数民族政权。

第二节 贬官、贬爵者的处置措施

"爵五大夫、吏六百石以上及宦皇帝而知名者有罪当盗械者,皆颂系。上造以上及内外公孙耳孙有罪当刑及当为城旦舂者,皆耐为鬼薪白粲。"①意思是说,凡是有五大夫以上爵位、六百石以上的官吏,或皇帝知其名的官吏,有罪应戴刑具入监狱者,可以不戴刑具在监外寄押;凡有上造(二级)爵位以上及内外公孙、耳孙,有罪被判为四年刑者,可减为三年。

汉代爵位具有赎免罪行的功能。《汉书·惠帝纪》曰:"民有罪,得买爵三十级以免死罪。"②颜师古注:"令出买爵之钱以赎罪。"③《汉书·食货志》录晁错建言汉文帝曰:"爵者,上之所擅,出于口而亡穷;粟者,民之所种,生于地而不乏。夫得高爵与免罪,人之所甚欲也。使天下人入粟于边,以受爵免罪,不过三岁,塞下之粟必多矣。"④又如,《汉书·景帝纪》曰:"吏迁徙免罢,受其故官属所将监治送财物,夺爵为士伍,免之。无爵,罚金二斤,令没入所受。有能捕告,畀其所受臧。"⑤由此可见,西汉惠帝、文帝以及景帝时,有爵者可以用爵位赎免不同的罪行。

张家山汉简也记录了一些汉代爵位赎免罪行的史料。《二年律令·捕律》曰:

> 与盗贼遇而去北,及力足以追逮捕之而官□□□□□逗留畏耎弗敢就,夺其将爵一络〈级〉,免之,毋爵者戍边二岁;而罚其所将吏徒以卒戍边各一岁。⑥

根据这则律文,西汉初,如果负责抓捕盗贼的将领因怯懦而执行任务失败,那么应当将其爵位降低一级,若其无爵位,则要戍边两年。由此可见,汉初时一级爵位大致可赎免两年戍边之刑。

又如,《二年律令·爵律》载:

---

① 《汉书》卷二《惠帝纪》,第1册第85页。
② 《汉书》卷二《惠帝纪》,第1册第88页。
③ 《汉书》卷二《惠帝纪》,第1册第88页。
④ 《汉书》卷二四上《食货志上》,第4册第1134页。
⑤ 《汉书》卷五《景帝纪》,第1册第140页。
⑥ 张家山二四七号汉墓竹简整理小组编著:《张家山汉墓竹简〔二四七号墓〕:释文修订本》,第28页。

第三章 两汉流贬的处置措施

> 诸诈伪自爵、爵免、免人者，皆黥为城旦舂。吏智(知)而行者，与同罪。①

这则材料的意思是：西汉初，凡是欺诈伪装自有爵位、以爵免己之罪或者以爵为他人赎免者，一律黥免罚作城旦舂。官吏如果明知故犯，与之同罪。可见汉代的爵位既可以为自己免罪，亦可用以赎免他人。

又如，《二年律令·收律》曰：

> 罪人完城旦舂、鬼薪以上及坐奸腐者，皆收其妻、子、财、田宅。其子有妻、夫，若为户、有爵及年十七以上，若为人妻而弃、寡者，皆勿收。②

在汉代，被处以城旦舂、鬼薪以上刑罚的罪人以及因奸淫而被处以宫刑的人，他们的妻子、儿女、钱财以及田宅都要被没收。③ 这些罪人的儿女中，若已经单独立户、有爵位并且年龄在十七岁以上，或者已经嫁为人妻但被抛弃或守寡的，都不要没收他们的财产。在这种情况下，有爵位成为罪人亲属避免财产刑的重要条件之一。

又如，《二年律令·钱律》曰：

> 捕盗铸钱及佐者死罪一人，予爵一级。其欲以免除罪人者，许之。捕一人，免除死罪一人，若城旦舂、鬼薪白粲二人，隶臣妾、收人、司空三人以为庶人。④

---

① 张家山二四七号汉墓竹简整理小组编著：《张家山汉墓竹简〔二四七号墓〕：释文修订本》，第62页。
② 张家山二四七号汉墓竹简整理小组编著：《张家山汉墓竹简〔二四七号墓〕：释文修订本》，第32页。
③ 《后汉书》注引《前书音义》曰："城旦者，昼日伺寇虏，夜暮筑长城。舂者，妇人犯罪，不任军役之事，但令舂以食徒者。"(《后汉书》第1册卷二《显宗孝明帝纪》，第98页。)
④ 张家山二四七号汉墓竹简整理小组编著：《张家山汉墓竹简〔二四七号墓〕：释文修订本》，第36页。

第二节 贬官、贬爵者的处置措施

在汉代，如果抓捕到一个因私自铸钱或辅助私自铸钱而被判处死刑的人，可奖励爵位一级，并且允许受赏者以这个爵位免除别人的罪行。抓捕到一个死刑犯，可赎免同为死罪者一人；如果是被罚以城旦舂（刑期四至五年）、鬼薪白粲（刑期三年）的犯人，则可以赎免二人；如果是为隶臣妾、收人及司空者（刑期约一年），则可以赎免三人为庶人。①

不过，并非所有罪行都可以用爵位来赎免。《二年律令·贼律》载：

> 贼杀伤父母，牧杀父母，欧（殴）詈父母，父母告子不孝，其妻子为收者，皆锢，令毋得以爵偿、免除及赎。②

在汉代，杀害、殴伤、谩骂父母而为父母状告不孝者，他们的妻子儿女都应被收入官府，一律禁锢，不可以爵位抵偿或赎免罪行。又《奏谳书》曰：

> 七年八月己未江陵丞言：醴阳令恢盗县官米二百六十三石八斗。恢秩六百石，爵左庶长□□□□从史石盗醴阳己乡县官米二百六十三石八斗，令舍人士五（伍）兴、义与石卖，得金六斤三两、钱万五千五十，罪，它如书。……当：恢当黥为城旦，毋得以爵减、免、赎。律：盗臧（赃）直（值）过六百六十钱，黥为城旦；令：吏盗，当刑者刑，毋得以爵减、免、赎，以此当恢。③
>
> 八年十月己未，安陆丞忠刻（劾）狱史平舍匿无名数大男子种一月，平曰："诚智（知）种无名数，舍匿之，罪，它如刻（劾）。"种言如平。问：平爵五大夫，居安陆和众里，属安陆相，它如辤（辞）。……平当耐为隶臣，锢，

---

① 收人：即囚徒。司空：在司空赋役的刑徒。《汉书·百官公卿表上》注引如淳曰："律，司空主水及罪人。贾谊云：'输之司空，编之徒官'。"（《汉书》第3册卷一九上《百官公卿表上》"宗正条"，第731页。）
② 张家山二四七号汉墓竹简整理小组编著：《张家山汉墓竹简〔二四七号墓〕：释文修订本》，第14页。
③ 张家山二四七号汉墓竹简整理小组编著：《张家山汉墓竹简〔二四七号墓〕：释文修订本》，第98页。

>毋得以爵、当赏免。令曰：诸无名数者，皆令自占书名数，令到县道官，盈卅日，不自占书名数，皆耐为隶臣妾，锢，勿令以爵、赏免，舍匿者与同罪，以此当平。①

在这则材料中，汉高祖七年（前200），醴阳令监守自盗，所得赃款超过六百六十钱，被罚以黥为城旦，不得以爵位减罪、免除或赎罪；汉高祖八年，安陆丞忠劾狱史平将成年男子种隐藏于家一个月，因此被罚为隶臣，禁锢，不可以爵位、赏赐免除。也就是说，在职的官吏若知法犯法超过一定程度，则不可用爵位赎免他们应受的刑罚。

此外，《汉书·惠帝纪》曰："爵五大夫、吏六百石以上及宦皇帝而知名者有罪当盗械者，皆颂系。"②与禄秩在六百石以上的官吏相同，爵位在五大夫以上者也拥有受审时不佩戴刑具的权利。

西汉初期"女子比其夫爵"的现象也值得注意③，即有爵位者的妻子可以享受与丈夫同等的待遇。张家山汉简中有多条史料证明了这一现象的存在：

>《二年律令·具律》：上造、上造妻以上，及内公孙、外公孙、内公耳玄孙有罪，其当刑及当为城旦舂者，耐以为鬼薪白粲。④

>《二年律令·具律》：公士、公士妻及□□行年七十以上，若年不盈十七岁，有罪当刑者，皆完之。⑤

>《二年律令·具律》：吕宣王内孙、外孙、内耳孙玄孙，诸侯王子、内

---

① 张家山二四七号汉墓竹简整理小组编著：《张家山汉墓竹简〔二四七号墓〕：释文修订本》，第97页。
② 《汉书》卷二《惠帝纪》，第1册第85页。
③ 张家山二四七号汉墓竹简整理小组编著：《张家山汉墓竹简〔二四七号墓〕：释文修订本》，第59页。
④ 张家山二四七号汉墓竹简整理小组编著：《张家山汉墓竹简〔二四七号墓〕：释文修订本》，第20页。
⑤ 张家山二四七号汉墓竹简整理小组编著：《张家山汉墓竹简〔二四七号墓〕：释文修订本》，第20页。

第二节　贬官、贬爵者的处置措施

孙耳孙，彻侯子、内孙有罪。如上造、上造妻以上。①

《二年律令·亡律》：吏民亡，盈卒岁，耐；不盈卒岁，獻（系）城旦舂；公士、公士妻以上作官府，皆偿亡日。②

《二年律令·具律》：□杀伤其夫，不得以夫爵论。③

由以上材料可知，丈夫的爵位越高，妻子能享受的待遇也越多，但谋杀亲夫者不在此列。

总的来说，夺爵是汉代贬爵类型中最严重的一种。在汉代社会，被夺取了爵位的诸侯王、列侯以及关内侯，不仅失去了政治和经济方面的权益，还会丧失原有的法律特权，彻底沦为庶人。不过也存在少量赐食汤沐邑的特殊情况。西汉时，有些诸侯王被夺取爵位后，仍被赐食汤沐邑，如汉宣帝本始四年，广川王刘去（一说"刘吉"）有罪，废徙上庸，"与汤沐邑百户"；地节四年，清河王刘年因淫乱而被废为庶人，徙房陵，与汤沐邑百户。这主要是因为诸侯王为皇帝至亲，故在夺爵后给予其经济上的特殊照顾。

2. 刑罚加身

除了丧失政治、经济、法律方面的诸多权益之外，西汉有爵者被夺去爵位的同时，还有可能因为触犯了某些法律条文而面临多种不同的刑罚。据笔者统计，西汉共有如下32位免爵者同时承受了夺爵、为城旦、鬼薪、隶臣、司寇等刑罚，如表3-2所示。

需要注意的是，上述被夺爵者中，有一部分被免者所犯的本是重罪，即除了废除爵位之外，本应遭受死刑等更重的刑罚，但通过以财物减刑或赎免等方式，免爵者得以完为城旦或复作之类较轻的劳役刑。

---

① 张家山二四七号汉墓竹简整理小组编著：《张家山汉墓竹简〔二四七号墓〕：释文修订本》，第21页。

② 张家山二四七号汉墓竹简整理小组编著：《张家山汉墓竹简〔二四七号墓〕：释文修订本》，第30页。

③ 张家山二四七号汉墓竹简整理小组编著：《张家山汉墓竹简〔二四七号墓〕：释文修订本》，第20页。

表 3-2 西汉夺爵受刑表

序号	姓名	原爵位	夺爵时间 年号纪年	夺爵时间 公元纪年	夺爵原因	所受刑罚	文献出处	备注
1	张胜	卤严侯	汉文帝前元四年	前176	有罪	为隶臣	《汉书·高惠高后文功臣表》	
2	张不疑	留侯	汉文帝前元五年	前175	谋杀,当死	赎为城旦	《汉书·高惠高后文功臣表》	赎
3	林辟强	平棘侯	汉文帝前元六年	前174	有罪	为鬼薪	《汉书·高惠高后文功臣表》	
4	刘安	杨丘侯	汉景帝前元四年	前153	出国界	削为司寇	《汉书·王子侯表上》	
5	华禄	绛阳侯	汉景帝前元四年	前153	出国界	削为司寇	《汉书·高惠高后文功臣表》	
6	周通	隆虑侯	汉景帝中元元年	前149	有罪	完为城旦	《汉书·高惠高后文功臣表》	
7	赵修	深泽侯	汉景帝中元二年	前148	有罪	耐为司寇	《汉书·高惠高后文功臣表》	
8	王舍	杜衍侯	汉景帝中元五年	前145	有罪	为鬼薪	《汉书·高惠高后文功臣表》	
9	杨去疾	吴房侯	汉景帝中元一年/三年	前143/前141	有罪	耐为司寇	《汉书·高惠高后文功臣表》	
10	张生	南宫侯	汉武帝建元元年至元光元年间	前140~前134	有罪	为隶臣	《汉书·高祖功臣侯者年表》	
11	奚信	成阳侯	汉武帝建元元年	前140	有罪	为鬼薪	《史记·高惠高后文功臣表》	
12	霍不疑	衍侯	汉武帝元朔元年	前128	挟诏书论罪	耐为司寇	《汉书·高惠高后文功臣表》	

第二节 贬官、贬爵者的处置措施

续表

序号	姓名	原爵位	夺爵时间年号纪年	夺爵时间公元纪年	夺爵原因	所受刑罚	文献出处	备注
13	萧胜	武阳侯	汉武帝元朔二年	前127	不斋	耐为隶臣	《汉书·高惠高后文功臣表》	
14	华当	朝阳侯	汉武帝元朔二年	前127	教人上书枉法	耐为鬼薪	《汉书·高惠高后文功臣表》	
15	韩释之	襄城侯	汉武帝元朔四年	前125	诈疾不从	耐为隶臣	《汉书·高惠高后文功臣表》	
16	张当居	山阳侯	汉武帝元朔五年	前124	选举不实	完为城旦	《汉书·景武昭宣元成功臣》	
17	刘遂	平侯	汉武帝元狩元年	前122	知人盗官母马为臧，赦	复作	《汉书·王子侯表上》	赦
18	董朝	节氏侯	汉武帝元狩元年	前120	与城阳王女通	耐为鬼薪	《汉书·高惠高后文功臣表》	
19	刘受	沈猷侯	汉武帝元狩五年	前118	为宗正听请，不具宗室	削为司寇	《史记·惠景闲侯者年表》	
20	季信成	戚侯	汉武帝元狩五年	前118	纵丞相侵神道壖	为隶臣	《汉书·高惠高后文功臣表》	
21	虫皇柔	曲成侯	汉武帝元鼎二年	前115	知民不用赤侧钱为赋	为鬼薪	《汉书·高惠高后文功臣表》	
22	许福	柏至侯	汉武帝元鼎二年	前115	为奸	为鬼薪	《汉书·高惠高后文功臣表》	

第三章 两汉流贬的处置措施

续表

序号	姓名	原爵位	夺爵时间 年号纪年	夺爵时间 公元纪年	夺爵原因	所受刑罚	文献出处	备注
23	周仲居/周居	郸侯	汉武帝元鼎三年	前114	收赤侧钱不收	完为城旦	《汉书·高惠高后文功臣表》	
24	张拾	安丘侯	汉武帝元鼎四年	前113	谋盗鹿，搏掉	完为城旦	《汉书·高惠高后文功臣表》	
25	蔡辟方	樊侯	汉武帝元鼎四年	前113	搏掉	完为城旦	《汉书·高惠高后文功臣表》	
26	刘婴	毕梁侯	汉武帝元封四年	前107	首匿罪人	为鬼薪	《汉书·王子侯表上》	
27	杨仆	将梁侯	汉武帝元封四年	前107	为将军击朝鲜畏懦，赎	完为城旦	《汉书·景武昭宣元成功臣》	赎
28	韩延年	成安侯	汉武帝元封六年	前105	乏兴，入谷赎	完为城旦	《汉书·景武昭宣元成功臣》	赎
29	赵弟	新畤侯	汉武帝太始三年	前94	为太常鞠狱不实，赎死	完为城旦	《汉书·景武昭宣元成功臣》	赎
30	曹宗	平阳侯	汉武帝征和二年	前91	与人奸，阑人宫掖门，赎	完为城旦	《汉书·景武昭宣元成功臣》	赎
31	刘义	乐侯	汉元帝建昭四年	前35	使人杀人	髡为城旦	《汉书·王子侯表下》	
32	护	鄭侯	汉成帝永始元年	前16	使奴杀人，减死	完为城旦	《汉书·高惠高后文功臣表》	减死

174

汉代关内侯及以下爵位的贬爵情况，因史料缺乏而尚难详察。不过，由于两汉时期存在以爵位减刑、赎罪的规定，因此，关内侯以下爵位应当也存在贬爵一级或数级的情况。

第三节 流贬者的回归

一、流放者的回归

(一) 赎罪

汉代流放者可通过缴纳物资的形式来赎罪。这种制度应源自秦朝，《秦律十八种·司空》曰：

> 百姓有母及同牲(生)为隶妾，非适(谪)罪殴(也)而欲为冗边五岁，毋赏(偿)兴日，以免一人为庶人，许之。或赎罢(迁)，欲入钱者，日八钱。①

这段材料意为：如果有老百姓的母亲或亲姐妹身为隶妾，且本人未犯下流放的罪行，那么这位老百姓可通过自愿戍边五岁的方式将母亲或姐妹中的一人赎为庶人，但这五岁不可算作他本人应当服的戍役。有愿意以钱赎迁罪的，按照每日缴纳八钱计算。由此可见，秦朝时以钱赎迁刑的制度已较为成熟。

汉代迁徙刑和谪戍多以金赎。《二年律令·具律》曰：

> 赎死、赎城旦舂、鬼薪白粲、赎斩宫、赎劓黥、戍不盈四岁，系不盈六岁，及罚金一斤以上罪，罚金二两。系不盈三岁，赎耐、赎罢(迁)及不盈一斤以下罪，购、没入、负偿、偿日作县官罪，罚金一两。②

---

① 陈伟主编，彭浩、刘乐贤等撰著：《秦简牍合集：释文注释修订本》第 1～2 辑《睡虎地秦墓简牍》，第 121～122 页。
② 张家山二四七号汉墓竹简整理小组编著：《张家山汉墓竹简〔二四七号墓〕：释文修订本》，第 22 页。

第三章　两汉流贬的处置措施

赎死，金二斤八两。赎城旦舂、鬼薪白粲，金一斤八两。赎斩、府（腐），金一斤四两。赎劓、黥，金一斤。赎耐，金十二两。赎䙴（迁），金八两。有罪当府（腐）者，移内官，内官府（腐）之。①

由此材料可知，汉代的确存在以金赎迁刑的制度，但赎罪金额有所变化，或为金一两，或为金八两，也可能还存在其他额度。

东汉以后，我们还可从传统文献中找到关于谪戍者入赎的记录。据《后汉书·明帝纪》记载，永平八年十月，汉明帝制诏曰："其大逆无道殊死者，一切募下蚕室。亡命者令赎罪各有差。凡徙者，赐弓弩衣粮。"②又据《后汉书·章帝纪》，建初七年（82），九月，汉章帝制诏曰："亡命赎；死罪入缣二十匹，右趾至髡钳城旦舂十匹，完城旦至司寇三匹，吏人有罪未发觉，诏书到自告者，半入赎。"③又如汉顺帝永建元年，"冬十月辛巳，诏减死罪以下徙边；其亡命赎，各有差。"④可见，作为两汉七科谪中的一种类型，亡命在东汉时应为可赎之罪，但其赎罪时是缴纳黄金、钱币还是实物？"各有差"究竟为何？这些问题暂不得而知。

此外，前文提到，自东汉明帝时起，朝廷允许谪戍者的直系兄弟代为服刑。笔者认为这亦可视为一种特殊的赎罪形式，只不过用以赎罪的金钱或物品变成了活生生的人而已。

（二）赦还

《后汉书·张奂传》曰："旧制边人不得内移，唯奂因功特听，故始为弘农人焉。"⑤汉代迁徙刑无明确的刑期，谪戍者刑满虽可释放，但由于汉代制度规定"边人不得内移"，因此，汉人一旦被流放，原则上便只能留在流放地生活。不

---

① 张家山二四七号汉墓竹简整理小组编著：《张家山汉墓竹简〔二四七号墓〕：释文修订本》，第25页。
② 《后汉书》卷二《显宗孝明帝纪》，第1册第111页。
③ 《后汉书》卷三《肃宗孝章帝纪》，第1册第143页。
④ 《后汉书》卷六《孝顺帝纪》，第2册第253页。
⑤ 《后汉书》卷六五《张奂传》，第8册第2140页。

第三节 流贬者的回归

过，东汉以后，皇帝常常颁布大规模的赦令，能够在有生之年返乡的流放者实际上为数众多。这里列举一些具体的事例：

（汉章帝建初二年，77）诏曰："比年阴阳不调，饥馑屡臻。……""夏四月戊子，诏还坐楚、淮阳事徙者四百余家，令归本郡。"①

（汉和帝永元元年）"秋七月乙未，会稽山崩。""冬十月，令郡国弛刑输作军营。其徙出塞者，刑虽未竟，皆免归田里。"②

（汉安帝永初三年，109）"是岁，京师及郡国四十一雨水雹。并凉二州大饥，人相食。"（永初四年）"二月丁巳，禀九江贫民。南匈奴寇常山。乙丑，初置长安、雍二营都尉官。乙亥，诏自建初以来，诸袄言它过坐徙边者，各归本郡；其没入官为奴婢者，免为庶人。"③

（汉安帝延光元年，122）"三月丙午，改元延光。大赦天下。还徙者，复户邑属籍。赐民爵及三老、孝悌、力田，人二级；加赐鳏、寡、孤、独、笃癃、贫不能自存者粟，人三斛；贞妇帛，人二匹。"④

（汉安帝统治期间，106~125）翟酺字子超，广汉洛人也。四世传《诗》。酺好《老子》，尤善图纬、天文、历算。以报舅仇，当徙日南，亡于长安，为卜相工，后牧羊凉州。遇赦还。仕郡，征拜议郎，迁侍中。⑤

（汉桓帝建和三年，149）"夏四月丁卯晦，日有食之。五月乙亥，诏曰：'……君道得于下，则休祥著乎上；庶事失其序，则咎征见乎象。间者，日食毁缺，阳光晦暗，朕祇惧潜思，匪遑启处。……其自永建元年迄乎今岁，凡诸妖恶，支亲从坐，及吏民减死徙边者，悉归本郡。唯没入者不从此令。'"⑥

（约汉桓帝延熹三年，160）"先是融有事忤大将军梁冀旨，冀讽有司奏

---

① 《后汉书》卷三《肃宗孝章帝纪》，第1册第134~135页。
② 《后汉书》卷四《孝和帝纪》，第1册第169页。
③ 《后汉书》卷五《孝安帝纪》，第1册第214~215页。
④ 《后汉书》卷五《孝安帝纪》，第1册第235页。
⑤ 《后汉书》卷四八《翟酺传》，第6册第1602页。
⑥ 《后汉书》卷七《孝桓帝纪》，第2册第293页。

融在郡贪浊，免官，髡徙朔方。自刺不殊，得赦还，复拜议郎，重在东观著述，以病去官。"①

(汉灵帝光和元年)"事奏，中常侍吕强愍邕无罪，请之。帝亦更思其章，有诏减死一等，与家属髡钳徙朔方，不得以赦令除。杨球使客追路刺邕，客感其义，皆莫为用。球又赂其部主使加毒害，所赂者反以其情戒邕，故每得免焉。……帝嘉其才高，会明年大赦，乃宥邕还本郡。邕自徙及归，凡九月焉。"②

(汉灵帝统治期间)"太守(刘其)当徙日南，攒具豚酒于北芒上，祭辞先人，酹觞祝曰：'昔为人子，今为人臣，当诣日南。日南多瘴气，恐或不还，便当长辞坟茔。'慷慨悲泣，再拜而去，观者莫不叹息。既行，于道得赦。"③

在上述案例中，汉章帝建初二年夏四月、汉和帝永元元年冬十月、汉安帝永初四年春二月以及汉桓帝建和三年夏五月，流放者皆因遇天降灾异而获皇帝赦免归故郡；汉安帝延光元年，流放者因朝廷改元而被赦，复户邑属籍。翟酺、马融、蔡邕、刘其缘何被赦，其因不详。

促使汉代皇帝颁布赦令的原因远不止灾异和改元。《汉旧仪》曰："践祚、改元、立皇后、太子，赦天下。每赦，自殊死以下，及谋反大逆不道诸不当得赦者，皆赦除之。令下丞相御史，复奏可，分遣丞相御史乘传驾行郡国，解囚徒，布诏书。郡国各分遣吏传厩车马行属县，解囚徒。"④清末法学家沈家本对汉代大赦进行了更详尽的考证。据沈氏《赦考》，除践祚、改元、立皇后、太子以及灾异之外，汉代大赦还与以下情形有关：后临朝、大丧、帝冠、郊、祀明堂、临雍、封禅、立庙、巡狩、徙宫、定都、从军、克捷、年丰、祥瑞、邵农、饮酎、遇乱等。⑤目前，虽无具体案例直接证明流放者赦还与这些情形相关，但不排除

---

① 《后汉书》卷六〇上《马融传》，第7册第1972页。
② 《后汉书》卷六〇下《蔡邕传》，第7册第2003页。
③ 《后汉书》卷七三《公孙瓒传》，第8册第2358页。
④ (汉)卫宏撰，(清)孙星衍等辑，周天游点校：《汉官六种·汉旧仪补遗》，第103~104页。
⑤ (清)沈家本：《历代刑法考》，第651~692页。

其可能性。

正因为汉代颁布赦令的名目繁多，所以大赦也较为频繁。到东汉时，绝大多数流放者实际上并不至于终身流落边地，而是在服刑数年后便赦归故郡。比如，蔡邕《徙朔方报杨复书》曰："昔此徙者，故城门校尉梁伯喜、南郡太守马季长，或至三岁，近者岁余，多得旋返。自甘罪戾，不敢慕此。"①这则材料说明：东汉时不少流放者在边地服刑仅一至三年。更有如前文所举太守刘其者，尚未到达流放地便已"于道得赦"。

(三) 诏还

两汉时，宽宥个别流放者归还本郡的诏令也时有发布。比如，汉成帝阳朔元年，京兆尹王章为大将军王凤诬以大逆罪，下狱死，妻子徙合浦。"大将军凤薨后，弟成都侯商复为大将军辅政，白还章妻子故郡。其家属皆完具，采珠致产数百万，时萧育为泰山太守，皆令赎还故田宅。"②绥和元年，侍中淳于长谋立左皇后，罪至大逆，死狱中，妻子当坐者徙合浦，母若归故郡。后王莽为大司马，"久之，还长母及子酺于长安。"③汉元帝建昭二年（前37），淮阳王舅张博、魏郡太守京房因"漏泄省中语"，博腰斩，房弃市，妻子徙边。"至成帝即位，以淮阳王属为叔父，敬宠之，异于它国。王上书自陈舅张博时事，颇为石显等所侵，因为博家属徙者求还。……上加恩，许王还徙者。"④汉明帝永平四年，陵乡侯梁松因诽谤朝廷下狱死，其弟梁竦"后坐兄松事，与弟恭俱徙九真。……显宗后诏听还本郡。竦闭门自养，以经籍为娱，著书数篇，名曰《七序》。"⑤汉和帝永元十四年，坐和熹邓皇后与外祖母邓朱巫蛊事，"父特进纲自杀，轶、敞及朱家属徙日南比景县，宗亲外内昆弟皆免官还田里。永初四年，邓太后诏赦阴氏诸徙者悉归故郡，还其资财五百余万。"⑥汉灵帝光和二年，"时司录校尉阳球奏诛王甫，并及颎，就狱中诘责之，遂饮鸩死，家属徙边。后中常侍吕强上疏，追讼颎功，灵

---

① （清）严可均辑，许振生审订：《全后汉文》，第744页。
② 《汉书》卷七六《王章传》，第10册第3239页。
③ 《汉书》卷九三《淳于长传》，第11册第3722页。
④ 《汉书》卷八〇《淮阳宪王刘钦传》，第10册第3318~3319页。
⑤ 《后汉书》卷三四《梁统传》，第5册第1171页。
⑥ 《后汉书》卷一〇上《皇后纪》，第2册第417页。

帝诏颎妻子还本郡。"①在上述材料中,梁竦因其兄梁松犯法被牵连,徙九真郡,后为明帝下诏诏还,原因不详;阴氏宗族因牵涉和熹邓皇后巫蛊之事,徙日南郡比景县,后安帝即位,邓太后临朝称制,阴氏家族遂被召归故郡;段颎党附中常侍王甫,王甫诛,颎亦下狱死,家属徙边,后因中常侍吕强追讼颎功而为汉灵帝诏还。与已经形成定制的赦还相比,将流放者诏还归故郡只是针对少数个体的特别恩典,更为随意和稀少,因而诏还的规模、人数、频率也远不及赦还。

(四)再任官

东汉时,徙边后返还的流放者可再次出仕。比如,汉章帝在位期间,校书郎杨终因兄长杨凤故而徙北地郡望松县。② 后"帝东巡狩,凤皇黄龙并集,终赞颂嘉瑞,上述祖宗鸿业,凡十五章,奏上,诏贳还故郡。著《春秋外传》十二篇,改定章句十五万言。永元十二年,征拜郎中,以病卒。"③汉安帝统治期间,翟酺因报舅仇,当徙日南郡,后亡命,牧羊凉州,"遇赦还。仕郡,征拜议郎,迁侍中。"④汉桓帝元嘉元年,南郡太守马融为大将军梁冀所陷,髡笞徙朔方,"自刺不殊,得赦还,复拜议郎,重在东观著述,以病去官。"⑤汉灵帝光和元年,议郎蔡邕为将作大匠阳球、中常侍程璜所中伤,有诏减死一等,与家属髡钳徙朔方。灵帝崩后,董卓秉权,蔡邕"举高第,补侍御史,又转持书御史,迁尚书。三日之间,周历三台。迁巴郡太守,复留为侍中。初平元年,拜左中郎将,从献帝迁都长安,封高阳乡侯。"⑥上述案例中,流放者返归后被重起用时多任以郎官。青云直上如蔡邕者,既有权臣当道、名儒身不由己的无奈,也说明流放者再任官职时,职位的高低并不受流放经历影响。

不过,因谋逆或杀人等罪名被废黜徙边的两汉诸侯王,一般没有恢复官爵的可能。此外,笔者也尚未见到西汉流放者返还后再次出仕的案例。这或许与西汉徙边者多为重罪,且减死徙边事件较少等原因有关。

---

① 《后汉书》卷六五《段颎传》,第 8 册第 2154 页。
② 注:望松县今阙,当在陕西省旧延安府境。
③ 《后汉书》卷四八《杨终传》,第 6 册第 1600~1601 页。
④ 《后汉书》卷四八《翟酺传》,第 6 册第 1602 页。
⑤ 《后汉书》卷六〇上《马融传》,第 7 册第 1972 页。
⑥ 《后汉书》卷六〇下《蔡邕传》,第 7 册第 2005 页。

二、贬官者的回归

两汉被贬官吏随时可能恢复原职或任以他职，并且不乏高升者。比如，汉武帝元光五年(前130)，江都王上书愿击匈奴，武帝不允，江都相董仲舒以匡正、规劝不善被废为中大夫，居舍，元朔二年(前127)或稍后，董仲舒复任江都相；汉昭帝统治末期(约前80—前74)，太中大夫张敞因忤大将军霍光，出为函谷关都尉，后徙为山阳太守，久之，渤海、胶东盗贼并起，敞上书自请治之，天子征敞，拜胶东相，有治绩；汉宣帝元康三年，京兆尹黄霸坐事连贬秩，出为颍川太守，前后八年，郡中愈治，后征为太子太傅，迁御史大夫；又如光武帝建武七年(31)前后，尚书令申屠刚以数切谏失旨，后出为平阴令，复征拜太中大夫，以病去官，卒于家；建武初，任延征为九真太守，以病左转睢阳令，后迁武威太守；汉安帝延光四年，司隶校尉陈忠因忤中官外戚宾客，出为江夏太守，复留拜尚书令；等等。两汉时期，此类事例为数众多。

免官者若未禁锢或遭受流放、作刑等刑罚，则类似于被贬官吏，随时可再次出任官职，且再任官职的高低不受被免经历的限制。比如，汉武帝元鼎六年(前111)，中尉王温舒击东越还，因不合上意而以法免官，后又拜少府，徙为右内史①；汉元帝在位年间(前48—前33)，安定太守王尊因除贼不尽免官，后历任护羌校尉、东平相、京兆尹，数经免废②；又如光武帝建武二年(26)，偏将军寇恂因系考上书者免，数月，复拜颍川太守③；汉安帝建光元年，大司农朱宠以谏诤免，汉顺帝即位后，乃"擢朱宠为太尉，录尚书事"④；等等。

三、贬爵者的回归

(一) 复爵

贬爵者亦有恢复原爵者，如汉景帝中元三年(前147)，平棘侯薛泽有罪免，

---

① 《汉书》卷九〇《王温舒传》，第11册第3658页。
② 《汉书》卷七六《王尊传》，第10册第3229~3238页。
③ 《后汉书》卷一六《寇恂传》，第3册第623页。
④ 《后汉书》卷一六《邓禹传》，第3册第617页。

第三章 两汉流贬的处置措施

中元五年(前145),泽复封①;汉宣帝五凤四年,平曲侯刘曾因其父祝诅圣上而被夺爵,后复封②;甘露年间(前53—前50),扶阳侯韦玄成以不驾驷马车而骑至惠帝庙,不敬,有诏夺爵一级,为关内侯,失列侯,得食其故国邑。"及元帝即位,以玄成为少府,迁太子太傅,至御史大夫。永光中,代于定国为丞相。贬黜十年之间,遂继父相位,封侯故国,荣当世焉。"③汉桓帝延熹二年,大将军梁冀诛,育阳安乐乡侯胡广因护主不力减死一等,夺爵土,免为庶人,及汉灵帝立,复封故国④;等等。不过,与贬官相比,贬爵者于生前复爵的可能性要小得多。

(二)复户

被削户者也有可能重新恢复原有户数,如汉成帝在位时,东平王刘宇因私自绞杀旧日亲幸而被削去樊、亢父二县。后三岁,天子诏有司曰:"盖闻仁以亲亲,古之道也。前东平王有阙,有司请废,朕不忍。又请削,朕不敢专。惟王之至亲,未尝忘于心。今闻王改行自新,尊修经术,亲近仁人,非法之求,不以奸吏,朕甚嘉焉。传不云乎?朝过夕改,君子与之。其复前所削县如故。"⑤

(三)复家

前文提到,两汉有爵者可免除赋税,爵位在五大夫、千夫及以上者,还可以享受免除徭役的待遇。夺爵后,免除赋役的特权也随之失去。不过,有些免爵者在失去爵位后,其家族后人有时可获得复家、绍封等恩赐。所谓复家,乃"蠲赋役也"⑥,即在并未恢复爵位的前提下,给予被免者的后人免除赋役的特权。据笔者统计,汉宣帝元康四年(前62),先后有百余名被夺爵者的后人获得复家的

---

① 《汉书》卷一六《高惠高后文功臣表》,第2册第536页。
② 《汉书》卷一五下《王子侯表下》,第2册第486页。
③ 《汉书》卷七三《韦贤传》,第10册第3113页。
④ 《后汉书》卷四四《胡广传》,第6册第1509页。
⑤ 《汉书》卷八〇《东平思王刘宇传》,第10册第3323~3324页。
⑥ 《汉书·王子侯表上》:"元康四年,广玄孙长安大夫猛,诏复家。"颜师古注曰:"复家,蠲赋役也。"(《汉书》卷一五上《王子侯表上》,第2册第428页)。

恩典。①

(四)绍封

有爵者失爵若干年之后,其亲族子弟或后代还可能恢复爵位,是谓"绍封"。比如,汉武帝征和二年(前91),平阳侯曹宗因奸淫之罪夺爵,上缴食邑二万三千户,入财赎完为城旦,汉哀帝元寿二年五月,曹宗曾孙辈曹本始绍封,食邑千户②;汉哀帝建平二年,邛成侯王勋因选举不实、辱骂廷史,被劾以大不敬免,汉平帝元始元年(1),王勋子辈王坚固绍封,至王莽败乃绝③;等等。需要注意的是,因绍封承袭爵位者,其封邑通常远小于先人失爵以前的规模,至东汉时,"绍封者食其故国之半租"几为惯例,如《后汉书·邓禹传》记载:"永初六年,绍封康为夷安侯。时诸绍封者皆食故国半租,康以皇太后戚属,独三分食二,以侍祠侯为越骑校尉。"④是为证也。

综上所述,本章主要考察了两汉流贬者所遭受的处置措施。对流放者而言,徙边者和谪戍者在去往边地之前均有可能被没收家庭财产,有些徙边者还可能遭受髡钳等刑罚。在边地,流放者之间的经济待遇差别十分明显,除诸侯王与部分官吏及其家属之外,绝大部分流放者在边地的物质生活都十分落魄,一直到东汉明帝之后才得以改善。部分徙边者和所有谪戍者在边地时需从事戍守、劳役,乃至参与征战,谪戍者承担的任务通常比徙边者更加繁多和艰巨。两汉时期,徙边者无固定服刑期限,谪戍者的刑期从西汉武帝时开始形成一定的制度。对于贬官者而言,六百石以上的官员若被免职,或者被贬职至六百石以下,除了失去或降低职位、禄秩以外,通常还会失去任子、子弟免试入太学、"刑不上大夫""颂

---

① 《汉书》卷一六《高惠高后文功臣表》,第2册第531~631页。
② 《汉书》卷一六《高惠高后文功臣表》,第2册第532页。
③ 《汉书》卷一八《外戚恩泽侯表》,第3册第698~699页。
④ 《后汉书》卷一六《邓禹传》,第3册第606页。何谓"侍祠侯"?(汉)应劭《汉官六种·汉官仪》曰:"诸侯功德优盛,朝廷所敬异者,赐位特进,在三公下;其次朝侯,在九卿下;其次侍祠侯;其次下土小国侯,以肺腑亲公主子孙,奉坟墓于京师,亦随时朝见,是为限诸侯。"(《汉官六种·汉官仪》,第155页。)

系"等特权。部分被免官者可能被迫归故郡并被限制人身自由,部分被免者可能被剥夺政治权利,还有部分被免者可能面临轻重不一的刑罚。对于贬爵者而言,不同类型、不同级别的爵位带给有爵者的权益存在很大的差别。西汉中期以前,由王爵贬为公爵或列侯者,其封地面积、政治独立性、经济收入都可能出现断崖式下降;西汉中期以后,伴随着削藩的成功,诸侯王事实上拥有的政治、经济等方面的权势逐渐瓦解,由王爵贬为公爵或列侯者所遭受的损失也因此而逐渐减少。贬爵之后仍为列侯者,其境遇的变化通常表现为经济收入下降,有些被贬者可能还会面临具体的政治限制。从列侯贬为关内侯者,由于关内侯相较列侯要低微得多,因此,被贬者不仅社会地位骤降,而且还需承受个人和家族政治前景以及经济利益方面的巨大损失。综观整个汉代,被夺爵者均会丧失其在政治、经济乃至法律等方面原有的一切特权。流贬之后,流放者可通过赎罪、赦还、诏还等方式回归内郡,除因谋逆或杀人等罪名被废黜徙边的诸侯王之外,东汉时返还的流放者可再次出仕,且再任官时官职的高低并不受流放经历影响。同样,被贬官吏随时可能恢复原职或任以他职,且不乏高升者。贬爵者亦有可能复爵、复户、复家或者绍封,但与流放、贬官相比,贬爵者回归的可能性要小得多。

由上可知,两汉时期,不论是流放、贬官还是贬爵,都尚未形成系统的处置制度。其中,流放者到达边地后,谪戍者尚能获得基本的管理,徙边者则大部分任其自生自灭。在边境自然环境相对恶劣的汉代,也无怪乎人们将流放视为仅次于死刑的惩罚了。不过,从流放者、贬官者和贬爵者都能在不同程度上回归来看,两汉时期的流贬处置措施又带有较大的随意性,或者说其体现的汉代官爵制度具有较大的包容性。需要注意的是,在汉代社会,与贬官者相比,贬爵者回归的机会相对更少,回归之后能达到的政治高度相对更低,但拥有爵位者,尤其是列侯及以上的高爵总体上仍享有常人难以企及的多种特权,因此,笔者推测,贬爵者在被贬之后所受的心理创伤极有可能普遍大于贬官者。

第四章 两汉流贬者的分布规律

关于两汉流贬者的时空分布,前人已根据历史文献对两汉流放地做出了大体准确的推测。① 不过,若要对汉代的流贬情况予以更准确、更宏观的把握,仅有对流放地点的感性认知是不够的。有鉴于此,笔者以前文中界定的流贬类型为依据,详细翻检有关史料,辑得两汉流贬者共1429人次,并运用定量分析法,考察两汉流贬者的时空分布、身份类型及流贬原因等内容,以探寻两汉流贬者的分布规律。

第一节 两汉流贬者的时间分布

一、流贬人次的时间分布

从时间跨度上来看,两汉流贬始于汉高祖十一年,梁王彭越被其太仆诬以谋反罪,高祖赦以为庶人,将之流放蜀郡青衣县;终于汉献帝建安十一年(206),黄巾军攻打冀州常山国,常山王刘暠弃国而走,同年被废除爵位。除去王莽新朝占据的15年,两汉流贬共持续了408年,历经28朝。② 其间,产生流贬者共计

---

① 参见本书"学术回顾"之"两汉流贬制度研究"部分。
② 注:汉代共有29位皇帝,其中西汉15位,分别是汉高祖刘邦、汉惠帝刘盈、汉少帝刘恭、汉少帝刘弘、汉文帝刘恒、汉景帝刘启、汉武帝刘彻、汉昭帝刘弗陵、汉宣帝刘询、汉废帝刘贺、汉元帝刘奭、汉成帝刘骜、汉哀帝刘欣、汉平帝刘衎、汉少帝刘婴;东汉14位,分别是光武帝刘秀、汉明帝刘庄、汉章帝刘炟、汉和帝刘肇、汉殇帝刘隆、汉安帝刘祜、汉少帝刘懿、汉顺帝刘保、汉冲帝刘炳、汉质帝刘缵、汉桓帝刘志、汉灵帝刘宏、汉少帝刘辩、汉献帝刘协。不过,由于西汉的汉少帝刘恭和刘弘均为吕后所立,实际政权由吕后把控,故笔者将这两位汉少帝合为"高后"一朝;汉废帝刘贺在位时间仅27天,过于短暂,故笔者忽略不计;由于更始帝刘玄自称更始政权为"汉玄王朝",有意承袭西汉余绪,故可将之视为西汉朝代之一。由此,本书拟分两汉所统计的汉代共分为28个朝代,其中西汉、东汉均为14朝。

第四章 两汉流贬者的分布规律

1429 人次，平均每年产生 3.5 人次。其中，西汉流贬者为 822 人次，占两汉流贬总人次的 57.52%；东汉流贬者为 607 人次，占两汉流贬总人次的 42.5%。详细情况如表 4-1 所示：

表 4-1 两汉流贬总人次统计表

朝代		在位年数①	流贬人次	年均人次②	朝代		在位年数	流贬人次	年均人次
西汉	汉高祖	7.17	5	0.70	东汉	光武帝	31.67	67	2.12
	汉惠帝	7.33	5	0.68		汉明帝	18.5	53	2.86
	汉高后	7.58	18	2.37		汉章帝	12.42	44	3.54
	汉文帝	22.75	44	1.93		汉和帝	17.83	60	3.37
	汉景帝	15.58	77	4.94		汉殇帝	0.83	0	0.00
	汉武帝	54.08	309	5.71		汉安帝	18.58	74	3.98
	汉昭帝	13.17	18	1.37		汉少帝	0.58	0	0.00
	汉宣帝	25.42	69	2.71		汉顺帝	18.75	58	3.09
	汉元帝	15.42	44	2.85		汉冲帝	0.42	1	2.38
	汉成帝	25.75	118	4.58		汉质帝	1.42	2	1.41
	汉哀帝	6.17	91	14.75		汉桓帝	21.5	97	4.51
	汉平帝	7.75	20	2.58		汉灵帝	21.33	122	5.72
	汉少帝	2.90	2	0.69		汉少帝	0.42	0	0.00
	更始帝	2.67	2	0.75		汉献帝	31.08	29	0.93
	合计	213.74	822	3.85		合计	194.91	607	3.11
合计：两汉流贬总人次为 1429 人次，年均流贬人次为 3.5 人次。									

依据《两汉流贬总人次统计表》，我们可以制作出《两汉各朝流贬人次分布

---

① 注：各朝皇帝在位时间精确到月份，在位年数以四舍五入法保留至小数点后两位。
② 注：年均人次以四舍五入法保留至小数点后两位。

图》与《两汉各朝年均流贬人次分布图》，以便直观地观察两汉各朝流贬人次的变化趋势，如图 4-1、图 4-2 所示。

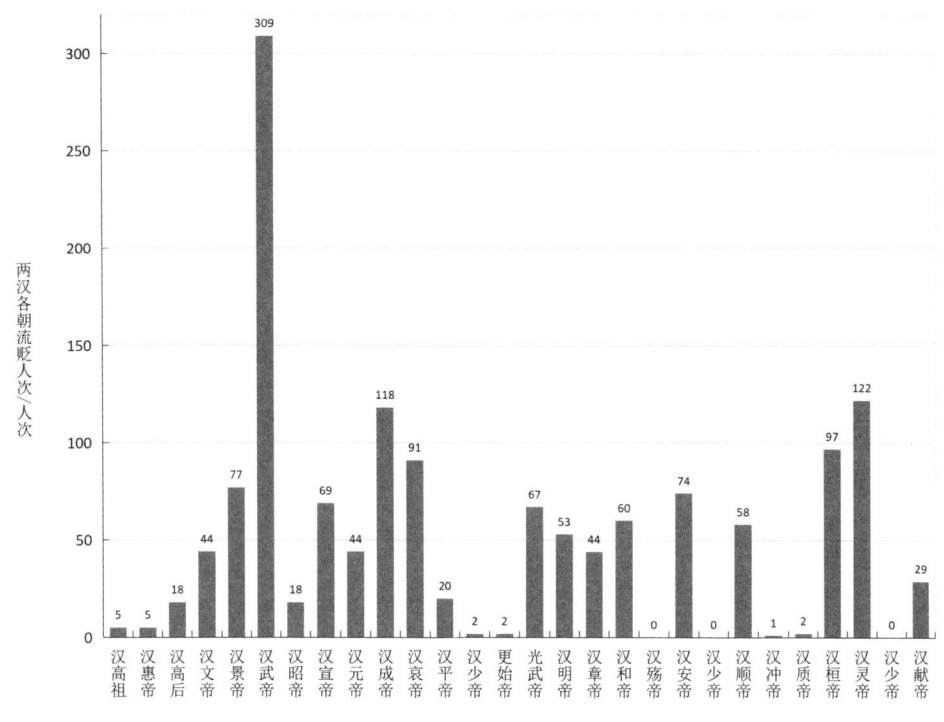

图 4-1 两汉各朝流贬人次分布图

整体来看，两汉各朝流贬者的分布并不均衡，其中西汉中期武帝一朝多达 309 人次，为两汉流贬总人次的最高峰。汉武帝前后，流贬人次急剧下降，各朝均在 150 人次以下，波动幅度在较为均衡中又出现了两个小高峰与数个低谷。其中，第一个小高峰为西汉末期的成帝朝，遭遇流贬的人员共有 118 人次；第二个小高峰为东汉末期的灵帝朝，被流贬者也达 122 人次。流贬人次的低谷期主要为西汉高祖朝、惠帝朝、孺子婴朝、更始帝朝以及东汉冲帝朝、质帝朝，均不足 10 人次。总的来看，两汉流贬的时间分布趋势是：以西汉中期汉武帝朝为波峰向两端急剧下降，其中往前一直降至汉初的低谷，往后则以中等的波幅数起数落，并在西汉末期、东汉末期形成两个小型的波峰。

从年均流贬人次来看，两汉年均流贬人次最多的为西汉末期的哀帝朝，为

第四章 两汉流贬者的分布规律

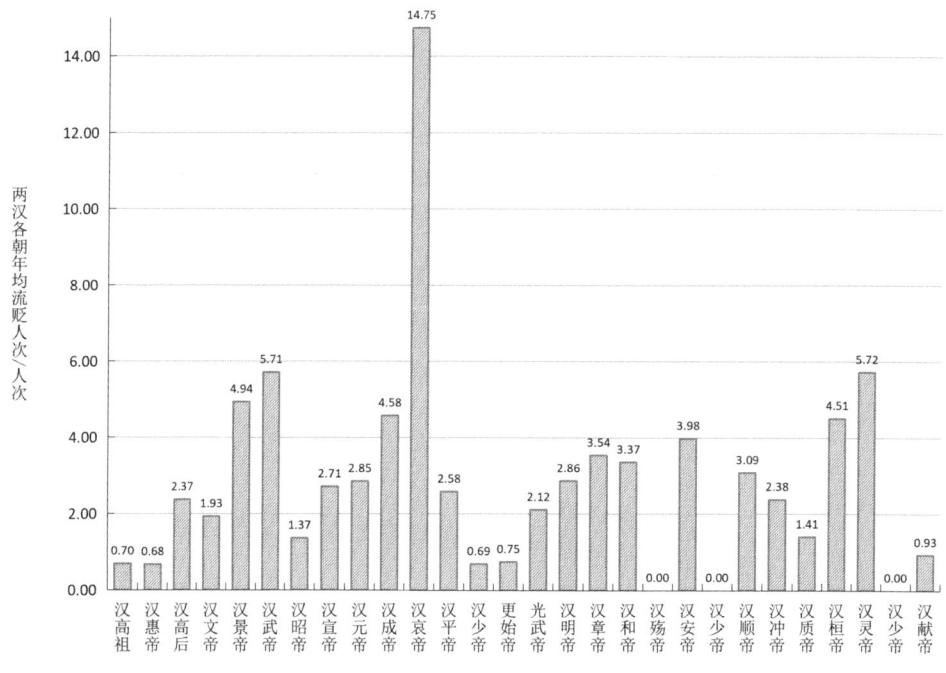

图 4-2 两汉各朝年均流贬人次分布图

14.75 次。哀帝朝前后，西汉中期以武帝朝年均 5.71 人次、东汉末期灵帝朝年均 5.72 人次各自形成了一个小型的波峰；西汉初期高祖和惠帝两朝、西汉末期汉少帝朝和更始帝朝、东汉末期献帝朝均以年均流贬不足 1 人次而形成了三个低谷。总的来看，西汉各朝年均流贬人次呈现出以西汉末期哀帝朝为中心向前后锐减，并以中等波幅有所起落的分布趋势。若我们将《两汉各朝流贬人次分布图》和《两汉各朝流贬人次年均分布图》进行详细的比较，会发现二者并不必然存在正相关或反相关的关系，各朝年均流贬人数的多寡，是由其流贬总人次和皇帝在位时长共同决定的。

二、流贬类型的时间分布

依据本书第一章的分析，两汉流贬可分为流放、贬官、贬爵三大类。其中，流放者为 160 人次，占两汉流贬总人次的 10.51%；贬官者为 800 人次，占两汉流贬总人次的 52.53%，略微超过半数；贬爵者为 563 人次，占两汉流贬总人次的36.97%，略微超过1/3。① 由此，静态地看，两汉流贬整体上形成了贬官占据优势地位、其次为贬爵、再次为流放的类型分布格局，如图4-3所示。

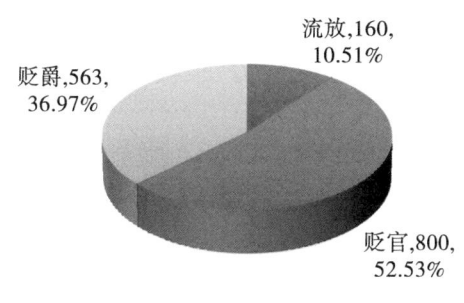

图4-3 两汉流贬类型静态分布图

具体到西汉和东汉，流放、贬官及贬爵的详细情况如表4-2所示：

表4-2 两汉流放、贬官、贬爵人次统计表

朝代	流贬总人次	流放		贬官		贬爵	
		总人次	占比	总人次	占比	总人次	占比
西汉	889	62	6.97%	365	41.06%	462	51.97%
东汉	634	98	15.46%	435	68.61%	101	15.93%
合计	1523	160	10.51%	800	52.53%	563	36.97%

为便于观察三种流贬类型在两汉之间的变化，我们可以根据《两汉流放、贬官、贬爵人次统计表》制出西汉、东汉各自的流贬类型分布图，如图4-4、图4-5和图4-6所示。

---

① 注：此处用于计算比例的两汉流贬总人次并非1429人次，而是1523人次。由于两汉时期流贬人员可以同时遭受流放、贬官、贬爵等多种惩罚，因此，对于同时遭受多种惩罚的流贬人员，笔者在统计两汉流贬总人次时仅以1人次计入，但在分别统计汉代流放、贬官、贬爵三种类型的总人次时，则分别以1人次计入。所以，计算汉代流放、贬官、贬爵三种类型的总人次占两汉流贬总人次的比例时，应取包含重复人次的总数。

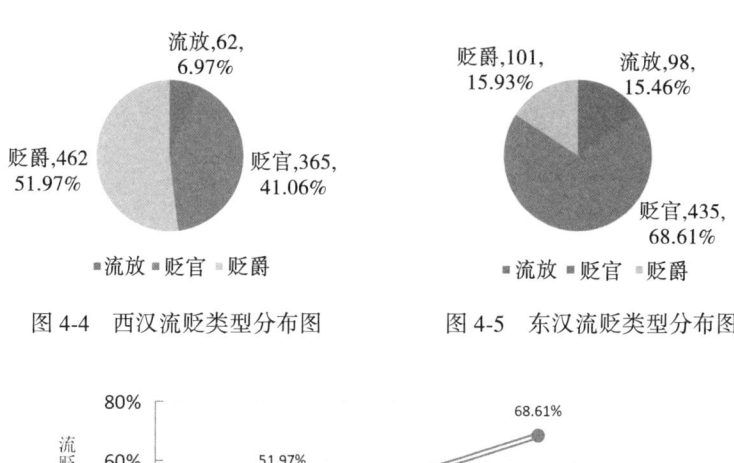

图 4-4 西汉流贬类型分布图　　图 4-5 东汉流贬类型分布图

图 4-6 两汉流贬类型动态分布图

具体而言,西汉共有流贬者 889 人次,其中流放者为 62 人次,占西汉流贬总人次的 6.97%;贬官者为 365 人次,占西汉流贬总人次的 41.06%;贬爵者为 462 人次,占西汉流贬总人次的 51.97%。在西汉的三种流贬类型中,贬爵者的数量最多,超过半数;其次为贬官者,占比接近 40%;流放者最少,占比不足 10%。东汉时期,流贬者共有 634 人次,其中流放者为 98 人次,占东汉流贬总人次的 15.46%;贬官者为 435 人次,占东汉流贬总人次的 68.61%;贬爵者为 101 人次,占东汉流贬总人次的 15.93%。与西汉相比,东汉流贬者减少了 255 人次。三大类型中,贬爵人次在西汉的基础上锐减了 78.14%,排名降至最末,占比不足 20%;贬官人次比西汉时增加了 19.18%,占比超过 60%,以明显的数量优势占据第一;流放人次的增幅也较大,达 58.1%,占比略多于贬爵者。所以,动态地看,从西汉到东汉,三大流贬类型整体呈现出如下变化趋势:流放人数缓慢上升,贬官人数快速上升,而贬爵人数则快速下降。

再来看两汉流贬类型在各朝之间详细的变化情况。根据各朝流放、贬官、贬爵人次,可得出下列《两汉各朝流放、贬官、贬爵人次统计表》,如表 4-3 所示:

表 4-3 两汉各朝流放、贬官、贬爵人次统计表

朝代		在位年数①	流贬人次②	流放		贬官		贬爵	
				人次	占比	人次	占比	人次	占比
西汉	汉高祖	7.17	6	1	16.67%	1	16.67%	4	66.67%
	汉惠帝	7.33	6	0	0.00%	0	0.00%	6	100.00%
	高后	7.58	19	0	0.00%	4	21.05%	15	78.95%
	汉文帝	22.75	44	1	2.27%	11	25.00%	32	72.73%
	汉景帝	15.58	80	0	0.00%	14	17.50%	66	82.50%
	汉武帝	54.08	334	12	3.59%	77	23.05%	245	73.35%
	汉昭帝	13.17	19	2	10.53%	13	68.42%	4	21.05%
	汉宣帝	25.42	77	4	5.19%	41	53.25%	32	41.56%
	汉元帝	15.42	45	4	8.89%	34	75.56%	7	15.56%
	汉成帝	25.75	123	7	5.69%	99	80.49%	17	13.82%
	汉哀帝	6.17	111	24	21.62%	54	48.65%	33	29.73%
	汉平帝	7.75	21	7	33.33%	13	61.90%	1	4.76%
	汉少帝	2.90	2	0	0.00%	2	100.00%	0	0.00%
	更始帝	2.67	2	0	0.00%	2	100.00%	0	0.00%
东汉	光武帝	31.67	73	5	6.85%	48	65.75%	20	27.40%
	汉明帝	18.5	57	12	21.05%	28	49.12%	17	29.82%
	汉章帝	12.42	44	8	18.18%	31	70.45%	5	11.36%
	汉和帝	17.83	62	14	22.58%	35	56.45%	13	20.97%
	汉殇帝	0.83	0	0	0.00%	0	0.00%	0	0.00%
	汉安帝	18.58	78	19	24.36%	42	53.85%	17	21.79%
	汉少帝	0.58	0	0	0.00%	0	0.00%	0	0.00%
	汉顺帝	18.75	59	7	11.86%	50	84.75%	2	3.39%
	汉冲帝	0.42	1	1	100.00%	0	0.00%	0	0.00%
	汉质帝	1.42	2	0	0.00%	2	100.00%	0	0.00%
	汉桓帝	21.5	106	12	11.32%	71	66.98%	23	21.70%
	汉灵帝	21.33	123	19	15.45%	102	82.93%	2	1.63%
	汉少帝	0.42	0	0	0.00%	0	0.00%	0	0.00%
	汉献帝	31.08	29	1	3.45%	26	89.66%	2	6.90%
	合计	408.65	1523	160	10.51%	800	52.53%	563	36.97%

① 注：各朝皇帝在位时间参考方诗铭《中国历史纪年表》《资治通鉴》《前汉纪》《后汉纪》而定。

② 注：包含重复人次，即在统计各朝流放、贬官、贬爵三种类型的总人次时，同时遭受多种惩罚的流贬人员分别以1人次计入。

根据表 4-3,可制出《两汉各朝流放、贬官、贬爵人次分布图》,如图 4-7 所示:

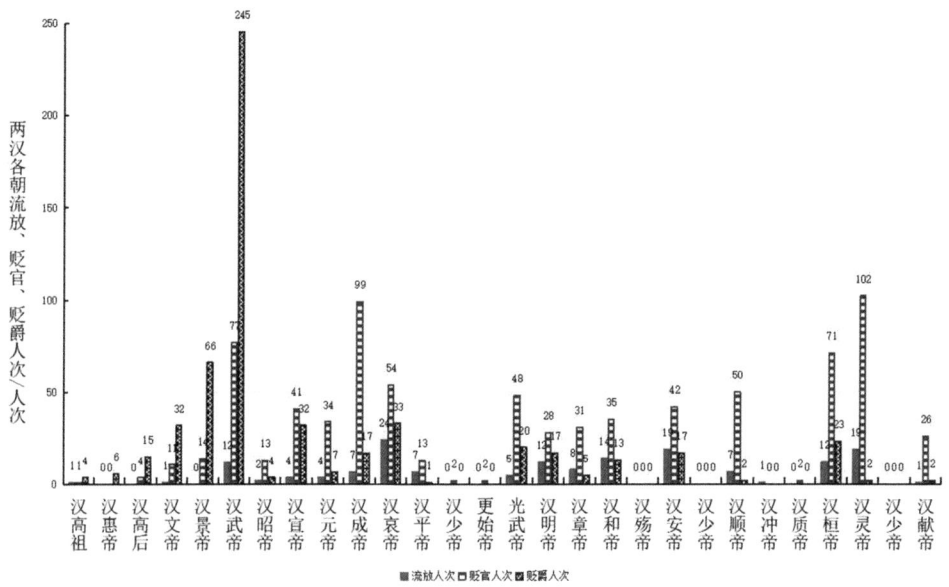

图 4-7 两汉各朝流放、贬官、贬爵人次分布图

由图 4-7 可知,流放成为一种明显的流贬类型是从西汉武帝时开始的。由于总体人次基数较小,汉武帝之后,各朝流放者增减的数量差异不大。其中,西汉末期哀帝朝、东汉中期安帝朝、东汉末期灵帝朝的流放人次稍显突出。贬官人次在西汉初期缓慢增长,汉武帝时大幅攀升,汉成帝在位期间贬官人次达到了西汉时期的最高峰。东汉时期,贬官人次大体上以较为稳定的幅度持续增长,至东汉末汉灵帝在位期间形成了与西汉成帝时大致相当的第二个高峰。大致上,西汉贬官人次呈"M"形分布,东汉贬官人次呈"V"形分布,前者各朝之间的增减幅度大于后者。贬爵人次的变化趋势在三种类型中最为明显,西汉初期,贬爵者快速增加,至汉武帝时达到两汉各朝贬爵人次的最高峰,随后骤然下落,至东汉末年都未再出现新的高峰。总的来看,流贬类型在两汉各朝之间的变化情况与《两汉流贬类型动态分布图》(图 4-6)所呈现的趋势基本吻合。

从西汉到东汉,贬官人数快速上升而贬爵人数快速下降的变化趋势,与汉代爵位价值日益下降、职官制度日益发展和成熟的历史事实是相符的。两汉时期，爵位为世袭制，且高爵者往往掌握着相当的权势，这本质上是对至高无上皇权的威胁和挑战。因此，随着中央集权和君主专制的强化，爵制的衰落乃为大势所趋，其附着的政治、军事、经济等特权逐步被剥离。不在其位，不谋其政。诸侯王、列侯等高爵者既没有谋反篡逆的实力，也缺少从政犯错的机会，故而贬爵者越来越少。贬爵人次下降的另一个可能的原因是，从西汉到东汉，随着爵制的衰微，爵位的附加值越来越低，在时人心目中的地位也越来越轻微，因而以贬爵作为惩罚手段的功能也会随之减弱。与爵制相反，官吏的职务不可世袭，其权力也有严格限制，对皇帝而言是较为称手的统治工具，因而官制越来越受重视。从西汉到东汉，汉代的职官制度逐渐发展成熟，官员的数量逐步增长，犯错的可能性也随之大为增加。

第二节　两汉流贬者的空间分布

一、整体空间分布

（一）静态分布

汉武帝时，地方在郡的基础上又发展出司隶和十三州/刺史部，因此，汉代地方行政区划事实上可分为"州/刺史部—郡—县"三级。由于两汉郡县的地域范围多有变动，且经历过强制性地域改迁的流贬者总体数量不多，因此，为使定量统计更为准确且不至琐屑，我们以"州/刺史部"一级为单位来考察两汉流贬的空间分布，如表4-4所示。

在两汉流贬类型中，流贬之后会发生强制性地域迁徙的主要有徙边、谪戍、贬谪（包含官员和有爵者）、出官、徙官、徙封这几种子类型。根据笔者的统计，汉代可辨别流贬地点的流贬者共有249人次，其中流放者128人次，贬官者96人次，贬爵者25人次。总体来看，具有强制迁徙经历的两汉流贬者主要分布在南部的交趾（东汉称"交州"）和北部的并州、朔方（东汉合为"并州刺史部"）以及西北部的凉州、西南部的益州等边郡地区，其中以交趾数量最多，达54人次，占

第四章 两汉流贬者的分布规律

表4-4 两汉流贬者空间分布统计表

地域	内郡								边郡					西域	合计
	东部		东南		中原				东北	北方	西北	西南	南方		
	青州	徐州	荆州	扬州	司隶	冀州	兖州	豫州	幽州	并州、朔方①	凉州	益州	交趾/交州	大宛	
西汉	3	5	1	1	14	7	1	4	8	16	16	17	20	1	114
比例	2.63%	4.39%	0.88%	0.88%	12.28%	6.14%	0.88%	3.51%	7.02%	14.04%	14.04%	14.91%	17.54%	0.88%	100.00%
东汉	1	7	9	7	16	6	6	8	3	20	15	3	34	0	135
比例	0.74%	5.19%	6.67%	5.19%	11.85%	4.44%	4.44%	5.93%	2.22%	14.81%	11.11%	2.22%	25.19%	0.00%	100.00%
合计	4	12	10	8	30	13	7	12	11	36	31	20	54	1	249
比例	1.61%	4.82%	4.02%	3.21%	12.05%	5.22%	2.81%	4.82%	4.42%	14.46%	12.45%	8.03%	21.69%	0.40%	100.00%
合计	34(13.65%)				62(24.90%)				153(61.45%)						100.00%

① 注：东汉时，西汉原有的朔方刺史部并入并州刺史部。

比21.69%，分布于合浦郡(26人次)、日南郡(24人次)及九真郡(4人次)三地；并州、朔方共计36人次，占比14.46%，主要分布于朔方郡(16人次)、五原郡(5人次)、云中郡(3人次)及上郡(3人次)等地；凉州有31人次，占比12.45%，主要分布于敦煌郡(11人次)、金城郡(6人次)及安定郡(3人次)等地；益州为20人次，占比8.03%，主要分布于汉中郡(11人次)和蜀郡(4人次)。汉朝疆域的中心地带——司隶部(东汉称"司隶校尉部")也集中了较多被强制迁徙的流贬者，共有30人次，占比12.05%，分布于河内郡(7人次)、河南郡(4人次)及左冯翊(4人次)等地。此外，中原地区的冀州、兖州、豫州和东部地区的青州、徐州以及东南地区的荆州、扬州也分布有少量被强制迁徙的流贬者，其中以青州数量最少，为4人次，占比为1.61%，如表4-4所示。由此，两汉流贬整体上形成了从东部、东南部地区经中原地区到东北、正北、西北、西南、正南边郡地区，被强制迁徙的流贬者数量逐级增多的扇形空间分布格局，如图4-8所示。

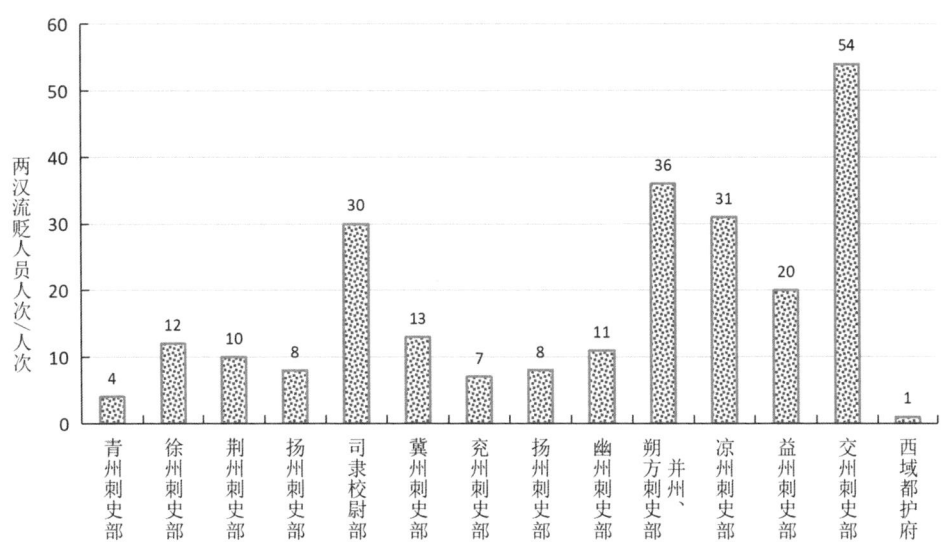

图4-8 两汉流贬者静态空间分布图

(三) 动态分布

两汉之间，流贬者的强制迁徙地点也有所变化，主要表现为北部的并州、朔方和西北部的凉州以及中原的司隶地区的流贬者人数大致持平；东北部的幽州、西南部的益州则减少了 19 人，降幅为 76%，其中以益州尤为明显，降幅达 82.35%；东部、东南部等自然条件、社会条件较好的地区被迁徙的流贬者增加了 14 人次，增幅达 140%；南部的交州地区也从 20 人次增长到 34 人次，增幅为 70%。所以，动态地看，从西汉到东汉，被强制迁徙的流贬者显示出向东部、东南部地区内移的趋势，但总体上仍保持扇形空间分布格局，如图 4-9 所示。

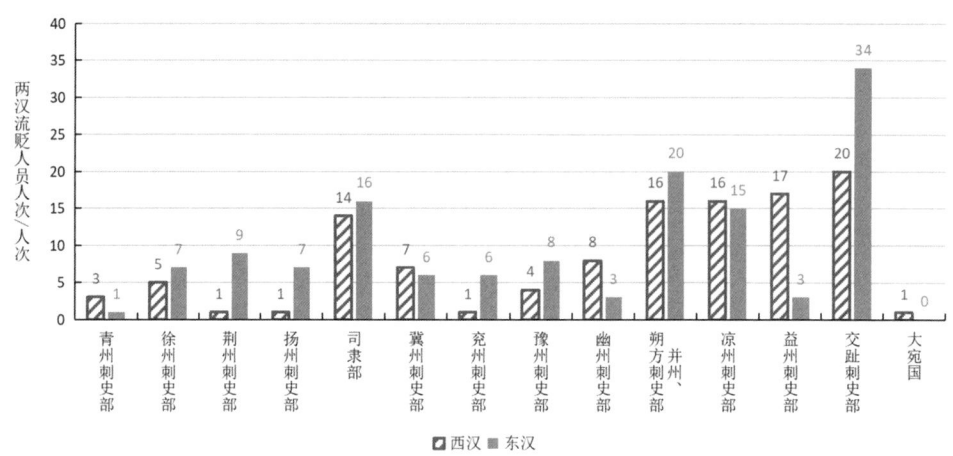

图 4-9　两汉流贬者动态空间分布图

二、流贬类型的空间分布

(一) 静态分布

从流贬类型来看，汉代徙边者数量最多的地域为南方的交州，为 53 人次，占比达 55.21%，超过半数；其次是北方的并州、朔方和西南的益州，均为 13 人次，占比 13.54%。整体而言，汉代徙边者主要分布在南北边郡地区，其中又以南方边郡为多。两汉之间，正北的并州、朔方以及正南的交州的徙边人次均大幅增长，而西北的凉州和西南的益州的徙边人次均大幅下落，东南的荆州和扬州也出现了徙边者。因此，从西汉到东汉，徙边者呈现出逐渐向南北边郡聚拢的趋势，如表 4-5 所示。

第二节 两汉流贬者的空间分布

表 4-5 两汉流贬类型空间分布统计表

地域	内郡					中原			边郡						合计
	东部		东南		司隶				东北	北方	西北	西南	南方	西域	
	青州	徐州	荆州	扬州	司隶	冀州	兖州	豫州	幽州	并州、朔方	凉州	益州	交州	西域	合计
徙边 西汉	0	0	0	0	1	0	0	0	2	1	7	12	20	0	43
徙边 东汉	0	0	3	1	0	0	0	0	1	12	2	1	33	0	53
徙边 合计	0	0	3	1	1	0	0	0	3	13	9	13	53	0	96
徙边 比例	0	0	3.13%	1.04%	1.04%	0	0	0	3.13%	13.54%	9.38%	13.54%	55.21%	0	100%
谪戍 西汉	0	0	0	0	1	0	0	0	1	2	3	3	0	1	11
谪戍 东汉	0	0	1	0	2	0	0	0	0	7	11	0	0	0	21
谪戍 合计	0	0	1	0	3	0	0	0	1	9	14	3	0	1	32
谪戍 比例	0	0	3.13%	0	9.38%	0	0	0	3.13%	28.13%	43.75%	9.38%	0	3.13%	100%
贬官 西汉	2	4	1	0	11	4	1	4	5	13	6	2	0	0	53
贬官 东汉	0	6	1	2	13	1	5	8	2	1	2	2	0	0	43
贬官 合计	2	10	2	2	24	5	6	12	7	14	8	4	0	0	96
贬官 比例	2.08%	10.42%	2.08%	2.08%	25.00%	5.21%	6.25%	12.50%	7.29%	14.58%	8.33%	4.17%	0	0	100%

地域	内部								边郡						合计
	东部		东南		中原				东北	北方	西北	西南	南方	西域	
	青州	徐州	荆州	扬州	司隶	冀州	兖州	豫州	幽州	并州、朔方	凉州	益州	交州	西域	合计
贬爵 西汉	1	1	0	1	1	3	0	0	0	0	0	0	0	0	7
贬爵 东汉	1	1	4	4	1	5	1	0	0	0	0	0	1	0	18
贬爵 合计	2	2	4	5	2	8	1	0	0	0	0	0	1	0	25
比例	8.00%	8.00%	16.00%	20.00%	8.00%	32.00%	4.00%						4.00%		100%
合计	4	12	10	8	30	13	7	12	11	36	31	20	54	1	249

汉代谪戍者最多的是西北凉州地区，共发遣 14 次，占比 43.75%，将近半数；其次是北方的并州、朔方地区，共发遣 9 次，占比 28.13%；西南益州、中原司隶、东北幽州、东南荆州以及西域地区也有谪戍者，但数量远不及凉州、并州、朔方地区。所以，整体上汉代谪戍者主要发往正北和西北等边郡地区，这种趋势始自西汉，且到东汉时进一步加强。

汉代贬官者被强制迁徙后的地域分布较为广泛，但以中原地区数量最多，共计 47 人次，占比 48.96%；其次为北部和西南边郡，共计 33 人次，占比 34.38%；东部和东南地区数量较少，为 16 人次，占比 16.67%。大体上，汉代贬官者被强制迁徙后，形成了以中原地区为圆心，数量向四周逐渐递减的空间分布格局。不过，两汉的具体情况有所不同。西汉时，贬官者被强制迁徙的地区以边郡地区为主，达 26 人次；其次是中原地区，为 20 人次；东部和东南地区数量较少，仅 7 人次；西汉贬官者从东部、东南部途经中原到各边郡地区，整体也呈扇形分布。到东汉时，中原地区的数量为 27 人次，居于第一；东部和东南部也略有上涨，为 9 人次，居于第二；各边郡地区的数量则大幅下降，仅 7 人次。东汉贬官者被强制迁徙的地域，呈现出与汉代贬官者整体空间分布格局大致相同的面貌。

汉代贬爵者被强制迁徙后的地域主要分布于东部和东南部地区，共有 13 人次，占比 52%；其次是中原地区，共有 11 人次，占比 44%；东汉桓帝延熹二年，乘氏侯、大将军梁冀被徙封为交州比景都乡侯，这是两汉时期唯一被贬往南方边郡的列侯。从西汉到东汉，贬爵者的迁徙地域逐渐从中原地区趋向东部、东南部地区，也就是说，东汉王侯的流贬地域比西汉时更为偏远。到东汉末，汉代贬爵者形成了以东部、东南部为主体，中原地区紧随其后的总体空间分布格局。

(二) 集中分布地

根据上述统计可得知，两汉流贬者在合浦郡、日南郡、朔方郡、敦煌郡及汉中郡五个地域较为集中，接下来我们对这五个集中分布地略做考察。

1. 合浦郡

合浦郡属交州刺史部(西汉称交趾刺史部)，"西汉元鼎六年置，治合浦县(今广西合浦县东北)，辖境相当今广东省新兴、开平等市县西南，广西壮族自

第四章 两汉流贬者的分布规律

治区容县、横县以南及防城港市以东地区。"①两汉流贬者发配合浦郡始自汉成帝阳朔元年,京兆尹王章言大司马、大将军王凤专权,凤诬章以大逆罪,章遂下狱死,妻子徙合浦;结束于汉和帝永元四年,大将军窦宪及其党羽邓叠、邓磊、郭举、郭璜欲谋叛逆,事败,叠、磊、璜、举皆下狱诛,家属徙合浦。九十余年间,前后共有流贬者26人次发配合浦郡。其中,西汉20人次,东汉6人次;在流贬类型方面,徙边者为26人次,同时兼具免官、夺爵等惩罚者12人次。综合来看,两汉流贬合浦者均为徙边者,在时间分布上集中于西汉晚期和东汉前中期,且在数量上西汉多于东汉。

2. 日南郡

日南郡亦属交州刺史部(西汉称交趾刺史部),"西汉元鼎六年平南越置,治西倦县(一作西卷县,今越南广治省广治河与甘露河合流处)。辖境约相当今越南中部,北起河静、广平省交界处横山,南抵富安省大岭。东汉属交州。永和二年(137)后,郡境渐为林邑国所有,南界北缩"②。两汉流贬者发配日南郡始自东汉和帝永元十四年,皇后阴氏以巫蛊之事废,其父吴房侯阴纲自杀,其弟黄门侍郎阴辅下狱死,阴秩、阴敞及其家属皆徙日南郡比景县;结束于汉灵帝光和二年,时司录校尉阳球奏诛宦官王甫,并及前太尉段颎,颎遂饮鸩死,尽没入财产,甫与颎家属俱徙日南郡比景县。七十七年间,两汉流贬者中共有24人次发往日南郡,以比景县为主,且集中在东汉中后期。其中,徙边者23人次,贬谪(爵)者1人次。由此可见,两汉流贬日南郡者也以徙边者在数量上占绝对优势,在时间分布上则全部属于东汉中后期。

3. 朔方郡

朔方郡西汉时属于朔方刺史部,东汉并入并州刺史部。"西汉元朔二年置,治朔方县(今内蒙古杭锦旗东北什拉召附近)。辖境约今内蒙古自治区河套西北部及后套地区。东汉移治临戎县(今内蒙古磴口县北部隆淖古城)。末年废。"③两汉流贬者发往朔方郡始于汉武帝天汉四年,汉武帝"发天下七科谪

---

① 戴均良等编:《古今地名大词典》,上海辞书出版社2005年版,第1213页。
② 戴均良等:《古今地名大词典》,第452页。
③ 戴均良等:《古今地名大词典》,第2517页。

及勇敢士,遣贰师将军李广利将六万骑、步兵七万人出朔方……与单于战余吾水上连日……"①结束于汉灵帝光和元年,议郎蔡邕为将作大匠阳球、中常侍程璜所中伤,下洛阳狱,几弃市,后有诏减死一等,与家属髡钳徙朔方。两百多年间,两汉流贬者徙往朔方郡者共 16 人次,其中西汉 2 人次,东汉 14 人次;徙边者 11 人次,谪戍者 4 人次,贬谪(官)者 1 人次。总的来看,两汉流贬朔方郡者以东汉徙边者为主。

4. 敦煌郡

敦煌郡地处凉州,"西汉武帝元鼎六年(一说元封四至五年,前 107—前 106)分酒泉郡置,治敦煌县(今市西)。辖境相当今甘肃省疏勒河以西及玉门关以东地区。东汉属凉州……地处河西走廊西部,西有玉门关、阳关,汉魏以来向为中原和西域交通门户。"②两汉流贬者发往敦煌郡始于汉武帝征和二年(前 91),因佞臣江充、韩说等陷以巫蛊之罪,戾太子被迫发兵谋反,军败,"诸太子宾客,尝出入宫门,皆坐诛。其随太子发兵,以反法族。吏士劫略者,皆徙敦煌郡。"③结束于汉安帝延光三年(124),九月乙巳,安帝诏郡国中都官死罪系囚减罪一等,诣敦煌郡、陇西郡及度辽军营。两汉期间,发往敦煌郡的流贬者共 11 人次,其中西汉 8 人次,东汉 3 人次;徙边者 6 人次,谪戍者 4 人次,贬谪(官)者 1 人次,在时间分布上主要集中于西汉中期和末期。

5. 汉中郡

汉中郡属于益州刺史部,"战国秦惠文王更元十三年(前 312)置,治南郑县(今陕西汉中市)。因在汉水中游得名。辖境相当今陕西省秦岭以南,留坝县、勉县以东,乾祐河流域以西和湖北省郧县、保康县以西,粉青河、珍珠岭以北地。西汉移治西城县(今陕西安康市西北),东汉复还旧治。东汉末改名汉宁郡,建安二十年(215)复名汉中郡。"④两汉流贬汉中郡者共 11 人次,主要发往房陵县,其次是上庸县,且全部分布于西汉中后期。其中,徙边者 10 人次,贬谪(官)者 1 人次,以西汉时期因罪徙边的诸侯王为主要流贬群体。

---

① 《汉书》卷六《武帝纪》,第 1 册第 205 页。
② 戴均良等:《古今地名大词典》,第 2909 页。
③ 《汉书》卷六六《刘屈氂传》,第 9 册第 2882 页。"吏士劫略者"是指非出于本心,因受太子胁迫而参与谋反者。
④ 戴均良等:《古今地名大词典》,第 965 页。

第三节　两汉流贬者的身份类型

两汉时期，官职和爵位是区分人的身份和地位的主要依据，根据流贬者的官职、爵位及社会关系，流贬者在遭遇流贬之前的身份主要可分为诸侯王、列侯、关内侯、女爵、中央官、地方官、亲属、门生故吏及党与、有罪者、其他（战败者、宠臣）等类型。

需要略作说明的是，汉代以察举和辟除为主要的选官途径，后逐渐被豪强大族所控制。诸多士人为求得官职，往往依附于名门望族，充当"门生"，但通常不存在真正意义上的师生关系。有些官员可以自行辟除下属掾吏，或推举他人为官，被任用者与辟除者或举荐者之间由此形成牢固的、永久的从属关系。门生、故吏与党与均为汉代复杂的政治群党关系的构成部分，故可单列为一种身份类型。

一、身份类型数量统计

根据统计，两汉流贬者中，身份为中央官者的数量最多，达587人次；其次为列侯，达488人次；第三为地方官，为215人次。流贬之前身份为诸侯王、亲属、女爵、门生故吏及党与、关内侯、其他类者，数量均在百人以下，分别为51人次、46人次、16人次、7人次、4人次、7人次。① 可见，两汉流贬者整体上以官僚群体数量最多，列侯次之，如表4-6所示。

表4-6　两汉流贬者身份类型统计表

朝代	诸侯王	列侯	关内侯	女爵	中央官	地方官	亲属	门生、故吏、党与	有罪者	其他
汉高祖	4	0	0	0	1	0	0	0	0	0
汉惠帝	1	4	0	0	0	0	0	0	0	0
汉高后	3	12	0	0	4	0	0	0	0	0
汉文帝	2	32	0	0	8	4	0	0	0	0

① 注：流贬之时同时具有多种身份者，统计时各以1人次计入。

续表

朝代	诸侯王	列侯	关内侯	女爵	中央官	地方官	亲属	门生、故吏、党与	有罪者	其他
汉景帝	4	61	0	1	8	5	0	0	0	0
汉武帝	4	243	0	1	63	15	1	1	7	0
汉昭帝	0	4	0	0	5	8	0	0	2	0
汉宣帝	6	28	1	1	30	10	0	0	1	0
汉元帝	1	5	0	0	23	11	3	1	0	0
汉成帝	0	15	1	1	64	32	3	0	1	2
汉哀帝	1	27	2	6	42	15	3	0	0	0
汉平帝	1	0	0	0	13	3	1	0	1	0
汉少帝	0	0	0	0	0	2	0	0	0	0
更始帝	0	0	0	0	0	1	0	0	0	0
光武帝	8	9	0	1	26	21	2	1	1	1
汉明帝	3	12	0	0	17	9	0	0	4	0
汉章帝	2	3	0	0	16	16	1	0	6	0
汉和帝	4	8	0	1	30	9	6	1	1	0
汉殇帝	0	0	0	0	0	1	0	0	0	0
汉安帝	4	13	0	1	43	4	6	3	3	0
汉少帝	0	0	0	0	0	0	0	0	0	0
汉顺帝	0	1	0	0	38	11	3	0	3	0
汉冲帝	0	0	0	0	0	0	0	0	1	0
汉质帝	0	0	0	0	2	0	0	0	0	0
汉桓帝	2	10	0	1	60	15	2	0	4	2
汉灵帝	0	0	0	2	70	21	14	0	0	2
汉少帝	0	0	0	0	0	0	0	0	0	0
汉献帝	1	1	0	0	24	2	1	0	0	0
合计	51	488	4	16	587	215	46	7	35	7

流贬者身份类型的分布情况在西汉和东汉有所不同。西汉时，数量最多者为列侯，达431人次；其次是中央官，达261人次；再次是地方官，为106人次。东汉时，流贬者身份为列侯者数量骤降，仅57人次；中央官被流贬者增加了

第四章 两汉流贬者的分布规律

24.9%，达 326 人次；地方官遭遇流贬的数量与西汉大致持平，为 109 人次；身份为亲属者在两汉之间的变化也比较大，从西汉的 11 人次到东汉的 35 人次，增长了 3 倍有余；身份为有罪者的流贬者，从西汉的 12 人次到东汉的 23 人次，也增加了 91.7%。至于诸侯王、关内侯、女爵、门生故吏及党与、其他身份类型的流贬者，两汉之间的数量变化则并不明显，如图 4-10、图 4-11 所示。

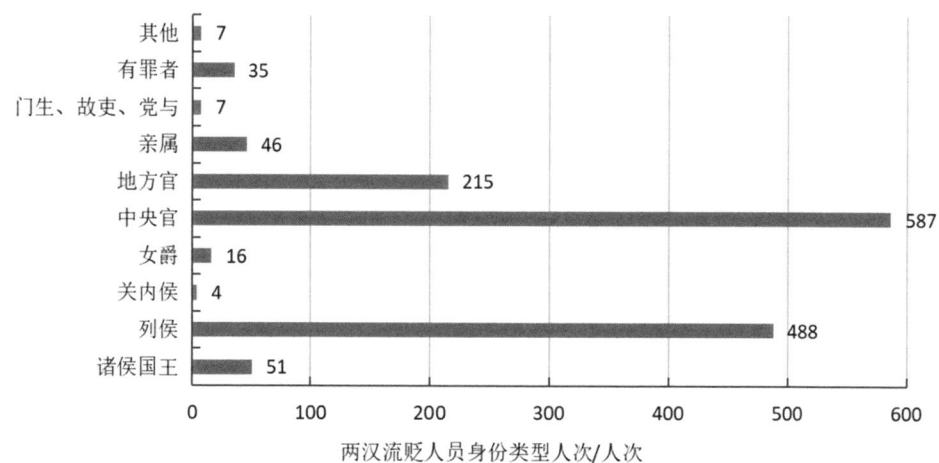

图 4-10　两汉流贬者身份类型静态分布图

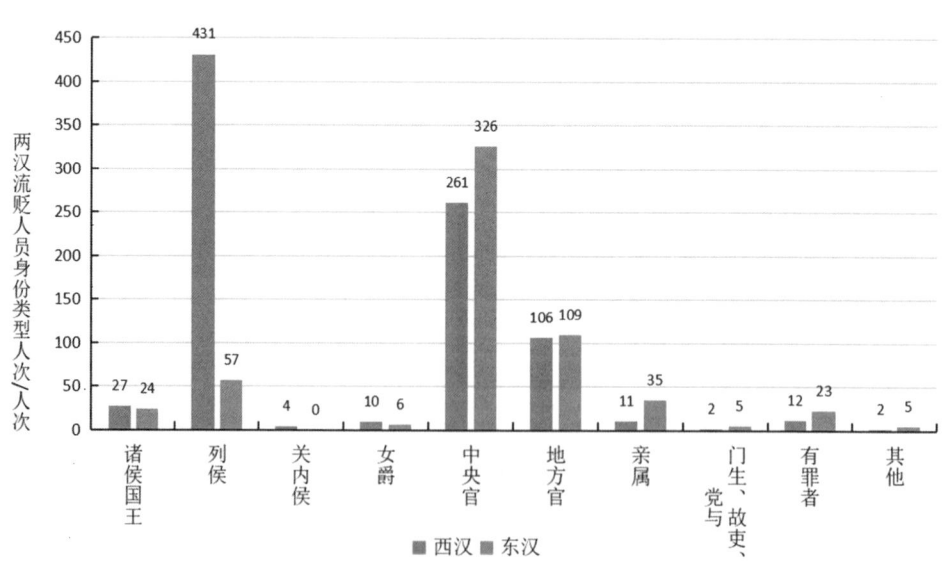

图 4-11　两汉流贬者身份类型动态分布图

身份为官员的流贬者数量之所以增加,与汉代职官制度的日益发展和官僚体系的日益庞大有密切的关系;而身份为列侯的流贬者数量之所以下降,则可能是东汉时期的列侯已不干政,且无威胁中央集权的实力,因此朝廷不存在继续大规模打压列侯的必要。

二、不同身份类型的流贬措施

不同身份类型的流贬者承受的主要流贬措施也有不同。其中,诸侯王以降爵、夺爵、徙边这三种类型为主,且分布较为均匀;列侯以夺爵最为突出,高达424人次,其次为免官、降爵;关内侯免官者2人次,夺爵者2人次,徙边者1人次;女爵夺爵者13人次,降爵和徙边者各2人次;中央官以免官最为突出,高达472人次,其次为夺爵、贬谪、出官以及徙边;地方官也以免官数量最多,为167人次,其次为贬谪、徙边;亲属和门生、故吏以及党与均以徙边为主;有罪者主要是谪戍者,如表4-7所示。

表4-7 两汉流贬者身份类型与流贬措施对照统计表

身份类型 \ 流贬类型	流放		贬官					贬爵				
	徙边	谪戍	贬谪（官）	贬职	降秩	出官	免官	贬谪（爵）	降爵	削户	徙封	夺爵
诸侯王	12	0	0	0	0	0	1	0	17	10	6	16
列侯	8	0	1	0	0	0	69	6	19	8	6	424
关内侯	1	0	0	0	0	0	2	0	0	0	0	2
女爵	2	0	0	0	0	0	0	0	2	0	0	13
中央官	30	0	37	25	3	37	472	3	3	5	2	45
地方官	13	0	22	4	2	4	167	1	1	0	2	8
亲属	45	0	0	0	0	0	0	0	0	0	0	0
门生、故吏、党与	5	0	0	0	0	0	1	0	0	0	0	0
有罪者	2	33	0	0	0	0	0	0	0	0	0	0
其他	4	0	0	0	0	1	2	0	0	0	0	0
合计	122	33	60	29	5	42	714	10	42	23	16	508

第四节 两汉流贬者的流贬原因

一、流贬原因分类说明

汉代缺乏完整有序、类目清晰的法律系统，为便于统计分析，笔者尝试将两汉时期繁杂的流贬原因归纳为政治罪名、刑事罪名、伦理道德罪名、失职、连坐、老病、忤上、被陷、其他九种类型。

(一) 政治罪名

政治罪名是指犯罪者因危害中央专制集权或皇帝的生命健康，直接或间接地对国家安全造成威胁而获得的罪名。具体可包括：

1. "反"与"谋反"

"反"与"谋反"是指以推翻现有统治秩序为目的的叛乱行为，其中已经付诸实践的反叛行动称之为"谋反"，而尚在策划中的叛乱计划则称之为"反"。[①] 在专制主义中央集权的汉朝，"反"与"谋反"是极严重的政治罪行，除宗室王侯因血缘关系而可从轻处罚之外，犯罪者通常处以大辟之刑，如汉明帝永平十三年，楚王刘英因谋反而被废黜爵位，免死后流放于丹阳郡泾县，"所连及死徙者数千人"[②]。

2. 祝诅、巫蛊、谶纬

祝诅、巫蛊是试图通过神秘而灵异的方式来达到某种目的的行为。汉代崇奉鬼神，巫风大行，王公贵族常利用祝诅、巫蛊等手段来获得政治利益，因而也被视作具有谋反意味的罪行。谶纬包罗甚广，常用于预测政治吉凶，在西汉成帝、哀帝年间开始流行，到东汉时已全面影响社会政治生活。由于光武帝建立东汉的过程中曾利用谶纬，并将谶纬作为政治统治的工具，因而汉代官爵为达到特殊的目的而私为图谶也很容易带有敏感的政治色彩。比如，汉武帝太初三年（前

---

① 彭海涛：《汉代宗室王侯犯罪研究》，首都师范大学博士学位论文，2012年，第5~7页。

② 《后汉书》卷二《显宗孝明帝纪》，第1册第117页。

102），容成侯唯光"坐祠祝诅，国除"①；汉明帝永平十六年，有上书者告淮阳王刘延作图谶，祠祭祝诅，"有司奏请诛延，显宗以延罪薄于楚王英，故特加恩，徙为阜陵王，食二县。"②

3. 诽谤、妖言

诽谤、妖言是指违反朝廷的舆情管控措施，发布不利于中央专制集权和社会稳定的言论的行为。比如，汉宣帝五凤二年，廷尉于定国上奏光禄勋、平通侯杨恽"不竭忠爱，尽臣子义，而妄怨望，称引为訞恶言，大逆不道"③，恽遂被免为庶人。

4. 结党

结党是指宗室王侯违反朝廷禁令而私自结交或与朝中大臣相互往来，从而对国家的专制主义中央集权造成威胁的行为，其中尤以诸侯王与朝中大臣结交的威胁最大，故《汉书·诸侯王表》记载："武有衡山、淮南之谋，作左官之律，设附益之法，诸侯惟得衣食税租，不与政事。"④比如，汉宣帝时，扬州刺史上奏称海昏侯刘贺与故太守卒史孙万世交通，贺因之削户三千；光武帝在位期间，成武侯刘遵因与诸侯王相往来，降为端氏侯。

5. 绝嗣

绝嗣是指危害皇帝后代的行为，由于皇嗣是皇位的潜在继承人，因此危害皇嗣的生命健康安全相当于危害皇帝及江山社稷，故而形同大逆不道的谋反罪行。绝嗣行为通常发生在后宫女爵之中，如汉哀帝元寿二年，皇太后赵飞燕因专宠锢寝、残灭皇嗣而被贬为孝成皇后，徙居北宫。⑤

6. 匿罪

匿罪是指藏匿罪犯的行为，由于罪犯原本就有害于社会治安与社会稳定，因

---

① 《史记》卷一九《惠景间侯者年表》，第3册第1212页。
② 《后汉书》卷四二《阜陵质王延传》，第5册第1444页。
③ 《汉书》卷六六《杨敞传》，第9册第2893页。
④ 《汉书》卷一四《诸侯王表》，第2册第395页。
⑤ 《汉书·外戚传下》："哀帝崩，王莽白太后诏有司曰：'前皇太后与昭仪俱侍帷幄，姊弟专宠锢寝，执贼乱之谋，残灭继嗣以危宗庙，悖天犯祖，无为天下母之义。贬皇太后为孝成皇后，徙居北宫。'"(《汉书》卷九七下《外戚传下》，第12册第3998~3999页。）

此藏匿罪犯的行为等同于间接与中央政权作对。并且,两汉罪犯,尤其盗贼是一股潜在的造反势力,因此,包庇者也会被认为存在造反的嫌疑。比如,汉高后三年(前185),任侯张越因藏匿死罪囚犯而被免为庶人①;汉武帝后元元年(前88),燕王刘旦因藏匿亡命者而被削去良乡、安次、文安三县②。

7. 擅为

擅为是指宗室王侯、官吏不遵守皇帝的命令而擅自作为的行为,包括私自出界、任用禁锢者、过律等多种情形。两汉诸侯王和高官都不允许私自出界,"凡诸侯出境,必备左右,故夹谷之会,司马以从。"③这一是为了辖区的管理负责,二是防范诸侯王和高级官吏私下往来。比如,汉元帝时,护羌校尉王尊因擅离部署,免官归家④;汉安帝元初五年(118),赵王刘乾因居丧期间私聘小妻,且私出司马门,因而被削去中丘县。⑤

被禁锢者往往与犯有较重政治罪行的宗室王侯或高级官吏具有亲缘、师生或政治方面的关系,不顾朝廷禁令擅自任用禁锢者,无异于将自身主动归入与朝廷对抗的行列。比如,汉顺帝永建三年(128),太傅桓焉"坐辟召禁锢者为吏免"⑥;汉灵帝熹平六年(177),司徒杨赐"坐辟党人免"⑦。

过律是指犯罪者的行为超过了朝廷允许的程度,显示出对皇权和国家律令的轻蔑和挑衅。比如,汉文帝后元三年,信武侯靳亭"坐事国人过律,孝文后三年,

---

① 《史记·高祖功臣侯者年表》:"三年,侯越坐匿死罪,免为庶人,国除。"(《史记》卷一八《高祖功臣侯者年表》,第3册第1091页。)
② 《汉书·燕刺王旦传》:"旦壮大就国,为人辩略,博学经书杂说,好星历数术倡优射猎之事,招致游士。及卫太子败,齐怀王又薨,旦自以次第当立,上书求入宿卫。上怒,下其使狱。后坐藏匿亡命,削良乡、安次、文安三县。"(《汉书》卷六三《燕刺王旦传》,第9册第2751页。)
③ 《后汉书》卷四二《临淮怀公衡传》,第5册第1449页。
④ 《汉书·王尊传》:"尊以千余骑奔突羌贼。功未列上,坐擅离部署,会赦,免归家。"(《汉书》卷七六《王尊传》,第10册第3229页。)
⑤ 《后汉书·赵孝王良传》:"元初五年,封乾二弟为亭侯。是岁,赵相奏乾居父丧私娉小妻,又白衣出司马门,坐削中丘县。"(《后汉书》卷一四《赵孝王良传》,第2册第559页。)
⑥ 《后汉书》卷三七《桓荣传》,第5册第1257页。
⑦ 《后汉书》卷五四《杨震传》,第7册第1779页。

夺侯，国除"①；汉成帝建始二年（前31），陵乡侯刘䜣"坐使人伤家丞，又贷谷息过律，免"②。

8. 欺谩罔上

欺谩罔上是指欺骗君主的行为，《晋书·刑法志》曰："违忠欺上谓之谩。"③对君主的不忠和欺骗是对皇权、对专制主义统治政体极大的蔑视和挑战，故性质也十分严重。比如，汉武帝元狩三年，随成侯赵不虞为定襄都尉，太守战败于匈奴，虞未据实上报朝廷，"谩，国除"④；汉哀帝元寿元年（前2），新甫侯王嘉被治以罔上罪，"下狱瘐死"。⑤

9. 不敬、大不敬

不敬、大不敬是指侵犯、损害皇权尊严或帝王安全等怠慢无礼的行为，与欺谩罔上类似，也是一种非常严重的犯罪类型。两汉时期，可被归为不敬、大不敬的行为较为繁杂。比如，汉武帝元狩四年（前119），绳侯周平因担任太常时治理园陵不缮，被斥不敬，后夺爵除国⑥；汉桓帝延熹三年，白马令李云以忠谏获罪，太常杨秉、洛阳市长沐茂及郎中上官资皆上疏争之，"帝恚甚，有司奏以为大不敬。诏切责蕃、秉，免归田里，茂、资贬秩二等。"⑦等等。

10. 矫制害、矫制不害

"矫制"即伪造圣旨、假传皇命，"矫制害"是指矫制行为造成了严重的不良后果，"矫制不害"则是指矫制行为虽已发生，但并未产生恶劣的影响，有时甚至于国家有利。正因如此，矫制害与矫制不害虽然都在不同程度上触犯了皇权的权威，但两者所受的处罚并不相同，通常前者较重，后者较轻。比如，汉武帝在位期间，浩侯王恢"坐使酒泉矫制害，当死，赎，国除"⑧；宜春侯卫伉"坐矫制

---

① 《史记》卷九八《傅靳蒯成列传》，第8册第3284页。
② 《汉书》卷一五下《王子侯表下》，第3册第503~504页。
③ 《晋书》卷三〇《刑法志》，第3册第604页。
④ 《史记》卷二〇《建元以来侯者年表》，第3册第1035页。
⑤ 《汉书》卷一八《外戚恩泽侯表》，第3册第712页。
⑥ 《史记·高祖功臣侯者年表》："元狩四年，平坐为太常不缮治园陵，不敬，国除。"（《史记》卷一八《高祖功臣侯者年表》，第3册第1121页。）
⑦ 《后汉书》卷五七《李云传》，第7册第1852页。
⑧ 《史记》卷二〇《建元以来侯者年表》，第3册第1254页。

不害,国除"①;谒者汲黯持节矫制,发河南仓粟以救济贫民,"上贤而释之"②,仅贬为荥阳令。

11. 回避制度

回避是指皇亲国戚因维护国家统一政权的需要而须回避某些官职的制度。比如,竟宁元年,汉成帝即位,有司上奏称大鸿胪冯野王身为王舅,不宜位处九卿,野王遂以大鸿胪之秩出为上郡太守③;同年,黄门郎、给事中冯参也以王舅身份出补渭陵食官令④;汉成帝永始四年(前13),廷尉彭宣"以王国人出为太原太守"⑤;汉哀帝时,刘歆出补为河内太守,又因"宗室不宜典三河",徙守五原,后复转在涿郡,历三郡守⑥;等等。事实上,回避者并非犯有某种罪行,只是因为他们的身份本身对专制主义中央集权构成了潜在的威胁,故而其所遭遇的流贬也带有政治防御的性质。

(二)刑事罪名

刑事罪名是指犯罪者因危害他人的人身和财产安全,直接或间接导致他人的生命健康或个人与公共财产等蒙受重大损失而获得的罪名,主要包括杀人、伤人以及贪污受贿、偷盗财物、敲诈勒索、哄抬市价等罪行。比如,汉文帝前元五年(前175),留侯张不疑与门大夫谋杀故楚内史,当死,赎为城旦,夺爵除国⑦;汉成帝绥和二年,右曹侍郎薛况因使人故意打伤博士申咸,减罪一等,流放敦

---

① 《史记》卷二〇《建元以来侯者年表》,第3册第1235页。
② 《史记》卷一二〇《汲黯列传》,第10册第3773页。
③ 《汉书·冯奉世传》:"成帝立,有司奏野王王舅,不宜备九卿。以秩出为上郡太守,加赐黄金百斤。"(《汉书》卷七九《冯奉世传》,第10册第3303页。)
④ 《汉书·冯奉世传》:"竟宁中,(冯参)以王舅出补渭陵食官令。"(《汉书》卷七九《冯奉世传》,第10册第3306页。)
⑤ 《汉书·彭宣传》:"禹以帝师见尊信,荐(彭)宣经明有威重,可任政事,繇是入为右扶风,迁廷尉,以王国人出为太原太守。"李奇曰:"初,汉制王国人不得在京师。"(《汉书》卷七一《彭宣传》,第10册第3051页。)
⑥ 《汉书·楚元王交传》:(刘歆)"以宗室不宜典三河,徙守五原,后复转在涿郡,历三郡守。"(《汉书》卷三六《楚元王交传》,第7册第1972页。)
⑦ 《史记·高祖功臣侯者年表》:"五年,侯不疑坐与门大夫谋杀故楚内史,当死,赎为城旦,国除。"(《史记》卷一八《高祖功臣侯者年表》,第3册第1063页。)

煌；鸿嘉二年（前19），承乡侯刘德天"坐恐猲国人，受财臧五百以上，免。"①等等。

(三) 伦理道德罪名

伦理道德罪名是指犯罪者因言行举止不符合汉代社会通行的伦理道德规范，对社会风尚和社会稳定造成了不良影响而获得的罪名，具体包括淫乱（含乱伦）、不孝（含无子、非子）、杀妻、乱妻妾位、恶意毁僭等罪行。比如，汉武帝元朔二年，土军侯宣生"坐与人妻奸罪，国除"②；汉宣帝元康四年，乘丘侯刘外人"坐为子时与后母乱，免"③；汉武帝元狩二年（前121），复阳侯陈强因父亲陈拾非恭侯陈嘉之子，国除④；汉安帝元初四年（117），朗陵侯臧松"与母别居"⑤，国除；汉章帝建初元年（76），胶东侯贾敏"坐诬告母杀人"⑥，国除；汉哀帝元寿二年，孔乡侯傅晏"坐乱妻妾位免，徙合浦"⑦；汉灵帝时，郡守甄邵谄贵卖友，贪官埋母，为河南尹李燮所劾，"邵遂废锢终身"⑧；等等。

(四) 失职

失职主要是指汉代官吏、王侯因未履行本职工作，或虽已履职但并未取得良好的成效，从而导致国家利益受损的行为。两汉时期，兵败、降敌、临阵脱逃、选举不实、业务不精、灾异免官等都属于失职的范畴。比如，汉高祖八年，匈奴攻打代国，代王刘仲不能坚守，"弃国亡，间行走洛阳"⑨，高祖遂废以为颌阳

---

① 《汉书》卷一五下《王子侯表下》，第3册第498页。
② 《史记》卷一八《高祖功臣侯者年表》，第3册第958页。
③ 《汉书》卷一五上《王子侯表上》，第2册第467页。
④ 《史记·高祖功臣侯者年表》："元狩二年，坐父拾非嘉子，国除。"（《史记》卷一八《高祖功臣侯者年表》，第3册1102页。）
⑤ 《后汉书》卷一八《臧宫传》，第3册第686~687页。
⑥ 《后汉书》卷一七《贾复传》，第3册第667页。
⑦ 《汉书》卷一八《外戚恩泽侯表》，第3册第711页。
⑧ 《后汉书》卷六三《李固传》，第8册第2091页。
⑨ 《史记》卷一〇六《吴王濞传》，第9册第3415页。

侯；汉武帝元鼎四年（前113），中尉尹齐因木强少文，"豪恶吏伏匿而善吏不能为治"①，职事多废，故而免官抵罪；汉成帝永始二年，梁国、平原郡连年水灾，人相食，刺史、守相皆因此被免官②；汉献帝建安十三年（208），司徒赵温辟司空曹操之子曹丕为掾，"操怒，奏温辟臣子弟，选举不实，免官"③；等等。

（五）连坐

如前文所说，连坐是指统治者对有罪者之外的第三者实施的株连性惩罚，其本身并无过错，只因与犯罪者具有亲缘关系或紧密的政治关系，因而被划归为有罪或具有潜在威胁的对象。其中，亲缘方面包括血亲和姻亲，政治方面主要指有罪者的门生、故吏、党与以及好友。比如，汉宣帝五凤四年，义阳侯厉温敦之子伊细王谋反，厉温敦因之削爵为关内侯，食邑千户④；同年，平通侯杨恽被诛，党友皆免官⑤；汉安帝建光元年，上蔡侯邓骘诛废，辽东太守陈禅因为是邓骘的故吏而被免官⑥；汉献帝建安十九年（214），伏皇后谋诛曹操，事败幽死，"兄弟及宗族死者百余人，母盈等十九人徙涿郡"⑦；等等。

（六）忤上

忤上是指汉代官爵因违逆皇帝、太后、权臣等掌权者的意志而获罪受罚的行为。通常情况下，因忤上而遭流贬者并非真的有罪，只是沦为了专制主义集权的

---

① 《汉书·尹齐传》："吏民益雕敝，轻齐木强少文，豪恶吏伏匿而善吏不能为治，以故事多废，抵罪。"颜师古注曰："恶吏不肯为用，独善吏在，故不能治事也。""以职事多废，故至于坐罪也。"（《汉书》卷九〇《尹齐传》，第11册第3659页。）
② 《汉书·食货志上》："永始二年，梁国、平原郡比年伤水灾，人相食，刺史守相坐免。"（《汉书》卷二四上《食货志上》，第4册第1142页。）
③ 《后汉书》卷二七《赵典传》，第4册第950页。
④ 《汉书·景武昭宣元成功臣表》："四年，坐子伊细王谋反，削爵为关内侯，食邑千户。"（《汉书》卷一七《景武昭宣元成功臣表》，第3册第673页。）
⑤ 《汉书·韦贤传》："（韦玄成）坐与故平通侯杨恽厚善，恽诛，党友皆免官。"（《汉书》卷七三《韦贤传》，第10册第3110页。）
⑥ 《后汉书·陈禅传》："及邓骘诛废，禅以故吏免。"（《后汉书》卷五一《陈禅传》，第6册第1686页。）
⑦ 《后汉书》卷一〇下《献帝伏皇后纪》，第2册第454页。

牺牲品。比如,汉景帝中元二年,中大夫郅都忤窦太后,免归家①;光武帝建武中元元年(56),议郎、给事中桓谭因不读谶,又言谶之非经,触怒光武帝,出为六安郡丞②;汉顺帝时,尚书令刘矩"性亮直,不能谐附贵执,以是失大将军梁冀意,出为常山相"③;等等。

(七)被陷

被陷即有官爵者因被人陷害而遭流贬。比如,汉元帝初元二年,前将军、光禄勋萧望之为外戚许章、史高及中书宦官弘恭、石显所潜诉,免官下狱,愤而自杀④;汉灵帝建宁二年(169),太常张奂被司隶校尉王寓陷以党罪,禁锢归田里⑤;等等。

(八)老病

两汉时期,"病满三月免"为例行制度,官吏因患病而离职三月以上者,通常会被免去原有的官职。除疾病之外,衰老有时也会成为朝廷贬免官员的依据。比如,汉武帝元封二年(前109),少府赵禹因年老而出为燕相⑥;汉顺帝永和元年(136),太尉庞参以久病罢,卒于家⑦;等等。

---

① 《史记·酷吏列传》:"临江王征诣中尉府对簿,临江王欲得刀笔为书谢上,而都禁吏不予。魏其侯使人以间与临江王。临江王既为书谢上,因自杀。窦太后闻之,怒,以危法中都,都免归家。"(《史记》卷一二二《酷吏列传》,第10册第3805~3806页。)

② 《后汉书·桓谭传》:"其后有诏会议灵台所处,帝谓谭曰:'吾欲谶决之,何如?'谭默然良久,曰:'臣不读谶。'帝问其故,谭复极言谶之非经。帝大怒,曰:'桓谭非圣无法,将下斩之。'谭叩头流血,良久乃得解。出为六安郡丞,意忽忽不乐,道病卒,时年七十余。"(《后汉书》卷二八上《桓谭传》,第4册第961页。)

③ 《后汉书》卷七六《刘矩传》,第9册第2476页。

④ 《汉书·楚元王交传》:"(萧)望之、(周)堪、(刘)更生议,欲白罢退之。未白而语泄,遂为许、史及恭、显所潜诉,堪、更生下狱,及望之皆免官。"(《汉书》卷三六《楚元王交传》,第7册第1930页。)

⑤ 《后汉书·张奂传》:"司隶校尉王寓,出于宦官,欲借宠公卿,以求荐举,百僚畏惮,莫不许诺,唯(张)奂独拒之。寓怒,因此遂陷以党罪,禁锢归田里。"(《后汉书》卷六五《张奂传》,第8册第2141页。)

⑥ 《史记·酷吏列传》:"禹以老,徙为燕相。数岁,乱悖有罪,免归。"(《史记》卷一二二《酷吏列传》,第10册第3817页。)

⑦ 《后汉书·庞参传》:"阳嘉四年,复以(庞)参为太尉。永和元年,以久病罢,卒于家。"(《后汉书》卷五一《庞参传》,第6册第1691页。)

第四章 两汉流贬者的分布规律

(九) 其他

其他类主要是零星存在、不足以构成一类的流贬原因，如宠臣因媚上而遭流贬、战俘因战败而被迁徙等。比如，汉景帝前元元年（前156），上大夫邓通因"独自谨其身以媚上"而被免官①；光武帝建武十九年（43），交趾女子徵侧及其妹徵贰反，九真、日南、合浦郡皆应之，凡略六十五城，自立为王，光武帝发兵破之，"徙其渠帅三百余口于零陵"②；等等。

二、流贬原因分布情况

在上述流贬原因中，两汉由于政治罪名而遭遇流贬者数量最多，为365人次，占比35.3%；因失职、连坐、忤上而被流贬者数量居于第二梯队，分别为166人次、139人次、107人次，分别占比16.05%、13.44%、10.35%；因刑事罪名、老病、被陷、伦理道德罪名而被流贬者数量居于第三梯队，分别为77人次、64人次、51人次、48人次，分别占比7.45%、6.19%、4.93%、4.64%；其他原因导致的流贬共17人次，占比1.64%。③ 所以，整体来看，两汉流贬原因中占主体地位的是有损于皇权的至高无上、不利于专制主义中央集权、危害国家政治稳定的行为，如表4-8、图4-12所示。

表4-8 两汉流贬原因分类统计表

流贬原因	政治罪名	刑事罪名	伦理道德罪名	失职	连坐	老病	忤上	被陷	其他
人次	365	77	48	166	139	64	107	51	17
比例	35.30%	7.45%	4.64%	16.05%	13.44%	6.19%	10.35%	4.93%	1.64%

---

① 《史记·佞幸列传》："然邓通无他能，不能有所荐士，独自谨其身以媚上而已。"（《史记》卷一二五《佞幸列传》，第10册第3878页。）

② 《后汉书》卷八六《南蛮传》，第10册第2837页。

③ 注：同时触犯多种罪名者，所涉罪名各以1人次计入。

第四节 两汉流贬者的流贬原因

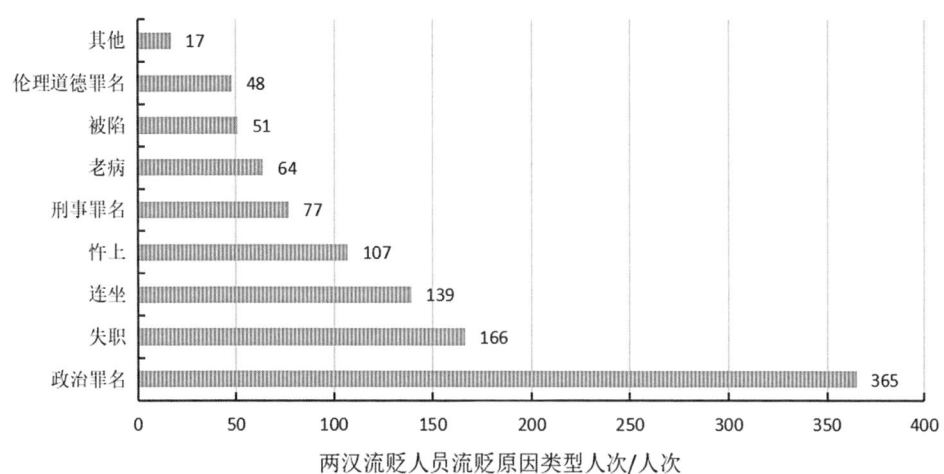

图 4-12 两汉流贬原因类型静态分布图

从西汉到东汉，各类流贬原因所占的比重也在发生变化。西汉时，因政治罪名导致的流贬者为 290 人次，占比 48.66%，近乎半壁江山；因失职、连坐、刑事罪名而被流贬者数量大致相当，分别为 75 人次、52 人次、50 人次，占比分别是 12.58%、8.72%、8.39%；因忤上、伦理道德罪名、老病而被流贬者数量差异也比较相近，分别为 45 人次、34 人次、33 人次，占比分别是 7.55%、5.7%、5.54%；因被陷而流贬者为 15 人次，占比 2.52%；其他类流贬原因 2 人次，占比 0.34%。到了东汉，由于削藩任务在西汉已经完成，故而因政治罪名所致的流贬事件大为减少，仅 75 人次，降幅达 74.14%；同样呈下降趋势的还有因刑事罪名、伦理道德罪名、老病所导致的流贬，这三类原因分别比西汉减少了 23 人次、20 人次、2 人次；因失职、连坐、忤上、被陷及其他类原因而被流贬者则有所增加，分别比西汉多出了 16 人次、35 人次、17 人次、21 人次及 13 人次。从比例上来看，东汉各类型流贬原因之间的起伏较为平缓，其中失职占 20.78%，连坐占 19.86%，政治罪名占 17.12%，忤上占 14.16%，其他多种原因占比均在 10% 以下，如表 4-9 和图 4-13 所示。

表 4-9　两汉流贬原因统计表

流贬原因	政治罪名	刑事罪名	伦理道德罪名	失职	连坐	老病	忤上	被陷	其他
西汉人次	290	50	34	75	52	33	45	15	2
比例	48.66%	8.39%	5.70%	12.58%	8.72%	5.54%	7.55%	2.52%	0.34%
东汉人次	75	27	14	91	87	31	62	36	15
比例	17.12%	6.16%	3.20%	20.78%	19.86%	7.08%	14.16%	8.22%	3.42%

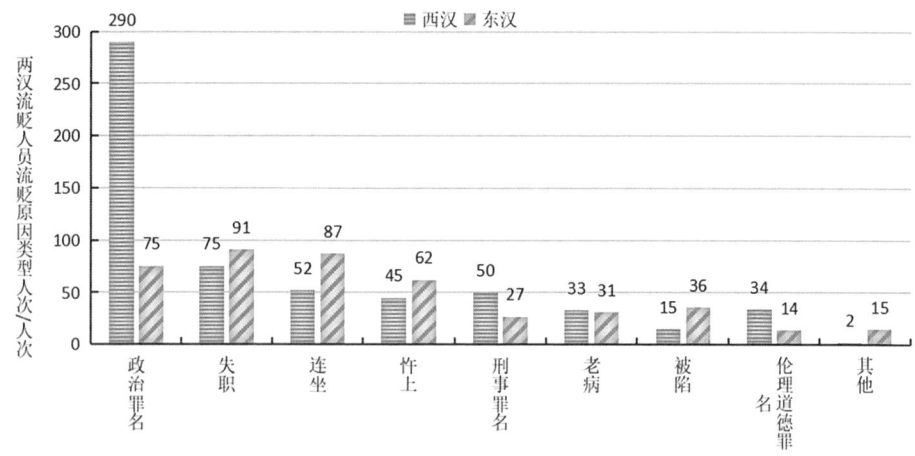

图 4-13　两汉流贬原因类型动态分布图

第五节　两汉文人流贬情况定量分析

一、流贬文人的时间分布

两汉文人流贬始于汉惠帝朝，惠帝元年，淮阳王刘友被徙为赵王。汉献帝建安十二年（207），少府孔融忤曹操，御史大夫郗虑承旨奏免融官，是为两汉文人流贬的结束，其间共历 384 年。据笔者统计，两汉流贬者中，仅有 115 人次为文人，占比约为 8.04%，总体数值很低。从时间分布来看，两汉各朝流贬文人的数量变化趋势与两汉各朝流贬总人次大体一致，但时间点又不完全重合。具体而言，西汉流贬文人在汉哀帝统治期间数量最多，为16人次；其次是汉成帝朝，为14人次；再次为汉武帝朝，为12人次；高祖、高后、汉景帝及少帝（刘婴）四朝均无记载。西汉各朝流贬文人数量大致以汉宣帝为中心向两边震荡起伏，在武帝和哀帝朝形成两个小高峰，呈"山"字形分布。东汉流贬文人在汉桓帝时数量最多，为13人次；其次是汉灵帝朝和光武帝朝，分别为10人次、11人次；汉殇帝、少帝（刘懿）、汉冲帝、少帝（刘辩）朝均无记载。东汉各朝流贬文人人次大致以汉顺帝为中心向两边震荡起伏，往前在光武帝朝形成次高峰，往后在桓帝朝形成最高峰，亦呈"山"字形分布。整体来看，东汉流贬文人的时间跨度比西汉更长；西汉流贬文人的人次略多，且高峰更为突出，如表4-10、图4-14所示。

表4-10 两汉各朝流贬文人统计表

朝代		流贬总人次①	文人人次②	文人占比	朝代		流贬总人次	文人人次	文人占比
西汉	汉高祖	6	0	0.00%	东汉	光武帝	73	11	15.07%
	汉惠帝	6	1	16.67%		汉明帝	57	2	3.51%
	汉高后	19	0	0.00%		汉章帝	44	4	9.09%
	汉文帝	44	1	2.27%		汉和帝	62	3	4.84%
	汉景帝	80	0	0.00%		汉殇帝	0	0	0.00%
	汉武帝	334	12	3.59%		汉安帝	78	2	2.56%
	汉昭帝	19	7	36.84%		汉少帝	0	0	0.00%
	汉宣帝	77	11	14.29%		汉顺帝	59	7	11.86%
	汉元帝	45	6	13.33%		汉冲帝	1	0	0.00%
	汉成帝	123	14	11.38%		汉质帝	2	1	50.00%
	汉哀帝	111	16	14.41%		汉桓帝	106	13	12.26%
	汉平帝	21	1	4.76%		汉灵帝	123	10	8.13%
	汉少帝	2	0	0.00%		汉少帝	0	0	0.00%
	更始帝	2	1	50.00%		汉献帝	29	3	10.34%
	合计	889	70	7.87%		合计	634	56	8.83%

合计：两汉流贬总人次为1523人次，流贬文人为126人次，占比约8.27%。

① 注：含重复人次。
② 注：含重复人次。

第四章 两汉流贬者的分布规律

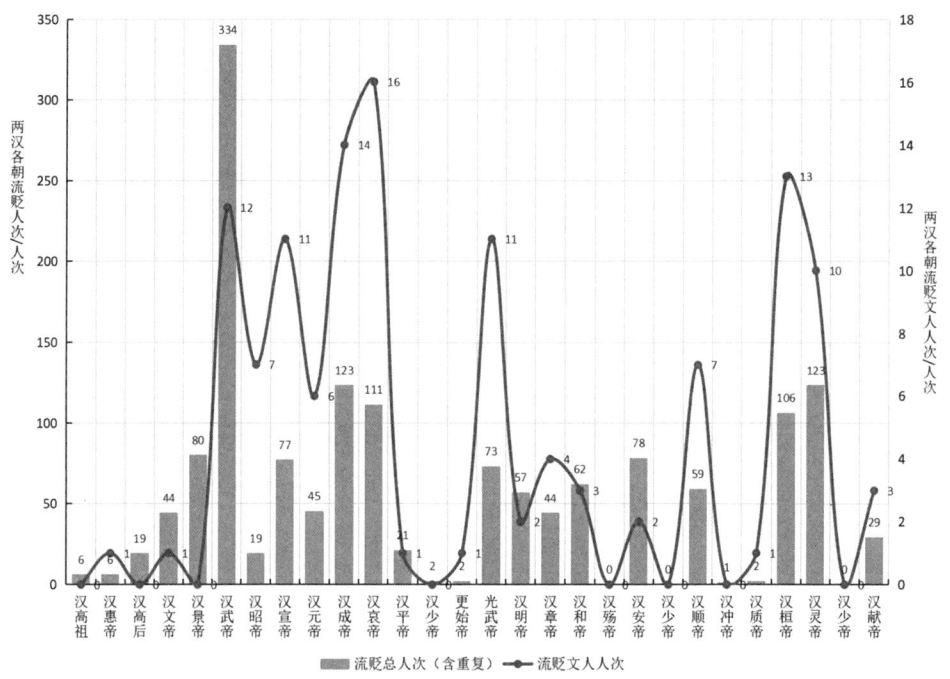

图 4-14 两汉各朝流贬文人分布图

两汉流贬文人同样包含流放、贬官及贬爵三种类型。① 在两汉流贬文人总数中，流放文人为 7 人次，占总数的 5.56%；贬官文人为 104 人次，占总数的 82.54%；贬爵文人为 15 人次，占总数的 11.9%。由此可知，两汉流贬文人静态类型分布格局与两汉流贬总人次基本相同，即贬官文人超过 2/3，占绝对优势地位；贬爵文人位居第二，数量略高于 1/10；流放文人数量占比最小，约为 1/20。从西汉到东汉，流贬文人贬官、贬爵呈下降趋势，而流放略有增加，如表 4-11 与图 4-15、图 4-16、图 4-17 所示。

---

① 注：按流贬类型统计流贬文人的分布情况时，同时遭受多种惩罚的流贬人员各以 1 人次计入。

第五节 两汉文人流贬情况定量分析

表 4-11 两汉流贬文人类型统计表

朝代	流贬文人人次①	流放文人		贬官文人		贬爵文人	
		人次	占比	人次	占比	人次	占比
西汉	70	3	4.29%	57	81.43%	10	14.29%
东汉	56	4	7.14%	47	83.93%	5	8.93%
合计	126	7	5.56%	104	82.54%	15	11.9%

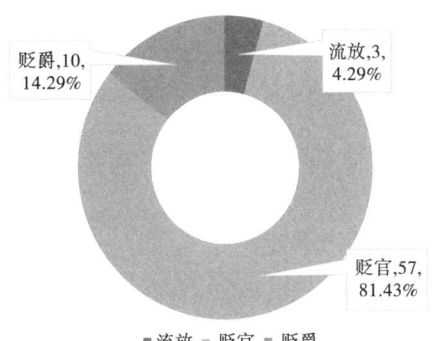

图 4-15 西汉流贬文人类型分布图

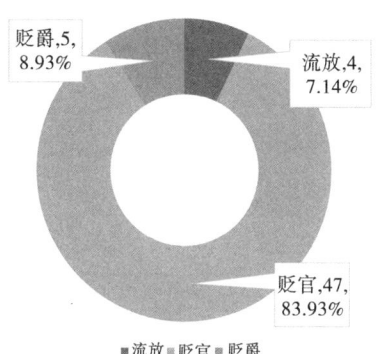

图 4-16 东汉流贬文人类型分布图

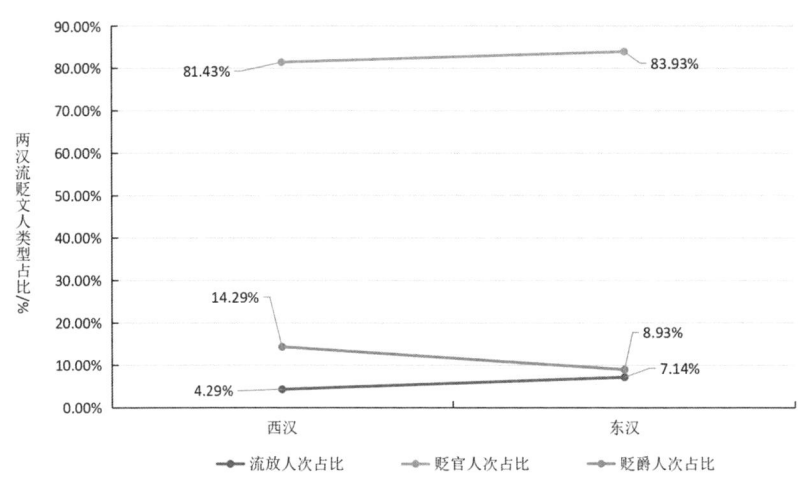

图 4-17 两汉流贬文人类型动态分布图

① 注：含重复人次。

二、流贬文人的空间分布

两汉时期，流贬之后发生了地域改迁的文人共有 19 人，其中西汉 8 人，东汉 11 人。西汉 8 人中，徙边者为 3 人，均迁往西北凉州地区；剩余 5 人为贬官者，其中 3 人在中原的司隶和豫州，1 人在东南荆州，1 人在西北凉州。东汉 11 人中，徙边者为 4 人，其中北方并州 2 人，西北凉州 1 人，南方交州 1 人；贬官者 6 人，其中中原地区 4 人，东南扬州 1 人，东北幽州 1 人；贬爵者 1 人，徙往中原地区的豫州地区。总的来看，两汉流贬文人被强制迁徙后，主要分布在中原和北部边郡地区。东汉时，南方边郡也偶有流贬文人出现。在类型上，汉代徙边文人主要集中于凉州、并州等北部边郡，贬官文人则更多地分布于中原和东部、东南一带，如表 4-12 所示。

表 4-12 两汉流贬文人空间分布统计表

地域		东南		中原			东北	北方	西北	南方	合计
		荆州	扬州	司隶	兖州	豫州	幽州	并州、朔方	凉州	交州	
徙边	西汉	0	0	0	0	0	0	0	3	0	3
	东汉	0	0	0	0	0	0	2	1	1	4
	合计	0	0	0	0	0	0	2	4	1	7
贬官	西汉	1	0	2	0	1	0	0	1	0	5
	东汉	0	1	2	1	1	1	0	0	0	6
	合计	1	1	4	1	2	1	0	1	0	11
贬爵	东汉	0	0	0	0	1	0	0	0	0	1
合计		1	1	4	1	3	1	2	5	1	19

三、流贬文人的身份类型与流贬原因构成[①]

两汉时期，可辨别身份类型的流贬文人共有 123 人次，包含诸侯王、列侯、

---

① 注：同时具有多种身份类型或流贬原因者，统计时各以 1 人次计入。

关内侯、中央官、地方官、门生故吏及党与以及其他类共七种身份类型。其中，中央官70人次，占比56.91%，位列第一；地方官35人次，占比28.46%，位列第二；数量排名第三的是列侯，共11人次，占比8.94%，如表4-13所示。由此可见，两汉流贬文人的身份类型以中央官为主体，地方官次之，列侯再次之。与两汉流贬者整体身份类型分布相类似，官员同样是流贬文人之中政治命运最为坎坷的群体。并且，这种情况在两汉之间并未发生明显的变化。

汉代可辨别流贬原因的流贬文人共有92人次。诸类原因中，因忤上而流贬的文人数量最多，共22人次，占比23.91%；连坐紧随其后，共20人次，占比21.74%；因政治罪名而遭流贬的文人位列第三，共15人次，占比16.3%；因被陷、失职、刑事罪名所致的文人流贬数量大致相当，分别为12人次、10人次、8人次，占比分别是13.04%、10.87%、8.7%。因伦理道德罪名和其他原因流贬的文人较少，分别为2人次（2.17%）和3人次（3.26%），如表4-14所示。

表4-13 两汉流贬文人身份类型统计表

身份类型	诸侯王	列侯	关内侯	中央官	地方官	门生、故吏、党与	其他
人次	2	11	1	70	35	2	2
比例	1.63%	8.94%	0.81%	56.91%	28.46%	1.63%	1.63%

表4-14 两汉流贬文人流贬原因统计表

流贬原因	政治罪名	失职	连坐	忤上	刑事罪名	被陷	伦理道德罪名	其他
西汉	11	5	10	12	6	5	1	3
比例	20.75%	9.43%	18.87%	22.64%	11.32%	9.43%	1.89%	5.66%
东汉	4	5	10	10	2	7	1	0
比例	10.26%	12.82%	25.64%	25.64%	5.13%	17.95%	2.56%	0.00%

续表

流贬原因	政治罪名	失职	连坐	忤上	刑事罪名	被陷	伦理道德罪名	其他
合计	15	10	20	22	8	12	2	3
比例	16.30%	10.87%	21.74%	23.91%	8.70%	13.04%	2.17%	3.26%

两汉之间，各类流贬原因的排序略有变化，西汉位列前三名的文人流贬原因分别是忤上(12人次，22.64%)、政治罪名(11人次，20.75%)、连坐(10人次，18.87%)；东汉位列前三名的文人流贬原因分别是忤上(10人次，25.64%)、连坐(10人次，25.64%)、被陷(7人次，17.95%)。总的来看，忤上是汉代文人最重要的流贬原因。另外，在忤上、连坐、政治罪名、被陷、失职等流贬原因中，除政治罪名和失职以外，流贬文人并非真正的过错方，而是因其他因素而遭遇不幸，如图4-18、图4-19所示。

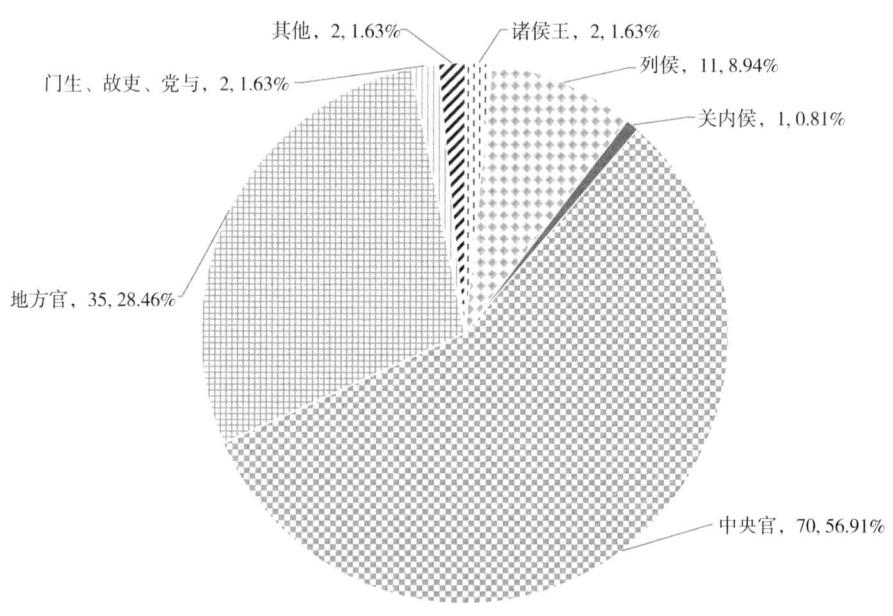

图4-18　两汉流贬文人身份类型分布图

第六节 两汉各朝流贬情况

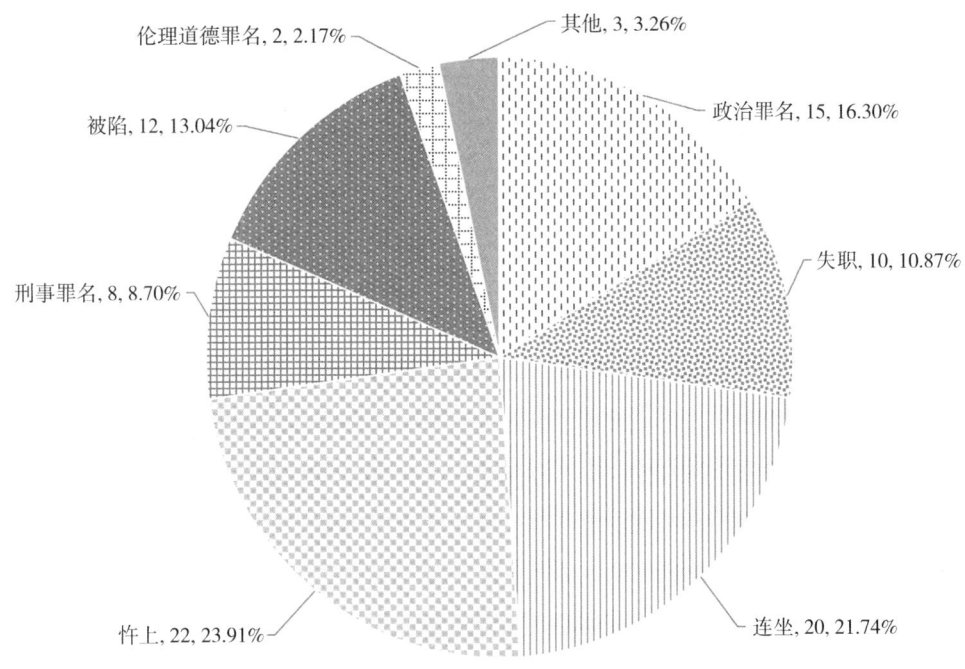

图 4-19 两汉流贬文人流贬原因分布图

第六节 两汉各朝流贬情况

结合笔者所辑资料和上述统计分析成果，可将两汉各朝流贬情况分析如下：

一、西汉各朝流贬情况

汉高祖（前 202 年 2 月—前 195 年 4 月）

公元前 206 年，项羽自立为西楚霸王，都彭城（今江苏省徐州市区），以巴、蜀、汉中之地封刘邦为汉王。汉王五年（前 202），刘邦与项羽决战垓下，项羽兵败自杀，刘邦于同年二月称帝，正式建立大汉王朝，史称西汉。西汉初年，人民生活凋敝，政治形势复杂，外族威胁严重，稳定政权、发展民生是汉初统治者面

223

第四章 两汉流贬者的分布规律

临的重任。高祖一朝，流贬者数量很少，仅 5 人次，占两汉流贬总人次的 0.35%，年均 0.7 人次。其中，贬爵者共有 4 人次，分别是诸侯王韩信、彭越、刘仲、张敖，除代王刘仲因卫国不力而贬爵之外，其余三位诸侯王的贬废都被冠以谋反罪名，关涉西汉初立时对国家最高权力的争夺。

此朝流贬者中无文人。

汉惠帝（前 195 年 5 月—前 188 年 9 月）

公元前 195 年，汉高祖刘邦病逝，汉惠帝刘盈即皇帝位。惠帝在位期间，继续推行高祖时休养生息的总体政策，流贬者也仅有 5 人次，占两汉流贬总人次的 0.35%，年均 0.68 人。5 人当中，4 人为列侯，均因有罪而除国，具体原因不详；1 人为诸侯王，刘邦去世后，吕后为争夺国家大权而开始迫害刘姓宗室成员，淮阳王刘友因之被徙封为赵王，后幽死。与汉高祖时类似，汉惠帝时流贬者的数量属于西汉的低谷期。究其原因，在汉高祖和汉惠帝两朝应是由于汉朝初立，统治者实行休养生息的统治政策，故而各类惩罚也较少实施。

此朝有流贬文人 1 人，为赵王刘友。这是史载汉代文人流贬的开始。

汉高后（前 188 年—前 180 年 9 月）

汉惠帝在位七年余，在吕后的阴影下郁悒而亡后，吕后先后立汉少帝刘恭和刘弘，但实权把持在吕后手中。吕后临朝称制的八年间，继续与民休息，社会经济继续发展，但在政治上，为使国家的最高权力牢固地掌握在吕氏手中，吕后对刘姓宗室的迫害和对吕姓势力的培植更加明显，西汉政府上层的政治矛盾因此进一步加强。吕后在位期间，流贬者增加较多，为 18 人次，占两汉流贬总人次的 1.26%，年均 2.37 人次。其中 3 人为诸侯王，12 人为列侯，4 人为中央官①，多因刘氏与吕氏的政治权力之争而遭遇流贬。

此朝流贬者中无文人。

汉文帝（前 180 年闰 9 月—前 157 年 6 月）

公元前 180 年，吕后去世，诸大臣拥立代王刘桓为汉文帝。汉文帝励精图治，统治期间国家政局较为稳定，经济得到显著的发展，开启了汉代第一个治

---

① 注：两汉时期，官职和爵位可在同一人身上重叠。如汉高后在位期间，任敖既是御史大夫，也是广阿侯。

世——"文景之治"的序幕。文帝在位二十余年，流贬者共计44人次，占两汉流贬总人次的3.08%，年均1.93人次。其中以列侯数量最多，达33人次。这些流贬人员多因触犯国家的规章制度、失职或老病等原因而产生，偶有因忤上而被流贬者，占比极小。

此朝有1位流贬文人，即著名文学家贾谊。

汉景帝（前157年6月—前141年正月）

汉景帝于文帝后元七年（前157）即位，其在位期间，国家吏治清明，百姓安定富足，"民朴而归本，吏廉而自重，殷殷屯屯，人衍而家富"①，由汉文帝开创的"文景之治"得以完成。景帝一朝，流贬者共有77人次，占两汉流贬总人次的5.39%，年均4.94人次。其中贬爵者达66人，列侯达61人。在这些贬爵者中，除去流贬原因不详者39人次之外，剩余绝大部分都与"七国之乱"有关。西汉初期，诸侯王在政治、经济、军事等多方面的待遇均十分优厚，发展至汉景帝时，诸侯王的羽翼已经非常丰满，并逐渐开始威胁皇权。为了加强中央集权，汉景帝接受臣子的建议，实施削藩策略，由此迅速激化了中央政权与诸侯王国之间的矛盾。前元三年，统治阶级上层爆发了一场极为严重的政治危机——吴楚七国之乱。叛乱平定之后，吴王刘濞、楚王刘戊、赵王刘遂、济南王刘辟光、淄川王刘贤、胶西王刘卬以及胶东王刘雄渠皆被处死，一批牵涉其中的列侯也被夺去了原有的爵位。

此朝流贬者中无文人。

汉武帝（前141年1月—前87年2月）

汉武帝是两汉历史上在位时间最长的皇帝，自景帝后元三年（前141）即位至武帝后元二年去世，共历时54年，其间共产生流贬人员309人次，占两汉流贬总人次的21.62%，年均5.71人次。其中贬爵达245人次，列侯达243人次。在多种流贬原因中，因政治罪名而遭流贬者多达177人次，为西汉建立以来的最高人次。这些数据的出现，当与汉武帝在位时间长，且积极加强中央集权的措施有关。汉朝发展至武帝刘彻时，"国家积累了相当充实的财富，也具备了可以调整

---

① （汉）桓宽撰，王利器校注：《盐铁论校注》，第333页。

中央和地方关系的实力。"①经历过吴楚七国之乱以后，中央集权虽得以加强，但拥有诸多特权的诸侯国仍是朝廷的隐患。为了进一步加强和巩固中央集权，元鼎五年（前112），汉武帝以所献"酎金"质量低劣或斤两不足为借口，废黜了116位诸侯。之后，汉武帝又采用主父偃"推恩令"之计策成功削藩，彻底去除了诸侯王威胁中央政权的能力。此外，汉武帝时汉朝与异族之间的战争较多，出于守卫边防和军事进攻的需要，一个较为特殊的流放群体——谪戍者应运而生。汉武帝时，先后共五次发遣谪吏、谪民、恶少年等至敦煌郡、五原郡乃至西域大宛国等边远地区。

此朝流贬者中有10名文人：董仲舒、主父偃、孔臧、刘安、司马相如、朱买臣、东方朔、枚皋、翟公、吾丘寿王。

汉昭帝（前87年2月—前74年4月）

后元二年，武帝驾崩，昭帝即位。汉昭帝继续推行汉武帝后期的统治政策，与民休息，重视生产，扭转了武帝晚年时西汉王朝潜在的颓势。昭帝在位的13年间，流贬者大为减少，仅18人次，占两汉流贬总人次的1.26%，年均1.37人次。三种流贬类型中，以贬官数量最多，为13人次。

此朝共有6位流贬文人，分别是刘德、王吉、龚遂、苏武、路温舒及魏相。

汉宣帝（前74年7月—前49年12月）

元平元年（前74），汉昭帝因病驾崩，昌邑王刘贺即位27日，因荒淫无道为霍光等大臣所废，汉武帝曾孙刘询随后被推举为帝，是为汉宣帝。汉宣帝少时坎坷，深知民间疾苦与吏治得失，即位后选贤任能，励精图治，因而政治清明、经济繁荣、社会安定、四夷皆服，开创了"孝宣之治"的良好局面。汉宣帝在位期间，流贬者总体不多，共有69人次，占两汉流贬总人次的4.83%，年均2.71人次。不过，由于朝政大权从汉昭帝时开始就由辅政大臣霍光把持，到汉宣帝时霍氏一族的权势已经盘根错节，分外显赫，使皇权受到了极大的牵制和威胁，因此，地节二年（前68），霍光去世后，汉宣帝趁势清除了霍氏在朝野上下的势力，彻底收回了事实上的最高权力。这次事件，也导致十余名有官爵者被贬免。汉宣帝一朝，贬官者为41人次，贬爵者为32人次，中央官为30人次，列侯为28人

---

① 王子今：《秦汉史：帝国的成立》，中信出版社2017年版，第136页。

次,因政治原因而流贬者29人次,均超过或接近半数,这应当与霍氏家族的垮台以及宣帝中后期严明的政治秩序有直接的关系。

此朝流贬者中共有5名文人,分别是张敞、萧望之、刘向、杨恽、韦玄成。

汉元帝(前48年12月—前33年5月)

汉元帝于黄龙元年(前48)即位,在位期间共产生流贬者44人次,占两汉流贬总人次的3.08%,年均2.85人次。汉元帝内心仁爱,但软弱无能,缺乏帝王所需的眼力和决断,其统治倚重宦官,致使朝政混乱、皇权旁落,西汉王朝由此走向衰落,因宦官排挤和陷害而被流贬的官员也开始大量出现。元帝一朝,贬官者共有34人次,包括中央官23人次、地方官11人次、身份不详者1人次。其中,流贬原因不详者有9人次,因许章、史高、弘恭、石显等宦官排挤、陷害或因上疏言宦官专权而遭流贬者有7人次,在元帝朝诸项流贬原因中居于首位。

此朝有流贬文人4人,分别是萧望之、刘向、师丹及王嘉。

汉成帝(前33年6月—前7年3月)

竟宁元年,元帝去世,太子刘骜登基,是为汉成帝。汉成帝即位后,石显等宦官失势,诸以石显为官者,皆废罢。然汉成帝耽于酒色,生活荒淫,朝政又被太后王政君及王氏外戚家族所把持,西汉由此陷入了不可挽回的动荡局势之中。在恶劣的政治生态环境中,流贬者尤其是贬官者大幅增加。成帝在位的26年间,流贬人员共有118人次,占两汉流贬总人次的8.26%,年均4.58人次。其中贬官者达99人次,含中央官64人次、地方官32人次。这些官员之所以被贬,除原因不详者31人次之外,首先是因灾异、残贼、选举不实等所致的失职,为18人次。大概在朝政混乱的时代,国家的诸多事务都难以正常推进,因而官吏无法胜任者亦随之增多。其次,不少官吏与宦官或外戚存在密切的政治和社会关系,故当宦官石显和外戚王商、王章、淳于长等先后倒台时,因牵连其中而被贬的官吏也达到了18人次。

此朝的流贬文人有5人,分别是匡衡、陈汤、陈咸、孙宝、谷永。

汉哀帝(前7年4月—前1年6月)

绥和二年,汉成帝因中风暴死于未央宫,其侄刘欣继位,是为汉哀帝。汉哀帝在位7年间,同样纵情声色,荒于政事,朝堂上下皆由外戚擅权。其间共产生流贬人员91人次,占两汉流贬总人次的6.37%,年均14.75人次,在西汉诸朝

第四章　两汉流贬者的分布规律

位居第一。其中，流放者为 24 人次，贬官者为 54 人次，贬爵者为 33 人次，同时承受两种及以上流贬类型者达 24 人次。在多种身份类型中，以中央官流贬最多，为 42 人次，列侯次之，为 26 人次。在多种流贬原因中，因政治罪名而流贬者数量最多，为 22 人次；因忤上而流贬者数量排在第二，为 16 人次。在因政治罪名和忤上而导致的流贬事件中，哀帝宠臣董贤和外戚丁氏、傅氏及王氏家族都扮演了重要的角色。此外，因连坐和失职而被流贬的人员分别为 11 人次、10 人次。由此可见，汉哀帝时，流贬人员在流贬类型、身份类型以及流贬原因三个方面都已达到一定的规模，这也从侧面反映了西汉末期腐败吏治的全面坍塌。

此朝流贬者中有 8 名文人：孙宝、唐林、刘歆、师丹、李寻、王嘉、息夫躬及杜邺。

汉平帝（前 1 年 9 月—5 年 12 月）

元寿二年，汉哀帝病逝，年仅九岁的中山王刘衎在外戚王莽的掌控下继立为帝，是为汉平帝。汉平帝在位 4 年间，流贬人员共有 20 人次，占两汉流贬总人次的 1.4%，年均 2.58 人次。其中，贬官者 13 人次，流放者 7 人次，身份上以中央官为主，为 13 人次。这些人员的流贬大多与王莽擅权有关。平帝即位后，新都侯王莽把持政权，为清除外戚丁氏、傅氏在朝堂上的势力，以哀帝时傅太后、丁太后称尊号一事为由，将昔日曾支持丁、傅氏的官吏皆免官流放合浦郡。

此朝流贬人员有文人孙宝。

汉少帝（刘婴，6 年—8 年 11 月）

元始五年（5），汉平帝刘衎病逝，王莽选立年仅一岁的刘婴为皇太子，继续独揽政权，改元"居摄"，并于次年称"假皇帝"。汉少帝在位约 3 年，共有流贬者 2 人次，占两汉流贬总人次的 0.14%。这两名流贬者，一为庐江都尉刘敞，居摄元年（6）因王莽畏恶刘氏而无端被免；一为丹阳太守张竦，流贬原因不详。二者皆非文人。

更始帝（23 年 2 月—25 年 10 月）

地皇四年，刘玄打败王莽，即皇帝位，建年号为更始，史称更始帝。刘玄称帝后同样沉湎酒色，将政事委托给国丈赵萌处理。更始三年，刘玄兵败被杀，更始政权灭亡。更始政权存在的两年间，有史记载的流贬者仅郑兴、李淑 2 人，占两汉流贬总人次的 0.14%。郑兴时为凉州刺史，后天水郡有造反者，攻杀郡守，郑兴应是由于守卫不力而免官。李淑时为博士,以谏忤旨,免官系狱。

郑兴为文人。

二、东汉各朝流贬情况

光武帝(25年6月—57年2月)

更始三年,刘秀在众将拥戴下即皇帝位,建元建武,史称后汉(即"东汉")。光武帝在位三十余年,改革官制,整顿吏治,与民休息,恢复生产,在加强中央集权的同时注重推动经济发展,在文化上则提倡儒学,推崇节气,开创了"光武中兴"的新时代。其间共产生流贬人员67人次,占两汉流贬总人次的4.69%,年均2.12人次。在流贬类型方面,贬官者占据了大多数,有48人次,其次为贬爵,有20人次;在身份类型方面,中央官有26人次,地方官有21人次,列侯为9人次,诸侯王为8人次。除流贬原因不详者14人次之外,因老病、失职、忤上而遭流贬者的数量相对较多,分别为10人次、9人次、8人次。这些数据反映出光武帝时代的政治、法制都较为严明,流贬事件总体较少,但光武帝本身在虚怀纳谏方面还有所不足。

此朝共有7位流贬文人,分别是苏竟、朱浮、郑兴、窦融、冯衍、桓谭及班彪。

汉明帝(57年2月—75年8月)

中元二年,汉明帝即位。汉明帝统治期间,一切遵照光武帝时的制度,总揽权柄,为政苛察,吏治清明,提倡儒学,整体上社会十分安定。汉明帝在位18年零6个月,流贬人员共计53人次,占两汉流贬总人次的3.71%,年均2.86人次。其中,流放者12人次,贬官者28人次,贬爵者17人次,中央官17人次,列侯12人次,地方官9人次。在流贬原因中,较为引人注意的有两点:一是永平八年、九年(66)、十六年(73)、十七年(74),由于西北方向从光武帝以来逐渐败落的军事形势,汉明帝先后四次发遣谪戍者前往正北和西北方向的朔方、五原、敦煌等边郡地区;二是永平十三年,楚王刘英因谋反罪被废黜,迁于丹阳郡泾县,与之相关的多位列侯因牵涉其中而被夺爵。

此朝共有两位流贬文人:梁竦、范升。

第四章　两汉流贬者的分布规律

汉章帝（75年8月—88年正月）

永平十八年（75），汉章帝继位，其在位期间励精图治，政治清明，思想活跃，经济繁荣，与汉明帝共同创造了"明章之治"。章帝一朝，共有流贬者44人次，占两汉流贬总人次的3.08%，年均3.54人次。其中，贬官类型数量较多，为31人次，中央官、地方官各16人。除去流贬原因不详者12人次以外，有9人次因政治罪名被贬，6人次因失职被贬。此外，汉章帝曾先后六次发遣谪戍者奔赴金城郡等边郡地区，这也侧面反映出明帝、章帝时期，汉朝与周边民族的关系持续紧张的局势。

此朝有3位流贬文人：李育、傅毅、杨终。

汉和帝（88年2月—105年12月）

章和二年（88），汉章帝逝世，年仅十岁的汉和帝刘肇即位，养母窦太后临朝称制，朝政由此被窦氏外戚所把控。永元四年，汉和帝联合宦官扫灭窦氏一族，此后勤勉问政，平定西域诸国，使东汉国力达到极盛，创造了"永元之隆"的佳绩。其在位18年间，共产生流贬者60人次，占两汉流贬总人次的4.2%，年均3.37人次。其中贬官者为35人次，流放者为14人次，贬爵者为13人次。在贬官者中，有30人次为中央官，除去流贬原因不详的7人次之外，有将近半数的中央官是因受到外戚阴氏、邓氏以及窦氏的牵连而遭遇流贬的。还需注意的是，从汉和帝开始，灾异开始成为朝廷以失职为罪名来罢免中央官的重要依据。比如，和帝一朝因失职而被罢免的官员共有9人次，其中因灾异而免官者将近一半。这一方面是东汉统治者注重儒学、发展经学的不良后果之一，另一方面也与东汉中后期自然灾害频发有较密切的关系。

此朝共有3位流贬文人：崔骃、班固、刘毅。

汉殇帝（105年12月—106年8月）

汉和帝病逝后，其子刘隆即位，为汉殇帝。汉殇帝登基时出生仅百天，皇太后邓绥临朝听政。其后不足一年，汉殇帝便夭折，在位时间共8个月。

此朝无流贬文人。

汉安帝（106年8月—125年3月）

汉殇帝夭折后，延平元年（106），邓太后与车骑将军邓骘迎立清河孝王刘庆之子刘祜，是为汉安帝。安帝即位后，朝政大权仍被邓太后和邓骘掌握，为与外戚抗衡，安帝周围又形成了以乳母王圣等人为首的宦官集团，因此，汉安帝在位前中期，宦官和外戚都大权在握。建光元年，邓太后去世，安帝遂在宦官集团的帮助下肃清了邓氏外戚在朝廷中的势力，但朝政转而又被宦官集团所控制。汉安帝在位期间，共有流贬者74人次，占两汉流贬总人次的5.18%，年均3.98人次。其中贬官者42人次，流放者19人次，贬爵者17人次。流贬对象以中央官为主，为46人次，其次是列侯，为13人次。在多项流贬原因中，以政治罪名被流贬者的数量最多，为15人次，大部分与安帝乳母王圣或邓氏外戚相关；其次为连坐，共14人次，基本上属于安帝乳母王圣或邓氏外戚的亲属、门生、故吏及党与。从这两组数据来看，宦官和外戚之间的争权斗争，对汉安帝时的政治环境造成了巨大的负面影响。此外，失职是安帝时官吏流贬的第三大原因，共有9人次，其中大部分因灾异而罢免。

此朝有流贬文人2人：崔瑗、黄香。

汉少帝（刘懿，125年3月—125年10月）

延光四年，汉安帝病逝于南游途中，阎太后在其兄外戚阎显的帮助下，迎立汉少帝刘懿。同年十月，汉少帝因病去世，在位时间仅7个月。

此朝无流贬人员记载。

汉顺帝（125年11月—144年8月）

刘懿病逝后，宦官孙程、王康等人发动宫廷政变，拥立汉安帝长子刘保为帝，是为汉顺帝。汉顺帝登基后，宦官凭借拥立之恩大权在握，顺帝为抗衡宦官集团，又与外戚梁氏相联合，使朝政在长达二十多年的时间里为梁氏外戚所把持，其中大将军梁冀权势最盛。梁冀为人专横跋扈、残忍贪婪、任人唯亲，其黑暗的统治使得朝野上下民不聊生。作为宦官和外戚交替或共同弄权的后果，汉顺帝在位时朝政腐败，人民生活十分艰难。其间流贬者共有58人次，占两汉流贬的4.06%，年均3.09人次。其中，贬官者占绝大部分，共计50人次；贬官者中又以中央官为主，共计38人次。除去流贬原因不详者15人次以外，失职是官吏流贬最突出的原因，共13人次，其中因灾异免官者9人次；忤上者有7人次，位居第二，这些官吏大部分因触犯了宦官或梁氏外戚的利益而被流贬。

第四章　两汉流贬者的分布规律

此朝有 5 位流贬文人，分别为崔琦、崔瑗、胡广、李固以及张衡。

汉冲帝（144 年 8 月—145 年正月）

建康元年，汉冲帝即位，太后梁妠临朝摄政，朝廷继续由外戚梁氏把持。永熹元年（145），汉冲帝驾崩，年仅三岁，在位时间不足一年。其间，汉政府曾发遣郡国中都官系囚徙边谪戍，此外无其他流贬人员。

汉质帝（145 年 1 月—146 年 6 月）

永熹元年（145），大将军梁冀拥立渤海孝王刘鸿之子刘缵即位，是为汉质帝。一年多后，梁冀因不满质帝称其为"跋扈将军"，竟将年仅八岁的质帝残忍毒杀。① 汉质帝在位期间，流贬者有 2 人次：李固、崔琦。本初元年，太尉李固因立嗣之事忤梁冀，遂策免。同年，郎官崔琦亦因言忤梁冀而免官。

李固、崔琦皆为文人。

汉桓帝（146 年闰 6 月—167 年 12 月）

汉质帝驾崩后，汉桓帝刘志即位，由梁太后临朝听政，外戚梁冀依旧掌握朝政大权。延熹二年，汉桓帝依靠宦官单超、左悺、徐璜、具瑗、唐衡的力量，终于将梁冀及其党与一并剪除，结束了东汉外戚专权的时代。但没有了外戚的制约，宦官集团从此一家独大。宦官党同伐异的黑暗统治终于激起了官僚士大夫的强烈不满，延熹九年（166），司隶校尉李膺等部分正直激进的士大夫，采用半公开乃至完全公开的方式，联合太学生共同发动了反对宦官集团的抗争行动，但惜以失败告终，李膺等人被捕，并牵连杜密、陈翔、陈寔、范滂等二百余人。次年又放归田里，终身废锢，形成了汉代历史上第一次大规模的党锢之祸。桓帝一朝，流贬者共有 97 人次，占两汉流贬总人次的 6.79%，年均 4.51 人次。其中贬官者为 71 人次，贬爵者为 23 人次，流放者为 12 人次；在贬官者中，中央官有 60 人次，地方官为 15 人次。在多种流贬原因中，因失职而流贬者有 16 人次，其中因灾异免官者 10 人次；因梁氏外戚倒台而流贬者 15 人次；因忤上而流贬者 11 人次，其中绝大多数为不顺桓帝之意而致；因党锢之

---

① 《后汉书·梁统传》："冲帝又崩，冀立质帝。帝少而聪慧，知冀骄横，尝朝群臣，目冀曰：'此跋扈将军也。'冀闻，深恶之，遂令左右进鸩加煮饼，帝即日崩。"（《后汉书》卷三四《梁统传》，第 5 册第 1179 页。）

祸而流贬者为5人次。①

此朝有10位流贬文人：胡广、马融、朱穆、崔寔、张奂、魏朗、桓麟、应奉、桓彬及赵岐。

汉灵帝（167年12月—189年4月）

永康元年（167），汉桓帝逝世，外戚窦氏选立章帝玄孙刘宏为皇帝，是为汉灵帝。汉灵帝荒淫无道，日夜作乐，多依靠宦官施行黑暗统治，在位期间曾发生三次党锢之祸，并终于在灵帝末期激发了大规模的农民起义，彻底将东汉政权送上了断头台。汉灵帝在位的二十余年间，流贬人员达122人次，占两汉流贬总人次的8.54%，年均5.72人次，均为东汉时期的最高数值。在流贬类型中，贬官者的数量最为突出，达102人次。流贬对象以中央官为主，达70人次，其次为地方官，有21人次。在流贬原因方面，因宦官侯览、曹节等劾奏或诬陷而流贬者达42人次；因忤皇帝或宦官、权臣而被贬者为14人次；因失职而被贬者为12人次，其中因灾异而免官者10人次。

此朝共有8位流贬文人：何休、张奂、蔡邕、刘陶、卢植、孔融、服虔及韩说。

汉少帝（刘辩，189年4月—189年9月）

汉灵帝逝世后，其嫡长子少帝刘辩即位，但政权掌握在临朝称制的何太后及其母舅大将军何进手中。刘辩在位仅5个月即被废为弘农王，成为东汉唯一被废黜的皇帝。此朝无流贬人员。

汉献帝（189年9月—220年10月）

中平六年（189）九月，少帝刘辩被废黜为弘农王之后，陈留王刘协由司空董卓拥护继位，是为汉献帝。登基后，董卓自封为丞相，又加封太师，事实上控制了中央政权，汉献帝沦为傀儡皇帝。初平三年（192），董卓被部下吕布所杀。建

---

① 《后汉书·党锢列传》曰："其辞所连及陈实之徒二百余人，或有逃遁不获，皆悬金购募。使者四出，相望于道。明年，尚书霍谞、城门校尉窦武并表为请，帝意稍解，乃皆赦归田里，禁锢终身。而党人之名，犹书王府。"（《后汉书》卷六七《党锢列传》，第8册第2187页。）注：汉桓帝时，第一次党锢之祸所涉及的人数当有二百余人，但其中官吏的数量具体是多少不得而知。为保证统计尽可能公正，对于两汉各朝流贬者，凡产生于同一流贬事件而无法得知具体人数的，均按1人次统计。

安元年（196），汉献帝再度依附于兖州牧曹操，继续着傀儡皇帝的身份。建安二十五年（220），汉献帝在魏王曹丕的逼迫下禅位，东汉正式灭亡。汉献帝一朝，实际上是一个由各路权臣掌控的时代，从董卓执政开始，东汉政权就已名存实亡。在这个极为混乱的朝代中，流贬人员共有29人次，占两汉流贬总人次的2.03%，年均0.93人次。其中，贬官者有26人，含中央官24人、地方官2人。造成流贬的主要原因，除去原因不详的10人次之外，一是失职，共免官爵7人次，其中因灾异而免官者5人次；二是忤上，共免官6人次，基本上是因忤逆权臣而被贬。

此朝共有2位流贬文人：孔融、丁仪。

综上所述，本章主要运用定量分析法来考察两汉流贬者的分布规律，并总结了两汉各朝具体的流贬情况。在时间方面，两汉流贬人次整体上在西汉武帝时达到最高峰，并在西汉末期与东汉末期形成了两个小型的波峰。在数量变化趋势上，两汉流贬文人与两汉各朝流贬总人次大体保持一致。从类型来看，两汉流贬整体上形成了贬官占优势地位，贬爵、流放跟随其后的类型分布格局。从西汉到东汉，流放人数缓慢上升，贬官人数快速上升，而贬爵人数则快速下降。在空间方面，两汉流贬整体上形成了从东部、东南部地区经中原地区向东北、正北、西北、西南、正南边郡地区，被强制迁徙的流贬人员数量逐级增多的扇形分布格局。从西汉到东汉，被强制迁徙的流贬人员显示出向东部、东南部地区内移的趋势，但总体上仍保持两汉整体的扇形分布格局。两汉流贬文人被强制迁徙后，主要分布在中原和北部边郡地区。东汉时，南方边郡也偶有流贬文人出现。其中，徙边文人主要集中于凉州、并州等北部边郡，贬官文人则更多地分布于中原和东部、东南一带。在身份类型方面，包括文人在内的两汉流贬人员整体上以官僚群体所受的政治打击最为严重，列侯次之。在流贬原因方面，西汉前中期，政治罪名所占的比例最重；西汉后期至东汉末，各类流贬原因之间的起伏变得平缓很多。其中，忤上是两汉流贬文人最突出的流贬原因。

总的来看，两汉之间，在统治者大力加强中央集权的汉武帝时代和皇权羸弱的西汉末期和东汉末期，流贬者的数量与其他朝代相比明显增多。在类型的变化上，贬官人数快速上升而贬爵人数快速下降的变化趋势，也与汉代爵制价值体系日益瓦解、职官制度日益发展和成熟的历史事实相吻合。两汉流贬文人于两汉流贬者整体当中的突出之处，一是身份类型以贬官为主，二是流贬原因以忤上为主，两者相结合所透露出来的信息，乃是汉代文官仍保持并发挥着可贵的谏议精神，以忠心护卫国家，但也因此触怒权贵，从而招致祸患。

第五章 骚体与两汉流贬文人的文学书写

现实中的坎坷与斗争,在两汉流贬文人的心中掀起了大小不一的风浪,在风浪的催逼中,流贬文人上慕先贤、下观自我,内在的创作热情由此激发,留下了诸多传世的佳篇。其中,文学性最强、最能反映流贬文人心态变化的当属骚体作品。

第一节 以"骚"为体:两汉流贬文人的文体选择

"屈骚"的前身为"楚辞",宋代学者黄伯思曰:"盖屈、宋诸骚,皆书楚语,作楚声,纪楚地,名楚物,故可谓之'楚辞'。"①鲁迅在《屈原及宋玉》中也谈道:"战国之世……在韵言则有屈原起于楚,被谗放逐,乃作《离骚》。逸响伟辞,卓绝一世。后人惊其文采,相率仿效,以原楚产,故称'楚辞'。"② "楚辞"虽然产生于战国时期,但"楚辞"这一名称直到汉代才出现,据《史记·张汤列传》载:"买臣以《楚辞》与助俱幸。"③西汉末期,刘向将屈原、宋玉之辞作与汉人的模仿之作共计十六篇汇编成集,定名为《楚辞》。东汉中后期,王逸作《楚辞章句》,增入己作《九思》,《楚辞》篇目由此定型。南北朝时期,文学理论家刘勰在其著作《文心雕龙》中专设《辨骚》一篇,详论屈原《离骚》,兼及《九章》《九歌》《远游》《天问》《招魂》《大招》《卜居》《渔父》及宋玉《九辩》等作品,并将《楚辞》与"骚"对应起来。之后,昭明太子萧统主编《文选》,亦单

---

① (宋)黄伯思:《宋本东观余论》,中华书局1988年版,第344页。
② 鲁迅:《汉文学史纲要》,上海古籍出版社2011年版,第17页。
③ 《史记》卷一二二《张汤列传》,第10册第3789页。

设"骚"类,收入屈原《离骚》《九歌》《九章》《卜居》《渔父》及宋玉《九辩》共六篇作品。至此,"骚"成为《楚辞》所代表的特定文体的代称,"骚体"这一名称也由此形成。

两汉时期共有 17 位流贬文人的 38 篇流贬文学作品留存至今,文体涉及骚体、书、四言诗、五言诗、杂言诗、奏疏等。① 其中,有 10 人创作了 13 篇骚体作品,具体包括刘友《幽歌》、贾谊《吊屈原赋》《鹏鸟赋》、董仲舒《士不遇赋》、东方朔《七谏》《嗟伯夷》、刘向《九叹》、息夫躬《绝命辞》、刘歆《遂初赋》、冯衍《显志赋》、梁竦《悼骚赋》以及张衡的《思玄赋》《四愁诗》。② 在作者人数和作品篇数两方面,骚体的占比分别达到了 59% 和 34%,在上述多种文体中以较大优势位列第一。可见,在创作流贬文学作品时,骚体已然成为汉代流贬文人在文体方面的普遍选择。

那么,汉代流贬文人缘何普遍选择骚体?前人在探讨拟骚现象时已论及部分原因,主要包括:①汉代统治者喜好并积极推广"楚辞";②屈原"信而见疑,忠而被谤"的放逐经历使人阂伤,并引起了士人的广泛共鸣;③屈骚弘博丽雅,为辞赋之宗;④西汉贾谊的骚体创作起到了先行作用。上述原因均有其合理之处,但除此之外,我们还可以从文体的角度深入思考这一问题。

一、宣寄情志:两汉流贬文人的创作意图

两汉流贬文人在创作骚体作品时具有相似的创作意图:宣寄情志。其中,贾谊《吊屈原赋》与梁竦《悼骚赋》都有明确的悼骚主题。《吊屈原赋》序言曰:"谊为长沙王太傅,既以谪去,意不自得,及度湘水,为赋以吊屈原。……谊追伤之,

---

① 其中,少数作品虽创作于流贬事件发生之前,但由于文人事实上已处于身遭压抑的类流贬状态,且创作的文学作品中已蕴含流贬心态,故此时创作的作品也可视为流贬文学作品。

② 剩余 25 篇作品为:杨恽《报孙会宗书》、冯衍《与阴就书》《又与阴就书》《与妇弟任武达书》《与宣孟书》、张奂《与延笃书》、蔡邕《与袁公书》《徙朔方报杨复书》《徙朔方报羊陟书》、孔融《报曹公书》;翟公《署门》、韦玄成《自劾诗》、蔡邕《翠鸟诗》、孔融《离合郡姓名字诗》《临终诗》;张敞《诣公车上书》、冯衍《上疏自陈》、张奂《奏记谢颖》、蔡邕《戍边上章》;冯衍《杨节赋序》《居常慷慨》、张衡《归田赋》、张奂《遗命诸子》、蔡邕《月令问答》《吊屈原文》。

因以自喻。"①贾谊创作此文的目的，一方面是追念楚国先贤屈原被谗放逐、世无人知的不幸遭遇，另一方面也将自身贬谪长沙的悲伤寄寓其中。梁竦《悼骚赋》虽无序言，但以"悼骚"为题则已点明文章以追悼屈原为主旨，结合文中"既匡救而不得兮，必殒命而后仁""临岷川以怆恨兮，指丹海以为期"等充满悲情色彩的语句来看，作者在创作该文时也有着强烈的情感表达的诉求。②

东方朔的《七谏》和刘向的《九叹》，前人也认为是因追念屈原而作。王逸《楚辞章句》曰："《七谏》者，东方朔之所作也。……东方朔追悯屈原，故作此辞，以述其志，以昭忠信、矫曲朝也。"③"（刘）向以博古敏达，典校经书，辩章旧文，追念屈原忠信之节，故作《九叹》。"④又洪兴祖《楚辞补注》曰："《九叹》者，护左都水使者光禄大夫刘向之所作也。向以博古敏达，典校经书，辩章旧文，追念屈原忠信之节，故作《九叹》。叹者，伤也，息也。言屈原放在山泽，犹伤念君，叹息无已，所谓赞贤以辅志，骋词以曜德者也。"⑤"追悯屈原""以述其志""昭忠信""矫曲朝""追念屈原""犹伤念君""叹息无已""赞贤以辅志""骋词以曜德"，由这些词句来看，《七谏》和《九叹》形式上虽是代屈原立言，但除了伤悼屈原以外，作者也于其中寄寓了自我生不逢时、有志难展的苦闷。

不同于《吊屈原赋》《悼骚赋》《七谏》以及《九叹》中浓郁的悼屈氛围，两汉流贬文人创作的其他几篇骚体赋明显淡化了屈原的身影，更加注重作者自身情志的抒发。兹举数则如下：

> 谊为长沙王傅三年，有鹏鸟飞入谊舍，止于坐隅，鹏似鸮，不祥鸟也。谊既以谪居长沙，长沙卑湿，谊自伤悼，以为寿不得长，乃为赋以自广。⑥

---

① 吴云、李春台校注：《贾谊集校注》（增订版），天津古籍出版社2010年版，第331页。
② 费振刚、仇仲谦、刘南平校注：《全汉赋校注》，广东教育出版社2005年版，第405页。
③ （汉）王逸撰，黄灵庚点校：《楚辞章句》卷一三东方朔《七谏》，上海古籍出版社2017年版，第249页。
④ （汉）王逸撰，黄灵庚点校：《楚辞章句》卷一六刘向《九叹》，第312页。
⑤ （汉）王逸撰，黄灵庚点校：《楚辞章句》卷一六刘向《九叹》，第470页。
⑥ 费振刚、仇仲谦、刘南平校注：《全汉赋校注》，第10页。

第一节 以"骚"为体：两汉流贬文人的文体选择

（贾谊《鵩鸟赋》序）

呜呼嗟乎，遐哉邈矣。时来曷迟，去之速矣。屈意从人，悲吾徒矣。①（董仲舒《士不遇赋》序）

是时朝政已多失矣，歆以论议见排摈，志意不得。之官，经历故晋之域，感念思古，遂作斯赋，以叹征事，而寄己意。②（刘歆《遂初赋》序）

正身直行，恬然肆志。顾尝好俳佪之策，时莫能听用其谋，喟然长叹，自伤不遭。久栖迟于小官，不得舒其所怀。抑心折节，意凄情悲。……乃作赋自厉，命其篇曰《显志》。③（冯衍《显志赋》序）

衡常思图身之事，以为吉凶倚伏，幽微难明，乃作《思玄赋》，以宣寄情志。④（张衡《思玄赋》序）

在上述序言中，"伤""悲""叹"等高频出现的字眼都极具抒情意味，结合"自广""自厉""以寄己意""宣寄情志"等词句以及作品正文部分的内容，可知两汉流贬文人创作上述作品的动机，主要是为了抒发时运不济、仕途偃蹇的悲伤与怅恨，慰藉一己怀才不遇之情志。

两汉流贬文人以宣寄情志为创作意图，首先与其自身经历密切相关。继秦之后，两汉统治者建立了统一的一人专制政权，皇帝成为客观世界的绝对主宰，君臣关系趋向于由皇帝主导的主从关系，士人的出处进退只剩下一元化的选择，在政治活动中被动性强而主动性弱。正如东方朔《答客难》所说：

遵天之道，顺地之理，物无不得其所；故绥之则安，动之则苦；尊之则为将，卑之则为虏；抗之则在青云之上，抑之则在深泉之下；用之则为虎，不用则为鼠；虽欲尽节效情，安知前后？⑤

---

① 费振刚、仇仲谦、刘南平校注：《全汉赋校注》，第146页。
② 费振刚、仇仲谦、刘南平校注：《全汉赋校注》，第317页。
③ 费振刚、仇仲谦、刘南平校注：《全汉赋校注》，第366~367页。
④ （东汉）张衡著，张震泽校注：《张衡诗文集校注》，上海古籍出版社1986年版，第195页。
⑤ （清）严可均辑，任雪芳审订：《全汉文》卷二五，第257~258页。

第五章 骚体与两汉流贬文人的文学书写

大一统的汉代社会,一方面人才济济,另一方面士人被迫谨小慎微、安时处顺,不得不生存于卑微、被动的处境之中,个体的前途、尊严均为专制政权严重束缚。在这种政治背景下,当士人失去统治者的青睐或者为人所谗毁、牵累时,便很容易在个人仕途上遭受重大的创伤。

贾谊少年得志,天资非凡。从政期间,他先后提出了重农抑商、遣列侯就国、众建诸侯以少其力等富于历史前瞻性的建议。汉文帝前元四年(前176),因绛侯周勃、灌婴、东阳侯张相如、御史大夫冯敬之等人的谗毁,贾谊被贬为长沙王太傅。又《风俗通义》载刘向言:"是时,贾谊与邓通俱侍中同位,谊又恶通为人,数廷讥之,由是疏远,迁为长沙太傅。"①董仲舒提出的"天人感应""大一统"学说以及"罢黜百家,独尊儒术"等主张对汉代乃至整个中国的统治思想产生了巨大的影响。董仲舒任中大夫期间曾著《灾异之记》,主父偃嫉之,窃其书而奏,皇帝以为大愚,董仲舒因之免官。东方朔为人机智善谏,桓谭评之曰:"人皆谓朔大智,后贤莫之及。"②班固亦认为东方朔乃"滑稽之雄"③。结合东方朔在《答客难》与《非有先生论》两篇中对时势清醒的分析,可知其才能十分突出,但东方朔一生并未担任过两千石以上的高官。刘向兼通经史,学问渊博。汉元帝即位初,向因反对外戚许氏、史氏与宦官弘恭、石显放纵弄权而为许、史及恭、显所谮诉,先后两度免官,其后又撰文悼己及同类,"遂废十余年"④。因此,刘向春秋鼎盛的青壮年时期基本是在废黜当中度过的。刘歆为刘向之子,"亦湛靖有谋,父子俱好古,博见强志,过绝于人。"⑤汉哀帝建平元年,歆上书建议朝廷将《左氏春秋》及《毛诗》《逸礼》《古文尚书》皆列于学官,"由是忤执政大臣,为众儒所讪"⑥,后出为河内太守,又徙守五原、涿郡,历三郡守。冯衍为两汉之际的军事大才,光武帝建立东汉后,衍因未及时投降而仅担任曲阳县令,后又因结交外戚而遭罢官归故郡。明帝即位,衍因作《显志赋》自励而为人所短,遂废于

---

① (汉)应劭撰,王利器校注:《风俗通义校注》,第98页。
② (清)严可均辑,任雪芳审订:《全后汉文》卷一三《桓谭·新论·见证第五》,第122页。
③ 《汉书》卷六五《东方朔传》,第2874页。
④ 《汉书》卷三六《刘向传》,第7册1948页。
⑤ 《汉书》卷三六《刘向传》,第7册第1967页。
⑥ 《汉书》卷三六《刘向传》,第7册第1972页。

家。梁竦二十岁即能授《易》，后受其兄梁松牵连，流放九真郡，途中作《悼骚赋》。张衡"通《五经》，贯六艺。……善机巧，尤致思于天文、阴阳、历算。"①后迁侍中，"帝引在帷幄，讽议左右。尝问衡天下所疾恶者。宦官惧其毁己，皆共目之，衡乃诡对而出。阉竖恐终为其患，遂共谗之"②。永和初年，迫于宦官势力的威胁，张衡由侍中出为河间相。通过梳理上述文人的生平经历，我们发现两汉文人的流贬遭遇多与外部负面势力的干涉或阻挠密切相关，且其中多有才能突出甚至才德兼备之人，因此汉代流贬文人极易产生与屈骚类似的外在压力和内在冲突。

理论上，两汉士人遭遇流贬之后是允许再任官的，并且再任官时官阶的高低并不受流贬经历的影响。比如汉宣帝元康三年，京兆尹黄霸坐事连贬秩，出为颍川太守，后又征为太子太傅，迁御史大夫。汉桓帝元嘉元年，南郡太守马融为大将军梁冀所陷，髡笞徙朔方。"自刺不殊，得赦还，复拜议郎，重在东观著述，以病去官。"③但事实上，流贬之后有机会再回归政坛、重新接近权力中心的士人只是少数，如贾谊、董仲舒、刘向、张衡从大夫、给事中、侍中等可向皇帝建言献策的职位退出之后，便再难有随时通君侧的机会。这对于在儒家思想浸润下以"士以弘道"为人生价值、以建功立业为人生理想的两汉士人而言，意味着人生的价值与理想变得渺茫而难以实现，这时，流贬士人便极易生出穷途末路、有志难酬的苦闷与悲慨。倘若流贬的原因并非正当，其苦闷与悲慨便更为浓重。因其如此，两汉流贬文人的骚体创作均带有强烈的宣寄情志的心理需求。此情既有自伤不遭之冤屈，又含理想失落之伤悲；此志既为经邦治国之志向，又指守志不迁之节操。《诗品》云："嘉会寄诗以亲，离群托诗以怨。"④对于两汉流贬文人来说，拟骚创作是他们排遣愁闷、慰藉自我并获得心理补偿的重要途径。

二、长于抒情：两汉骚体的文体功能

"诗者，志之所之也，在心为志，发言为诗。"⑤创作意图产生之后，借助一

---

① 《后汉书》卷五九《张衡传》，第 7 册第 1897 页。
② 《后汉书》卷五九《张衡传》，第 7 册第 1914 页。
③ 《后汉书》卷六〇上《马融传》，第 7 册第 1972 页。
④ （南朝·梁）钟嵘撰，李子广评注：《诗品》序言，中华书局 2019 年版，第 10 页。
⑤ 《毛诗正义序》，（清）阮元校注《十三经注疏》，第 269 页。

定的文体表达出来，便有了文本。文体是文本存在的基本要素，有其自身的发展规律。不同的历史阶段，同一文体的成熟程度、主要功能等均可能不同，各个历史阶段通常也有其最突出的文体类型，故王国维曰："凡一代有一代之文学：楚之骚、汉之赋、六代之骈语、唐之诗、宋之词、元之曲，皆所谓一代之文学，而后世莫能继焉者也。"①有汉一代，赋体、骚体、四言和五言诗、乐府诗、书牍等文体发展程度殊异，发挥的主要功能也大不相同。

两汉赋体最为发达，汉大赋篇幅长，规模大，多采用主客问答的方式结构全文，且辞藻丰富，文采华丽，是两汉文人咏物说理的首选文体。萧统《文选》将"赋"列为第一大类，其下收入京都、郊祀、畋猎、纪行、游览、宫殿、江海、物色、鸟兽等十五个以叙述为主的小类，也从侧面说明汉大赋在状物和叙事上的优越性。但是，体物功能的凸显也使汉大赋背离了文学的抒情特性，故《文心雕龙》曰："昔诗人什篇，为情而造文，辞人赋颂，为文而造情。何以明其然？盖风雅之兴，志思蓄愤，而吟咏情性，以讽其上，此为情而造文也；诸子之徒，心非郁陶，苟驰夸饰，鬻声钓世，此为文而造情也；故为情者要约而写真，为文者淫丽而烦滥。"②直到东汉中叶以后，汉大赋才开始关注个人的情感与生活。小赋是相对汉大赋而言的，这类赋作篇幅短小，包括咏物小赋和抒情小赋两类。咏物小赋产生于西汉，以状物为主，仅羊胜《屏风赋》等极个别作品具有托物言志的效果。东汉中后期，抒情小赋日渐发达，逐渐能满足部分文人宣寄情志的内在需求。张衡晚年所作的《归田赋》，便是抒情小赋中极优秀的作品。但在漫长的西汉和东汉前期，抒情小赋尚不足以承担同样的使命。

春秋中叶以前，四言诗是反映生活、抒情言志的主要体裁。但是，由于四言诗语句短促，信息承载量较小，且节奏有些呆板，因此发展到汉代时已不太适应人类语言表达的需求，故而文人士大夫不再以四言诗为创作的首选文体。《诗品》曰："夫四言，文约意广，取效《风》《骚》，便可多得。每苦文繁而意少，故世罕习焉。"③说的正是这种情况。在此背景下，流贬文人也极少以四言诗抒情言

---

① 王国维著：《宋元戏曲考》，中国戏剧出版社1999年版，《自序》。
② （南朝·梁）刘勰著，范文澜注：《文心雕龙》卷七《情采》，人民文学出版社1958年版，第538页。
③ （南朝·梁）钟嵘撰，李子广评注：《诗品》，第8页。

志。笔者目力所及，仅西汉扶阳侯韦玄成被贬为关内侯之后，自伤贬黜父爵，写下了一首四言《自劾诗》来抒发内心的悔恨与愧疚。五言诗首先在民间歌谣中出现，于东汉前中期被引入文人诗创作，发展至汉末魏晋时成为"穷情写物"的重要文体①。五言诗体契合当时双音词逐渐增多的语言特征，二、三结构可同时方便地容纳单音节词和双音节词，三字尾又使其诗歌拍节富于奇偶的变化，因此能够较充分地抒发作者的思想感情。不过，与抒情小赋类似，文人五言诗也要等到东汉中期以后才较为普遍。

汉代还有一种引人注目的文体——乐府诗。作为一种诗体，乐府诗是由汉代专门掌管音乐的官府机构——"乐府"演变而来的。② 乐府诗主要从民间搜集而来，也有少部分由统治者、文人和乐工创作。两汉时期，乐府诗主要用于演唱，其主要功能是提供娱乐消遣或政治借鉴，不适合文人抒发个体的情感。

书原是常用的应用文，汉代时成为个人交流情感与社会交往的重要工具。《文心雕龙·书记》篇曰："详总书体，本在尽言，言以散郁陶，托风采，故宜条畅以任气，优柔以怿怀。文明从容，亦心声之献酬也。"③意即书体的宗旨在于"尽言"，将内心的话尽情、充分地表达出来，清楚畅快又从容不迫，以驱散心中积郁，展现个人风采。因此，书体理论上具备较好的抒情功能。但是，由于书信带有明显的个人色彩，且存在特定的阅读与情感交流对象，而知己难得乃亘古之真理，故对于遭遇流贬厄运之文人而言，书信并非普遍适用的文体。

骚体的前身为"楚辞"。西汉刘向将屈原、宋玉之辞作与汉人的拟骚之作汇编成册，定名为《楚辞》。东汉王逸于《楚辞章句》中增添己作《九思》，《楚辞》篇目由此定型。南北朝时，刘勰在《文心雕龙》中专设《辨骚》一篇，将《楚辞》与"骚"对应起来。其后萧统主编的《文选》亦单设"骚"类，收入《离骚》等六篇"楚辞"体文章。至此，"骚"成为《楚辞》代表的特定文体的代称，"骚体"这一名称由此形成。与上述诸种文体相比，骚体不论是文体功能还是发展阶段，都恰好满足了两汉流贬文人内在的抒情需要。两汉时期，骚体在体式上具备如下特点：一是

---

① 曹旭集注《诗品·序》，第43页。
② 注：汉人把当时由乐府机关所编录和演奏的诗篇称为"歌诗"，东晋以后，人们才开始称这些歌诗为"乐府"或"乐府诗"。
③ 范文澜注：《文心雕龙注·书记》，第456页。

句式加长且散文化，五言、六言、七言成为常用句式，八言、九言等杂言句式也时有出现，三字顿的大量使用使语言的搭配更加自由灵活、参差错落，句式的容量与表现力显著增加，更加适合表达复杂的思想和情感。二是大量吸收"之""乎""也""其"等口语化的虚词，语言的通俗化使抒情更为亲切自然。尤其是标志性语气词"兮"字广泛而多样地使用，一方面能调整语句的韵律和节奏，使之跌宕起伏，另一方面还能传递甚至强化作者的情绪，使作品的抒情效果更加悠长。三是从篇幅上来看，骚体作品可长可短，长者可达数百句，短者亦可数十句，因此，不论作者的情志是简洁明了还是曲折回环，都可以获得适当的书写空间，抒情的自由度得以增加。

语言学家冯胜利指出，从韵律和句法位置来看，"兮"字在《楚辞》中可置于任何不同音节数量的两个句法成分之间，成为一个表示感叹与停顿的短语节律标记。在句式加长且散文化的基础上，"兮"字的运用使《楚辞》的韵律突破《诗经》齐整的二步律（即两个单音节为一个音步），一变而为长于抒情的顿叹律。所谓"顿"，是指因情绪激动而无法将话说下去；所谓"叹"，是指停顿之后感情接着爆发并发出呼叫。"因为句子被'顿'开加入'叹词'后，原来平铺直叙的韵律结构就被这种激昂的'情感调'打破而需重新组织。因此，以'顿'和'叹'为手段的韵律结构，独成一格，叫做'顿叹律'。"①顿叹式的韵律结构在抒情效果方面强于说话而弱于唱歌，《诗》曰："情动于中而形于言，言之不足故嗟叹之，嗟叹之不足故永歌之，永歌之不足，不知手之舞之足之蹈之也。"②即指顿叹（与"嗟叹"同义）是介于说话和唱歌之间的一种情感表达方式。冯胜利先生认为，与"永歌"和"舞蹈"相比，"形于言"与"嗟叹之"才是诗歌之本，"嗟叹是人类感情的表达方式，既可以通过词汇来完成（如感叹词），也可以通过拉长元音的方式来实现，均与日常说话不同。带有嗟叹的语言表达，情感最丰富。"③换言之，通过顿叹的方式，作者得以抒发出日常说话难以表达的感情。同时，除了通过感叹词来表达情感之外，"顿叹式"的节律也使作者的停顿更加自由，能够适应更为复杂多变

---

① 冯胜利：《汉语韵律诗体学论稿》，商务印书馆2015年版，第147页。
② 《毛诗正义序》，（清）阮元校注《十三经注疏》，第270页。
③ 冯胜利：《汉语韵律诗体学论稿》，第145页。

的情绪状态。

另外，据清代学者孔广森研究，"兮"字古时应读"阿"："《秦誓》'断断猗'《大学》引作'断断兮'，似'兮'、'猗'音义相同。'猗'古读'阿'，则'兮'字亦当读'阿'。"①冯胜利先生进一步指出，"兮"字的读音应等同于现代汉语中的叹词"啊"："'猗'从奇声，奇从可声；而'兮'与'猗'互换，是同音假借，可见'兮'与'可'同音。不仅如此，'猗'还可以直接用'阿'来代替。因此'兮'与'啊'同音，可以无疑。"②在现代汉语中，"啊"是一个极为常用的感叹词，读作[ɑ]，为开口元音，发音时口腔张开程度较大，声音洪亮而悠长，十分适合表现缠绵悱恻的情感。现代抒情歌曲常以一连串"啊"字作为间奏，正是该字适于抒情的佐证。

从西汉初到东汉末，骚体在句式、词汇、篇幅等方面的特征，使其很好地承担起了抒发情志的功能。正因如此，两汉许多感情充沛的诗作都是以骚体写成的。项羽《垓下歌》、刘邦《大风歌》、汉武帝《秋风辞》、班婕妤《自悼赋》、梁鸿《适吴诗》等作品，都具有强烈的抒情性。一直到建安时期，文人抒发悲苦之情时仍倾向于采用骚体，比如曹丕《寡妇赋》、曹植《东征赋》等皆为骚体。清代文学家刘熙载在讨论"楚辞汉赋"之别时说："楚辞按之而逾深"③，也是指"楚辞"体饱含深情的特点。所以，两汉时期，当四言诗已不适应语言的发展，五言诗和抒情小赋姗姗来迟，汉大赋与咏物小赋则以叙事、说理或状物为主要功能，书体难以获得恰当之交往对象，则体制成熟、适合抒情，贯穿了整个汉代的骚体，便成为两汉流贬文人的必然选择。

三、失志之怨：骚体的文体意味

吴承学先生曾说："文体形态具有深广的语言学和文化学内涵，作为一种语言存在体，文体形态是依照某种集体的特定的美学趣味建立起来的具有一定规则和灵活性的语言系统的语言规则。……文体具有特定的文化上的指向，文体指向

---

① （清）孔广森：《诗声类》（附诗声分例），中华书局1983年版，第22页。
② 冯胜利：《汉语韵律诗体学论稿》，第152页。
③ （清）刘熙载：《艺概》，上海古籍出版社1978年版，第93页。

一般说来与特定时代的文化精神是同一的。文体产生与演变也同样指向时代的审美选择与社会心态……时代和群体选择了一种文体,实际上就是选择了一种感受世界、阐释世界的工具,这正是文体兴盛的基础。"①上述话语为我们理解骚体提供了重要的启示。两汉时期,流贬文人集体选择骚体,也是因其具有特定的美学趣味与文化指向,能反映这一群体在特定的时代里共同的审美选择与心理状态。这一点,我们可通过考察汉代文人士大夫对骚体之代表作——屈骚的评价窥知一二。

两汉时期,屈骚形成了以"怨"为核心的情感内涵,正与流贬文人怀才不遇的苦闷与悲慨相符合。"怨"在中国古代文学和文化中是一个关键词汇,青年学者袁劲曾从形、音、义三个角度对"怨"字进行了细致的剖析。② 他指出,从"形"的角度来看,"怨"有"从心夗声"形声造字与"从夗从心"会意造字两种说法,前者通过形体的屈曲婉转来表达心中的冤屈郁积,后者则显示出在权威或困境之下主体内在的压抑与束缚;从"声"的角度来看,"怨"隶属于"夗"字族,具有屈曲不平的特质,读 yuàn 时可同"冤",读 yùn 时可与"蕴"或"愠"相同,故而冤屈不平与积蕴不发恰是"怨"字的独特意涵,并且"'冤'从外部空间的退缩,正与'蕴'或'愠'所代表的内在情感积聚保持同步。"从"义"的角度来看,"怨"的情感浓度与表达方式介于"哀"和"怒"之间,在情感序列中偏向前者则为"悲"为"愁",趋近后者则成"恨"成"仇"。综合而言,依据"哀—怨—怒"的情感序列,"怨"可细分为"怨而不怒""时哀时怒""怨而且怒"抑或"评直愤厉"这三种具体的形态:

> "怨"其实处在"哀—怨—怒"的情感序列中,偏向前者为"哀怨",趋近后者则成"怨怒"。这也对应了以《诗经》为代表的中国古典诗学言"怨"的三种形态:一为情感的压抑与沉滞,表现为诗风的哀怨凄婉,落实到文论中,便是内向与中和的"怨而不怒"审美之风;一为情感的激荡外发,呈现出怨

---

① 吴承学:《文体形态:有意味的形式》,《学术研究》2001年第4期。
② 袁劲:《中国文论关键词"怨"的文字学考察》,《南京师范大学文学院学报》2019年第4期。

怨激切的风格，进而在文论史上形成"怨而且怒"抑或"讦直愤厉"的刚健言说一脉；还有介于两者之间的回旋往复，形成一种"时哀时怒"的矛盾情态，这便是文论史上"怨能否至怒"的彼此论争乃至自我杂糅。为了适应"哀怨"与"怨怒"这两种情感类型的表达，《诗经》言"怨"分别采用曲写幽怨和直抒怨刺的手法。①

根据袁劲的分析，我们可归纳出主体之"怨"应包括的两个核心要素，即外在的客观限制与内在的主观冤屈，这两者彼此对立且持续存在，致使负面情绪在主体内心郁积成怨。根据情感浓度和表达方式的不同，主体之"怨"由弱到强又可分为"哀怨—怨—怨怒"三个层级。

《离骚》是骚体作品的代表作，围绕屈原与《离骚》，两汉士人曾展开过一系列激烈的争论。西汉武帝时，淮南王刘安奉命编写《离骚传》，其《叙》曰：

> 昔在孝武，博览古文，淮南王安《叙离骚传》，以"《国风》好色而不淫，《小雅》怨悱而不乱，若《离骚》者，可谓兼之。蝉蜕浊秽之中，浮游尘埃之外，嚼然泥而不滓，推此志，与日月争光可也"。②

刘安认为，《离骚》兼备《国风》之"好色而不淫"与《小雅》之"怨悱而不乱"，虽写男女之情却不过分，虽有怨恨非议之言却有所节制，并未任意而发。由于《离骚传》是受诏而作，所以刘安对《离骚》的评价还存在较大的迎合官方的可能性。

司马迁继承并发展了刘安的观点。《史记·屈原贾生列传》曰：

> 屈平疾王听之不聪也，谗谄之蔽明也，邪曲之害公也，方正之不容也，故忧愁幽思而作《离骚》。《离骚》者，犹离忧也。夫天者，人之始也；

---

① 袁劲：《中国文论关键词"怨"的文字学考察》。
② （汉）班固《离骚序》引（汉）刘安《离骚传叙》。见（清）严可均《全后汉文》卷二五，第250页。

父母者，人之本也。人穷则反本，故劳苦倦极，未尝不呼天也；疾痛惨怛，未尝不呼父母也。屈平正道直行，竭忠尽智以事其君，谗人间之，可谓穷矣。信而见疑，忠而被谤，能无怨乎？屈平之作《离骚》，盖自怨生也。《国风》好色而不淫，《小雅》怨诽而不乱。若《离骚》者，可谓兼之矣。上称帝喾，下道齐桓，中述汤武，以刺世事。明道德之广崇，治乱之条贯，靡不毕见。①

又《史记·太史公自序》曰：

夫《诗》《书》隐约者，欲遂其志之思也。昔西伯拘羑里，演《周易》；孔子厄陈蔡，作《春秋》；屈原放逐，著《离骚》；左丘失明，厥有《国语》；孙子膑脚，而论兵法；不韦迁蜀，世传《吕览》；韩非囚秦，《说难》《孤愤》；《诗》三百篇，大抵贤圣发愤之所为作也。此人皆意有所郁结，不得通其道也，故述往事，思来者。②

司马迁明确指出《离骚》生发于主体之"怨"，在刘安"怨诽而不乱"的评价基础之上，他进一步认为屈原创作《离骚》乃"大抵贤圣发愤之所为作也"，将情感上更为激烈的"愤"融入了对《离骚》的理解之中。

司马迁之后，班固对屈原及《离骚》提出了异议，其《离骚序》曰：

今若屈原，露才扬己，竞乎危国群小之间，以离谗贼。然责数怀王，怨恶椒兰，愁神苦思，非其人，忿怼不容，沈江而死，亦贬絜狂狷景行之士。多称昆仑、冥婚、宓妃虚无之语，皆非法度之政、经义所载。谓之兼《诗》风雅，而与日月争光，过矣！然其文弘博丽雅，为辞赋宗，后世莫不斟酌其英华，则象其从容。自宋玉、唐勒、景差之徒，汉兴枚乘、司马相如、刘

---

① 《史记》卷八四《屈原贾生列传》，第 8 册第 2994 页。
② 《史记》卷一三〇《太史公自序》，第 10 册第 3978 页。

向、扬雄，骋极文辞，好而悲之，自谓不能及也。虽非明智之器，可谓妙才者也。①

班固否定了司马迁的观点，批评屈原露才扬己，不合法度，"非明智之器"。他认为《离骚》多责备、怨恶之语，呈现出"愁神苦思"之整体氛围，后世辞赋家在模拟《离骚》之时均"好而悲之"，对屈骚的风格持否定态度。

东汉末期，王逸作《楚辞章句》，其《叙》曰：

> 而屈原履忠被谮，忧悲愁思，独依诗人之义而作《离骚》。上以讽谏，下以自慰，遭时暗乱，不见省纳，不胜愤懑，遂复作《九歌》以下，凡二十五篇。楚人高其行义，玮其文采，以相教传。至于孝武帝，恢廓道训，使淮南王安作《离骚经章句》，则大义粲然。后世雄俊，莫不瞻慕，抒舒妙思，缵述其词。逮至刘向典校经书，分以为十六卷。孝章即位，深弘道艺，而班固、贾逵复以所见，改易前疑，各作《离骚经章句》。其余十五卷，阙而不说。又以"壮"为"状"，义多乖异，事不要撮。今臣复以所识所知，稽之旧章，合之经传，作十六卷《章句》。虽未能究其微妙，然大指之趣，略可见矣。且人臣之义，以忠正为高，以伏节为贤。故有危言以存国，杀身以成仁。是以伍子胥不恨于浮江，比干不悔于剖心，然后德立而行成，荣显而名著。若夫怀道以迷国，佯愚而不言，颠则不能扶，危则不能安，婉婉以顺上，逡巡以避患，虽保黄耇，终寿百年，盖志士之所耻，愚夫之所贱也。今若屈原膺忠贞之质，体清洁之性，直若砥矢，言若丹青，进不隐其谋，退不顾其命，此诚绝世之行，俊彦之英也。而班固谓之"露才扬己，竞于群小之中，怨恨怀王，讥刺椒、兰，苟欲求进，强非其人。不见容纳，忿恚自沈"，是亏其高明，而损其清洁者也。昔伯夷、叔齐让国守志，不食周粟，遂饿而死。岂可复谓有求于世而怨望哉？且诗人怨主刺上曰："呜呼！小子，未知臧否，匪面命之，言提其耳！"风谏之语，于斯为切。然仲尼论之，以为大雅。引此比彼，屈原之词，优游婉顺，宁以其君不智之故，欲提携其耳乎？

---

① （清）严可均辑，许振生审订：《全后汉文》，第250页。

第五章　骚体与两汉流贬文人的文学书写

而论者以为"露才扬己""怨刺其上""强非其人",殆失厥中矣。夫《离骚》之文,依托《五经》以立义焉。……故智弥盛者其言博,才益劭者其识远。屈原之词,诚博远矣。自孔丘终没以来,名儒博达之士,著造词赋,莫不拟则其仪表,祖式其模范,取其要妙,窃其华藻,所谓"金相玉质,百岁无匹,名垂罔极,永不刊灭"者也。①

王逸认为,屈骚《离骚》是因履忠被谮、忧悲愁思而作,《九歌》等篇章则发自愤懑之情,虽直若砥矢,但其词优游婉顺,乃依经立义之文也。

细读上述争论可以发现,刘安、司马迁之言"怨悱而不乱",班固之言"怨恶",均指出了《离骚》怨情之所在。王逸认为《离骚》虽因屈原忧愁悲思而作,却不可称之为"怨刺",这是因王逸欲将《离骚》升华到依经立义的高度,故而有意忽视甚至掩盖了其中的怨情。应该说,王逸对《离骚》之怨是有切身感受的,只是主观上刻意降低了《离骚》怨情的激烈程度。因此,我们可以将两汉士人围绕屈原与《离骚》的争议归纳为对屈骚之怨的评价。换言之,在集体的历时的解读中,屈骚在汉代逐渐形成了以"怨"为核心的固定内涵。结合袁劲的观点,可知刘安、王逸认为屈骚之怨为"怨而不怒"之类型,司马迁、班固则看到了屈骚"怨而且怒"的一面。不论是"怨而不怒"还是"怨而且怒",都说明屈骚(尤其是《离骚》)以"怨"为情感内核已成汉代士人的共识,而其具体的含义则如司马迁所说:"屈平正道直行,竭忠尽智以事其君,谗人间之,可谓穷矣。信而见疑,忠而被谤,能无怨乎?"②这种怨,是由君王昏庸、同僚谮毁的外在压力与贤良被害、理想破灭的内在冲突共同造成的。

两汉之后,屈骚之怨也多次在文学评论中得到印证。刘勰曰:"逮楚国讽怨,则《离骚》为刺。"③"故其叙情怨,则郁伊而易感;述离居,则怆怏而难怀。"④萧统曰:"又楚一人屈原,含忠履洁,君匪从流,臣进逆耳,深思远虑,遂放湘南。耿介之意既伤,壹郁之怀靡诉。临渊有怀沙之志,吟泽有憔悴之容。骚人之文,

---

① (汉)王逸撰,黄灵庚点校:《楚辞章句》卷一屈原《离骚》,第38~39页。
② 《史记》卷八四《屈原贾生列传》,第8册第2994页。
③ (南朝·梁)刘勰著,范文澜注:《文心雕龙》卷二《明诗》,第66页。
④ (南朝·梁)刘勰著,范文澜注:《文心雕龙》卷一《辨骚》,第47页。

自兹而作。"①朱熹曰："盖屈子者穷而呼天、疾痛而呼父母之词也。故今所欲取而使继之者，必其出于幽忧穷蹙、怨慕凄凉之意，乃为得其余韵，而宏衍钜丽之观、欢愉快适之语，宜不得而与焉。"②其中所言"讽怨""情怨""壹郁""怨慕"等，都揭示了屈骚以"怨"为主的审美趣味，概括了骚体的情感内涵。所谓"因情立体，即体成势"③，文人因相似的怨情而共同选择了骚体，当情与体达到和谐与统一时，具有特定的、充沛的文体意味的文学作品便得以完成。

文体既是辞章的载体，也是文人与文心的寄托。前文提到，两汉流贬文人创作骚体作品是为了宣寄自伤不遭、怀才不遇之情志，而这种意图恰与屈骚之怨相契合，所以屈骚才使流贬文人群体感同身受，并集体模仿屈骚之体式进行写作。汉代之后，屈骚之怨仍继续影响着历代的迁客骚人，"所谓'金相玉质，百岁无匹，名垂罔极，永不刊灭'者也。"④学者许结云："这一骚辞之发轫及批评，形成了内含忧患、悲怨、质疑并具有强烈个性情感的审美意识，其影响不仅在历代仿骚之作，或较大范围的辞赋创作，而且也是中国诗史的重要一环，成为文人追附的'诗骚'传统。"⑤

第二节 以屈为镜：两汉流贬文人的形象塑造

除表层文体形态之外，两汉流贬文人以屈原为镜像的主体形象塑造是对屈骚更深一层的模仿。对文学作品而言，形象通常是作者审美意识形态的表现方式。两汉流贬文人在很大程度上都以屈原为模仿对象来勾勒抒情主人公的自我形象，构成一种自我表达的审美感性形态。

一、屈原的原型形象特征

先来看屈骚中的主体形象塑造。在《离骚》等作品中，通过反复的自我表白

---

① （南朝·梁）萧统编，（唐）李善注：《文选》，上海古籍出版社2019年版，《文选序》。
② （宋）朱熹撰，蒋立甫校点：《楚辞集注》附《楚辞后语》，上海古籍出版社2001年版，第206~207页。
③ （南朝·梁）刘勰著，范文澜注：《文心雕龙》卷六《定势》，第529页。
④ （汉）王逸撰，黄灵庚点校：《楚辞章句》卷一屈原《离骚》，第39页。
⑤ 许结：《骚辞与图的传统及体义》，《齐鲁学刊》2021年第1期。

与期许,屈原塑造了一个高才大德却不合时命、理想失落而又九死不悔的自我形象。

(一)个人品质:高才大德

屈骚中的屈原,首先是一个高才大德者。他不仅拥有杰出的才华、仁义廉贞的品德,而且超脱于尘俗之外,虽痛惜自身不为世人所理解,垂老而无用武之地,但仍持之以恒地进行自我修缮。比如,《离骚》曰:"纷吾既有此内美兮,又重之以修能"①,"民生各有所乐兮,余独好修以为常"。②《九章》曰:"文质疏内兮,众不知余之异采。材朴委积兮,莫知余之所有。重仁袭义兮,谨厚以为丰。重华不可遌兮,孰知余之从容?"③《卜居》曰:"吁嗟默默兮,谁知吾之廉贞!"④《渔父》曰:"举世皆浊而我独清,众人皆醉而我独醒,是以见放。"⑤

在表白自身才能卓著、品行高洁之内在美的同时,屈原还以外在的香草、美玉作为其高才大德的象征。比如,《离骚》曰:"扈江离与辟芷兮,纫秋兰以为佩。"⑥"揽木根以结茝兮,贯薜荔之落蕊。矫菌桂以纫蕙兮,索胡绳之纚纚。"⑦"惟兹佩其可贵兮,委厥美而历兹。"⑧香草芳洁、美玉永灿,屈骚中的屈原不仅是高才大德者,而且这高才大德与众不同、弥足珍贵且矢志不变。

(二)政治际遇:不合时命

屈原的遭遇之所以引人同情,一个重要的原因是屈原虽为高才大德者,却为时所困,非但不能伸展其才德,反而为才德所累,跌入不遇的深渊。《离骚》所言:"曾歔欷余郁邑兮,哀朕时之不当。"⑨正反映了屈原对自身悲剧命运清醒的

---

① (汉)王逸撰,黄灵庚点校:《楚辞章句》卷一屈原《离骚》,第2页。
② (汉)王逸撰,黄灵庚点校:《楚辞章句》卷一屈原《离骚》,第14页。
③ (汉)王逸撰,黄灵庚点校:《楚辞章句》卷四屈原《九章》,第118~119页。
④ (汉)王逸撰,黄灵庚点校:《楚辞章句》卷六屈原《卜居》,第166页。
⑤ (汉)王逸撰,黄灵庚点校:《楚辞章句》卷七屈原《渔父》,第171页。
⑥ (汉)王逸撰,黄灵庚点校:《楚辞章句》卷一屈原《离骚》,第2页。
⑦ (汉)王逸撰,黄灵庚点校:《楚辞章句》卷一屈原《离骚》,第8页。
⑧ (汉)王逸撰,黄灵庚点校:《楚辞章句》卷一屈原《离骚》,第29页。
⑨ (汉)王逸撰,黄灵庚点校:《楚辞章句》卷一屈原《离骚》,第16页。

第二节　以屈为镜：两汉流贬文人的形象塑造

认识。同样的认识也反映在后人的作品中，汉代诸多辞赋家借凭吊屈原来哀叹自身生不逢时、有志难酬，将仕途偃蹇的根柢归结为"不合时命"，如庄忌《哀时命》首句曰："哀时命之不及古人兮，夫何予生之不遭时。"① 东方朔《七谏》亦曰："哀时命之不合兮，伤楚国之多忧。"②

汉人所说的"时命"为何意？班固《白虎通义》释"命"曰：

> 命者，何谓也？人之寿也，天命已使生者也。命有三科以记验：有寿命以保度，有遭命以遇暴，有随命以应行。习寿命者，上命也，若言文王受命唯中身，享国五十年。随命者，随行为命，若言息弃三正，天用剿绝其命矣。又欲使民务仁立义，无滔天。滔天则司命举过，言则用以弊之。遭命者，逢世残贼，若上逢乱君，下必灾变暴至，夭绝人命，沙鹿崩于受邑是也。③

班固认为，"命"有三种内涵：寿命、遭命与随命。其中，"寿命"是指人类作为自然生物体的最大生存期限；"随命"意为人的寿命由其德行决定，即"随行为命"也；"遭命"乃言生逢乱世，无故遭遇灾祸。随后，王充在《论衡》中对"遭命"的内涵进行了更细致的阐释：

> 遭命者，行善得恶，非所冀望，逢遭于外而得凶祸，故曰遭命。④

在王充看来，行善者却遭遇意料之外的凶祸，是为"遭命"也。所以，根据班固与王充的观点，屈原与两汉流贬文人之不合时命当与"遭命"的含义更为接近。恰如王逸注《哀时命》曰："忌哀屈原受性忠贞，不遭明君，而遇暗世，斐然作辞，叹而述之，故曰《哀时命》也。"⑤ 屈原之后，宋玉《九辩》有言："霰雪雰糅其

---

① （汉）王逸撰，黄灵庚点校：《楚辞章句》卷一四严忌《哀时命》，第278页。
② （汉）王逸撰，黄灵庚点校：《楚辞章句》卷一三东方朔《七谏》，第268页。
③ （汉）班固撰，（清）陈立撰，吴则虞点校：《白虎通疏证》卷八《寿命》，第391~392页。
④ （汉）王充著，黄晖撰：《论衡校释》卷二《命义第六》，第50页。
⑤ （汉）王逸撰，黄灵庚点校：《楚辞章句》卷一四严忌《哀时命》，第278页。

增加兮，乃知遭命之将至。"①也可作为一个例证。由此可见，屈原和两汉流贬文人与时命的背离，具体是指善行者因客观的负面因素而遭遇凶祸，从而阻碍了主观的"善"之意志的实现。验之屈骚与拟骚作品，可知这种客观的负面因素具体是指屈原与两汉流贬文人所处的政治环境。

在屈原所处的政治环境中，君王昏庸，不辨善恶，亲小人而远贤臣；同僚谄媚，狭隘贪婪，无能嫉妒而排除异己。司马迁在《史记》中记载："上官大夫与之同列，争宠而心害其能。……怀王以不知忠臣之分，故内惑于郑袖，外欺于张仪，疏屈平而信上官大夫、令尹子兰。"②君昏臣佞，这两种负面势力相互交织，汇合成为一股阻碍屈原实现美政理想的强大力量。正是这股力量将屈原推出楚国的朝堂，使之踏上流亡之路。在《离骚》等作品中，屈原一次次痛斥政局的险恶："惟夫党人之偷乐兮，路幽昧以险隘。"③"众皆竞进以贪婪兮，凭不厌乎求索。羌内恕己以量人兮，各兴心而嫉妒。……众女嫉余之蛾眉兮，谣诼谓余以善淫。固时俗之工巧兮，偭规矩而改错。"④"竭忠诚以事君兮，反离群而赘肬。"⑤"忠湛湛而愿进兮，妒被离而鄣之。"⑥等等。

屈原身怀高才大德却不合时命，终陷入被疏放逐的悲惨境地。对此，台湾学者颜昆阳分析称：

> 在我们的理想中，人性价值与政治价值位阶实有一合理对应的结构，而形成一套才德与权位相配的报偿性价值体系。……此一报偿的合理性，简单地说，才、德之大者应该被分配在高层的政治价值位阶上。若反之，才、德之大者被分配在低层的政治价值位阶上，甚或被摒弃在外，是为"背理"。假如，此一"背理"现象出自邪佞者不良动机之排斥，是为"伤德"。⑦

---

① （汉）王逸撰，黄灵庚点校：《楚辞章句》卷八宋玉《九辨》，第 188 页。
② 《史记》卷八四《屈原贾生列传》，第 8 册第 2993、2997 页。
③ （汉）王逸撰，黄灵庚点校：《楚辞章句》卷一屈原《离骚》，第 5 页。
④ （汉）王逸撰，黄灵庚点校：《楚辞章句》卷一屈原《离骚》，第 8 页。
⑤ （汉）王逸撰，黄灵庚点校：《楚辞章句》卷四屈原《九章》，第 91 页。
⑥ （汉）王逸撰，黄灵庚点校：《楚辞章句》卷四屈原《九章》，第 107 页。
⑦ 颜昆阳：《论汉代文人"悲士不遇"的心灵模式》，台湾政治大学中文系所主编《汉代文学与思想学术研讨会论文集》，台北文史哲出版社 1991 年版，第 218~219 页。

也就是说，若按照合理的报偿机制，高才大德的屈原本应在楚国的政治价值位阶中处于上位。但事实上，屈原不仅无法在朝堂上保持应有的位置，而且还被放逐异乡。外在的政治环境最终异化为一种阻碍忠臣贤士实现政教理想与自我价值的强大的客观限制因素，使屈原处于既悖理又伤德的不合理境地。

(三) 心灵感受：悲世之怨

被疏远放、悖理伤德，不合理的仕途遭遇在屈原心中引发了严重的悲怨情绪。正如司马迁所说："屈平正道直行，竭忠尽智以事其君，谗人间之，可谓穷矣。信而见疑，忠而被谤，能无怨乎？屈平之作《离骚》，盖自怨生也。"①在《离骚》中，屈原既悲叹自身的不幸，也悲叹楚国的命运："长太息以掩涕兮，哀民生之多艰。"②"依前圣以节中兮，喟凭心而历兹。"③"怀朕情而不发兮，余焉能忍而与此终古。"④"既莫足与为美政兮，吾将从彭咸之所居！"⑤

值得注意的是，在屈原身上，悲己之怨与悲世之怨是融为一体、彼此相通的。屈原内心认可与期盼的自我价值，原本就与楚国的命运、与美政理想紧密相系："惟夫党人之偷乐兮，路幽昧以险隘。岂余身之惮殃兮，恐皇舆之败绩。"⑥"数惟荪之多怒兮，伤余心之忧忧。愿摇起而横奔兮，览民尤以自镇。"⑦所以，屈骚最核心的情感乃是屈原在美政理想失落后，内心喷薄而出的对楚国与楚民前途命运的深切的担忧，这是一种广阔的悲世之怨。

品读屈骚，与理想失落之悲相伴而来的，还有对光阴不逮的焦虑感以及无人同道的孤独感。《离骚》曰："汨余若将弗及兮，恐年岁之不吾与。……日月忽其不淹兮，春与秋其代序。惟草木之零落兮，恐美人之迟暮。"⑧"虽萎绝其

---

① 《史记》卷八四《屈原贾生列传》，第 8 册第 2994 页。
② (汉)王逸撰，黄灵庚点校：《楚辞章句》卷一屈原《离骚》，第 8 页。
③ (汉)王逸撰，黄灵庚点校：《楚辞章句》卷一屈原《离骚》，第 16 页。
④ (汉)王逸撰，黄灵庚点校：《楚辞章句》卷一屈原《离骚》，第 22 页。
⑤ (汉)王逸撰，黄灵庚点校：《楚辞章句》卷一屈原《离骚》，第 37 页。
⑥ (汉)王逸撰，黄灵庚点校：《楚辞章句》卷一屈原《离骚》，第 5 页。
⑦ (汉)王逸撰，黄灵庚点校：《楚辞章句》卷四屈原《九章》，第 109 页。
⑧ (汉)王逸撰，黄灵庚点校：《楚辞章句》卷一屈原《离骚》，第 2 页。

亦何伤兮，哀众芳之芜秽。"①对年轻人而言，理想受挫固然是一种打击，但因春秋尚盛，故还存在东山再起的希望。若白首无成，自觉时日无多，那受挫者便极易陷入浓郁的恐慌与绝望之中。又《九章》曰："世既莫吾知兮，人心不可谓兮。怀情抱志兮，独无匹兮。伯乐既殁兮，骥将焉程兮。……知死不可让兮，愿勿爱兮。明以告君子兮，吾将以为类兮。"②原本正直的同僚逐渐异化，屈原日渐孤立。世无知己，行无同道，遭放逐之后的屈原无法在现实空间找到自我的社会位置，个体的社会属性已然丧失，其美政理想也失去了赖以推行的社会基础。因此，对屈原而言，在理想失落之后，不论是光阴不逮的焦虑感还是无人同道的孤独感，都会进一步加重他内心的悲怨，从而形成一种极为沉痛的伤害。

(四)意识倾向：执着对抗

面对被疏远放、理想失落的困境，屈原内心无限悲怨，却始终执着地进行对抗。这种对抗，一方面表现为对志节的守护，另一方面表现为对理想的坚持。在屈骚中，屈原一次又一次表白心志，"一篇之中三致志焉"：

> 余固知謇謇之为患兮，忍而不能舍也。……亦余心之所善兮，虽九死其犹未悔。……宁溘死以流亡兮，余不忍为此态也。……虽体解吾犹未变兮，非余心之可惩。……阽余身而危死节兮，览余初其犹未悔。③（《离骚》）
>
> 宁隐闵而寿考兮，何变易之可为。知前辙之不遂兮，未改此度。……受命不迁，生南国兮。深固难徙，更壹志兮。④（《九章》）

在上述诗句中，面对现实的忧患与失落的理想，屈原反复强调自身对美好的品行和理想的坚守，即使遭遇祸患甚至暴尸荒野亦不改初衷，执着之至，九死未悔。

屈原之执着令人动容之处还在于，他并非自始至终都秉持着绝不向现实低头

---

① (汉)王逸撰，黄灵庚点校：《楚辞章句》卷一屈原《离骚》，第8页。
② (汉)王逸撰，黄灵庚点校：《楚辞章句》卷四屈原《九章》，第121页。
③ (汉)王逸撰，黄灵庚点校：《楚辞章句》卷一屈原《离骚》，第5~16页。
④ (汉)王逸撰，黄灵庚点校：《楚辞章句》卷四屈原《九章》，第122~124、133页。

第二节　以屈为镜：两汉流贬文人的形象塑造

的态度，他也曾犹豫、挣扎、彷徨。时命的阻碍迫使屈原不断向内探寻，但历经重重矛盾之后，所欲执着坚守的本心反而更加清晰。《离骚》曰：

> 奏《九歌》而舞《韶》兮，聊假日以媮乐。陟升皇之赫戏兮，忽临睨夫旧乡。仆夫悲余马怀兮，蜷局顾而不行。①

屈原无数次说服自己放下操守和理想，愁肠百转之后似乎终于看到了及时行乐、自我解脱的"曙光"，但他随即笔锋一转，重现内心对故国深深的眷恋。这种矛盾的心理在《九章》中也有生动的叙述：

> 欲横奔而失路兮，坚志而不忍。背膺胖合以交痛兮，心郁结而纡轸。②

想要放弃正路，却为平素的志向所不容，屈原心中因此萦绕着难言的绞痛，然仍然选择坚持：

> 吾不能变心而从俗兮，固将愁苦而终穷。③

生命行将结束时，屈原写下了《大招》：

> 自恣荆楚，安以定只。逞志究欲，心意安只。穷身安乐，年寿延只。魂乎归徕，乐不可言只。④

王逸评之曰：

> 《大招》者，屈原之所作也。或曰景差，疑不能明也。屈原放流九年，

---

① （汉）王逸撰，黄灵庚点校：《楚辞章句》卷一屈原《离骚》，第34页。
② （汉）王逸撰，黄灵庚点校：《楚辞章句》卷四屈原《九章》，第96页。
③ （汉）王逸撰，黄灵庚点校：《楚辞章句》卷四屈原《九章》，第101页。
④ （汉）王逸撰，黄灵庚点校：《楚辞章句》卷一〇屈原《大招》，第226页。

第五章 骚体与两汉流贬文人的文学书写

忧思烦乱,精神越散,与形离别,恐命将终,所行不遂,故愤然大招其魂,盛称楚国之乐,崇怀、襄之德,以比三王,能任用贤,公卿明察,能荐举人,宜辅佐之,以兴至治。因以风谏,达己之志也。①

在《大招》中,生命行将结束的屈原再一次奏响了盼归故国的心愿,于其中寄寓了他终生不能忘怀的盛世理想。此情此志,可歌可泣!司马迁评价屈原曰:"其文约,其辞微,其志洁,其行廉。其称文小而其指极大,举类迩而见义远。其志洁,故其称物芳。其行廉,故死而不容。自疏濯淖汙泥之中,蝉蜕于浊秽,以浮游尘埃之外,不获世之滋垢,皭然泥而不滓者也。推此志也,虽与日月争光可也。"②堪称的论。

二、拟骚文本中的主体形象塑造

屈原之后,拟骚成为一种特殊的创作方式,两汉流贬文人的部分骚体作品亦属于这一范畴。前文提到,两汉流贬文人模仿屈骚创作的主要动机是为了抒发自我时运不济、仕途偃蹇的悲伤与怅恨,以慰藉一己怀才不遇之情志。因此,在拟骚文本中,其潜在的主体形象都是创作者自身,即使是《七谏》《九叹》等代屈原立言的作品,亦为"夫子自道"也。细读文本,可发现两汉流贬文人在拟骚作品中塑造的主体形象在对屈原原型的继承与革新上具有共同的特征。

(一)对屈原原型的继承

在两汉流贬文人创作的拟骚作品中,主体形象对屈原原型的继承主要体现在个人品质的高才大德与政治命运的不合时命两方面。

在个人品质方面,拟骚作品中的主体形象基本也具备高才大德的特点。两汉流贬文人的主体形象塑造方式大体可分为两种类型:

第一,在凭吊屈原的作品中,通过将屈原比作"鸾凤""神龙"等具有神性的动物来赞美屈原的才德,同时也以之自喻,表示自身的才德亦如神圣的龙、凤一

---

① (汉)王逸撰,黄灵庚点校:《楚辞章句》卷一〇屈原《大招》,第 223 页。
② 《史记》卷八四《屈原贾生列传》,第 8 册第 2994 页。

样宝贵。比如，贾谊《吊屈原赋》曰："鸾凤伏窜兮，鸱枭翱翔。……凤漂漂其高逝兮，夫固自引而远去。袭九渊之神龙兮，沕深潜以自珍。"①或者以代屈原立言的形式，借屈原的口吻来肯定自我为人廉洁、忠诚专一、光明磊落等优良的品质。比如东方朔《七谏》曰："服清白以逍遥兮，偏与乎玄英异色。……专精爽以自明兮，晦冥冥而壅蔽。……贤士穷而隐处兮，廉方正而不容。"②刘向《九叹》曰："余幼既有此鸿节兮，长愈固而弥纯。……躬纯粹而罔愆兮，承皇考之妙仪。"③第二，在淡化屈原身影、借楚辞来宣寄一己情志的作品中，作者对自身忠贞耿介、才高勤勉或劲直仁义等个人才德的评价，大多也在文中直接体现。比如，董仲舒《士不遇赋》曰："末俗以辩诈而期通兮，贞士耿介而自束。"④刘歆《遂初赋》曰："彼屈原之贞专兮，卒放沉于湘渊。何方直之难容兮，柳下黜出而三辱。"⑤冯衍《显志赋》曰："行劲直以离尤兮，羌前人之所有。……无二士之遭遇兮，抱忠贞而莫达。"⑥张衡《思玄赋》曰："旌性行以制佩兮，佩夜光与琼枝。繡幽兰之秋华兮，又缀之以江离。美襞积以酷烈兮，允尘邈而难亏。既姱丽而鲜双兮，非是时之攸珍。"⑦等等。以上两种类型中，主体形象的个人品质与屈原高度相似，作者对抒情主体为高才大德者的认同感，也可视为两汉流贬文人的理想形象建构的内在基础。

在政治命运方面，抒情主体因时命的限制而悖理伤德的不幸遭遇，在两汉流贬文人的拟作中也反复得以体现。兹举数例如下：

> 鸾凤伏窜兮，鸱枭翱翔。阘茸尊显兮，谗谀得志。贤圣逆曳兮，方正倒植。世谓随夷为溷兮，谓跖蹻为廉。莫邪为钝兮，铅刀为铦。⑧（贾谊《吊屈原赋》）

---

① 费振刚：《全汉赋校注》，第4页。
② （汉）王逸撰，黄灵庚点校：《楚辞章句》卷一三东方朔《七谏》，第259~263页。
③ （汉）王逸撰，黄灵庚点校：《楚辞章句》卷一六刘向《九叹》，第318、328页。
④ 费振刚、仇仲谦、刘南平校注：《全汉赋校注》，第146页。
⑤ 费振刚、仇仲谦、刘南平校注：《全汉赋校注》，第317页。
⑥ 费振刚、仇仲谦、刘南平校注：《全汉赋校注》，第367~368页。
⑦ （东汉）张衡著，张震泽校注：《张衡诗文集校注》，第196页。
⑧ 费振刚、仇仲谦、刘南平校注：《全汉赋校注》，第4页。

群众成朋兮，上浸以惑。巧佞在前兮，贤者灭息。①（东方朔《七谏》）

彼寔繁之有徒兮，指其白以为黑。②（董仲舒《士不遇赋》）

吸精粹而吐氛浊兮，横邪世而不取容。……时溷浊犹未清兮，世殽乱犹未察。③（刘向《九叹》）

鹓鸼轩翥，鸾凤挫翮。啄碎琬琰，宝其瓴甋。皇车奔而失辖，执辔忽而不顾。④（蔡邕《吊屈原文》）

彼无合其何伤兮，患众伪之冒真。……珍萧艾于重笥兮，谓蕙芷之不香。斥西施而弗御兮，羁要褭以服箱。行陂僻而获志兮，循法度而离殃。⑤（张衡《思玄赋》）

对于思想活跃的古代文人而言，仕途上遭遇的厄运常常促使其反躬自省，在历史中追寻厄运的成因。战国时期，屈原将自身的不遇归结为不合时命，汉代以后，流贬文人一一追寻而来，将仕途坎坷之身定位在君昏臣佞、悖理伤德的政治处境之中。

（二）对屈原原型的革新

在继承高才大德与不合时命这两项形象特征的同时，两汉流贬文人的拟骚创作也显示出对屈原原型的革新，主要体现为在心灵感受上由悲世之怨转向悲己之怨，在意识倾向上由执着对抗转向有限超越。

在心灵感受上由悲世之怨转向悲己之怨，并不意味着流贬文人的拟骚作品中完全不含悲世之怨的成分，在东方朔的《七谏》与刘向的《九叹》中，悲世之怨依然存在，只是其出现的频率与强度与屈骚相比则逊色得多。比如，东方朔《七谏》曰："哀时命之不合兮，伤楚国之多忧。……痛楚国之流亡兮，哀灵脩之过

---

① 费振刚、仇仲谦、刘南平校注：《全汉赋校注》，第4页。
② 费振刚、仇仲谦、刘南平校注：《全汉赋校注》，第146页。
③ （汉）王逸撰，黄灵庚点校：《楚辞章句》卷一六刘向《九叹》，第313、324页。
④ 《全后汉文》卷八〇，（清）严可均《全后汉文》，第794页。
⑤ （东汉）张衡著，张震泽校注：《张衡诗文集校注》，第199页。

到。"①刘向《九叹》曰："不顾身之卑贱兮，惜皇舆之不兴。……悲余心之悁悁兮，哀故邦之逢殃。"②并且，由于这两篇作品具有代屈原立言的性质，因此，其中的悲世之怨在多大程度上属于作者本身，仍是一个值得考量的问题。

在更多拟骚作品中，流贬文人表达悲怨时关注的对象已由外在的江山社稷转向内在的个体命运。比如贾谊《吊屈原赋》曰："谊追伤之，因以自喻。"③《鵩鸟赋》曰："谊即以谪居长沙，长沙卑湿，谊自伤悼，以为寿不得长，乃为赋以自广。"④冯衍《显志赋》曰："时莫能听用其谋，喟然长叹，自伤不遭。久栖迟于小官，不得舒其所怀。抑心折节，意凄情悲。……乃作赋自厉，命其篇曰《显志》。"⑤"自喻""自伤悼""自广""自伤""自厉"，在序言中频繁出现的"自"字，代表着"自己""自我"，也显示出作者在文中抒发的悲情具有朝向内在的自我凝聚的趋势。在其他作品中，如董仲舒《士不遇赋》云"悲吾徒矣"，刘歆《遂初赋》云"而寄己意"，张衡《思玄赋》云"常思图身之事"，等等，都具有明显的抒发小我之情的特点。

此外，与屈原类似，光阴迫促的焦虑感和世无知己的孤独感，同样也是两汉流贬文人理想失落之悲的强化因素。具体例证可见贾谊《吊屈原赋》、董仲舒《士不遇赋》、东方朔《七谏》、刘向《九叹》等文。

由执着对抗转向有限超越的意识倾向，在两汉流贬文人的拟骚作品中普遍存在，但转变不代表完全放弃对抗，面对现实的挫败，两汉流贬文人也多保持着执着对抗的姿态。与屈原类似，流贬文人的对抗一方面体现为坚守忠贞廉洁的志节，如董仲舒《士不遇赋》曰："屈意从人，悲吾徒矣。……虽矫情而获百利兮，复不如正心而归一。"⑥东方朔《七谏》曰："终不变而死节兮，惜年齿之未央。……内自省而不惭兮，操愈坚而不衰。"⑦刘向《九叹》曰："不从俗而诐行

---

① （汉）王逸撰，黄灵庚点校：《楚辞章句》卷一三东方朔《七谏》，第268页。
② （汉）王逸撰，黄灵庚点校：《楚辞章句》卷一六刘向《九叹》，第320、341页。
③ 费振刚、仇仲谦、刘南平校注：《全汉赋校注》，第4页。
④ 费振刚、仇仲谦、刘南平校注：《全汉赋校注》，第10页。
⑤ 费振刚、仇仲谦、刘南平校注：《全汉赋校注》，第366~367页。
⑥ 费振刚、仇仲谦、刘南平校注：《全汉赋校注》，第146~147页。
⑦ （汉）王逸撰，黄灵庚点校：《楚辞章句》卷一三东方朔《七谏》，第254、264页。

兮,直躬指而信志。不枉绳以追曲兮,屈情素以从事。端余行其如玉兮,述皇舆之踵迹。"①冯衍《显志赋》曰:"内自省而不惭兮,遂定志而不改。"②张衡《思玄赋》曰:"欲巧笑以干媚兮,非余心之所尝。"③等等。另一方面,理想失落之后,部分流贬文人也经历了一个内在反复冲突、最终仍心系理想的过程。比如,《七谏》云:"隐三年而无决兮,岁忽忽其若颓。怜余身不足以卒意兮,冀一见而复归。哀人事之不幸兮,属天命而委之咸池。身被疾而不闲兮,心沸热其若汤。冰炭不可以相并兮,吾固知乎命之不长。哀独苦死之无乐兮,惜予年之未央。悲不反余之所居兮,恨离予之故乡。"④《思玄赋》云:"悲离居之劳心兮,情惆惆而思归。魂眷眷而屡顾兮,马倚辀而徘回。虽遨游以媮乐兮,岂愁慕之可怀?"⑤洁身自好、坚守志节的同时,这些流贬文人还必须承受其守节带来的后果,即个人理想将继续失落,自我的价值也难得实现。在守节与不遇之间,他们一边哀叹自身的不幸,一边痛斥丑恶的现实,同时也在不同程度上渴望回归,这种极为矛盾的内心状态对他们而言,确实如"沸热其若汤"般折磨。

不过,屈原最终通过怀石自沉、以死相殉的方式将自我的抗争推向了最强音,其对美政理想和个体价值的执着程度远超过两汉流贬文人。与屈原相比,两汉流贬文人对现实的抗争则不同程度地带有远世自藏的超越意识,乃至全身避祸的自保意识,其对政教理想的执着追求无法与屈原比肩。兹举数例以证:

> 凤漂漂其高逝兮,夫固自引而远去。袭九渊之神龙兮,沕深潜以自珍。偭蟂獭以隐处兮,夫岂从虾与蛭蟥。所贵圣人之神德兮,远浊世而自藏。⑥(贾谊《吊屈原赋》)
> 经浊世而不得志兮,愿侧身岩穴而自托。⑦(东方朔《七谏》)
> 恐登阶之逢殆兮,故退伏于末庭。……宁浮沉而驰骋兮,下江湘以邅

---

① (汉)王逸撰,黄灵庚点校:《楚辞章句》卷一六刘向《九叹》,第318页。
② 费振刚、仇仲谦、刘南平校注:《全汉赋校注》,第367页。
③ (东汉)张衡著,张震泽校注:《张衡诗文集校注》,第199页。
④ (汉)王逸撰,黄灵庚点校:《楚辞章句》卷一三东方朔《七谏》,第264页。
⑤ (东汉)张衡著,张震泽校注:《张衡诗文集校注》,第236页。
⑥ 费振刚、仇仲谦、刘南平校注:《全汉赋校注》,第4页。
⑦ (汉)王逸撰,黄灵庚点校:《楚辞章句》卷一三东方朔《七谏》,第275页。

回。……舒情陈诗，冀以自免兮。颓流下陨，身日以远兮。①（刘向《九叹》）

盍远迹以飞声兮，孰谓时之可蓄？（张衡《思玄赋》）

上述文本中，流贬文人渴望从内心放下个体的荣辱与理想，通过远世自藏来超越不遇之困境，或于动乱中保全一己之性命。但从最终的结果来看，他们仅实现了短暂的有限的超越，整体上仍处于理想与现实的矛盾和痛苦之中。正如尚永亮先生分析贾谊之超越："有限度则表现为此种超越意识仅存在于他的意念里，却没有落到他的人生实践中，也就是说，在谪居生涯中，他并没能做到泯灭悲喜、忘怀得失，他心头终日笼罩的仍然是驱不散的愁云惨雾，他似乎只是悲怨极重时将超越学说拿来，聊做宽解而已。"②

综上，在拟骚文本中，两汉流贬文人塑造了一些以屈原为原型的主体形象。这些形象具有若干共同的内在特征，即高才大德者因客观时命的限制，饱尝个体理想失落的悲怨，在对抗逆境的同时，也显示出对逆境有限的超越。在高才大德之个人品质和不合时命之政治命运两方面，这些主体形象与屈原原型十分相似，映射出两汉流贬文人对自我与困境的理想化认知。在心灵感受与意识倾向两方面，拟骚文本中的主体形象一方面对屈原原型的悲世之怨与执着对抗有所继承，另一方面也明显转向了更加关注个体身心的悲己之怨与有限超越。

第三节 两汉流贬文人的个体意识与自我表达

汉代是中国历史上大一统的专制政权时代，也是中国古代文学史上个体意识逐渐发展的时代。两汉流贬文人选择以屈骚为自身流贬文学创作的模仿对象，既导源于两汉特殊的政治压力，也与两汉个体意识的发展密切相关。屈骚的文体意味与形象内涵，恰好适应了两汉流贬文人在个体意识觉醒后自我表达的需要。

---

① （汉）王逸撰，黄灵庚点校：《楚辞章句》卷一六刘向《九叹》，第324、325、332页。
② 尚永亮：《弃逐与回归：上古弃逐文学的文化学考察》，第305页。

第五章 骚体与两汉流贬文人的文学书写

一、专制政权下两汉流贬文人的现实处境

继秦之后,两汉统治者建立了巩固的一人专制政权。徐复观先生曰:

> 所谓专制,指的是就朝廷的政权运用上,最后的决定权,乃操在皇帝一个人的手上;皇帝的权力,没有任何立法的根据及具体的制度可以加以限制而言。人臣可以个别地或集体向皇帝提出意见,但接受不接受,依然决定于皇帝的意志,无任何力量可对皇帝的意志能加以强制。①

与政权众多、君臣平等、选择多元的战国时代相比,江山一统、帝王专制的秦汉时期,皇帝是客观世界绝对的主宰,身份和权威绝对化、神圣化。在这样的政治格局中,君臣关系趋向于由皇帝主导的主从关系,士人的出处进退只剩下一元化的选择,在政治活动中被动性强而主动性弱,不受最高统治者青睐甚至遭受流贬的士人,便很容易生出穷途末路、有志难酬的悲慨。

关于这一点,东方朔在《答客难》一文中有详细的解释:

> 是固非子之所能备也。彼一时也,此一时也,岂可同哉?夫苏秦、张仪之时,周室大坏,诸侯不朝,力政争权,相禽以兵,并为十二国,未有雌雄,得士者强,失士者亡,故谈说行焉。身处尊位,珍宝充内,外有廪仓,泽及后世,子孙长享。今则不然。圣帝流德,天下震慑,诸侯宾服,连四海之外以为带,安于覆盂,动犹运之掌,贤不肖何以异哉?遵天之道,顺地之理,物无不得其所;故绥之则安,动之则苦;尊之则为将,卑之则为虏;抗之则在青云之上,抑之则在深泉之下;用之则为虎,不用则为鼠;虽欲尽节效情,安知前后?夫天地之大,士民之众,竭精谈说,并进辐凑者,不可胜数,悉力慕之,困于衣食,或失门户。使苏秦、张仪与仆并生于今之世,曾不得掌故,安敢望常侍郎乎!故曰时异事异。(《答客难》)②

---

① 徐复观:《两汉思想史》第一卷,九州出版社2014年版,第125页。
② (清)严可均辑,任雪芳审订:《全汉文》卷二五,第257~258页。

第三节 两汉流贬文人的个体意识与自我表达

在上述材料中,东方朔将汉武帝时士人的处境与战国时相对比,揭示出大一统的汉代社会一方面人才济济,另一方面士人被迫谨小慎微、安时处顺的历史现状。在缺乏政治选择自由的情况下,两汉士人"绥之则安,动之则苦;尊之则为将,卑之则为虏;抗之则在青云之上,抑之则在深泉之下;用之则为虎,不用则为鼠",不得不生存于卑微、被动的处境之中,个体的前途、尊严乃至生命均为专制政权严重束缚。赵敏俐先生曾说,"悲士不遇"与"生不逢时"是汉代文人人生理想得不到实现的必然表现,其中,"生不逢时"包含两层含义:第一,生不逢三代盛世,即虞夏、商、周三代的鼎盛期,彼时之世不仅国家昌盛,而且君臣遇合;第二,生不逢战国乱世,即在周室衰微、诸侯争霸的战国时期,士大夫阶层有地位、有尊严,更有实现人生理想的广阔空间。① 此番论断,可为引文中"时异事异"四字做极好的注解。

在人性可以自由伸展的环境里,束缚的对面应该是反抗,但在君主集权的两汉时期,士人连反抗的权利都被剥夺。恰如徐复观先生概括一人专制政治的五种特性时所说:"在专制政治之下,一切人民都处于服从的地位,不允许在皇帝支配之外,保有独立乃至反抗性的社会势力。"②"而文士是具知识与特殊价值理想的社会阶层,这种才能在政权竞逐、优胜劣败的时局中,可凸显其正面价值。相反的,在追求安定的大一统专制时局中,却突显其负面价值。"③正因如此,两汉流贬士人即使心怀冤屈,落拓不平,也缺乏正当的途径来表达内心的反抗,只能选择以著书立说、收徒授课或躬耕田园等方式渡过失意的岁月。比如,董仲舒被废为中大夫之后,"居舍,著《灾异之记》"④;冯衍被免之后,"西归故郡,闭门自保,不敢复与亲故通"⑤;张奂免官禁锢,遂"闭门不出,养徒千人,著《尚书记难》三十余万言"⑥;第五伦免归后,"身自耕种,不交通人物"⑦;等等。在韬

---

① 赵敏俐:《汉代骚体抒情诗三大主题论略——兼谈汉代文人的独立人格与个体意识》,《中国楚辞学》(第十七辑),学苑出版社2011年版,第198~221页。
② 徐复观:《两汉思想史》第一卷,第133页。
③ 颜昆阳:《论汉代文人"悲士不遇"的心灵模式》,第225页。
④ 《史记》卷一二一《董仲舒列传》,第10册第3772页。
⑤ 《后汉书》卷二八上《冯衍传》,第4册第978页。
⑥ 《后汉书》卷六五《张奂传》,第8册第2142页。
⑦ 《后汉书》卷四一《第五种传》,第5册第1397页。

第五章 骚体与两汉流贬文人的文学书写

光养晦的生活中,这些士人得以暂时远离统治者的视线,保全一己之性命。

偶有不遵循专制政治通行法则而欲反抗者,基本遭受了残酷的惩罚。比如,汉宣帝五凤元年(前57),"平通侯杨恽坐前为光禄勋有罪,免为庶人。"①其后,杨恽并未悔过,而是"家居治产业,起室宅,以财自娱"②,过着十分张扬的生活。友人安定太守西河孙会宗提醒道"大臣废退,当阖门惶惧,为可怜之意,不当治产业,通宾客,有称誉。"③然恽仍怀不服,回以《报孙会宗书》,其中不无桀骜愤激之语:"怀禄贪势,不能自退,遂遭变故,横被口语,身幽北阙,妻子满狱……故'道不同,不相为谋',今子尚安得以卿大夫之制而责仆哉!"④面对免官夺爵的厄运,杨恽选择了抵抗,也为此付出了惨痛的代价:"不悔过,怨望,大逆不道,腰斩。"⑤又如汉哀帝元寿元年,宜陵侯息夫躬被免去左曹光禄大夫一职,归国后寄居丘亭,其后,"人有上书言躬怀怨恨,非笑朝廷所进,候星宿,视天子吉凶,与巫同祝诅"⑥,躬于是被下洛阳狱,后死于狱中。从杨恽、息夫躬的事例来看,两汉士人在遭遇流贬之后,于人前不可流露出一丝半毫的怨恨情绪,遑论落实到具体的反抗行动。唯有俯首帖耳做可怜状,表现出对皇命的绝对接纳和服从,才能为个体求得一方狭促的生存空间。

由此可见,在两汉一人专制政权之下,流贬文人失去的不仅是建功立业、一展抱负的机会,还包括流贬之后申诉冤屈、表达自我的权利。在时代阴云的笼罩下,两汉流贬士人在承受着理想破灭之后的失落与苦闷的同时,还不得不面对政治高压下对一己性命的惶恐和忧惧,集权统治使得他们实现理想的路途满是艰辛,这是一个极为压抑的时代。

二、两汉流贬文人个体意识的发展与呈现

两汉时期,儒家与道家是两种长期共存于文人士大夫作品中的主要思想,从

---

① 《汉书》卷八《宣帝纪》,第1册第266页。
② 《汉书》卷六六《杨恽传》,第9册第2894页。
③ 《汉书》卷六六《杨恽传》,第9册第2894页。
④ 《汉书》卷六六《杨恽传》,第9册第2895~2896页。
⑤ 《汉书》卷八《宣帝纪》,第1册第266页。
⑥ 《汉书》卷四五《息夫躬传》,第7册第2186~2187页。

西汉初到东汉末,两者经历了不同程度的盈虚消长的变化。西汉前期,儒道思想各执一端,初步显示出融合的迹象。西汉中期至东汉前期,由于董仲舒"罢黜百家,独尊儒术"政策的施行,儒家思想占据了明显的优势地位,但道家思想也在发展,并继续与儒家思想相融合。东汉中期以后,伴随着皇权的衰微和世道的衰败,儒家思想的主导地位逐渐崩塌,道家思想日渐凸显。在这个过程中,道家思想对士人群体的影响日益深入,逐步渗透至士人群体的日常生活、价值观念、文学创作等多个方面。

春秋战国以来,中国知识阶层便以"道"的承担者自居。在儒家思想浸润下成长的汉代文人士大夫,基本都秉持着"士以弘道"的价值追求,以建功立业为最高的人生理想,将生命存在的最大价值定位于治国平天下。"当这种价值自觉,历经文化的实践与传导,而逐渐被士人所普遍认同并形成特定的价值信仰,即形塑为士人的'文化性格'。"[①]这样宏大的人生理想和文化性格是以群体性的家国命运为着眼点的。

与儒家相比,重视"自然"的道家更为关注个体生命的身心状况,强调个体的本真、自由以及独立的生存价值。随着道家思想在士人群体中的发展,道家注重个体的意识也在两汉文学作品中得到了明显的体现。学者王国璎曾对汉代文学作品中个体意识的自觉进行了细致的论证。她指出,中国文学史上个体意识的自觉萌发于《楚辞》,茁壮于汉代的辞赋与歌诗。在重视群体纲纪的环境中,汉代文人摆脱了政教伦理的束缚,个体在现实生活中的经历和感受得以被看见、被关注,个人失志之悲、人生无常之叹、孤独寂寞之哀、离情相思之苦以及及时行乐之思等个体化的情怀意念都得以被自由地书写。对个体生命的关怀、对个人生命意义的体味及对个体人格独立的尊重,在汉代的文学作品中得到了自觉的呈现。"对自我生命意义与存在价值的关注,乃是属于一个时代的共同倾向,显示汉代文学作品中个体意识的自觉,自西汉初始,已经逐渐形成一个时代的文学现象。"[②]

[①] 颜昆阳:《论汉代文人"悲士不遇"的心灵模式》,第239页。
[②] 王国璎:《个体意识的自觉——两汉文学中之个体意识》,《汉学研究》第21卷第2期(2003年12月)。

个体意识的自觉，同样体现在两汉流贬文人的作品中，其中最为突出的表达是心灵感受上的悲己之怨与意识倾向上的超越和自保意识。前文提到，两汉流贬文人的关注点由外在的江山社稷转向内在的个体命运，其作品中频繁出现的"自"字，也显示出一种向内在自我凝聚的悲情。两汉社会，在儒家思想的引导下，文人士大夫普遍以建功立业为最高的人生价值，流贬不仅意味着士人仕宦的进程被迫改变甚至中断，还意味着个体从此失去了实现最高人生价值的可能性。对于汉代的文人士大夫而言，这是一种令人深感悲伤和绝望的遭遇。"惟郁郁之忧毒兮，志坎壈而不违"①，"耻功业之无成兮，赴原野而穷处"②，等等，这些诗句诉说的正是两汉流贬文人对个体失志不遇的沉痛哀悼。远世自藏，全身避祸，是两汉流贬文人个体意识的另一重要体现。汉代文人士大夫们原本带着建功立业的治国理想走上仕途，但专制政权的压力和官场的倾轧却促使他们不得不借助道家全身远祸的思想来化解现实的苦闷。在现实挫折面前，两汉流贬文人一方面仍持有对抗的姿态，另一方面则以"与道翱翔"的方式，将道家思想作为个体生存的重要理论指导。③ 与儒家相比，道家的人生态度更趋向于隐处。《老子》曰："名与身孰亲？身与货孰多？……故知足不辱，知止不殆，可以长久。"④老子认为，人之身比名和利更加珍贵，人要以知足、知止的姿态面对身外之物，才能立身长久。又《庄子·天运》曰："以富为是者，不能让禄；以显为是者，不能让名；亲权者，不能与人柄。操之则栗，舍之则悲，而一无所鉴，以窥其所不休者，是天之戮民也。"⑤在庄子看来，贪恋富贵、显名或权势，其悲喜亦为之把控，实为对个体生命的戕害，唯有全性保真、不为物累，才能通向身心的自由和舒展，收获个体恒久的自由。随着道家思想在汉代士人群体中由浅入深的发展，隐处也逐渐成为两汉流贬文人普遍的选择。时命不合，远世自藏，通过远离朝堂来达到全身避祸的目的，也尽可能于隐处中获得相对宽广的活动空间。这种选择，一方面源于流贬文人对现实社会的不满与规避，另一方面也源于他们对个体

---

① （汉）王逸：《楚辞章句》卷一六刘向《九叹》，第322页。
② 费振刚、仇仲谦、刘南平校注：《全汉赋校注》，第367页。
③ 贾谊：《鵩鸟赋》："寥廓忽荒兮，与道翱翔。"（费振刚、仇仲谦、刘南平校注：《全汉赋校注》，第10页。）
④ 陈鼓应注译：《老子今注今译》，商务印书馆2016年版，第241页。
⑤ （清）郭庆藩撰，王孝鱼点校：《庄子集释》，中华书局2013年版，第464页。

生命本身、对个体尊严与自由的追求，体现出两汉流贬文人对个体生命价值的珍视和爱护。所谓"恐登阶之逢殆兮，故退伏于末庭。"①"虽九死而不眠兮，恐余殃之有再。"②等等，皆是此意。并且，这种包含着生物学意义的生命意识，还激发了两汉流贬文人对绝对时间和个体寿命的关注。"天不可预虑兮，道不可预谋；迟速有命兮，焉识其时。"③"岁忽忽而日迈兮，寿冉冉其不与。"④等等。这些诗句反映的正是流贬文人因人生无常、岁月不待而产生的焦虑感。此外，有些篇章蕴含的世无知己、行无同道的孤独感，也体现出流贬文人寻找个体归属感的需要，如"国其莫我知兮，独壹郁其谁语"⑤，"飞鸟号其群兮，鹿鸣求其友"⑥，等等。

总的来说，两汉时期，道家思想由浅入深的发展促进了流贬文人对个体生命和精神的关切与表达，使其文学创作中的个体意识逐渐走向自觉，落实到骚体文本当中，便表现为文本内容的个体化与抒情化。

三、"怨而且怒"与隐微的表达空间

在压抑的两汉时期，理想失落之悲是流贬文人内心深处生发出的强烈的情感，尽管宏观的政治环境要求流贬士人低调处世，不可公然表达怨恨之意，但随着时代与个体意识的发展，两汉流贬文人自我表达的需要犹如平静湖面下涌动的暗流，潜藏深处却难以阻挡。

两汉时期，文学为政治教化服务成为文坛的主流，经学家们继承了儒家的诗教观，认为文学首先应承担教化功能。《诗》曰："故正得失，动天地，感鬼神，莫近于诗。先王以是经夫妇，成孝敬，厚人伦，美教化，移风俗。"⑦完成于汉武帝时期的《毛诗序》，从官方立场明确界定了"经夫妇，成孝敬，厚人伦，美教化，移风俗"的实用性文学观。东汉前中期，王充《论衡》亦载："夫文人文章，

---

① （汉）王逸：《楚辞章句》卷一六刘向《九叹》，第324页。
② 费振刚、仇仲谦、刘南平校注：《全汉赋校注》，第367页。
③ 费振刚、仇仲谦、刘南平校注：《全汉赋校注》，第9~10页。
④ 费振刚、仇仲谦、刘南平校注：《全汉赋校注》，第367页。
⑤ 费振刚、仇仲谦、刘南平校注：《全汉赋校注》，第4页。
⑥ （汉）王逸：《楚辞章句》卷一七王逸《九思》，第373页。
⑦ 《毛诗正义序》，（清）阮元校注《十三经注疏》，第270页。

岂徒调墨弄笔，为美丽之观哉？载人之行，传人之名也。善人愿载，思勉为善；邪人恶载，力自禁裁。然则文人之笔，劝善惩恶也。"①王充认为，文学的审美价值是次要的，劝善惩恶，进行道德教化，才是文学创作最终的目的。建安后期，曹丕撰《典论·论文》，曰："盖文章，经国之大业，不朽之盛事。"②强调的也是文学治国经邦的作用。由此可见，两汉正统的文学观念具有极强的实用性，并且这种实用性指向的是宏观的江山社稷，而非微观的个体情感。

"温柔敦厚"是儒家诗教对两汉士人的另一种影响。《礼记·经解》载："孔子曰：'入其国，其教可知也。其为人也，温柔敦厚，《诗》教也。……其为人也，温柔敦厚而不愚，则深于《诗》者也。'"③为人之"温柔敦厚"，是儒家思想推崇的人格特征，也是儒家诗教最为理想的教化效果。何谓"温柔敦厚"？《诗》曰："故《诗》有六义焉，一曰风，二曰赋，三曰比，四曰兴，五曰雅，六曰颂。上以风化下，下以风刺上，主文而谲谏，言之者无罪，闻之者足以戒，故曰风。"④东汉郑玄注曰："风化、风刺，皆谓譬喻不斥言也。主文，主与乐之宫商相应也。谲谏，咏歌依违，不直谏也。"⑤在郑玄看来，"温柔敦厚"是指以《诗》为代表的文学作品应采取迂回的劝谏方式，不可"斥言"，不可"直谏"。唐代孔颖达进一步解释道："其作诗也，本心主意，使合于宫商相应之文，播之于乐，而依违谲谏，不直言君之过失，故言之者无罪。人君不怒其作主而罪戮之，闻之者足以自戒。人君不自知其过而悔之，感而不切，微动若风，言出而过改，犹风行而草偃，故曰'风'。"⑥又云："温，谓颜色温润；柔，谓情性和柔。《诗》依违讽谏，不指切事情，故云温柔敦厚，是《诗》教也。"⑦郑、孔二人的观点折射出汉儒普遍的看法，即"温柔敦厚"指的是一种不直陈其过、温和委婉的书面表达风格，并希冀经由这种柔性的方式使言之者免罪、闻之者悔过。这种风格的情感浓度，相当于"怨而不怒"之等级。

---

① （汉）王充著，黄晖撰：《论衡校释》卷二十《佚文第六十一》，第55页。
② 魏宏灿校注：《曹丕集校注》，安徽大学出版社2009年版，第313页。
③ 《礼记正义》卷五〇《经解》，（清）阮元校注《十三经注疏》，第1609页。
④ 《毛诗正义序》，（清）阮元校注《十三经注疏》，第271页。
⑤ 《毛诗正义序》，（清）阮元校注《十三经注疏》，第271页。
⑥ 《毛诗正义序》，（清）阮元校注《十三经注疏》，第271页。
⑦ 《礼记正义》卷五〇《经解》，（清）阮元校注《十三经注疏》，第1609页。

第三节　两汉流贬文人的个体意识与自我表达

《论语·阳货》曰："《诗》可以兴，可以观，可以群，可以怨。迩之事父，远之事君；多识于鸟兽草木之名。"①孔子所说的"怨"是否具有"怒"的内涵暂且不论，两汉四百余年间，由于"温柔敦厚"诗教观在文学创作活动中长期占据着统治地位，情绪激昂的"怒"在两汉文学作品中不被认可，因此"诗可以怨"之"怨"被汉代士人限定在"怨而不怒"的范围内。前文提到的汉人围绕屈骚之怨展开的争论，正是以"温柔敦厚"诗教观为思想背景的。汉代最具代表性的文类——汉大赋"劝百讽一"的写作特色，也鲜明地体现了"温柔敦厚"诗教观对汉代文学创作的巨大影响。这也说明，两汉社会对士人群体的压制不仅体现为显在的行为活动，还包括潜在的思想观念，故而徐复观先生说："因为专制政治一切决定于皇帝的意志，便不能允许其他人有自由意志，不能有自律性的学术思想的发展。"②

在上述背景下，两汉流贬文人欲表达出个体内心的怨情，必须找到一种能够突破两汉文坛主流意识形态的载体，而屈骚"怨而且怒"情感的合理性以及隐微的表达空间，正是流贬文人彼时的最佳选择。

两汉时期，屈骚之怨具有独一无二的地位和作用。如袁劲所言：

> 从孔子的"诗可以怨"到屈原的"发愤以抒情"是一步重要的跨越，因为它实现了社会伦理语境中接受主体到文学艺术领域内创作主体的转变。从刘安的"怨诽而不乱"到司马迁的"怨愤"，同样是接受史上的关键转折点，因为它冲破了"温柔敦厚"的垄断，为"怨而怒"解蔽。以《离骚》为中心，在司马迁反复伸张的"直"与刘安、班固、王逸小心恪守的"和"之间，一己之"怨"已突破了群体性纲常伦理的束缚，释放出新的活力。诚如王先霈先生所言，司马迁"从创作主体的遭遇出发，论证其怨愤的必然性、正当性、正义性，论证以艺术方式抒发怨愤的合理性，及其对提高作品价值的有效性、优越性"，而"怨"作为情感范畴的正当性得到确认，正是其美学意义得以彰显的前提。③

---

① 杨伯峻译注：《论语译注》，中华书局2006年版，第208页。
② 徐复观：《两汉思想史》第一卷，第134页。
③ 袁劲：《"直"与"婉"的分途和变奏：汉魏六朝"诗可以怨"美学阐释的历史展开》，《华侨大学学报》(哲学社会科学版)2019年第2期。

第五章 骚体与两汉流贬文人的文学书写

《离骚》表达的是直接的"怨而怒"的情感,突破了在两汉文坛上占据主流地位的"温柔敦厚"的诗教范畴。司马迁在《史记》中一方面将《离骚》之"怨"引向更激烈的"发愤以抒情",另一方面还在理解创作主体遭遇的基础上论证了《离骚》之"怨"的合理性。不过,袁劲所言"'怨'作为情感范畴的正当性得到确认"还有待商榷,因为从班固、王逸等人对屈骚的评价来看,在司马迁之后,文艺创作者是否能在作品中抒发怨愤之情依然存在很大的争议。但不可否认的是,屈原的确给"怨"情注入了新的内涵,提升了"怨而且怒"这种情感类型在两汉时期的可接受性,为两汉文学艺术领域提供了一种有别于"温柔敦厚"的新的情感范式。若无屈骚作先驱,那么两汉流贬文人个体的感伤情怀将在主流诗教观的规范下持续被压抑。换言之,屈骚之怨所开创的情感范式恰好为两汉流贬文人的个体之怨提供了一种表达的合理性。

隐微的表达空间是屈骚为两汉流贬文人提供的另一种助力。所谓"隐微的表达",即"隐约细微的表达",是指屈骚通过引类譬谕、比兴寄托的方式来表达内心的主张和思想。王逸云:

> 《离骚》之文,依《诗》取兴,引类譬谕:故善鸟香草以配忠贞;恶禽臭物以比谗佞;灵脩美人以媲于君;宓妃佚女以譬贤臣;虬龙鸾凤以托君子;飘风云霓以为小人。其词温而雅,其义皎而朗。凡百君子,莫不慕其清高,嘉其文采,哀其不遇,而愍其志焉。[①]

《离骚》以鸾凤、兰芷等善鸟香草比喻自身忠贞等美德,以鹈鴂、萧艾等恶禽臭物比喻党人谗佞等劣行,又以灵修美人比喻明君,以宓妃佚女比喻贤臣,等等。通过比兴手法,屈原描述了一个是非颠倒、贤愚错位的非理性世界,并于其中寄托了美政理想破灭后强烈的悲伤和忧愤。司马迁评价《离骚》曰:"其称文小而其指极大,举类迩而见义远。"[②]指的正是屈骚通过比兴寄托的方式以小见大、以近见远的特点,此即本书所说的"隐微的表达"。隐微的表达方式丰富了屈骚的主

[①] (汉)王逸:《楚辞章句》卷一屈原《离骚》,第2页。
[②] 《史记》卷八四《屈原贾生列传》,第8册第2994页。

题阐释，但从司马迁伸张之"直"与刘安、班固、王逸恪守之"和"可以看出，在一人专制的汉代社会，屈骚"怨而不怒"之解仍占上风，怨怒之情拥有的空间并不广阔。此时，通过模仿屈骚隐微的表达方式，士人得以在有限的合理性之中委婉曲折地宣泄个体失落、苦闷乃至怨愤之感情，并凭借屈骚丰富的阐释达到避祸全身的目的。

总的来说，由于两汉时期官方倡导实用性的文学观念，且主张"温柔敦厚"的创作风格，所以流贬文人难以通过主流认可的方式来表达内在的怨情。对流贬文人而言，屈骚不仅提供了"怨而且怒"这种新的情感范式，也通过比兴寄托的方式提供了一种隐微的表达空间。在这种隐微的表达空间里，失落而苦闷的流贬文人拾级而上，于拟骚创作中找到了心灵的出口。

徐复观先生曾说，《离骚》之所以能在汉代文学中产生巨大的影响，其中一个重要的原因"乃是当时的知识分子，以屈原的'信而见疑，忠而被谤，能无怨乎'的'怨'，象征着他们自身的'怨'；以屈原的'怀石遂自投汨罗以死'的悲剧命运，象征着他们自身的命运。"①所谓"情动于中而形于言"，相似的怨情使两汉流贬文人上祖屈骚，于流贬创作中选择了骚体。总的来说，在两汉流贬文人的骚体创作中，骚体适宜于抒情的文体功能是其外部基础，骚体注重失志之怨的文体意味是其情感旨归，而屈骚"怨而且怒"的情感范式与隐微表达方式，则是汉代流贬文人宣泄苦闷并保全自我的重要途径。在一人专制政权压力和个体意识自觉的推动下，两汉流贬文人借助骚体创作来表达内心深沉的失落和苦闷，这一方面反映出时代带给两汉流贬文人的痛苦和无奈，另一方面也显示出他们不甘幻灭而于曲折中流露的不满和抗争。如果说屈原与悖理伤德、贤人失志之命运的执着对抗首次成为中国古代知识分子独立人格的象征，那么，继屈原之后，两汉流贬文人的骚体创作便可视为汉代士人对知识分子独立精神的认可、向往与追慕。因此，两汉流贬文人的文学书写虽然趋向自我和内在，但其突破了时代通行的处世准则与文学观念，在中国古代诗赋发展史上具有开时代新风的重要意义。

---

① 徐复观：《两汉思想史》第一卷，第253~254页。

附录：两汉流贬文人纪年①

惠帝朝（前195—前188）

元年（丁未，前194）

淮阳王刘友，赵隐王如意死，吕后徙友为赵王。

《史记》卷九《吕太后本纪》："孝惠元年十二月，帝晨出射。赵王少，不能早起。太后闻其独居，使人持鸩饮之。黎明，孝惠还，赵王已死。于是乃徙淮阳王友为赵王。"《汉书》卷三八《赵幽王友传》："赵幽王友，十一年立为淮阳王。赵隐王如意死，孝惠元年，徙友王赵，凡立十四年。"

《资治通鉴》卷一二"孝惠皇帝元年"条所载同。

汉文帝朝（前180—前157）

前元四年（乙丑，前176）

太中大夫贾谊，为绛、灌、东阳侯等所短，天子疏之，贬为长沙王太傅。

《史记》卷八四《贾生列传》："贾生以为汉兴至孝文二十余年，天下和洽，而固当改正朔，易服色，法制度，定官名，兴礼乐，乃悉草具其事仪法，色尚黄，数用五，为官名，悉更秦之法。孝文帝初即位，谦让未遑也。诸律令所更定，及列侯悉就国，其说皆自贾生发之。于是天子议以为贾生任公卿之位。绛、灌、东阳侯、冯敬之属尽害之，乃短贾生曰：'洛阳之人，年少初学，专欲擅权，纷乱诸事。'于是天子后亦疏之，不用其议，乃以贾生为长沙王太傅。"

《汉书》卷四八《贾谊传》、《资治通鉴》卷一四"太宗孝文皇帝中前四年"条、

---

① 注：不含王莽新朝流贬文人。

《册府元龟》卷九五三《总录部·不遇》、《全汉文》卷一五"贾谊"条所载同。

汉武帝朝（前141—前87）

建元四年（甲辰，前137）

江都相董仲舒废为中大夫，原因不详。

《史记》卷一二一《儒林列传》："今上即位，为江都相。以《春秋》灾异之变推阴阳所以错行，故求雨闭诸阳，纵诸阴，其止雨反是。行之一国，未尝不得所欲。中废为中大夫，居舍，著《灾异之记》。是时辽东高庙灾，主父偃疾之，取其书奏之天子。"《汉书》卷五六《董仲舒传》："仲舒治国，以《春秋》灾异之变推阴阳所以错行，故求雨，闭诸阳，纵诸阴，其止雨反是；行之一国，未尝不得所欲。中废为中大夫。先是辽东高庙、长陵高园殿灾，仲舒居家推说其意，草稿未上，主父偃候仲舒，私见，嫉之，窃其书而奏焉。"

按：汉武帝即位后，董仲舒任江都相。《汉书》卷一九下《百官公卿表下》载："（孝武建元四年）江都相郑当时为右内史，五年贬为詹事。"①可知董仲舒任江都相当在武帝建元四年。又，据《汉书》卷六《武帝纪》载："（建元）六年春二月乙未，辽东高庙灾。夏四月壬子，高园便殿火。上素服五日。"②可知主父偃窃仲舒书当在建元六年。由此推测，董仲舒废为中大夫当在汉武帝建元四年、五年间，暂系于建元四年。

元朔二年（甲寅，前127）

齐相主父偃，受诸侯之金，免官下吏。

《汉书》卷六四上《主父偃传》："偃始为布衣时，尝游燕、赵，及其贵，发燕事。赵王恐其为国患，欲上书言其阴事，为居中，不敢发。及其为齐相，出关，即使人上书，告偃受诸侯金，以故诸侯子多以得封者。及齐王以自杀闻，上大怒，以为偃劫其王令自杀，乃征下吏治。偃服受诸侯之金，实不劫齐王令自杀。上欲勿诛，公孙弘争曰：'齐王自杀无后，国除为郡，入汉，偃本首恶，非诛偃

---

① 《汉书》卷一九下《百官公卿表下》，第3册768页。
② 《汉书》卷六《武帝纪》，第1册159页。

无以谢天下.'乃遂族偃。"《汉纪》孝武皇帝纪三卷一二："(元朔)二年冬。……时王内淫乱,主父偃言之于上。上拜偃为齐相,以正其事。偃验王后宫宦者,辞及王与姊妹奸。偃使人以此动王。王年少,恐惧,自杀。公孙弘以为'齐王以忧死,无后,偃本首恶,非诛偃无以谢天下.'遂族偃。"

《史记》卷五二《齐悼惠王世家》、卷一一二《主父偃列传》所载同。

元朔三年(乙卯,前126)

太常、蓼侯孔臧,南陵桥坏,衣冠车不得度,免官、夺爵。

《史记》卷一八《高祖功臣侯者年表》："(蓼)以执盾前元年从起砀,以左司马入汉,为将军,三以都尉击项羽,属韩信,功侯。……元朔三年,侯臧坐为太常,南陵桥坏,衣冠车不得度,国除。"《汉书》卷一六《高惠高后文功臣表》："(蓼夷侯孔聚)以执盾前元年从起砀,以左司马入汉,为将军,三以都尉击项籍,属韩信,侯。……孝文九年,侯臧嗣……元朔三年,坐为太常衣冠道桥坏不得度,免。"

《汉书》卷一九下《百官公卿表下》、《册府元龟》卷六二五《卿监部·废黜》、《全汉文》卷一三"孔臧"条所载同。

按：孔臧为蓼侯孔聚之子,于孝文九年嗣侯位。

《全汉文》卷一三"孔臧"条曰："元朔二年,拜太常。五年,坐事免。"误,今从《史记》《汉书》。

元朔五年(丁巳,前124)

淮南王刘安,坐阻遏郎中雷被击匈奴,削二县。

《史记》卷一一八《淮南衡山列传》："元朔五年,太子学用剑,自以为人莫及,闻郎中雷被巧,乃召与戏。被一再辞让,误中太子。太子怒,被恐。此时有欲从军者辄诣京师,被即愿奋击匈奴。太子迁数恶被于王,王使郎中令斥免,欲以禁后,被遂亡至长安,上书自明。……公卿治者曰：'淮南王安雍阏奋击匈奴者雷被等,废格明诏,当弃市.'诏弗许。公卿请废勿王,诏弗许。公卿请削五县,诏削二县。"《汉书》卷四四《淮南厉王长传》："太子学用剑,自以为人莫及,闻郎中雷被巧,召与戏。……请废勿王,上不许。请削五县,可二县。"

《汉纪》孝武皇帝纪三卷第一二、《册府元龟》卷二九〇《宗室部·谴让》所载同。

【汉武帝朝年代不定者】

中郎将司马相如，人有上书言相如使时受金，失官。

《史记》卷一一七《司马相如列传》："天子以为然，乃拜相如为中郎将，建节往使。……其后人有上书言相如使时受金，失官。居岁余，复召为郎。"

《汉书》卷五七下《司马相如传下》、《全汉文》卷二一"司马相如"条所载同。

侍中中郎吾丘寿王，坐法免官。

《汉书》卷六四上《吾丘寿王传》："年少，以善格五召待诏。诏使从中大夫董仲舒受《春秋》，高材通明。迁为侍中中郎，坐法免。"

《全汉文》卷二七"吾丘寿王"条所载同。

太中大夫给事中东方朔，醉入殿中，小遗殿上，遭劾不敬，免官。

《汉书》卷六五《东方朔传》："先是，朔尝醉入殿中，小遗殿上，劾不敬。有诏免为庶人，待诏宦者署，因此对复为中郎，赐帛百匹。"

《全汉文》卷二五"东方朔"条所载同。

梁共王使枚皋，见谗恶遇罪，免官，家室没入。

《汉书》卷五一《枚乘传》："武帝自为太子闻乘名，及即位，乘年老，乃以安车蒲轮征乘，道死。诏问乘子，无能为文者，后乃得其孽子皋。……年十七，上书梁共王，得召为郎。三年，为王使，与冗从争，见谗恶遇罪，家室没入。"

按：汉武帝即位初即征枚乘子皋，皋年二十二免梁王使，其时应为汉武帝在位前期。

中大夫朱买臣，坐事免官。

《汉书》卷六四《朱买臣传》："待诏公车，粮用乏，上计吏卒更乞丐之。会邑子严助贵幸，荐买臣。召见，说《春秋》，言《楚词》，帝甚说之，拜买臣为中大夫,与严助俱侍中。……后买臣坐事免,久之,召待诏。"

按:《汉书》卷一九下《百官公卿表下》载:"(元狩元年)会稽太守朱买臣为主爵都尉。"①可知朱买臣于汉武帝元狩元年任主爵都尉,则其免中大夫、任会稽太守时均在元狩元年之前。

主爵都尉朱买臣,坐法免官。

《史记》卷一二二《酷吏列传》:"始,长史朱买臣,会稽人也。读《春秋》。……及汤为御史大夫,买臣以会稽守为主爵都尉,列于九卿。数年,坐法废。"《汉书》卷六四上《朱买臣传》:"居岁余,买臣受诏将兵,与横海将军韩说等俱击破东越,有功。征入为主爵都尉,列于九卿。数年,坐法免官,复为丞相长史。"

按:《汉书》卷一九下《百官公卿表下》载:"(元狩元年)会稽太守朱买臣为主爵都尉。"②可知朱买臣于汉武帝元狩元年任主爵都尉,其坐法废大致在武帝元狩年间。

翟公,免官,其因不详。

《全汉文》卷二二"廷尉翟公"条:"公,史不著其名,下邽人,一云下邳人。初为廷尉,免,元光五年复为廷尉。"

按:翟公,史失其名,事迹亦无考,因其于汉武帝元光五年复封廷尉,故其初免廷尉当在元光五年之前。

汉昭帝朝(前86—前74)

元凤元年(辛丑,前80)
太中大夫刘德,侍御史劾奏德诽谤诏狱,免为庶人。

《汉书》卷一九下《百官公卿表下》:"(元凤元年)太中大夫刘德为宗正,数月免。"同书卷三六《楚元王交传》:"妻死,大将军光欲以女妻之,德不敢取,畏盛

---

① 《汉书》卷一九下《百官公卿表下》,第3册773~774页。
② 《汉书》卷一九下《百官公卿表下》,第3册773~774页。

满也。盖长公主孙谭遮德自言，德数责以公主起居无状。侍御史以为光望不受女，承指劾德诽谤诏狱，免为庶人，屏居山田。"

【汉昭帝朝年代不定者】
典属国苏武，素与桀、弘羊有旧，及燕王等反诛，武子又在谋中，免官。
　　《汉书》卷五四《苏建传》："初桀、安与大将军霍光争权，数疏光过失予燕王，令上书告之。又言苏武使匈奴二十年不降，还乃为典属国，大将军长史无功劳，为搜粟都尉，光颛权自恣。及燕王等反诛，穷治党与，武素与桀、弘羊有旧，数为燕王所讼，子又在谋中，廷尉奏请逮捕武。霍光寝其奏，免武官。"

山邑丞路温舒，坐法免官。
　　《汉书》卷五一《路温舒传》："路温舒字长君，巨鹿东里人也。……举孝廉，为山邑丞，坐法免，复为郡吏。"
　　《全汉文》卷三二"路温舒"条所载同。

右扶风丞路温舒，上书请使匈奴，其言无可取，罢归广阳私府长。
　　《汉书》卷五一《路温舒传》："路温舒字长君，巨鹿东里人也。……举孝廉，为山邑丞，坐法免，复为郡吏。元凤中，廷尉光以治诏狱，请温舒署奏曹掾，守廷尉史。……上善其言，迁广阳私府长。内史举温舒文学高第，迁右扶风丞。时，诏书令公卿选可使匈奴者，温舒上书，愿给厮养，暴骨方外，以尽臣节。事下度辽将军范明友、太仆杜延年问状，罢归故官。"

河南太守魏相，贼杀不辜，系狱免官。
　　《史记》卷二〇《建元以来侯者年表》："(高平)魏相，家在济阴。少学《易》，为府卒史，以贤良举为茂陵令，迁河南太守。坐贼杀不辜，系狱，当死，会赦，免为庶人。"《汉书》卷七四《魏相传》："后迁河南太守，禁止奸邪，豪强畏服。会丞相车千秋死，先是千秋子为洛阳武库令，自见失父，而相治郡严，恐久获罪，乃自免去。……后人有告相贼杀不辜，事下有司。河南卒戍中都官者二三千人，遮大将军，自言愿复留作一年以赎太守罪。河南老弱万余人守关欲入上书，关吏以闻。大将军用武库令事，遂下相廷尉狱。"

汉宣帝朝（前74—前49）

元平元年（丁未，前74）

中尉王吉、郎中令龚遂，帝贺行淫乱，即位二十七日，废归故国，吉、遂以忠直数谏正，免官，减死，髡为城旦。

《汉书》卷六三《武五子传》："王受皇帝玺绶，袭尊号。即位二十七日，行淫乱。大将军光与群臣议，白孝昭皇后，废贺归故国，赐汤沐邑二千户，故王家财物皆与贺。及哀王女四人各赐汤沐邑千户。语在《霍光传》。国除，为山阳郡。"同书卷六八《霍光传》："贺者，武帝孙，昌邑哀王子也。既至，即位，行淫乱。……光即与群臣俱见白太后，具陈昌邑王不可以承宗庙状。……群臣奏言：'古者废放之人屏于远方，不及以政，请徙王贺汉中房陵县。'太后诏归贺昌邑，赐汤沐邑二千户。昌邑群臣坐亡辅导之谊，陷王于恶，光悉诛杀二百余人。"卷七二《王吉传》："王既到，即位二十余日以行淫乱废。昌邑群臣坐在国时不举奏王罪过，令汉朝不闻知，又不能辅道，陷王大恶，皆下狱诛。唯吉与郎中令龚遂以忠直数谏正得减死，髡为城旦。"《汉纪》孝昭皇帝纪卷一六："（元平元年）王归昌邑，赐汤沐邑二千户。昌邑群臣坐无辅导之训，悉诛三百余人。唯中尉王吉，字子阳，郎中令龚遂，字少卿。以忠直数谏，得减死罪一等。"

《全汉文》卷三二"王吉"条："吉，字子阳，琅邪皋虞人。……举贤良，为昌邑王中尉。昭帝崩，迎王入嗣位，寻废，以国臣坐髡为城旦。"同卷"龚遂"条："遂，字少卿，山阳南平阳人，以明经为昌邑王郎中令。王入嗣位，寻废，坐国臣髡为城旦。"

《资治通鉴》卷二四孝昭皇帝下元平元年条所载同。

函谷关都尉张敞，为废帝贺旧臣，曾切谏，宣帝惮之，徙为山阳太守。

《汉书》卷七六《张敞传》："后十余日王贺废，敞以切谏显名，擢为豫州刺史。以数上事有忠言，宣帝征敞为太中大夫，与于定国并平尚书事。以正违忤大将军霍光，而使主兵车出军省减用度，复出为函谷关都尉。宣帝初即位，废王贺在昌邑，上心惮之，徙敞为山阳太守。"

《全汉文》卷三〇"张敞"条所载同。

按：宣帝初即位时，张敞被徙为山阳太守，可系于宣帝元平元年。

地节二年（癸丑，前68）

郎官萧望之，坐弟犯法，免归为郡吏。

《汉书》卷七八《萧望之传》："后数年，坐弟犯法，不得宿卫，免归为郡吏。"

元康二年（丁巳，前64）

少府萧望之，宣帝欲试其政事，出为左冯翊。

《汉书》卷一九下《百官公卿表下》："（元康二年）少府萧望之为左冯翊，三年迁。"卷七八《萧望之传》："是时选博士谏大夫通政事者补郡国守相，以望之为平原太守。望之雅意在本朝，远为郡守，内不自得，乃上疏曰：'……外郡不治，岂足忧哉？'书闻，征入守少府。宣帝察望之经明持重，论议有余，材任宰相，欲详试其政事，复以为左冯翊。望之从少府出为左迁，恐有不合意，即移病。上闻之，使侍中成都侯金安上谕意曰：'所用皆更治民以考功。君前为平原太守日浅，故复试之于三辅，非有所闻也。'望之即视事。"

《资治通鉴》卷二五"孝宣皇帝元康二年"条、《全汉文》卷三三"萧望之"条所载同。

五凤二年（乙丑，前56）

御史大夫萧望之，踞慢，受其所监臧二百五十以上，左迁为太子太傅。

《汉书》卷一九下《百官公卿表下》："（神爵三年）七月甲子，大鸿胪萧望之为御史大夫，三年贬为太子太傅。"卷七八《萧望之传》："后丞相司直縠延寿奏：'……故事丞相病，明日御史大夫辄问病；朝奏事会庭中，差居丞相后，丞相谢，大夫少进，揖。今丞相数病，望之不问病；会庭中，与丞相钧礼。时议事不合意，望之曰：'侯年宁能父我邪！'知御史有令不得擅使，望之多使守史自给车马，之杜陵护视家事。少史冠法冠，为妻先引，又使卖买，私所附益凡十万三千。案望之大臣，通经术，居九卿之右，本朝所仰，至不奉法自修，踞慢不逊攘，受所监臧二百五十以上，请逮捕系治。'上于是策望之曰：'有司奏君责使者礼，遇丞相亡礼，廉声不闻，敖慢不逊，亡以扶政，帅先百僚。君不深思，陷于兹秽，朕不忍致君于理，使光禄勋恽策诏，左迁君为太子太傅，授印。其上故印使者，便道之官。君其秉道明孝，正直是与，帅意亡愆，靡有后言。'"《资治通鉴》卷二七中宗孝宣皇帝下："（五凤二年）丞相丙吉年老，上重之。萧望之意常轻吉，上由是不悦。丞相司直奏望之遇丞相礼节倨慢，又使吏买卖，私所附益凡十万三千，请逮捕系治。秋，八月，壬午，诏左迁望之为太子太傅；以太子太傅黄霸为御史大夫。"

《汉纪》孝宣皇帝纪四卷二〇、《册府元龟》卷三三四《宰辅部·谴让》及卷三三七《宰辅部·不协》、《全汉文》卷三三"萧望之"条所载同。

光禄勋、平通侯杨恽，与太仆戴长乐相失，为其所告，俱免官；十二月，恽夺爵。

《史记》卷二〇《建元以来侯者年表》："（平通）杨恽，家在华阴，故丞相杨敞少子，任为郎。好士，自喜知人，居众人中常与人颜色，以故高昌侯董忠引与屏语，言霍氏谋反状，共发觉告反，侯二千户，为光禄勋。到五凤四年，作为妖言，大逆罪腰斩，国除。"《汉书》卷八《宣帝纪》："（五凤二年）十二月，平通侯杨恽坐前为光禄勋有罪，免为庶人。不悔过，怨望，大逆不道，腰斩。"同书卷一七《景武昭宣元成功臣表》："（平通侯杨恽）……八月乙丑封，十年，五凤三年，坐为光禄勋诽谤政治，免。"卷一九下《百官公卿表下》："（神爵元年）中郎将杨恽为诸吏光禄勋，五年免。太仆戴长乐，五年免。"卷六六《杨敞传》："恽居殿中，廉洁无私，郎官称公平。然恽伐其行治，又性刻害，好发人阴伏，同位有忤己者，必欲害之，以其能高人。由是多怨于朝廷，与太仆戴长乐相失，卒以是败。长乐者，宣帝在民间时与相知，及即位，拔擢亲近。长乐尝使行事肄宗庙，还谓掾史曰：'我亲面见受诏，副帝肄，秺侯御。'人有上书告长乐非所宜言，事下廷尉。长乐疑恽教人告之，亦上书告恽罪……事下廷尉。廷尉定国考问，左验明白，奏恽不服罪，……上不忍加诛，有诏皆免恽、长乐为庶人。"

《汉纪》孝宣皇帝纪四卷二〇、《资治通鉴》卷二七"中宗孝宣皇帝下五凤二年"条、《全汉文》卷三二"杨恽"条所载同。

按：《资治通鉴》胡三省注引司马光《通鉴考异》曰："《宣纪》：'十二月，杨恽坐前为光禄勋有罪，免为庶人。不悔过，怨望，大逆不道，腰斩。'荀《纪》因而用之。《恽传》："恽与孙会宗书曰：'臣之得罪已三年矣。'"又因日食之变，驷马猥佐成上书告恽罪，下狱死。又杨谭称杜延年为御史大夫。按《百官表》，恽以神爵元年为光禄勋，五年免。戴长乐亦以其年为太仆，五年免。杜延年以五凤三年，六月，辛酉为御史大夫。又按《萧望之传》：'使光禄勋恽策免望之'，其事在今年八月，恽犹为光禄勋。至四年四月，乃有日蚀之变。盖恽以今年十二月免为庶人，至四年乃死。《宣纪》误也。"①可知恽免官、夺爵当在五凤二年。

甘露元年（戊辰，前53）

太常、扶阳侯韦玄成，坐与故平通侯杨恽厚善，恽诛，党友皆免官；后以列侯侍祀孝惠庙，坐不驾驷马车而骑至庙下，削爵为关内侯。

《史记》卷二〇《建元以来侯者年表》："（扶阳）韦贤，家在鲁。……以为人主师，本始三年代蔡义为丞相，封扶阳侯，千八百户。为丞相五岁，多恩，不习吏事，免相就第，病死。子玄成代立，为太常。坐祠庙骑，夺爵，为关内侯。"《汉书》卷一八《外戚恩泽侯表》："（扶阳节侯韦贤）神爵元年，共侯玄成嗣，九年，有罪，削一级为关内侯，永光二年二月丁酉复以丞相侯，六年薨。"同书卷七三《韦贤传》："数岁，玄成征为未央卫尉，迁太常。坐与故平通侯杨恽厚善，恽诛，党友皆免官。后以列侯侍祀孝惠庙，当晨入庙，天雨淖，不驾驷马车而骑至庙下。有司劾奏，等辈数人皆削爵为关内侯。"

《史记》卷九六《张丞相列传》、《全汉文》卷三三"韦玄成"条所载同。

京兆尹张敞，光禄勋杨恽坐大逆诛，公卿奏敞为恽党友，不宜处位，免官。

《汉书》卷一九下《百官公卿表下》："（神爵元年）胶东相张敞为京兆尹，八年免。"《汉书》卷七六《张敞传》："为京兆九岁，坐与光禄勋杨恽厚善，后恽坐大逆诛，公卿奏恽党友，不宜处位，等比皆免，而敞奏独寝不下。……天子薄其罪，欲令敞得自便利，即先下敞前坐杨恽不宜处位奏，免为庶人。敞免奏既下，诣阙上印绶，便从阙下亡命。"《全汉文》卷三〇："敞，字子高，河东平阳人，居茂

---

① 《资治通鉴》卷二七中宗孝宣皇帝下五凤二年条，第2册第872页。

陵。……元康中守京兆尹。神爵初即真。甘露末免为庶人，召拜冀州刺史。"

《资治通鉴》卷二七中宗孝宣皇帝下"甘露元年"条、《册府元龟》卷六九九《牧守部·枉滥》所载同。

按：《全汉文》记张敞免京兆尹于甘露末年，汉宣帝甘露年号共使用四年，故元年与末年相差较大，此处从《汉书》与《资治通鉴》，系于甘露元年。

【汉宣帝朝年代不定者】

谏大夫刘向，以铸黄金之法无验，免官下吏。

《汉书》卷三六《刘向传》："既冠，以行修饬擢为谏大夫。……上复兴神仙方术之事，而淮南有《枕中鸿宝》《苑秘书》。书言神仙使鬼物为金之术，及邹衍重道延命方，世人莫见，而更生父德武帝时治淮南狱得其书。更生幼而读诵，以为奇，献之，言黄金可成。上令典尚方铸作事，费甚多，方不验。上乃下更生吏，吏劾更生铸伪黄金，系当死。更生兄阳城侯安民上书，入国户半，赎更生罪。上亦奇其材，得逾冬减死论。"

按：刘更生，后更名为"刘向"。

太中大夫张敞，以正违忤大将军霍光，复出为函谷关都尉。

《汉书》卷七六《张敞传》："后十余日王贺废，敞以切谏显名，擢为豫州刺史。以数上事有忠言，宣帝征敞为太中大夫，与于定国并平尚书事。以正违忤大将军霍光，而使主兵车出军省减用度，复出为函谷关都尉。宣帝初即位，废王贺在昌邑，上心惮之，徙敞为山阳太守。"

《全汉文》卷三〇"张敞"条所载同。

汉元帝朝（前48—前33）

初元二年（甲戌，前47）

前将军、光禄勋萧望之，为外戚许章、史高及中书宦官弘恭、石显所谮，免官，后自杀。光禄大夫周堪、散骑宗正给事中刘向，向使其外亲上书言变事，俱免官；向复为中郎，又为宦官所劾，坐免为庶人。

《汉书》卷九《元帝纪》："（初元二年）十二月，中书令弘恭、石显等谮望之，令自杀。"同书卷一九下《百官公卿表下》："（黄龙元年）太子太傅萧望之为前将军，一年为光禄勋，二年免。"卷二七上《五行志上》："元帝初元三年四月乙未，孝武园白鹤馆灾。刘向以为先是前将军萧望之、光禄大夫周堪辅政，为佞臣石显、许章等所谮，望之自杀，堪废黜。"卷三六《刘向传》："元帝初即位，太傅萧望之为前将军，少傅周堪为诸吏光禄大夫，皆领尚书事，甚见尊任。更生年少于望之、堪，然二人重之，荐更生宗室忠直，明经有行，擢为散骑宗正给事中，与侍中金敞拾遗于左右。四人同心辅政，患苦外戚许、史在位放纵，而中书宦官弘恭、石显弄权。望之、堪、更生议，欲白罢退之。未白而语泄，遂为许、史及恭、显所谮诉，堪、更生下狱，及望之皆免官。……秋，征堪、向，欲以为谏大夫，恭、显白皆为中郎。冬，地复震。时恭、显、许、史子弟侍中诸曹，皆侧目于望之等，更生惧焉，乃使其外亲上变事……书奏，恭、显疑其更生所为，白请考奸诈。辞果服，遂逮更生系狱，下太傅韦玄成、谏大夫贡禹，与廷尉杂考。劾更生前为九卿，坐与望之、堪谋排车骑将军高、许、史氏侍中者，毁离亲戚，欲退去之，而独专权。为臣不忠，幸不伏诛，复蒙恩征用，不悔前过，而教令人言变事，诬罔不道。更生坐免为庶人。"卷七八《萧望之传》："望之、堪数荐名儒茂材以备谏官。会稽郑朋阴欲附望之，上疏言车骑将军高遣客为奸利郡国，及言许、史子弟罪过。……望之见纳朋，接待以意。朋数称述望之，短车骑将军，言许、史过失。后朋行倾邪，望之绝不与通。朋与大司农史李宫俱待诏，堪独白宫为黄门郎。朋，楚士，怨恨，更求入许、史……显、恭恐望之自讼，下于它吏，即挟朋及待诏华龙。龙者，宣帝时与张子蟜等待诏，以行污秽不进，欲入堪等，堪等不纳，故与朋相结。恭、显令二人告望之等谋欲罢车骑将军疏退许、史状，候望之出休日，令朋、龙上之。事下弘恭问状，望之对曰：'外戚在位多奢淫，欲以匡正国家，非为邪也。'恭、显奏'望之、堪、更生朋党相称举，数谮诉大臣，毁离亲戚，欲以专擅权势，为臣不忠，诬上不道，请谒者召致廷尉。'……于是制诏丞相御史：'前将军望之傅朕八年，亡它罪过，今事久远，识忘难明。其赦望之罪，收前将军光禄勋印绶，及堪、更生皆免为庶人。'"同书卷九三《佞幸传》："初元中，前将军萧望之及光禄大夫周堪、宗正刘更生皆给事中。望之领尚书事，知显专权邪辟，建白以为'尚书百官之本，国家枢机，宜以通明公正处之。武帝游宴后庭，故用宦者，非古制也。宜罢中书宦官，应古不近刑人。'元帝不听，繇是大与显忤。后皆害焉，望之自杀，堪、更生废锢，不得复进用，语在《望之传》。"

《汉书》卷八八《儒林传》、《汉纪》孝元皇帝纪卷二一"初元二年"条、《资治通鉴》卷二八孝元皇帝上"初元二年"条、《册府元龟》卷二八七《宗室部·忠谏》、《全汉文》卷三三"萧望之"条、卷三五"刘向"条所载同。

建昭二年（甲申，前37）

御史中丞陈咸，忤石显，下狱，减死髡为城旦，废锢终元帝世。

《汉书》卷六六《陈万年传》："万年死后，元帝擢咸为御史中丞，总领州郡奏事，课第诸刺史，内执法殿中，公卿以下皆敬惮之。是时中书令石显用事颛权，咸颇言显短，显等恨之。时槐里令朱云残酷杀不辜，有司举奏，未下。咸素善云，云从刺候，教令上书自讼。于是石显微伺知之，白奏咸漏泄省中语，下狱掠治，减死，髡为城旦，因废。"卷六七《朱云传》："迁杜陵令，坐故纵亡命，会赦，举方正，为槐里令。时中书令石显用事，与充宗为党，百僚畏之。唯御史中丞陈咸年少抗节，不附显等，而与云相结。云数上疏，言丞相韦玄成容身保位，亡能往来，而咸数毁石显。久之，有司考云，疑风吏杀人。群臣朝见，上问丞相以云治行。丞相玄成言云暴虐亡状。时陈咸在前，闻之，以语云。云上书自讼，咸为定奏草，求下御史中丞。事下丞相，丞相部吏考立其杀人罪。云亡入长安，复与咸计议。丞相具发其事，奏'咸宿卫执法之臣，幸得进见，漏泄所闻，以私语云，为定奏草，欲令自下治，后知云亡命罪人，而与交通，云以故不得。'上于是下咸、云狱，减死为城旦。咸、云遂废锢，终元帝世。"同书卷九三《佞幸传》："后太中大夫张猛、魏郡太守京房、御史中丞陈咸、待诏贾捐之皆尝奏封事，或召见，言显短。显求索其罪，房、捐之弃市，猛自杀于公车，咸抵罪，髡为城旦。及郑令苏建得显私书奏之，后以它事论死。自是公卿以下畏显，重足一迹。"《资治通鉴》卷二九孝元皇帝下"建昭二年"条："御史中丞陈咸数毁石显，久之，坐与槐里令朱云善，漏泄省中语，石显微伺知之，与云皆下狱，髡为城旦。"

《汉书》卷七六《王章传》、《全汉文》卷四八"陈咸"条所载同。

【汉元帝朝年代不定者】

郎官王嘉，坐守殿门不力，免官。

《汉书》卷八六《王嘉传》："以明经射策甲科为郎，坐户殿门失阑免。"

《全汉文》卷四八"王嘉"条所载同。

博士师丹免官，原因不详。

《汉书》卷八六《师丹传》："举孝廉为郎。元帝末，为博士，免。"

《全汉文》卷四八"师丹"条所载同。

汉成帝朝（前33—前7）

建始三年（辛卯，前30）

丞相、乐安侯匡衡，有司奏衡非法侵占国土，免官、夺爵。

《史记》卷二二《汉兴以来将相名臣年表》："（建始三年）十二月丁丑，衡免。"《汉书》卷一八《外戚恩泽侯表》："（乐安侯匡衡）建始四年，坐颛地盗土，免。"同书卷七二《王吉传》："（王骏）起家复为幽州刺史，迁司隶校尉，奏免丞相匡衡，迁少府。"卷八一《匡衡传》："久之，衡子昌为越骑校尉，醉杀人，系诏狱。越骑官属与昌弟且谋篡昌。事发觉，衡免冠徒跣待罪，天子使谒者诏衡冠履。而有司奏衡专地盗土，衡竟坐免。初，衡封僮之乐安乡，乡本田堤封三千一百顷，南以闽佰为界。初元元年，郡图误以闽佰为平陵佰。积十余岁，衡封临淮郡，遂封真平陵佰以为界，多四百顷。至建始元年，郡乃定国界，上计簿，更定图，言丞相府。衡谓所亲吏赵殷曰：'主簿陆赐故居奏曹，习事晓知国界，署集曹掾。'明年治计时，衡问殷国界事：'曹欲奈何？'殷曰：'赐以为举计，令郡实之。恐郡不肯从实，可令家丞上书。'衡曰：'顾当得不耳，何至上书？'亦不告曹使举也，听曹为之。后赐与属明举计曰：'案故图，乐安乡南以平陵佰为界，不从故而以闽佰为界，解何？'郡即复以四百顷付乐安国。衡遣从史之僮，收取所还田租谷千余石入衡家。司隶校尉骏、少府忠行廷尉事劾奏：'衡监临盗所主守直十金以上。《春秋》之义，诸侯不得专地，所以壹统尊法制也。衡位三公，辅国政，领计簿，知郡实，正国界，计簿已定而背法制，专地盗土以自益，及赐、明阿承衡意，猥举郡计，乱减县界，附下罔上，擅以地附益大臣，皆不道。'于是上可其奏，勿治，丞相免为庶人，终于家。"《资治通鉴》卷三〇孝成皇帝："（建始三年）丁丑，匡衡坐多取封邑四百顷，监临盗所主守直十金以上，免为庶人。"

《汉书》卷一九下《百官公卿表下》与卷二五下《郊祀志下》、《册府元龟》卷三三二《宰辅部·罢免》与卷五一八《宪官部·弹劾》、《全汉文》卷三四"匡衡"条所载同。

按：《汉书》卷八二《王商传》曰："明年，商代匡衡为丞相，益封千户，天子甚尊任之。"①又《史记》卷二二《汉兴以来将相名臣年表》载："（孝成建始四年）三月甲申，右将军乐昌侯王商为右丞相。"②可知孝成建始四年三月时，右丞相已由王商担任，匡衡免相应在建始三年，《汉书》卷一八《外戚恩泽侯表》计算有误。

建始四年（壬辰，前29）

射声校尉、关内侯陈汤，私盗所收康居国财物，免官；同年，上书不以实，夺爵。

《汉书》卷七〇《陈汤传》："成帝初即位，丞相衡复奏'汤以吏二千石奉使，颛命蛮夷中，不正身以先下，而盗所收康居财物，戒官属曰绝域事不覆校。虽在赦前，不宜处位。'汤坐免。后汤上书言康居王侍子非王子也。按验，实王子也。汤下狱当死。太中大夫谷永上疏讼汤……书奏，天子出汤，夺爵为士伍。"

《资治通鉴》卷三〇孝成皇帝上之上"建始四年"条所载同。

阳朔元年（丁酉，前24）

东郡太守陈咸，坐为京兆尹王章所荐，章诛，咸免官。

《汉书》卷六六《陈万年传》："成帝初即位，大将军王凤以咸前指言石显，有忠直节，奏请咸补长史。迁冀州刺史，奉使称意，征为谏大夫。复出为楚内史，北海、东郡太守。坐为京兆尹王章所荐，章诛，咸免官。"

按：《汉书》卷二七上《五行志上》载："（河平二年）元舅王凤为大司马大将军秉政。后二年，丞相王商与凤有隙，凤谮之，免官，自杀。明年，京兆尹王章讼商忠直，言凤颛权，凤诬章以大逆罪，下狱死，妻子徙合浦。"③可知京兆尹王章

---

① 《汉书》卷八二《王商传》，第10册3370页。
② 《史记》卷二二《汉兴以来将相名臣年表》，第3册1364页。
③ 《汉书》卷二十七上《五行志上》，第5册1334页。

被诛于阳朔元年,《资治通鉴》卷三〇孝成皇帝上之上"阳朔元年"条亦载此事,故陈咸免东郡太守当为同年。

《全汉文》卷四八"陈咸"条所载同。

永始二年(丙午,前15)

从事中郎陈汤,论议徙民昌陵之事,为成都侯王商所劾,徙敦煌;后诏徙安定。

《汉书》卷六六《陈万年传》:"时车骑将军王音辅政,信用陈汤。咸数赂遗汤,予书曰:'即蒙子公力,得入帝城,死不恨。'后竟征入为少府。少府多宝物,属官咸皆钩校,发其奸臧,没入辜榷财物。官属及诸中宫黄门、钩盾、掖庭官吏,举奏按论,畏咸,皆失气。为少府三岁,与翟方进有隙。方进为丞相,奏:'咸前为郡守,所在残酷,毒螫加于吏民。主守盗,受所监。而官媚邪臣陈汤以求荐举。苟得无耻,不宜处位。'咸坐免。"卷七〇《陈汤传》:"后东莱郡黑龙冬出,人以问汤,汤曰:'是所谓玄门开。微行数出,出入不时,故龙以非时出也。'又言当复发徙,传相语者十余人。丞相御史奏:'汤惑众不道,妄称诈归异于上,非所宜言,大不敬。'廷尉增寿议,以为'不道无正法,以所犯剧易为罪,臣下承用失其中,故移狱廷尉,无比者先以闻,所以正刑罚,重人命也。明主哀悯百姓,下制书罢昌陵勿徙吏民,已申布。汤妄以意相谓且复发徙,虽颇惊动,所流行者少,百姓不为变,不可谓惑众。汤称诈,虚设不然之事,非所宜言,大不敬也。'制曰:'廷尉增寿当是。汤前有讨郅支单于功,其免汤为庶人,徙边。'又曰:'故将作大匠万年佞邪不忠,妄为巧诈,多赋敛,烦繇役,兴卒暴之作,卒徒蒙辜,死者连属,毒流众庶,海内怨望。虽蒙赦令,不宜居京师。'于是汤与万年俱徙敦煌。久之,敦煌太守奏:'汤前亲诛郅支单于,威行外国,不宜近边塞。'诏徙安定。"卷八四《翟方进传》:"后方进为京兆尹,咸从南阳太守入为少府,与方进厚善。先是逢信已从高弟郡守历京兆、太仆为卫尉矣,官簿皆在方进之右。及御史大夫缺,三人皆名卿,俱在选中,而方进得之。会丞相宣有事与方进相连,上使五二千石杂问丞相、御史,咸诘责方进,冀得其处,方进心恨。初大将军凤奏除陈汤为中郎,与从事。凤薨后,从弟车骑将军音代凤辅政,亦厚汤。逢信、陈咸皆与汤善,汤数称之于凤、音所。久之,音薨,凤弟成都侯商复为大司马卫将军辅政。商素憎陈汤,白其罪过,下有司案验,遂免汤,徙郭煌。

时方进新为丞相，陈咸内惧不安，乃令小冠杜子夏往观其意，微自解说。子夏既过方进，揣知其指，不敢发言。居亡何，方进奏咸与逢信'……过恶暴见，不宜处位，臣请免以示天下。'奏可。"

《资治通鉴》卷三一孝成皇帝上之下"永始二年"条、《册府元龟》卷一五二《帝王部·明罚》与卷六一四《刑法部·议谳》、卷九三七《总录部·奸佞》所载同。

少府陈咸，丞相翟方进奏其贪污营私、附会邪臣陈汤以求荐举，免官。

《汉书》卷一九下《百官公卿表下》："（永始元年）南阳太守陈咸为少府，二年免。"同书卷六六《陈万年传》："时车骑将军王音辅政，信用陈汤。咸数赂遗汤，予书曰：'即蒙子公力，得入帝城，死不恨。'后竟征入为少府。少府多宝物，属官咸皆钩校，发其奸臧，没入辜榷财物。官属及诸中宫黄门、钩盾、掖庭官吏，举奏按论，畏咸，皆失气。为少府三岁，与翟方进有隙。方进为丞相，奏：'咸前为郡守，所在残酷，毒蛰加于吏民。主守盗，受所监。而官媚邪臣陈汤以求荐举。苟得无耻，不宜处位。'咸坐免。"同书卷八四《翟方进传》："后方进为京兆尹，咸从南阳太守入为少府，与方进厚善。先是逢信已从高弟郡守历京兆、太仆为卫尉矣，官簿皆在方进之右。及御史大夫缺，三人皆名卿，俱在选中，而方进得之。会丞相宣有事与方进相连，上使五二千石杂问丞相、御史，咸诘责方进，冀得其处，方进心恨。初大将军凤奏除陈汤为中郎，与从事。凤薨后，从弟车骑将军音代凤辅政，亦厚汤。逢信、陈咸皆与汤善，汤数称之于凤、音所。久之，音薨，凤弟成都侯商复为大司马卫将军辅政。商素憎陈汤，白其罪过，下有司案验，遂免汤，徙郭煌。时方进新为丞相，陈咸内惧不安，乃令小冠杜子夏往观其意，微自解说。子夏既过方进，揣知其指，不敢发言。居亡何，方进奏咸与逢信"邪枉贪污，营私多欲。皆知陈汤奸佞倾覆，利口不轨，而亲交赂遗，以求荐举。后为少府，数馈遗汤。信、咸幸得备九卿，不思尽忠正身，内自知行辟亡功效，而官媚邪臣，欲以徼幸，苟得亡耻。孔子曰："鄙夫可与事君也与哉！"咸、信之谓也。过恶暴见，不宜处位，臣请免以示天下。'奏可。"《资治通鉴》卷三一孝成皇帝上之下永始二年条："初，少府陈咸，卫尉逢信，官簿皆在翟方进之右；方进晚进，为京兆尹，与咸厚善。及御史大夫缺，三人皆名卿，俱在选中，而方进得之。会丞相薛宣得罪，与方进相连，上使五二千石杂问丞相、御史，咸诘责方进，冀得其处，方进心恨。陈汤素以材能得幸于王凤及王音，咸、信皆与汤善，汤数称之于凤、音所，以此得为九卿。及王商黜逐汤，方进因奏'咸、信附会汤以求荐举，苟得无耻'，皆免官。"

《全汉文》卷四八"陈咸"条所载同。

元延元年(己酉，前12)
光禄大夫给事中陈咸，忤丞相翟方进，免官。

《汉书》卷六六《陈万年传》："为少府三岁，与翟方进有隙。方进为丞相，奏'咸前为郡守，所在残酷，毒螫加于吏民。主守盗，受所监。而官媚邪臣陈汤以求荐举。苟得无耻，不宜处位。'咸坐免。顷之，红阳侯立举咸方正，为光禄大夫给事中，方进复奏免之。后数年，立有罪就国，方进奏归咸故郡，以忧死。"同书卷八四《翟方进传》："后二岁余，诏举方正直言之士，红阳侯立举咸对策，拜为光禄大夫给事中。方进复奏：'咸前为九卿，坐为贪邪免，自知罪恶暴陈，依托红阳侯立徼幸，有司莫敢举奏。冒浊苟容，不顾耻辱，不当蒙方正举，备内朝臣。'并劾红阳侯立选举故不以实。有诏免咸，勿劾立。"

《资治通鉴》卷三二孝成皇帝中"元延元年"条、《全汉文》卷四八"陈咸"条所载同。

绥和元年(癸丑，前8)
大司农谷永，以病免官。

《汉书》卷八五《谷永传》："永所居任职，为北地太守岁余，卫将军商薨，曲阳侯根为票骑将军，荐永，征入为大司农。岁余，永病，三月，有司奏请免。故事，公卿病，辄赐告，至永独即时免。"同书卷一九下《百官公卿表下》："(元延四年)北地太守谷永为大司农，一年免。"

《资治通鉴》卷三二孝成皇帝"元延四年"条、《全汉文》卷四五"谷永"条所载同。

京兆尹孙宝，淳于长败，坐免官。

《汉书》卷一九下《百官公卿表下》："(元延二年)广陵太守孙宝为京兆尹，一年免。……(元延三年)守鸿胪太山太守萧育为右扶风，三年免。"同书卷七七《孙宝传》："宝为京兆尹三岁，京师称之。会淳于长败，宝与萧育等皆坐免官。"卷七八《萧望之传》："以鄠名贼梁子政阻山为害，久不伏辜，育为右扶风数月，尽诛子政等。坐与定陵侯淳于长厚善免官。"卷八四《翟方进传》："初，定陵侯淳于长虽外戚，然以能谋议为九卿，新用事，方进独与长交，称荐之。及长坐大逆诛，诸所厚善皆坐长免，上以方进大臣，又素重之，为隐讳。……方进乃起视事，条奏长所厚善京兆尹孙宝、右扶风萧育，刺史二千石以上免二十余人，其见任如此。"

《资治通鉴》卷三二孝成皇帝中"绥和元年"条、《全汉文》卷四八"孙宝"条所载同。

按：据《汉书》卷一八《外戚恩泽侯表》，定陵侯淳于长于元延三年二月丙午封，绥和元年坐大逆下狱死。孙宝于元延二年为京兆尹，淳于长败而免官，其间历时三年，《汉书》卷一九下《百官公卿表下》谓其"一年免"，误。

【汉成帝朝年代不定者】

益州刺史孙宝，坐错判死罪免官。

《汉书》卷七七《孙宝传》："鸿嘉中，广汉群盗起，选为益州刺史。广汉太守扈商者，大司马车骑将军王音姊子，软弱不任职。宝到部，亲入山谷，谕告群盗，非本造意。渠率皆得悔过自出，遣归田里。自劾矫制，奏商为乱首，《春秋》之义，诛首恶而已。商亦奏宝所纵或有渠率当坐者。商征下狱，宝坐失死罪免。"

《全汉文》卷四八"孙宝"条所载同。

汉哀帝朝(前7—前1)

建平元年(乙卯，前6)

大司空、高乐侯师丹，哀帝祖母傅太后欲与成帝母俱称尊号，丹秉正论议，忤傅太后，免官，夺爵。

《汉书》卷一八《外戚恩泽侯表》："(高乐节侯师丹)以大司马关内侯侯，二千三十六户。绥和二年七月庚午封，一年，建平元年，坐漏泄免。"同书卷一九下《百官公卿表下》："(绥和二年)十月癸酉，大司马丹为大司空，一年免。"卷八六

《师丹传》："初，哀帝即位，成帝母称太皇太后，成帝赵皇后称皇太后，而上祖母傅太后与母丁后皆在国邸，自以定陶共王为称。……事下有司，时丹以左将军与大司马王莽共劾奏宏'知皇太后至尊之号，天下一统，而称引亡秦以为比喻，诖误圣朝，非所宜言，大不道。'上新立，谦让，纳用莽、丹言，免宏为庶人。傅太后大怒，要上欲必称尊号，上于是追尊定陶共王为共皇，尊傅太后为共皇太后，丁后为共皇后。……丹议独曰：'……定陶共皇号谥已前定，义不得复改……'丹由是浸不合上意。会有上书言古者以龟贝为货，今以钱易之，民以故贫，宜可改币。上以问丹，丹对言可改。章下有司议，皆以为行钱以来久，难卒变易。丹老人，忘其前语，后从公卿议。又丹使吏书奏，吏私写其草，丁、傅子弟闻之，使人上书告丹上封事，行道人遍持其书。……事下廷尉，廷尉劾丹大不敬。事未决，给事中博士申咸、炔钦上书……上贬咸、钦秩各二等，遂策免丹曰：'……朕惟君位尊任重，虑不周密，怀谖迷国，进退违命，反覆异言，甚为君耻之，非所以共承天地，永保国家之意。以君尝托傅位，未忍考于理，已诏有司赦君勿治。其上大司空高乐侯印绶，罢归。'"《汉纪》孝哀皇帝纪上卷二八："(绥和三年)大司马师丹为大司空。……丁、傅子弟闻之，使人上书告丹漏泄省中语。下廷尉，遂奏免丹。丹上书还大司空、高乐侯印绶。"

《汉书》卷七二《鲍宣传》、卷七五《李寻传》、卷八三《薛宣传》与《资治通鉴》卷三三孝哀皇帝上"建平元年"条、《册府元龟》卷三三二《宰辅部·罢免》、《全汉文》卷四八"师丹"条所载同。

按："绥和"为汉成帝年号，历时两年，《汉纪》记师丹免大司空于绥和三年，误，当为汉哀帝建平元年。

司隶孙宝，忤傅太后，下狱免官；尚书仆射唐林，为宝争，上以林朋党比周，左迁敦煌鱼泽障候。

《汉书》卷七七《孙宝传》："初，傅太后与中山孝王母冯太后俱事元帝，有却，傅太后使有司考冯太后，令自杀，众庶冤之。宝奏请覆治，傅太后大怒，曰：'帝置司隶，主使察我。冯氏反事明白，故欲擿觖以扬我恶。我当坐之。'上乃顺指下宝狱。尚书仆射唐林争之，上以林朋党比周，左迁敦煌鱼泽障候。大司马傅喜、光禄大夫龚胜固争，上为言太后，出宝复官。"

《资治通鉴》卷三三孝哀皇帝上"建平元年"条、《全汉文》卷四八"孙宝"条所载同。

骑都尉、奉车光禄大夫刘歆，忤执政大臣，为众儒所讪，出为河内太守；又以宗室不宜典三河，徙守五原，后复转在涿郡，历三郡守。

《汉书》卷三六《刘歆传》："及歆亲近，欲建立《左氏春秋》及《毛诗》《逸礼》《古文尚书》皆列于学官。哀帝令歆与《五经》博士讲论其义，诸博士或不肯置对，歆因移书太常博士，责让之曰：'……'其言甚切，诸儒皆怨恨。是时名儒光禄大夫龚胜以歆移书上疏深自罪责，愿乞骸骨罢。及儒者师丹为大司空，亦大怒，奏歆改乱旧章，非毁先帝所立。上曰：'歆欲广道术，亦何以为非毁哉？'歆由是忤执政大臣，为众儒所讪，惧诛，求出补吏，为河内太守。以宗室不宜典三河，徙守五原，后复转在涿郡，历三郡守。数年，以病免官，起家复为安定属国都尉。"同书卷八八《儒林传》："歆白《左氏春秋》可立，哀帝纳之，以问诸儒，皆不对。歆于是数见丞相孔光，为言《左氏》以求助，光卒不肯。唯凤、龚许歆，遂共移书责让太常博士，语在《歆传》。大司空师丹奏歆非毁先帝所立，上于是出龚等补吏，龚为弘农，歆河内，凤九江太守，至青州牧。"

《全汉文》卷四〇"刘歆"条所载同。

建平二年(丙辰，前5)

骑都尉李寻，黄门待诏夏贺良欲妄变政事，奏言以寻辅政，后贺以反道惑众伏诛，寻减死一等，免官，徙敦煌。

《汉书》卷七五《李寻传》："哀帝久寝疾，几其有益，遂从贺良等议。……后月余，上疾自若。贺良等复欲妄变政事，大臣争以为不可许。贺良等奏言大臣皆不知天命，宜退丞相御史，以解光、李寻辅政。上以其言亡验，遂下贺良等吏，而下诏曰：'……以问贺良等，对当复改制度，皆背经谊，违圣制，不合时宜。夫过而不改，是为过矣。六月甲子诏书，非赦令也，皆蠲除之。贺良等反道惑众，奸态当穷竟。'皆下狱，光禄勋平当、光禄大夫毛莫如与御史中丞、廷尉杂治，当贺良等执左道，乱朝政，倾覆国家，诬罔主上，不道。贺良等皆伏诛。寻及解光减死一等，徙敦煌郡。"

《资治通鉴》卷三四孝哀皇帝中"建平二年"条、《册府元龟》卷一七五《帝王部·悔过》、《全汉文》卷五五"李寻"条所载同。

建平四年（戊午，前3）

司隶孙宝，以上书论故尚书仆射郑崇冤，免为庶人。

《汉书》卷七七《孙宝传》："顷之，郑崇下狱，宝上书曰：'臣闻疏不图亲，外不虑内。臣幸得衔命奉使，职在刺举，不敢避贵幸之势，以塞视听之明。按尚书令昌奏仆射崇，下狱覆治，榜掠将死，卒无一辞，道路称冤。疑昌与崇内有纤介，浸润相陷，自禁门内枢机近臣，蒙受冤潜，亏损国家，为谤不小。臣请治昌，以解众心。'书奏，天子不说，以宝名臣不忍诛，乃制诏丞相大司空：'司隶宝奏故尚书仆射崇冤，请狱治尚书令昌。案崇近臣，罪恶暴著，而宝怀邪，附下罔上，以春月作诋欺，遂其奸心，盖国之贼也。传不云乎？"恶利口之覆国家。"其免宝为庶人。'"

《资治通鉴》卷三四孝哀皇帝建平四年条、《全汉文》卷四八"孙宝"条所载同。

元寿元年（己未，前2）

丞相、新甫侯王嘉，有司劾嘉迷国罔上不道，夺爵，下狱死。

《汉书》卷八六《王嘉传》："初，廷尉梁相与丞相长史、御史中丞及五二千石杂治东平王云狱，时冬月未尽二旬，而相心疑云冤，狱有饰辞，奏欲传之长安，更下公卿覆治。尚书令鞠谭、仆射宗伯凤以为可许。天子以相等皆见上体不平，外内顾望，操持两心，幸云逾冬，无讨贼疾恶主仇之意，制诏免相等皆为庶人。后数月大赦，嘉奏封事荐相等明习治狱……书奏，上不能平。后二十余日，嘉封还益董贤户事，上乃发怒，召嘉诣尚书……嘉免冠谢罪。事下将军中朝者。光禄大夫孔光、左将军公孙禄、右将军王安、光禄勋马宫、光禄大夫龚胜劾嘉迷国罔上不道，请与廷尉杂治。……遂可光等奏。……使者既到府，掾史涕泣，共和药进嘉，嘉不肯服。主簿曰：'将相不对理陈冤，相踵以为故事，君侯宜引决。'使者危坐府门上。主簿复前进药，嘉引药杯以击地，谓官属曰：'丞相幸得备位三公，奉职负国，当伏刑都市以示万众。丞相岂儿女子邪，何谓咀药而死！'嘉遂装出，见使者再拜受诏，乘吏小车，去盖不冠，随使者诣廷尉。廷尉收嘉丞相新甫侯印绶，缚嘉载致都船诏狱。上闻嘉生自诣吏，大怒，使将军以下与五二千石杂治。……嘉系狱二十余日，不食欧血而死。"

《资治通鉴》卷三五孝哀皇帝"元寿元年"条、《全汉文》卷四八"王嘉"条所载同。

光禄大夫左曹给事中息夫躬，为幸臣董贤所谮，免官，遣就国。

《汉书》卷四五《息夫躬传》："是日，日有食之，董贤因此沮躬、晏之策。后数日，收晏卫将军印绶，而丞相御史奏躬罪过。上繇是恶躬等，下诏曰：'南阳太守方阳侯宠，素亡廉声，有酷恶之资，毒流百姓。左曹光禄大夫宜陵侯躬，虚造诈谖之策，欲以诖误朝廷。皆交游贵戚，趋权门，为名。其免躬、宠官，遣就国。'"《全汉文》卷五六"息夫躬"条："躬，字子微，河内河阳人。哀帝初召待诏，擢光禄大夫左曹给事中。封宜陵侯，免，寻坐祝诅系狱死，有《集》一卷。"

《汉纪》孝哀皇帝纪下卷二九"建平四年"条，《资治通鉴》卷三五孝哀皇帝"元寿元年"条所载同。

按：据《汉书》卷一一《孝哀帝纪》，建元四年无日食，"元寿元年春正月辛丑朔，日有蚀之。"①卷二七下之下《五行志下之下》亦载："哀帝元寿元年正月辛丑朔，日有食之，不尽如钩，在营室十度，与惠帝七年同月日。"②则董贤谮告息夫躬当在元寿元年，《汉纪》系于哀帝建平四年，误。又，据《全汉文》所载，息夫躬免左曹光禄大夫后亦免侯爵，然既无侯爵便无"遣就国"之说，《全汉文》误，息夫躬免爵当在遣就国之后。

元寿二年（庚申，前1）
宜陵侯息夫躬坐祝诅，下狱死，家属徙合浦，躬同族亲属素所厚者，皆免，废锢。

《汉书》卷一八《外戚恩泽侯表》："（宜陵侯息夫躬）以博士弟子因董贤告东平王反谋侯，千户。八月辛卯封，二年，元寿二年，坐祝诅，下狱死。"同书卷四五《息夫躬传》："躬归国，未有第宅，寄居丘亭。奸人以为侯家富，常夜守之。躬

---

① 《汉书》卷一一《孝哀帝纪》，第1册343页。
② 《汉书》卷二七下之下《五行志下之下》，第5册1505页。

邑人河内掾贾惠往过躬，教以祝盗方，以桑东南指枝为匕，画北斗七星其上，躬夜自被发，立中庭，向北斗，持匕招指祝盗。人有上书言躬怀怨恨，非笑朝廷所进，候星宿，视天子吉凶，与巫同祝诅。上遣侍御史、廷尉监逮躬，系雒阳诏狱。欲掠问，躬仰天大呼，因僵仆。吏就问，云咽已绝，血从鼻耳出。食顷，死。党友谋议相连下狱百余人。躬母圣，坐祠灶祝诅上，大逆不道。圣弃市，妻充汉与家属徙合浦。躬同族亲属素所厚者，皆免废锢。哀帝崩，有司奏：'方阳侯宠及右师谭等，皆造作奸谋，罪及王者骨肉，虽蒙赦令，不宜处爵位，在中土。'皆免宠等，徙合浦郡。"

《汉纪》孝哀皇帝纪下卷第二九"建平四年"条、《资治通鉴》卷三五孝哀皇帝"元寿元年"条亦载。

按：据《汉书·息夫躬传》，躬免爵下狱、家属徙合浦当与哀帝崩逝同年，《汉书》卷一二《孝平帝纪》曰："元寿二年六月，哀帝崩。"①则躬免爵当在元寿二年六月之前，《汉纪》系于哀帝建平四年，误。

【汉哀帝朝年代不定者】

凉州刺史杜邺，以病免官。

《汉书》卷八五《杜邺传》："哀帝即位，迁为凉州刺史。邺居职宽舒，少威严，数年以病免。"

《全汉文》卷四九"杜邺"条所载同。

按：汉哀帝于公元前7年即位，《资治通鉴》卷三五孝哀皇帝"元寿元年"条称杜邺为"前凉州刺史"，可知杜邺免凉州刺史当在公元前6年至公元前2年间。

涿郡太守刘歆，以病免官。

《汉书》卷三六《刘向传》："是时名儒光禄大夫龚胜以歆移书上疏深自罪责，愿乞骸骨罢。及儒者师丹为大司空，亦大怒，奏歆改乱旧章，非毁先帝所立。上曰：'歆欲广道术，亦何以为非毁哉？'歆由是忤执政大臣，为众儒所讪，惧诛，求出补吏，为河内太守。以宗室不宜典三河，徙守五原，后复转在涿郡，历三郡

---

① 《汉书》卷一二《孝平帝纪》，第1册347页。

守。数年，以病免官，起家复为安定属国都尉。"

《全汉文》卷四〇"刘歆"条所载同。

汉平帝朝（前1—5）

元始二年（壬戌，2）

大司农孙宝，供养病母之恩衰，免官。

《汉书》卷一九下《百官公卿表下》："（元始二年）光禄大夫孙宝为大司农，数月免。"同书卷七七《孙宝传》："平帝立，宝为大司农。会越巂郡上黄龙游江中，太师孔光、大司徒马宫等咸称莽功德比周公，宜告祠宗庙。宝曰：'周公上圣，召公大贤。尚犹有不相说，著于经典，两不相损。今风雨未时，百姓不足，每有一事，群臣同声，得无非其美者。'时大臣皆失色，侍中奉车都尉甄邯即时承制罢议者。会宝遣吏迎母，母道病，留弟家，独遣妻子。司直陈崇以奏宝，事下三公即讯。宝对曰：'年七十悖眊，恩衰共养，营妻子。如章。'宝坐免，终于家。"

《资治通鉴》卷三五孝平皇帝"元始二年"条、《全汉文》卷四八"孙宝"条所载同。

【更始政权年代不定者】

凉州刺史郑兴，天水有反者，攻杀郡守，兴坐免。

《后汉书》卷三六《郑兴传》："更始立，以司直李松行丞相事，先入长安，松以兴为长史，令还奉迎迁都。更始诸将皆山东人，咸劝留洛阳。兴说更始曰：'……虽卧洛阳、庸得安枕乎？'更始曰：'朕西决矣。'拜兴为谏议大夫，使安集关西及朔方、凉、益三州，还拜凉州刺史。会天水有反者，攻杀郡守，兴坐免。"

《全后汉文》卷二二"郑兴"条所载同。

光武帝朝（25—57）

建武六年（庚寅，30）

侍中苏竟，以病免。

《后汉书》卷三〇上《苏竟传》："光武即位，就拜代郡太守，使固塞以拒匈奴。建武五年冬，卢芳略得北边诸郡，帝使偏将军随弟屯代郡。竟病笃，以兵属弟，诣京师谢罪。拜侍中，数月，以病免。"

《全后汉文》卷一六"苏竟"条所载同。

按：苏竟于建武五年冬病笃，数月后以病免，当在建武六年。

建武十二年（丙申，36）

太中大夫郑兴，奉使私买奴婢，坐左转莲勺令，后以事免。

《后汉书》卷三六《郑兴传》："九年，使监征南、积弩营于津乡，会征南将军岑彭为刺客所杀，兴领其营，遂与大司马吴汉俱击公孙述。述死，诏兴留屯成都。顷之，侍御史举奏兴奉使私买奴婢，坐左转莲勺令。是时丧乱之余，郡县残荒，兴方欲筑城郭，修礼教以化之，会以事免。"

《全后汉文》卷二二"郑兴"条所载同。

按：《后汉书》卷一下《光武帝纪下》载：（建武十二年）"冬十一月戊寅，吴汉、臧宫与公孙述战于成都，大破之。述被创，夜死。"①《资治通鉴》卷四三亦系此事于光武皇帝建武十二年②，可知郑兴左转莲勺令当在此年。

建武十九年（癸卯，43）

徐令班彪，以病免。

《后汉书》卷四〇上《班彪传上》："帝雅闻彪才，因召入见，举司隶茂才，拜徐令，以病免。"

《全后汉文》卷二三"班彪"条所载同。

按：陆侃如《中古文学系年》系此事于光武帝建武十九年，今从之。③

---

① 《后汉书》卷一下《光武帝纪下》，第1册第59页。
② 《资治通鉴》卷四三世祖光武皇帝中之下建武十二年条，第3册第1375页。
③ 陆侃如按："'十九年建明帝为太子，十七年封诸王。'彪传未言免徐令的年月，又叙上言事于辟王况府后。事实上，王况为司徒在后，明帝为太子在前。据卷一下《光武帝纪》下，立太子在六月戊申，即二十六日。彪此时上言，当已离叙。自十三年任徐令至此，已六年了。"（陆侃如：《中古文学系年》，第65~66页。）

建武二十年(甲辰,44)

大司空窦融,大司徒戴涉坐所举人盗金下狱,帝以三公参职,策免融。

《后汉书》卷一下《光武帝纪下》:"(建武)二十年春二月戊子,车驾还宫。夏四月庚辰,大司徒戴涉下狱死。大司空窦融免。"同书卷二三《窦融传》:"二十年,大司徒戴涉坐所举人盗金下狱,帝以三公参职,不得已乃策免融。"《后汉纪》光武皇帝纪卷七:"(建武二十一年)大司空窦融以疾策罢,岁余,行卫尉事。"

《资治通鉴》卷四三光武皇帝"建武二十年"条、《册府元龟》卷三三二《宰辅部·罢免》所载同。

按:据《后汉书》卷一下《光武帝纪下》,建武二十年"六月庚寅,广汉太守蔡茂为大司徒,太仆朱浮为大司空"①,又《后汉书》卷三五《张纯传》载:"(张)纯以宗庙未定,昭穆失序,十九年,乃与太仆朱浮共奏言:'……愿下有司博采其议。'诏下公卿,大司徒戴涉、大司空窦融议:'……以明尊尊之敬、亲亲之恩。'明年,纯代朱浮为太仆。"②可知窦融应于建武二十年(44)免大司空,太仆朱浮代之,《后汉纪》误。

建武二十二年(丙午,46)

大司空朱浮,坐卖弄国恩免官。

《后汉书》卷一下《光武帝纪下》:"(建武二十二年)冬十月壬子,大司空朱浮免。"《后汉书》卷三三《朱浮传》:"(建武)二十年,代窦融为大司空。二十二年,坐卖弄国恩免。"

《东观汉记》卷一五"朱浮"条、《资治通鉴》卷四三光武皇帝"建武二十二年"条、《册府元龟》卷三三二《宰辅部·罢免》、《全后汉文》卷二一"朱浮"条所载同。

建武二十五年(己酉,49)

父城侯朱浮,徙封新息侯。

---

① 《后汉书》卷一下《光武帝纪下》,第1册第72页。
② 《后汉书》卷三五《张纯传》,第5册第1194~1195页。

《后汉书》卷三三《朱浮传》:"(建武)二十五年,徙封新息侯。"
《全后汉文》卷二一"朱浮"条所载同。

建武二十八年(壬子,52)
司隶从事冯衍,坐交通外戚得罪,免官。

《后汉书》卷二八上《冯衍传》:"建武六年日食,衍上书陈八事……后卫尉阴兴、新阳侯阴就以外戚贵显,深敬重衍,衍遂与之交结,由是为诸王所聘请,寻为司隶从事。帝惩西京外戚宾客,故皆以法绳之,大者抵死徙,其余至贬黜。衍由此得罪,尝自诣狱,有诏赦不问。西归故郡,闭门自保,不敢复与亲故通。"
《后汉纪》光武皇帝纪卷八建武二十八年条:"初,马援谓其司马吕种曰:'建武初,名为天地始开,从今已后,海内日当安乐耳。顾我尝独有所忧,国家诸子并壮,皆不防微,广通宾客,门庭如市,吾恐自此大狱起矣。卿其慎之!'援兄女婿王磐,故平阿侯子也。好施爱士,名振江、淮间。后游京师,交结诸侯。援谓所亲曰:'王子石杰士也,今若京师长者间,用气自行,陵折者多,必用亡身。'于是,吕种、王磐、冯衍皆以诸王宾客下狱,种叹曰:'马生之言其神乎!'种、磐死狱中。衍被赦出,废于家。"
《全后汉文》卷二〇"冯衍"条所载同。

中元元年(丙辰,56)
议郎给事中桓谭,以不读谶忤上,出为六安郡丞。

《后汉书》卷二八上《桓谭传》:"桓谭字君山,沛国相人也。……性嗜倡乐,简易不修威仪,而憙非毁俗儒,由是多见排抵。……其后有诏会议灵台所处,帝谓谭曰:'吾欲以谶决之,何如?'谭默然良久,曰:'臣不读谶。'帝问其故,谭复极言谶之非经。帝大怒曰:'桓谭非圣无法,将下斩之。'谭叩头流血,良久乃得解。出为六安郡丞,意忽忽不乐,道病卒,时年七十余。"
《东观汉记》卷一四《桓谭传》、《八家后汉书辑注·华峤汉后书》卷二《桓谭传》、《资治通鉴》卷四四光武皇帝"中元元年"条、《册府元龟》卷九五三《总录部·不遇》、《全后汉文》卷一二"桓谭"条所载同。
按:《资治通鉴》卷四四系此事于光武皇帝中元元年,李贤注曰:"六安郡故城,在今寿州安丰县南。余据《郡国志》,建武十六年,省六安国,以其县属庐江郡,谭出为郡丞,必不在是年,《通鉴》因灵台事,并书于此。"①陆侃如《中古文学系年》亦系此事于光武皇帝中元元年。②

【光武帝朝年代不定者】

大将军幽州牧、舞阳侯朱浮,遁走降敌,贬为执金吾,徙封父城侯。

《后汉书》卷三三《朱浮传》:"明年,涿郡太守张丰亦举兵反。时二郡畔戾,北州忧恐,浮以为天子必自将兵讨之,而但遣游击将军邓隆阴助浮。浮怀惧,以为帝怠于敌,不能救之……浮城中粮尽,人相食。会上谷太守耿况遣骑来救浮,浮乃得遁走。南至良乡,其兵长反遮之,浮恐不得脱,乃下马刺杀其妻,仅以身免,城降于宠。尚书令侯霸奏浮败乱幽州,构成宠罪,徒劳军师,不能死节,罪当伏诛。帝不忍,以浮代贾复为执金吾,徙封父城侯。"

《全后汉文》卷二一"朱浮"条所载同。

按:《资治通鉴》卷四二光武皇帝"建武六年"条载有执金吾朱浮上疏,故朱浮代为执金吾、徙封父城侯当在建武元年至建武六年间。

汉明帝朝(57—75)

永平四年(辛酉,61)

梁竦,坐兄松事,与弟恭俱徙九真。

《后汉书》卷三四《梁统传》:"后坐兄松事,与弟恭俱徙九真。既徂南土,历江、湖,济沅、湘,感悼子胥、屈原以非辜沈身,乃作《悼骚赋》,系玄石而沈之。"卷一〇一《天文志中》载:(孝明永平)"四年……其十二月,陵乡侯梁松坐怨望悬飞书诽谤朝廷下狱死,妻子家属徙九真。"

《册府元龟》卷九五三《总录部·伤感》、《全后汉文》卷二二"梁竦"条所载同。

按:由《后汉书》卷一〇一《天文志中》所载可知,梁松于汉明帝永平四年事

---

① 《资治通鉴》卷四四世祖光武皇帝下中元元年条,第4册第1427~1428页。
② 陆侃如:《中古文学系年》,第80页。

发，梁竦、梁恭徙九真当在此年。

【汉明帝朝年代不定者】

聊城令范升，坐事免官。

《后汉书》卷三六《范升传》："永平中，为聊城令，坐事免，卒于家。"

《全后汉文》卷一九"范升"条所载同。

汉章帝朝（75—88）

建初八年（癸未，83）

尚书令李育、军司马傅毅，有司奏马氏兄弟奢侈逾僭，马氏败，育坐为马氏所举，免归。

《后汉书》卷二四《马援传》："廖性质诚畏慎，不爱权势声名，尽心纳忠，不屑毁誉。有司连据旧典，奏封廖等，累让不得已，建初四年，遂受封为顺阳侯，以特进就第。每有赏赐，辄辞让不敢当，京师以是称之。子豫，为步兵校尉。太后崩后，马氏失执，廖性宽缓，不能教勒子孙，豫遂投书怨诽。又防、光奢侈，好树党与。八年，有司奏免豫，遣廖、防、光就封。豫随廖归国，考击物故。……防兄弟贵盛，奴婢各千人已上，资产巨亿，皆买京师膏腴美田，又大起第观，连阁临道，弥亘街路，多聚声乐，曲度比诸郊庙。宾客奔凑，四方毕至，京兆杜笃之徒数百人，常为食客，居门下。刺史、守、令多出其家。岁时赈给乡间，故人莫不周洽。防又多牧马畜，赋敛羌胡。帝不喜之，数加谴敕，所以禁遏甚备，由是权势稍损，宾客亦衰。八年，因兄子豫怨谤事，有司奏防、光兄弟奢侈逾僭，浊乱圣化，悉免就国。"同书卷七九下《儒林列传下》："再迁尚书令。及马氏废，育坐为所举免归。"卷八〇上《傅毅传》："车骑将军马防，外戚尊重，请毅为军司马，待以师友之礼。及马氏败，免官归。"

《资治通鉴》卷四六肃宗孝章皇帝上"建初八年"条、《全后汉文》卷四三"傅毅"条所载同。

【汉章帝朝年代不定者】

校书郎杨终，太守廉范为州所考，终为范游说，坐徙北地。

《后汉书》卷四八《杨终传》："终兄凤为郡吏，太守廉范为州所考，遣凤候终，终为范游说，坐徙北地。"

《册府元龟》卷九五三《总录部·伤感》、《全后汉文》所卷三一"杨终"条载同。

按：《后汉书》卷四八《杨终传》曰："终与廖交善，以书戒之曰：'……君侯诚宜以临深履薄为戒。'廖不纳。子豫后坐县书诽谤，廖以就国。"[1]其后杨终方徙北地。马氏于建初八年败，故杨终徙边当在该年之后。

汉和帝朝(88—106)

永元三年(辛卯，91)

主簿崔骃，窦宪不能容，稍疏之，出为长岑长。

《后汉书》卷五二《崔骃传》："宪擅权骄恣，骃数谏之。及出击匈奴，道路愈多不法，骃为主簿，前后奏记数十，指切长短。宪不能容，稍疏之，因察骃高第，出为长岑长。骃自以远去，不得意，遂不之官而归。"

《八家后汉书辑注·华峤汉后书卷二·崔骃传》、《东观汉记》卷一七"崔骃"条、《全后汉文》卷四四"崔骃"条所载同。

按：《后汉书》卷八〇上《傅毅传》载："永元元年，车骑将军窦宪复请毅为主记室，崔骃为主簿。"[2]可知崔骃出为长岑长当在汉和帝永元元年至永元四年间，陆侃如《中古文学系年》将之系于永元三年。[3]

永元四年(壬辰，92)

中护军班固，大将军窦宪及其党羽欲谋叛逆，事败，固坐免。

《后汉书》卷四《孝和帝纪》："(永元四年)六月戊戌朔，日有食之。丙辰，郡国十三地震。窦宪潜图弑逆。庚申，幸北宫。诏收捕宪党射声校尉郭璜，璜子侍中举，卫尉邓叠，叠弟步兵校尉磊，皆下狱死。使谒者仆射收宪大将军印绶，遣宪及弟笃、景就国，到皆自杀。……秋七月己丑，太尉宋由坐党宪自杀。"同书卷

---

[1] 《后汉书》卷四八《杨终传》，第6册第1599~1600页。
[2] 《后汉书》卷八〇上《傅毅传》，第9册第2613页。
[3] 陆侃如：《中古文学系年》，第117页。

四〇下《班固传下》:"永元初,大将军窦宪出征匈奴,以固为中护军,与参议。北单于闻汉军出,遣使款居延塞,欲修呼韩耶故事,朝见天子,请大使。宪上遣固行中郎将事,将数百骑与虏使俱出居延塞迎之。会南匈奴掩破北庭,固至私渠海,闻虏中乱,引还。及窦宪败,固先坐免官。"《后汉纪》孝和皇帝纪上卷一三:"(永元四年)初,宪女婿射声校尉郭举、卫尉邓叠,母元出入禁中,谋图不轨。……庚申,上幸北宫,诏公卿百官,使执金吾卫南、北宫。诏收宪大将军印绶,封宪为冠军侯;笃、景、瑰皆就国;郭举、邓叠下狱诛。上以太后故,不欲极其狱,乃守宪等,选能相以逼迫之。宪、笃、景皆自杀,宗族免归本郡。……上感酺言,徙瑰为长沙侯。于是何敞、班固免归家。敞子与瑰善,固党于窦氏也。……窦氏既废,天子追览前议,嘉袁安之忠,知宋由之不正也,乃策免由。"《资治通鉴》卷四八孝和皇帝下永元四年条、《全后汉文》卷二四"班固"条所载同。

【汉和帝朝年代不定者】

平望侯刘毅,坐事夺爵。

《后汉书》卷八〇上《文苑传上》:"刘毅,北海敬王子也。初封平望侯,永元中,坐事夺爵。"

《全后汉文》卷三三"刘毅"条所载同。

按:汉和帝使用永元为年号的时期为89年至105年,据《后汉书》所载,刘毅免平望侯当在此期之中。

汉安帝朝(106—125)

建光元年(辛酉,121)

度辽将军邓遵掾属崔瑗,遵被诛,瑗免归。

《后汉书》卷五二《崔骃传》:"后事释归家,为度辽将军邓遵所辟。居无何,遵被诛,瑗免归。"《全后汉文》卷四五"崔瑗"条:"瑗,字子玉,骃子。……辟度辽将军邓骘府,骘诛坐免。"

按:据《后汉书》卷五《孝安帝纪》载:"(建光元年)五月庚辰,特进邓骘及度辽将军邓遵,并以谮自杀。"可知崔瑗免归当在此年。又,《后汉书》无邓骘任度辽将军之记录，《全后汉文》以骘为度辽将军，误。

【汉安帝朝年代不定者】
魏郡太守黄香，坐水潦事免官。

《后汉书》卷八〇上《文苑传上》："延平元年，迁魏郡太守。……后坐水潦事免，数月，卒于家。"

《全后汉文》卷四二"黄香"条所载同。

按：延平元年为汉殇帝年号，汉殇帝在位时间共计8个月，从"收谷岁数千斛"一语来看，黄香任魏郡太守当不止8个月，故其因水潦事免应在汉安帝统治期间。

汉顺帝朝（125—144）

延光四年（乙丑，125）

车骑将军阎显掾属崔瑗，显诛，瑗坐免。①

《后汉书》卷六《孝顺帝纪》："延光三年，安帝乳母王圣、大长秋江京、中常侍樊丰潜太子乳母王男、厨监邴吉，杀之，太子数为叹息。王圣等惧有后祸，遂与丰、京共构陷太子，太子坐废为济阴王。明年三月，安帝崩，北乡侯立，济阴王以废黜，不得上殿亲临梓宫，悲号不食，内外群僚莫不哀之。及北乡侯薨，车骑将军阎显及江京，与中常侍刘安、陈达等白太后，秘不发丧，而更征立诸国王子，乃闭宫门，屯兵自守。十一月丁巳，京师及郡国十六地震。是夜，中黄门孙程等十九人共斩江京、刘安、陈达等，迎济阴王于德阳殿西钟下，即皇帝位，年十一。……戊午，遣使者入省，夺得玺绶，乃幸嘉德殿，遣侍御史持节收阎显及其弟城门校尉耀、执金吾晏，并下狱诛。"同书卷五二《崔骃传》："后复辟车骑将军阎显府。时阎太后称制，显入参政事。先是安帝废太子为济阴王，而以北乡侯为嗣。瑗以侯立不以正，知显将败，欲说令废立，而显日沉醉，不能得见。……会北乡侯薨，孙程立济阴王，是为顺帝。阎显兄弟悉伏诛，瑗坐被斥。"卷八二下

---

① 注："延光四年"为汉安帝年号，然阎显被诛时汉顺帝已即位，故将崔瑗此次被免系于汉顺帝朝。

《方术传下》:"永宁元年,南昌有妇人生四子,祇复问檀变异之应。檀以为京师当有兵气,其祸发于萧墙。至延光四年,中黄门孙程扬兵殿省,诛皇后兄车骑将军阎显等,立济阴王为天子,果如所占。"

《资治通鉴》卷五一孝安皇帝下"延光四年"条、《全后汉文》卷四五"崔瑗"条所载同。

阳嘉二年(癸酉,133)

济阴太守胡广,举吏不实,免官。

《后汉书》卷四四《胡广传》:"广典机事十年,出为济阴太守,以举吏不实免。"同书卷六一《左雄传》:"阳嘉元年,太学新成……明年,有广陵孝廉徐淑,年未及举,台郎疑而诘之。……于是济阴太守胡广等十余人皆坐谬举免黜,唯汝南陈蕃、颍川李膺、下邳陈球等三十余人得拜郎中。"

《全后汉文》卷五六"胡广"条所载同。

议郎李固,出为广汉雒令,解印绶还家。

《后汉书》卷六三《李固传》:"出为广汉雒令,至白水关,解印绶,还汉中,杜门不交人事。"

《资治通鉴》卷五一孝顺皇帝"阳嘉二年"条、《全后汉文》卷四八"李固"条所载同。

永和元年(丙子,136)

侍中张衡,不乐久处机密,出为河间相。

《后汉书》卷五九《张衡传》:"永和初,出为河间相。时国王骄奢,不遵典宪;又多豪右,共为不轨。衡下车,治威严,整法度,阴知奸党名姓,一时收禽,上下肃然,称为政理。视事三年,上书乞骸骨,征拜尚书。"《全后汉文》卷五五《四愁诗序》:"张衡不乐久处机密,阳嘉中出为河间相。"

《后汉纪》孝顺皇帝纪下卷一九"永和五年"条、《全后汉文》卷五二"张衡"条所载同。

永和六年(辛巳,141)

荆州刺史李固,为南阳太守高赐所害,徙为太山太守。

《后汉书》卷六三《李固传》:"永和中,荆州盗贼起,弥年不定,乃以固为荆州刺史。……上奏南阳太守高赐等臧秽。赐等惧罪,遂共重赂大将军梁冀,冀为千里移檄,而固持之愈急。冀遂令徙固为太山太守。"

《资治通鉴》卷五二孝顺皇帝"永和六年"条、《全后汉文》卷四八"李固"条所载同。

汉安元年(壬午,142)

济北相崔瑗,以臧罪征诣廷尉,免官。

《后汉书》卷五二《崔骃传》:"汉安初,大司农胡广、少府窦章共荐瑗宿德大儒,从政有迹,不宜久在下位,由此迁济北相。时李固为太山太守,美瑗文雅,奉书礼致殷勤。岁余,光禄大夫杜乔为八使,徇行郡国,以臧罪奏瑗,征诣廷尉。瑗上书自讼,得理出。会病卒,年六十六。"同书卷六三《杜乔传》:"汉安元年,以乔守光禄大夫,使徇察兖州。表奏太山太守李固政为天下第一;陈留太守梁让、济阴太守汜宫、济北相崔瑗等臧罪千万以上。"

《八家后汉书辑注·谢承后汉书卷三·崔瑗传》、《全后汉文》卷四五"崔瑗"条所载同。

【汉顺帝朝年代不定者】

郎官崔琦,讽大将军梁冀,遣归。

《后汉书》卷八〇上《崔琦传》:"崔琦字子玮,涿郡安平人,济北相瑗之宗也。少游学京师,以文章博通称。初举孝廉,为郎。河南尹梁冀闻其才,请与交。冀行多不轨,琦数引古今成败以戒之,冀不能受。乃作《外戚箴》。……琦以言不从,失意,复作《白鹄赋》以为风。……冀无以对,因遣琦归。"《八家后汉书辑注·司马彪续汉书卷五·文苑传》:"崔琦字子玮,济北相瑗之宗也。引古今成败以戒梁冀,冀不能受。乃作《外戚箴》,又作《鹄赋》以为讽。后除临济令,不敢之职,解印而去。冀令刺客求之,见琦耕于陌上,怀书一卷,息辄偃而咏之,刺客贤之,以实告琦,因得脱走。"

《八家后汉书辑注·华峤后汉书卷三·崔琦传》、《资治通鉴》卷五四孝桓皇帝上之下"延熹二年"条、《全后汉文》卷四五"崔琦"条所载同。

按：《资治通鉴》卷五二孝顺皇帝下"永和元年"条载："是岁，以执金吾梁冀为河南尹。"①《后汉书》卷六《孝顺帝纪》载："（永和六年）八月丙辰，大将军梁商薨；壬戌，河南尹梁冀为大将军。"②可知梁冀于汉顺帝永和元年（136）至永和六年（141）间任河南尹。又，冀请与崔琦交时为河南尹，故可推测琦作诗以讽冀、被免郎官约在汉顺帝永和年间。

汉质帝朝（145—146）

本初元年（丙戌，146）

太尉李固，忤大将军梁冀，免官，次年被诛。

《后汉书》卷六《孝质帝纪》："（本初元年）闰月甲申，大将军梁冀潜行鸩弑，帝崩于玉堂前殿，年九岁。丁亥，太尉李固免。"同书卷四四《胡广传》："汉安元年，（胡广）迁司徒。质帝崩，代李固为太尉，录尚书事。"卷六三《李固传》："冀忌帝聪慧，恐为后患，遂令左右进鸩。帝苦烦甚，使促召固。固入，前问：'陛下得患所由？'帝尚能言，曰：'食煮饼，今腹中闷，得水尚可活。'时冀亦在侧，曰：'恐吐，不可饮水。'语未绝而崩。固伏尸号哭，推举侍医。冀虑其事泄，大恶之。……后岁余，甘陵刘文、魏郡刘鲔各谋立蒜为天子，梁冀因此诬固与文、鲔共为妖言，下狱。门生勃海王调贯械上书，证固之枉，河内赵承等数十人亦要铁锧诣阙通诉，太后明之，乃赦焉。及出狱，京师市里皆称万岁。冀闻之大惊，畏固名德终为己害，乃更据奏前事，遂诛之，时年五十四。"《后汉纪》卷二〇孝质皇帝纪"本初元年"条："固复欲立清河王蒜，与大鸿胪杜乔言之于朝，众皆同焉。初，章帝生河间王开，开生蠡吾侯翼，翼生志，梁冀以女弟配志，征至京师。会帝崩，冀欲立志，逼于李固之议，至日暮而不定。中常侍曹腾闻之，恐，夜见大将军冀曰：'将军累世摄政，宾客纵横，多有过差。清河王严明，若即位，将军受祸不久矣。若立蠡吾侯，则富贵可保。'冀因言太后，定策禁中，先策免太

---

① 《资治通鉴》卷五二孝顺皇帝下，第4册第1679页。
② 《后汉书》卷六《孝顺皇帝纪》，第2册第271页。

尉李固。"同书卷二一孝桓皇帝纪上建和元年条："九月，京师地震。……乔、固遂死狱中，郡守承旨杀之。"

《资治通鉴》卷五三孝质皇帝"本初元年"条、《全后汉文》卷四八"李固"条所载同。

汉桓帝朝(146—167)

建和元年(丁亥，147)

太尉胡广，以病罢官。

《后汉书》卷七《孝桓帝纪》："(建和元年)六月，太尉胡广罢，大司农杜乔为太尉。"《后汉纪》孝桓皇帝纪上卷二一"建和元年"条："六月，太尉胡广以病罢。"《册府元龟》卷三三二《宰辅部·罢免》："桓帝建和元年六月，太尉胡广以日食免。"

《全后汉文》卷五六"胡广"条所载同。

按：据《后汉书·孝桓帝纪》与《后汉书·五行志六·日蚀》，汉桓帝建和元年六月无日食，太尉胡广当为以病罢官。

元嘉元年(辛卯，151)

南郡太守马融，大将军梁冀讽州郡以它事陷之，髡笞徙朔方。

《后汉书》卷三四《梁统传》："不疑好经书，善待士，冀阴疾之……不疑自耻兄弟有隙，遂让位归第，与弟蒙闭门自守。冀不欲令与宾客交通，阴使人变服至门，记往来者。南郡太守马融、江夏太守田明，初除，过谒不疑，冀讽州郡以它事陷之，皆髡笞徙朔方。融自刺不殊，明遂死于路。"同书卷六〇上《马融传》："三迁，桓帝时为南郡太守。先是融有事忤大将军梁冀旨，冀讽有司奏融在郡贪浊，免官，髡徙朔方。自刺不殊，得赦还，复拜议郎，重在东观著述，以病去官。"

《后汉纪》卷一九孝顺皇帝纪下"永和五年"条、《资治通鉴》卷五三孝桓皇帝上之上"元嘉元年"条、《全后汉文》卷一八"马融"条所载同。

永兴元年(癸巳，153)

冀州刺史朱穆，忤宦者，免官。

《后汉书》卷四三《朱晖传》："永兴元年，河溢，漂害人庶数十万户，百姓荒馑，流移道路。冀州盗贼尤多，故擢穆为冀州刺史。州人有宦者三人为中常侍，并以檄谒穆。穆疾之，辞不相见。冀部令长闻穆济河，解印绶去者四十余人。及到，奏劾诸郡，至有自杀者。以威略权宜，尽诛贼渠帅。举劾权贵，或乃死狱中。有宦者赵忠丧父，归葬安平，僭为玙璠、玉匣、偶人。穆闻之，下郡案验。吏畏其严明，遂发墓剖棺，陈尸出之，而收其家属。帝闻大怒，征穆诣廷尉，输作左校。太学书生刘陶等数千人诣阙上书颂穆曰：'……臣愿黥首系趾，代穆校作。'帝览其奏，乃赦之。"

《资治通鉴》卷五三孝桓皇帝"永兴元年"条、《全后汉文》卷二八"朱穆"条所载同。

永兴二年（甲午，154）

太尉胡广，以日食免官。

《后汉书》卷四四《胡广传》："寻以特进征拜太常，迁太尉，以日食免。"同书卷七《孝桓帝纪》："（永兴）二年……九月丁卯朔，日有食之。……太尉胡广免，司徒黄琼为太尉。"

《后汉纪》孝桓皇帝纪卷二一"永兴二年"条、《资治通鉴》卷五三孝桓皇帝"永兴二年"条、《册府元龟》卷三三二《宰辅部·罢免》、《全后汉文》卷五六"胡广"条所载同。

延熹二年（己亥，159）

太尉、安乐乡侯胡广，大将军梁冀谋为乱，广坐不卫宫，减死一等，夺爵。

《后汉书》卷七《孝桓帝纪》："（延熹二年）大将军梁冀谋为乱。八月丁丑，帝御前殿，诏司隶校尉张彪将兵围冀第，收大将军印绶，冀与妻皆自杀。卫尉梁淑、河南尹梁胤、屯骑校尉梁让、越骑校尉梁忠、长水校尉梁戟等，及中外宗亲数十人，皆伏诛。太尉胡广坐免。司徒韩縯、司空孙朗下狱。"同书卷四四《胡广传》："延熹二年，大将军梁冀诛，广与司徒韩縯、司空孙朗坐不卫宫，皆减死一等，夺爵土，免为庶人。"卷六一《黄琼传》："永兴元年，迁司徒，转太尉。梁冀前后所托辟召，一无所用。虽有善人而为冀所饰举者，亦不加命。延熹元年，以日食免。复为大司农。明年，梁冀被诛，太尉胡广、司徒韩縯、司空孙朗皆坐阿附免废，复拜琼为太尉。"

《后汉纪》卷二一孝桓皇帝纪上"延熹二年"条、《资治通鉴》卷五四孝桓皇帝"延熹二年"条、《全后汉文》卷五六"胡广"条所载同。

使匈奴中郎将张奂，大将军梁冀谋乱诛，奂以故吏免官禁锢。

《后汉书》卷六五《张奂传》："延熹元年，鲜卑寇边，奂率南单于击之，斩首数百级。明年，梁冀被诛，奂以故吏免官禁锢。"

《后汉纪》卷二三孝灵皇帝纪上"建宁二年"条、《全后汉文》卷六四"张奂"条所载同。

议郎崔寔，大将军梁冀谋乱诛，寔以故吏免官禁锢。

《后汉书》卷五二《崔骃传》："（崔寔）以病征，拜议郎，复与诸儒博士共杂定《五经》。会梁冀诛，寔以故吏免官，禁锢数年。"

《全后汉文》卷四五"崔寔"条所载同。

按：由前述胡广、张奂条可知，梁冀于汉桓帝延熹二年被诛，故崔寔以故吏免官当在是年。

延熹九年（丙午，166）

尚书魏朗，坐党议免官，同时牵连下狱、徙边者甚众。

《后汉书》卷六七《党锢传》："陈蕃为太傅，与大将军窦武共秉朝政，连谋诛诸宦官，故引用天下名士，乃以膺为长乐少府。及陈、窦之败，膺等复废。后张俭事起，收捕钩党……考死，妻子徙边，门生、故吏及其父兄，并被禁锢。……后太傅陈蕃辅政，复为太仆。明年，坐党事被征，自杀。……魏朗字少英，会稽上虞人也。……尚书令陈蕃荐朗公忠亮直，宜在机密，复征为尚书。会被党议，免归家。"

《后汉纪》孝桓皇帝纪下卷二二"延熹九年"条、《八家后汉书辑注·谢承后汉书卷四·魏朗传》、《资治通鉴》卷五五孝桓皇帝中"延熹九年"条所载同。

【汉桓帝朝年代不定者】

议郎桓麟，入侍讲禁中，以直道忤左右，出为许令，病免。

《后汉书》卷三七《桓荣传》:"彬字彦林,焉之兄孙也。父麟,字元凤,早有才惠。桓帝初,为议郎,入侍讲禁中,以直道忤左右,出为许令,病免。"

《全后汉文》卷二七"桓麟"条所载同。

按:陆侃如《中古文学系年》假定此事发生于汉桓帝建和三年。

武陵太守应奉,坐公事免。

《后汉书》卷四八《应奉传》:"永兴元年,拜武陵太守。到官慰纳,山等皆悉降散。于是兴学校,举仄陋,政称变俗。坐公事免。"

《全后汉文》卷三三"应奉"条所载同。

按:据《资治通鉴》卷五四记载,应奉于汉桓帝延熹五年(162)被推荐为司隶校尉,可知应奉坐公事免当系于永兴元年至延熹五年间。

尚书郎桓彬,为中常侍曹节所劾,免官禁锢。

《后汉书》卷三七《桓荣传》:"彬少与蔡邕齐名。初举孝廉,拜尚书郎。时中常侍曹节女婿冯方亦为郎,彬厉志操,与左丞刘歆、右丞杜希同好交善,未尝与方共酒食之会,方深怨之,遂章言彬等为酒党。事下尚书令刘猛,猛雅善彬等,不举正其事,节大怒,劾奏猛,以为阿党,请收下诏狱,在朝者为之寒心,猛意气自若,旬日得出,免官禁锢。彬遂以废。"

并州刺史赵岐,坐党事免。

《后汉书》卷六四《赵岐传》:"会南匈奴、乌桓、鲜卑反叛,公卿举岐,擢拜并州刺史。岐欲奏守边之策,未及上,会坐党事免,因撰次以为《御寇论》。"

《全后汉文》卷六二"赵歧"条所载同。

汉灵帝朝(168—189)

建宁元年(戊申,168)

掾属何休,坐太尉陈蕃谋诛宦官事败,免官禁锢。

《后汉书》卷六六《陈蕃传》:"中常侍曹节、王甫等与共交构,诬事太后。太后信之,数出诏命,有所封拜,及其支类,多行贪虐。蕃常疾之,志诛中官,会窦武亦有谋。……蕃因与窦武谋之,语在《武传》。及事泄,曹节等矫诏诛武等。……遂执蕃送黄门北寺狱。……即日害之。徙其家属于比景,宗族、门生、故吏皆斥免禁锢。"卷七九下《儒林列传下》:"太傅陈蕃辟之,与参政事。蕃败,休坐废锢,乃作《春秋公羊解诂》,覃思不窥门,十有七年。"

《后汉书》卷六九《窦武传》、《后汉纪》卷二三孝灵皇帝纪上"建宁元年"条、《资治通鉴》卷五六孝灵皇帝上之上"建宁元年"条、《全后汉文》卷六八"何休"条亦载。

按:《后汉书》卷八《孝灵帝纪》载:"(建宁元年)九月辛亥,中常侍曹节矫诏诛太傅陈蕃、大将军窦武及尚书令尹勋、侍中刘瑜、屯骑校尉冯述,皆夷其族。"①卷一〇二《天文志下》载:"孝灵帝建宁元年六月,太白在西方,入太微,犯西蕃南头星。……其八月,太傅陈蕃、大将军窦武谋欲尽诛诸宦者;其九月辛亥,中常侍曹节、长乐五官史朱瑀觉之,矫制杀蕃、武等,家属徙日南比景。"② 可知何休免官废锢当在此年。

建宁二年(己酉,169)

太常张奂,为曹节所害,免官;后王寓陷以党罪,禁锢归田里。

《后汉书》卷六五《张奂传》:"建宁元年,振旅而还。……明年夏……转奂太常,与尚书刘猛、刁韪、卫良同荐王畅、李膺可参三公之选,而曹节等弥疾其言,遂下诏切责。奂等皆自囚廷尉,数日乃得出,并以三月俸赎罪。司录校尉王寓,出于宦官,欲借宠公卿,以求荐举,百僚畏惮,莫不许诺,唯奂独拒之。寓怒,因此遂陷以党罪,禁锢归田里。"

《后汉纪》孝灵皇帝纪上卷二三"建宁二年"条、《资治通鉴》卷五七孝灵皇帝上之下"熹平元年"条、《全后汉文》卷六四"张奂"条亦载。

光和元年(戊午,178)

议郎蔡邕,为中常侍程璜所劾,减死一等,髡钳徙朔方。

---

① 《后汉书》卷八《孝灵帝纪》,第2册第329页。
② 《后汉书》卷一〇二《天文志下》,第11册第3258页。

《后汉书》卷六〇下《蔡邕列传下》："初,邕与司徒刘郃素不相平,叔父卫尉质又与将作大匠阳球有隙。球即中常侍程璜女夫也,璜遂使人飞章言邕、质数以私事请托于郃,郃不听,邕含隐切,志欲相中。于是诏下尚书,召邕诘状。……于是下邕、质于洛阳狱,劾以仇怨奉公,议害大臣,大不敬,弃市。事奏,中常侍吕彊愍邕无罪,请之,帝亦更思其章,有诏减死一等,与家属髡钳徙朔方,不得以赦令除。"《全后汉文》卷六九"蔡邕"条:"邕,字伯喈,陈留圉人。……光和初,坐忤宦官,徙五原,遇赦,虑卒不免,亡命江海,积十二年。"

《东观汉记》卷一七"蔡邕"条、《后汉纪》卷二四孝灵皇帝纪中"光和元年"条、《资治通鉴》卷五七孝灵皇帝"光和元年"条所载同。

中平元年(甲子,184)

尚书刘陶,以数切谏,为权臣所惮,徙为京兆尹。

《后汉书》卷五七《刘陶传》:"明年,张角反乱,海内鼎沸,帝思陶言,封中陵乡侯,三迁尚书令。……以数切谏,为权臣所惮,徙为京兆尹。"

《后汉纪》卷二四孝灵皇帝纪"中平元年"条、《全后汉文》卷六五所载同。

北中郎将卢植,为小黄门左丰所陷,减死一等,免官。

《后汉书》卷八《孝灵帝纪》:"(中平元年,六月)皇甫嵩、朱俊大破汝南黄巾于西华。诏嵩讨东郡,朱俊讨南阳。卢植破黄巾,围张角于广宗。宦官诬奏植,抵罪。"同书卷六四《卢植传》:"中平元年,黄巾贼起,四府举植,拜北中郎将,持节,以护乌桓中郎将宗员副,将北军五校士,发天下诸郡兵征之。连战破贼帅张角,斩获万余人。角等走保广宗,植筑围凿堑,造作云梯,垂当拔之。帝遣小黄门左丰诣军观贼形势,或劝植以赂送丰,植不肯。丰还言于帝曰:'广宗贼易破耳。卢中郎固垒息军,以待天诛。'帝怒,遂槛车征植,灭死罪一等。"《后汉纪》卷二四孝灵皇帝纪中:"(中平元年)左中郎将卢植征张角不克,征诣廷尉,减死罪一等。中郎将董卓代植。"

《资治通鉴》卷五八孝灵皇帝"中平元年"条、《全后汉文》卷八一"卢植"条所载同。

中平六年(己巳，189)

尚书卢植，董卓废汉少帝刘辩为弘农王，植独争之，将诛，为蔡邕所救，免官。

《后汉书》卷八《孝灵帝纪》："(中平六年)九月甲戌，董卓废帝为弘农王。自六月雨，至于是月。"同书卷六四《卢植传》："帝崩，大将军何进谋诛中官，乃召并州牧董卓，以惧太后。植知卓凶悍难制，必生后患，固止之。进不从。及卓至，果陵虐朝廷，乃大会百官于朝堂，议欲废立。群僚无敢言，植独抗议不同。卓怒罢会，将诛植，语在卓传。植素善蔡邕，邕前徙朔方，植独上书请之。邕时见亲于卓，故往请植事。又议郎彭伯谏卓曰：'卢尚书海内大儒，人之望也。今先害之，天下震怖。'卓乃止，但免植官而已。……遂隐于上谷，不交人事。"卷七二《董卓传》："(董)卓兵士大盛，乃讽朝廷策免司空刘弘而自代之。因集议废立。……公卿以下莫敢对。……坐者震动。尚书卢植独曰：'昔太甲既立不明，昌邑罪过千余，故有废立之事。今上富于春秋，行无失德，非前事之比也。'卓大怒，罢坐。"

《后汉书》卷一〇下《灵思何皇后纪》、《后汉纪》卷二五孝灵皇帝纪下"中平六年"条、《八家后汉书辑注·袁山松后汉书卷一·灵帝纪》、《资治通鉴》卷五九孝灵皇帝下"中平六年"条、《全后汉文》卷八一"卢植"条亦载。

按：汉少帝刘辩朝于189年八月改元"昭宁"，仅存续两月，昭宁元年与汉灵帝中平六年、汉少帝元熹元年均为同一年。

【汉灵帝朝年代不定者】

顺阳长刘陶，以病免官。

《后汉书》卷五七《刘陶传》："后陶举孝廉，除顺阳长。县多奸猾，陶到官，宣募吏民有气力勇猛，能以死易生者，不拘亡命奸臧，于是剽轻剑客之徒过晏等十余人，皆来应募。陶责其先过，要以后效，使各结所厚少年，得数百人，皆严兵待命。于是覆案奸轨，所发若神。以病免，吏民思而歌之曰：'邑然不乐，思我刘君。何时复来，安此下民。'"

《全后汉文》卷六五"刘陶"条所载同。

江夏太守韩说，以公事免官。

《后汉书》卷八二下《方术列传下》："韩说字叔儒，会稽山阴人也。……中平二年二月，又上封事，克期宫中有灾。至日南宫大火。迁说江夏太守，公事免。"

虎贲中郎将孔融，忤董卓，左迁议郎。

《后汉书》卷七〇《孔融传》："在职三日，迁虎贲中郎将。会董卓废立，融每因对答，辄有匡正之言。以忤卓旨，转为议郎。"

《全后汉文》卷八三"孔融"条所载同。

九江太守服虔免官，其因不详。

《后汉书》卷七九下《儒林列传下》："举孝廉，稍迁，中平末，拜九江太守。免，遭乱行客，病卒。"

汉献帝朝（189—220）

建安十三年（戊子，208）

少府孔融，忤曹操，免官，下狱弃市。

《后汉书》卷七〇《孔融传》："曹操既积嫌忌，而郗虑复构成其罪，遂令丞相军谋祭酒路粹枉状奏融曰：'……大逆不道，宜极重诛。'书奏，下狱弃市。时年五十六。妻子皆被诛。"《八家后汉书辑注·张璠后汉纪·光武帝纪》建安十三年第七九条："（孔融字文举）在郡八年，仅以身免。……是时天下草创，曹、袁之权未分，融所建明，不识时务。又天性气爽，颇推平生之意，狎侮太祖。太祖制酒禁，而融书啁之曰：'天有酒旗之星，地列酒泉之郡，人有旨酒之德。故尧不饮千钟，无以成其圣。且桀纣以色亡国，今令不禁婚姻也。'太祖外虽宽容，而内不能平。御史大夫郗虑知旨，以法免融官。"

《资治通鉴》卷六五孝献皇帝"建安十三年"条、《全后汉文》卷八三"孔融"条所载同。

【汉献帝朝年代不定者】

曹掾丁仪，为新立太子曹丕所恶，转为右刺奸掾。

《三国志》卷一九《魏书·陈思王植传》引《魏略》注："丁仪字正礼，沛郡人也。……闻仪为令士，虽未见，欲以爱女妻之，以问五官将。五官将曰：'女人观貌，而正礼目不便，诚恐爱女未必悦也。以为不如与伏波子楙。'太祖从之。寻辟仪为掾，到与论议，嘉其才朗，曰：'丁掾，好士也，即使其两目盲，尚当与女，何况但眇？是吾儿误我。'时仪亦恨不得尚公主，而与临菑侯亲善，数称其奇才。太祖既有意欲立植，而仪又共赞之。及太子立，欲治仪罪，转仪为右刺奸掾，欲仪自裁而仪不能。乃对中领军夏侯尚叩头求哀，尚为涕泣而不能救。后遂因职事，收付狱，杀之。"

《全后汉文》卷九四"丁仪"条所载同。

按：据《三国志》卷一《魏书·武帝纪》载："（建安二十二年）冬十月，天子命王冕十有二旒，乘金根车，驾六马，设五时副车，以五官中郎将丕为魏太子。"① 又汉献帝于建安二十五年禅位于魏王曹丕，可知丁仪左转为右刺奸掾当在建安二十二年（217）至建安二十五年间。

---

① 《三国志》卷一《魏书·武帝纪》，第1册第49页。

参 考 文 献

(本书包括古籍在内的中文参考文献每类均按书名、论文名首字母音序编排，首字母相同者再按出版时间先后顺序编排。)

一、古籍

(一) 经部

《大戴礼记解诂》，(清)王聘珍撰，王文锦点校，中华书局1983年。

《礼记正义》，(汉)郑玄笺，(唐)孔颖达正义，(清)阮元校刻《十三经注疏》影印本，中华书局1980年。

《论语注疏》，(三国)何晏集解，(宋)邢昺疏，(清)阮元校刻《十三经注疏》影印本，中华书局1980年。

《毛诗正义》，(汉)毛亨传，(汉)郑玄笺，(唐)孔颖达疏，(清)阮元校刻《十三经注疏》影印本，中华书局1980年。

《孟子注疏》，(汉)赵岐注，(宋)孙奭疏，(清)阮元校刻《十三经注疏》影印本，中华书局1980年。

《尚书正义》，(汉)孔安国传，(唐)孔颖达疏，(清)阮元校刻《十三经注疏》影印本，中华书局1980年。

《诗声类》附诗声分例，(清)孔广森著，中华书局1983年。

《说文解字注》，(汉)许慎撰，(清)段玉裁注，上海古籍出版社1981年。

《孝经注疏》，(唐)李隆基注，(宋)邢昺疏，(清)阮元校刻《十三经注疏》影印本，中华书局1980年。

《仪礼注疏》，(汉)郑玄注，(唐)贾公彦疏，(清)阮元校刻《十三经注疏》影印本，中华书局 1980 年。

《周礼注疏》，（汉）郑玄注，（唐）贾公彦疏，（清）阮元校刻《十三经注疏》影印本，中华书局 1980 年。

（二）史部

《八家后汉书辑注》，周天游辑注，上海古籍出版社 1986 年。

《藏书》，（明）李贽著，中华书局 1959 年。

《东汉会要》，（宋）徐天麟撰，上海古籍出版社 1978 年。

《东观汉记校注》，（汉）刘珍等撰，吴树平校注，中华书局 2008 年。

《汉书》，（汉）班固撰，（唐）颜师古注，中华书局 1964 年。

《汉官六种》，（清）孙星衍等辑，周天游点校，中华书局 1990 年。

《后汉书》，（南朝·宋）范晔撰，（唐）李贤等注，中华书局 1965 年。

《晋书》，（唐）房玄龄等撰，中华书局 1974 年。

《九朝律考》，（清）程树德著，商务印书馆 2011 年。

《历代刑法考》，（清）沈家本著，商务印书馆 2011 年。

《两汉纪》，（汉）荀悦，（东晋）袁宏撰，中华书局 2020 年。

《廿二史劄记校正》，（清）赵翼著，王树民校正，中华书局 2013 年。

《三国志》，（晋）陈寿撰，（宋）裴松之注，中华书局 2011 年。

《史记》，（汉）司马迁撰，（宋）裴骃集解，（唐）司马贞索隐，（唐）张守节正义，中华书局编辑部编，中华书局 2014 年。

《史学辑佚文献汇编》影印本，翟金明主编，国家图书馆出版社 2016 年。

《通典》，（唐）杜佑撰，王文锦、王永兴、刘俊文、徐庭云、谢方点校，中华书局 1988 年。

《西汉会要》，（宋）徐天麟撰，上海人民出版社 1977 年。

《资治通鉴》，（宋）司马光编著，（元）胡三省音注，中华书局 1956 年。

（三）子部

《白虎通疏证》，（汉）班固撰，（清）陈立撰，吴则虞点校，中华书局 1994 年。

《春秋繁露义证》，（汉）董仲舒著，苏与撰，钟哲点校，中华书局1992年。
《册府元龟》，（宋）王钦若等编纂，周勋初等校订，凤凰出版社2006年。
《独断》，（汉）蔡邕著，中华书局1985年。
《风俗通义校注》，（汉）应劭撰，王利器校注，中华书局1981年。
《管子校注》，（汉）刘向编，黎翔凤撰，梁运华整理，中华书局2004年。
《汉魏六朝碑刻校注》，毛远明校注，线装书局2008年。
《后汉书集解》影印本，（清）王先谦撰，中华书局1984年。
《淮南子集释》，（汉）刘安等编，何宁撰，中华书局1998年。
《贾子次诂》，（清）王耕心撰，光绪二十九年春审定本，《泰州文献》第四辑第33册，凤凰出版社2015年。
《九章算术》，（汉）张苍等辑撰，曾海龙译解，江苏人民出版社2011年。
《困学纪闻》，（宋）王应麟撰，栾保群、田松青点校，上海古籍出版社2015年。
《老子今注今译》，陈鼓应注译，商务印书馆2016年。
《列女传译注》，（汉）刘向等编撰，张涛译，山东大学出版社1990年。
《论衡校释》，（汉）王充著，黄晖撰，中华书局1990年。
《论语译注》，杨伯峻译注，中华书局2006年。
《论语集释》，程树德撰，程俊英、蒋见元点校，中华书局2017年。
《日知录》，《顾炎武全集》第18册，（清）顾炎武著，严文儒、戴扬本校点，上海古籍出版社2011年。
《容斋随笔》，（宋）洪迈著，上海古籍出版社1978年。
《商君书》，（战国）商鞅等著，石磊译注，中华书局2009年。
《四书章句集注》，（宋）朱熹撰，中华书局1983年。
《宋本东观余论》，（宋）黄伯思撰，中华书局1988年。
《荀子集解》，（战国）荀子等著，（清）王先谦撰，沈啸寰、王星贤点校，中华书局1988年。
《盐铁论校注》，（汉）桓宽撰，王利器校注，中华书局1992年。
《晏子春秋集释》附录二，（汉）刘向整理，吴则虞编著，中华书局1962年。
《庄子集释》，（清）郭庆藩撰，王孝鱼点校，中华书局2013年。

(四)集部

《曹丕集校注》,魏宏灿校注,安徽大学出版社 2009 年。

《楚辞集注》附《楚辞后语》,(宋)朱熹撰,蒋立甫校点,上海古籍出版社 2001 年。

《楚辞补注》,(宋)洪兴祖撰,黄灵庚点校,上海古籍出版社 2015 年。

《楚辞章句》,(汉)王逸撰,黄灵庚校点,上海古籍出版社 2017 年。

《贾谊集校注》,(汉)贾谊著,王洲明、徐超校注,人民文学出版社 1996 年。

《贾谊集校注》增订版,吴云、李春台校注,天津古籍出版社 2010 年。

《李商隐全集》附李贺诗集,(唐)李商隐著,朱怀春、曹光甫、高克勤标点,上海古籍出版社 1999 年。

《卢文弨全集》,(清)卢文弨撰,陈东辉主编,浙江大学出版社 2017 年。

《欧阳修全集》,(宋)欧阳修著,李逸安点校,中华书局 2001 年。

《屈原集校注》,(先秦)屈原撰,金开诚、董洪利、高路明校注,中华书局 1996 年。

《全汉文》,(清)严可均辑,任雪芳审订,商务印书馆 1999 年。

《全后汉文》,(清)严可均辑,许振生审订,商务印书馆 1999 年。

《诗品》,(南朝·梁)钟嵘撰,李子广评注,中华书局 2019 年。

《苏诗文集》,(宋)苏轼著,孔凡礼点校,中华书局 1986 年。

《王安石全集》,(宋)王安石著,秦克、巩军标点,上海古籍出版社 1999 年。

《文心雕龙》,(南朝·梁)刘勰著,范文澜注,人民文学出版社 1958 年。

《艺概》,(清)刘熙载撰,上海古籍出版社 1978 年。

《张衡诗文集校注》,(东汉)张衡著,张震泽校注,上海古籍出版社 1986 年。

二、现代学术专著

《贬谪文化与贬谪文学——以中唐元和五大诗人之贬及其创作为中心》,尚永亮著，兰州大学出版社 2003 年。

《波峰与波谷——秦汉魏晋南北朝的政治文明》，阎步克著，北京大学出版社 2017 年。

《楚辞全译》修订版，黄寿祺、梅桐生等译，贵州人民出版社 2009 年。

《楚辞译注》，董楚平译注，上海古籍出版社 2014 年。

《从爵本位到官本位——秦汉官僚品位结构研究》，阎步克著，生活·读书·新知三联书店 2009 年。

《东汉生死观》，余英时著，何俊编，侯旭东等译，上海古籍出版社 2014 年。

《董仲舒评传》，王永祥著，南京大学出版社 2011 年。

《汉代官文书制度》，汪桂海著，广西教育出版社 1999 年。

《汉魏文学与政治》，孙明君著，商务印书馆 2003 年。

《汉书新证》，陈直著，中华书局 2008 年。

《汉晋学术编年》，刘汝霖著，华东师范大学出版社 2010 年。

《汉文学史纲要》，鲁迅撰，上海古籍出版社 2011 年。

《汉语韵律诗体学论稿》，冯胜利著，商务印书馆 2015 年。

《汉赋系年考证》，彭春艳著，上海古籍出版社 2017 年。

《汉唐法制史研究》，［日］冨谷至著，周东平、薛夷风译，中华书局 2023 年。

《汉书刑法志考释》，邓长春著，上海古籍出版社 2023 年。

《贾谊评传》，王兴国著，南京大学出版社 1992 年。

《贾谊集校注》增订版，吴云、李春台校注，天津古籍出版社 2010 年。

《军功爵制考论》，朱绍侯著，商务印书馆 2008 年。

《两汉太守刺史表》，严耕望著，上海古籍出版社 2007 年。

《两汉思想史》，徐复观著，九州出版社 2014 年。

《刘向评传》，徐兴无著，南京大学出版社 2005 年。

《牟宗三先生全集》，牟宗三著，联经出版社 2003 年。

《品位与职位——秦汉魏晋南北朝官阶制度研究》，阎步克著，中华书局 2002 年。

《弃逐与回归——上古弃逐文学的文化学考察》，尚永亮著，上海古籍出版社

2017年。

《秦集史》,马非百著,中华书局1982年。

《秦汉封国食邑赐爵制》,柳春藩著,辽宁人民出版社1984年。

《秦汉史论稿》,邢义田著,台北东大图书股份有限公司1987年。

《秦汉官吏法研究》,安作璋、陈乃华著,齐鲁书社1993年。

《秦汉地方行政制度》,严耕望著,《中国地方行政制度史·甲部》,台北学生书局1997年。

《秦汉官僚制度》,卜宪群著,社会科学文献出版社2002年。

《秦汉历史文化论稿》,黄留珠著,三秦出版社2002年。

《秦汉文学编年史》,刘跃进著,商务印书馆2006年。

《秦汉官制史稿》,安作璋、熊铁基著,齐鲁书社2007年。

《秦汉社会保障研究——以灾害救助为中心》,王文涛著,中华书局2007年。

《秦汉时期士人犯罪研究》,吕红梅著,人民出版社2012年。

《秦汉史十五讲》第2版,翦伯赞著,张传玺整理,中华书局2015年。

《秦汉诏书与中央集权研究》,叶秋菊著,中国社会科学出版社2016年。

《秦汉法制史研究》,[日]大庭脩著,徐世虹等译,中西书局2017年。

《秦汉史：帝国的成立》,王子今著,中信出版社2017年。

《屈原评传》,郭维森著,南京大学出版社2011年。

《人格心理学导论》,(美)赫根汉著,何瑾译,海南人民出版社1986年。

《人物志译注》,(三国魏)刘邵撰,王晓毅译注,中华书局2019年。

《三国两晋贬谪文化与文学》,罗昌繁著,新北花木兰出版社2018年。

《士与中国文化》第2版,余英时著,上海人民出版社2013年。

《士大夫政治演生史稿》第3版,阎步克著,北京大学出版社2015年。

《司马迁评传》,张大可著,南京大学出版社1994年。

《宋元戏曲考》,王国维著,中国戏剧出版社1999年。

《唐五代逐臣与贬谪文学研究》,尚永亮、邹运月、冯丽霞、张娟、程建虎撰,武汉大学出版社2007年。

《先秦两汉经济史稿》,李剑农著,生活·读书·新知三联书店1957年。

《性别与家国——汉晋辞赋的楚骚论述》，郑毓瑜著，上海三联书店 2006 年。

《元和五大诗人与贬谪文学考论》，尚永亮著，文津出版社 1993 年。

《云梦秦简研究》，刘海年著，中华书局 1981 年。

《灾害与两汉社会研究》，陈业新著，上海人民出版社 2004 年。

《张衡评传》，许结著，南京大学出版社 2011 年。

《照隅室语言文字论集》第 2 版，郭绍虞著，上海古籍出版社 2009 年。

《中国自然地理·历史自然地理》，中国科学院中国自然地理编辑委员会编，科学出版社 1982 年。

《中国知识阶层史论》古代篇，余英时著，台北联经出版实业公司 1984 年。

《中古文学系年》，陆侃如著，人民文学出版社 1985 年。

《中国官制通史》，张晋藩著，中国人民大学出版社 1992 年。

《中国历代户口、田地、田赋统计》，梁方仲编著，中华书局 2008 年。

《中国法律与中国社会》，瞿同祖著，商务印书馆 2010 年。

《中国官僚政治研究》，王亚南著，商务印书馆 2010 年。

《中国法制史概要》，陈顾远著，商务印书馆 2011 年。

《中国流人史》，李兴盛著，黑龙江人民出版社 2012 年。

《中国谏议制度史》，晁中臣主编，中华书局 2015 年。

三、出土文献

《汉魏南北朝墓志汇编》，赵超编著，天津古籍出版社 1992 年。

《汉碑全集》，徐玉立主编，河南美术出版社 2006 年。

《汉魏六朝碑刻校注》，毛远明编著，线装书局 2008 年。

《居延汉简释文合校》，谢桂华、李均明、朱国炤编著，文物出版社 1987 年。

《居延新简》，《中国简牍集成》第 11 册，中国简牍集成编辑委员会编，敦煌文艺出版社 2001 年。

《秦简牍合集：释文注释修订本》第 1～2 辑《睡虎地秦墓简牍》，陈伟主编，彭浩、刘乐贤等撰著，武汉大学出版社 2016 年。

《云梦龙岗秦简》，刘信芳、梁柱编著，科学出版社 1997 年。

《张家山汉墓竹简〔二四七号墓〕：释文修订本》，张家山二四七号汉墓竹简整理小组编著，文物出版社2006年。

四、工具书

《辞赋大辞典》，霍松林编，江苏古籍出版社1996年。
《辞海》第六版，夏征农、陈至立主编，上海辞书出版社2009年。
《古今地名大词典》，戴均良等编，上海辞书出版社2005年。
《简明中国历史地图集》，谭其骧主编，中国地图出版社1991年。
《新华汉语词典》第2版，《新华汉语词典》编委会编，商务印书馆2014年。
《中国历史纪年表》，万国鼎编，万斯年、陈梦家补订，中华书局1978年。
《中国文学家大辞典》(先秦汉魏晋南北朝卷)，曹道衡、沈玉成编，中华书局1996年。

五、期刊论文与学位论文

(一)期刊论文

《楚辞与汉代骚体赋流变》，易闻晓撰，《武汉大学学报》(哲学社会科学版)2020年第2期。
《从骚体诗情感节奏特征看〈楚辞〉与七言诗的关系》，姚爱斌撰，《北京师范大学学报》(社会科学版)2012年第5期。
《道德之旅：张衡的〈思玄赋〉》上，[美]康达维撰，陈广宏译，《古典文学知识》1996年第6期。
《道德之旅：张衡的〈思玄赋〉》下，[美]康达维撰，陈广宏译，《古典文学知识》1997年第1期。
《个体意识的自觉——两汉文学中之个体意识》，王国璎撰，《汉学研究》第2期(2003年12月)。
《关于"贬谪文学"的语词考量》，刘铁峰撰，《湖南人文科技学院学报》2006年第4期。
《汉代爵位制度试释》上册，廖伯源撰，《新亚学报》第十卷第一期(下)抽印本，1973年。

《汉代爵位制度试释》下册，廖伯源撰，《新亚学报》第十二卷抽印本，1977年。

《汉文帝为何不用贾谊》，顾文栋撰，《贵州文史丛刊》1988年2月。

《汉代骚体抒情诗三大主题论略——兼谈汉代文人的独立人格与个体意识》，赵敏俐撰，载《中国楚辞学》第十七辑，学苑出版社2011年。

《贾谊赋论》，龚克昌撰，《中州学刊》1985年第4期。

《贾谊及其〈服赋〉》，陈作林撰，《绥化师专学报》(社会科学版)1986年第2期。

《"贾谊之不遇，罪在汉文帝"辨——兼与龚克昌、李大明同志商榷》，杨邦国撰，《江西大学学报》(哲学社会科学版)1988年第2期。

《贾谊的学术背景及其文章风格的形成》，跃进撰，《文史哲》2006年第2期。

《贾谊赋考论四题》，张强撰，《文学遗产》2006年第4期。

《两汉流放地的分布状况及其成因》，张文安撰，《中国历史地理论丛》2019年第4辑。

《刘歆〈遂初赋〉的创作背景与赋史价值》，徐华撰，《文学遗产》2013年第3期。

《论贾谊不遇》，李大明撰，《四川师范大学学报》1987年第2期。

《论汉代文人"悲士不遇"的心灵模式》，颜昆阳撰，载《汉代文学与思想学术研讨会论文集》，台湾政治大学中文系所主编，台北文史哲出版社1991年。

《论发端于屈原的逐臣文学》，陶涛撰，《南京大学学报》(哲学·人文·社会科学)1999年第2期。

《论湖湘巫鬼民祀对湖湘迁谪文学的影响》，张铁军撰，《中国文学研究》2003年第3期。

《漫评清代的流放制度》，张铁纲撰，《晋阳学刊》1992年第1期。

《论中国历史上的流放》，马新撰，《山东社会科学》1992年第1期。

《迁谪文学之我见》，胡迎建撰，载《贬谪文学论集》，中国文联出版社1999年。

《屈赋与迁谪文学漫议》，张利玲撰，载《贬谪文学论集》，中国文联出版社

1999年。

《清代流放制度初探》,张铁纲撰,《历史档案》1989年第3期。

《清代流放政策之变迁:以流放地的选择为例的考察》,王云红撰,社会转型与法律变革国际学术研讨会会议论文,北京,2008年10月。

《清代宁古塔流人的流放制度及悲惨处境》,刘欣撰,《黑龙江史志》2015年第8期。

《三国两晋南朝的流徙刑——流刑前史》,陈俊强撰,《政治大学历史学报》第20期(2003年5月)。

《三十年贬谪文学研究的繁荣与落寞》,刘庆华撰,《湖北社会科学》2011年第5期。

《骚辞与图的传统及体义》,许结撰,《齐鲁学刊》2021年第1期。

《试论屈原的狂人精神与伟大人格》,杨仲义撰,载《贬谪文学论集》,中国文联出版社1999年。

《试论唐代政府贬官的迁转途径》,梁瑞撰,《求实》2011年第S1期。

《数字人文视角下中国古代流贬研究文献可视化分析》,朱春洁撰,《图书馆》2020年第1期。

《说秦汉"少年"与"恶少年"》,王子今撰,《中国史研究》1991年第4期。

《唐代的贬官制度》,丁之方撰,《史林》1990年第2期。

《唐代贬官制度与不平之鸣——试论开明专制下的文人遭遇与心声》,李中华、唐磊撰《华中师范大学学报》(人文社会科学版)2001年第3期。

《唐代量移制度与贬谪士人心态考论》,尹富撰,《中华文史论丛》2003年第73期。

《唐代贬官制度研究》,彭炳金撰,《人文杂志》2006年第2期。

《唐代流放制度和左降官制度与北方家族移民岭南》,王承文撰,《中山大学学报》(社会科学版)2018年第2期。

《我国唐朝流放制度初探》,刘启贵撰,《青海社会科学》1998年第1期。

《文体形态:有意味的形式》,吴承学撰,《学术研究》2001年第4期。

《扬雄的〈反离骚〉及其引起的论争》,黄中模撰,《江汉论坛》1982年第6期。

《扬雄及其〈反离骚〉之再认识》，郭建勋撰，《求索》1989年第4期。

《张衡〈思玄赋〉解读——兼论汉晋言志赋之承变》，许结撰，《社会科学战线》1998年第6期。

《"直"与"婉"的分途和变奏：汉魏六朝"诗可以怨"美学阐释的历史展开》，袁劲撰，《华侨大学学报》(哲学社会科学版)2019年第2期。

《中国文论关键词"怨"的文字学考察》，袁劲撰，《南京师范大学文学院学报》2019年第4期。

(二)学位论文

《道家与汉代士人心态及文学》，陈斯怀撰，山东大学博士学位论文，2007年。

《汉代宗室王侯犯罪研究》，彭海涛撰，首都师范大学博士学位论文，2012年。

《明代贬官研究》，刘明撰，武汉大学硕士学位论文，2020年。

《清代流人文学研究》，朱春洁撰，武汉大学博士学位论文，2020年。

《唐代流刑制度研究》，张茵茵撰，河北师范大学硕士学位论文，2007年。

《唐代流贬官员分布研究》，姜立刚撰，西南大学博士学位论文，2013年。

《唐代江南地区贬官研究》，宋菁撰，上海师范大学硕士学位论文，2013年。

《唐代山南道贬官研究》，范璇撰，陕西师范大学硕士学位论文，2016年。

《唐代贬谪制度与相关文体研究》，段亚青撰，武汉大学博士学位论文，2019年。

《唐代岭南贬官研究》，吴李诚撰，福建师范大学硕士学位论文，2020年。